MW01632728

COLLECTION FOLIO

Chimamanda Ngozi Adichie

L'hibiscus pourpre

Traduit de l'anglais (Nigeria)
par Mona de Pracontal

Gallimard

Titre original :

PURPLE HIBISCUS

Cet ouvrage est la traduction intégrale du titre de langue anglaise *Purple Hibiscus*, publiée avec l'accord de Algonquin Books of Chapel Hill, une division de Workman Publishing, New York.

Chimamanda Ngozi Adichie est née en 1977 au Nigeria. Ses nouvelles ont été publiées dans de nombreuses revues littéraires, notamment dans *Granta*. Son premier roman, *L'hibiscus pourpre*, a été sélectionné pour l'Orange Prize et le Booker Prize. *L'autre moitié du soleil* a reçu l'Orange Prize. Elle est l'auteur du roman très remarqué *Americanah* ainsi que d'un essai, *Nous sommes tous des féministes*.

Pour le Professeur James Nwoye Adichie
et Mme Grace Ifeoma Adichie,
mes parents, mes héros, ndi o ga-adili mma.

LES DIEUX SONT BRISÉS

Le dimanche des Rameaux

À la maison la débâcle a commencé lorsque Jaja, mon frère, n'est pas allé communier et que Papa a lancé son gros missel en travers de la pièce et cassé les figurines des étagères en verre. Nous venions de rentrer de l'église. Mama plaça les palmes fraîches, mouillées d'eau bénite, sur la table de la salle à manger. Plus tard, elle les tresserait pour en faire des croix, un peu avachies, qu'elle accrocherait au mur, à côté de notre photo de famille dans son cadre doré. Elles y resteraient jusqu'au mercredi des Cendres, où nous les emporterions à l'église pour les donner à brûler et réduire en cendres. Papa, vêtu d'une longue robe grise comme les autres oblats, aidait tous les ans à distribuer les cendres. Sa file était la plus lente car il appuyait son pouce couvert de cendres bien fort sur chaque front pour tracer une croix parfaite et prononçait posément et avec conviction, en articulant chaque mot, le « Tu es poussière et tu retourneras à la poussière ».

Papa s'asseyait toujours au premier rang pour

la messe, au bout du banc à côté de l'allée centrale, Mama, Jaja et moi près de lui. Il était le premier à recevoir la communion. La plupart des gens ne s'agenouillaient pas pour recevoir la communion à l'autel de marbre, dominé par la Vierge blonde grandeur nature, mais Papa oui. Il fermait les yeux si fort que son visage se crispait dans une grimace, puis il tirait la langue aussi loin que possible. Après, il se rasseyait à sa place et regardait le reste des fidèles affluer vers l'autel en tendant les mains devant eux, les paumes serrées comme s'ils tenaient une soucoupe à la verticale, exactement comme père Benedict leur avait appris à le faire. Père Benedict avait beau être à St Agnes depuis sept ans, les gens l'appelaient toujours « notre nouveau prêtre ». Peut-être ne l'auraient-ils pas fait s'il n'était pas blanc. Il avait encore l'air nouveau. Les couleurs de son visage, couleurs du lait concentré et d'un corossol coupé en deux, ne s'étaient pas du tout tannées sous la chaleur intense de sept harmattans nigérians. Et son nez britannique était toujours aussi étroit et pincé qu'au début, ce même nez qui m'avait fait craindre, à l'arrivée du père à Enugu, qu'il ne pût inspirer assez d'air. Père Benedict avait fait des changements dans la paroisse, exigeant par exemple que le *Credo* et le *Kyrie* soient récités seulement en latin ; l'ibo[1] n'était pas acceptable. De même, il fallait taper dans les mains le moins

1. Pour tous les termes et expressions nigérians, voir le lexique en fin d'ouvrage.

possible, de crainte de compromettre la solennité de la messe. Mais il autorisait des chants en ibo pour l'offertoire ; il les appelait chants indigènes, et quand il disait « indigènes » la ligne droite de ses lèvres tombait aux commissures pour dessiner un U à l'envers. En général, pendant ses sermons, père Benedict évoquait le pape, Papa et Jésus – dans cet ordre. Il se servait de Papa pour illustrer les Évangiles. « Lorsque nous faisons briller notre lumière devant les hommes, nous reflétons l'Entrée triomphale de Jésus, dit-il en ce dimanche des Rameaux. Regardez frère Eugene. Il aurait pu choisir d'agir comme les autres Hommes importants de ce pays, il aurait pu décider de rester chez lui sans rien faire après le coup d'État, pour être sûr que le gouvernement ne menace pas ses entreprises. Mais non, il s'est servi du *Standard* pour dire la vérité, même si cela signifiait que le journal perdait de la publicité. Frère Eugene a pris position pour la liberté. Combien d'entre nous ont défendu la liberté ? Combien d'entre nous ont reflété l'Entrée triomphale ? »

Les fidèles disaient « Oui », « Dieu le bénisse » ou « Amen », mais pas trop fort pour ne pas ressembler aux assemblées des églises-champignons des pentecôtistes ; puis ils écoutaient attentivement, en silence. Même les bébés cessaient de pleurer, comme s'ils écoutaient, eux aussi. Certains dimanches, les fidèles étaient tout ouïe, même quand père Benedict disait des choses que tout le monde savait déjà, par exemple que c'était Papa qui faisait les plus grands dons au denier de

Saint-Pierre et à Saint-Vincent-de-Paul. Ou que c'était Papa qui finançait les briques de vin de communion, les nouveaux fours du couvent où les révérendes sœurs confectionnaient les hosties, la construction de la nouvelle aile de l'hôpital St Agnes où père Benedict donnait l'extrême-onction. Assise genoux serrés à côté de Jaja, je m'efforçais de garder le visage neutre, d'empêcher la fierté de s'y montrer, parce que Papa disait que la modestie, c'était très important.

Papa, lui, avait toujours le visage neutre quand je le regardais, le même genre d'expression que sur la photo du grand article qu'ils avaient publié sur lui lorsque *Amnesty World* lui avait décerné un prix des Droits de l'homme. Ce fut l'unique fois où il s'autorisa à figurer dans le journal. Son rédacteur en chef, Ade Coker, avait insisté en disant que Papa le méritait, que Papa était trop modeste. C'est Mama qui nous l'avait raconté, à Jaja et à moi ; Papa ne nous parlait pas de ce genre de choses. Son visage demeurait empreint de cette expression neutre jusqu'au moment où père Benedict achevait son sermon, jusqu'au moment de la communion. Après avoir communié, Papa se rasseyait et regardait les fidèles se diriger vers l'autel ; ensuite, après la messe, si jamais quelqu'un avait manqué la communion deux dimanches de suite, il le signalait avec inquiétude à père Benedict. Il encourageait toujours père Benedict à aller trouver la personne et à la ramener au bercail ; seul un péché mortel pouvait empêcher quelqu'un de communier deux dimanches consécutifs.

Aussi, quand Papa ne vit pas Jaja aller à l'autel en ce dimanche des Rameaux où tout changea, à notre retour à la maison il claqua son missel relié cuir, avec ses rubans rouges et verts qui dépassaient, sur la table de la salle à manger. La table était en verre, en verre épais. Elle trembla, comme les feuilles de palmier posées dessus.

« Jaja, tu n'es pas allé communier », dit calmement Papa, presque en une question.

Jaja regarda fixement le missel sur la table comme si c'était à lui qu'il s'adressait.

« Le biscuit de l'hostie me donne mauvaise haleine. »

Je dévisageai Jaja. Avait-il perdu la tête ? Papa tenait à ce que nous disions toujours « la sainte hostie » pour mieux rendre l'essence, le caractère sacré, du corps du Christ. Alors parler de biscuit ramenait à quelque chose de laïque ; des biscuits, c'était ce que fabriquait l'une des usines de Papa : des gaufrettes au chocolat, à la banane, que les gens achetaient à leurs enfants quand ils voulaient les gâter.

« Et le prêtre n'arrête pas de me toucher la bouche et ça me donne mal au cœur », ajouta Jaja.

Il savait que je l'observais, que mes yeux scandalisés le suppliaient de sceller ses lèvres, mais il ne me regarda pas.

« C'est le corps de Notre-Seigneur. » La voix de Papa était basse, très basse. Son visage était déjà gonflé, chaque centimètre de peau recouvert de boutons purulents, mais il sembla gonfler encore davantage. « Tu ne peux pas arrêter de recevoir le corps de Notre-Seigneur. C'est la mort, tu le sais.

— Alors je mourrai. » La peur avait donné aux yeux de Jaja un noir de goudron, mais à présent il regardait Papa en face. « Alors je mourrai, Papa. »

Papa balaya rapidement la pièce du regard, comme s'il cherchait une preuve que quelque chose était tombé du haut plafond, quelque chose qu'il ne se serait jamais attendu à voir tomber. Il attrapa le missel et le lança à travers la pièce, dans la direction de Jaja. Le missel manqua complètement Jaja mais atteignit les étagères en verre, que Mama astiquait souvent. Il fêla celle du haut, envoya s'écraser sur le sol dur les figurines beiges en porcelaine, hautes comme un doigt, qui représentaient des ballerines contorsionnées en différentes postures, puis tomba à leur suite. Plus exactement, tomba sur leurs nombreux débris. Et resta là, énorme missel relié de cuir, contenant toutes les lectures des trois cycles de l'année de l'église.

Jaja ne bougea pas. Papa se balançait d'un pied sur l'autre. J'étais sur le pas de la porte, et je les regardais. Le ventilateur du plafond tournait, tournait, et les ampoules électriques fixées à ses pales s'entrechoquaient en tintant. Puis Mama entra, ses pantoufles en caoutchouc claquant, clap-clap, sur le sol de marbre. Elle avait retiré son *lappa* pailleté du dimanche et le chemisier aux manches ballon. Maintenant elle portait un *lappa* en tie-dye simple, noué souplement à la taille, avec le tee-shirt blanc qu'elle mettait un jour sur deux. C'était un souvenir d'une retraite spirituelle à laquelle elle avait participé avec Papa ; les mots « DIEU EST AMOUR » s'étalaient en travers de sa poitrine tombante. Elle fixa longuement les débris des figurines par terre, puis elle s'agenouilla et se mit à les ramasser à mains nues.

Le silence n'était interrompu que par le ronronnement du ventilateur qui fendait l'air immobile. Notre vaste salle à manger avait beau donner sur un salon encore plus spacieux, j'avais l'impression d'étouffer. Les murs blanc cassé, avec les photos de Grand-Père encadrées, se resserraient et fonçaient sur moi. Même la table en verre avançait vers moi.

« *Nne, ngwa.* Va te changer », me dit Mama, ce qui me fit sursauter même si ses paroles en ibo étaient basses et apaisantes. Dans le même souffle, sans s'arrêter, elle dit à Papa : « Ton thé refroidit », et à Jaja : « Viens m'aider, *biko.* »

Papa s'assit à la table et se servit du thé, présenté dans le service en porcelaine avec les fleurs roses sur les bords. J'attendis qu'il nous demande à Jaja et à moi de prendre une gorgée, comme il le faisait toujours. Une gorgée d'amour, l'appelait-il, parce qu'on partage les petites choses qu'on aime avec les gens qu'on aime. « Prenez une gorgée d'amour », disait-il, et Jaja y allait en premier. Ensuite, je prenais la tasse à deux mains et je la portais à mes lèvres. Une gorgée. Le thé était toujours trop chaud, il me brûlait toujours la langue, et si nous avions eu quelque chose de piquant à déjeuner, ma langue irritée en souffrait. Mais ça n'avait pas d'importance parce que je savais qu'en me brûlant la langue, le thé gravait du feu de sa chaleur l'amour de Papa en moi. Mais Papa ne dit pas : « Prenez une gorgée d'amour » ; je le regardai porter la tasse à ses lèvres sans prononcer un mot.

Jaja s'agenouilla à côté de Mama, fit une pelle du bulletin paroissial qu'il tenait à la main et y plaça un fragment de porcelaine pointu.

« Fais attention, Mama, sinon tu vas te couper les doigts », dit-il.

Je tirai sur une de mes tresses, sous mon foulard noir de l'église, pour m'assurer que je ne rêvais pas. Pourquoi se comportaient-ils de façon aussi normale, Jaja et Mama, comme s'ils ne savaient pas ce qui venait de se passer ? Et pourquoi Papa buvait-il son thé tranquillement, comme si Jaja ne lui avait pas répondu à l'instant ? Lentement, je tournai les talons et montai pour aller enlever ma robe rouge du dimanche.

Après m'être changée, je m'assis à la fenêtre de ma chambre ; l'anacardier était si proche que, sans le quadrillage argenté de la moustiquaire, j'aurais pu tendre la main et cueillir une feuille. Les fruits jaunes en forme de cloche pendaient mollement, attirant des abeilles bourdonnantes qui se cognaient à la moustiquaire de la fenêtre. J'entendis Papa monter dans sa chambre pour sa sieste de l'après-midi. Je fermai les yeux, restai sans bouger, attendant de l'entendre appeler Jaja, d'entendre Jaja monter. Mais au bout de plusieurs longues minutes de silence, je rouvris les yeux et plaquai le front aux lames inclinables de la fenêtre pour regarder au-dehors. Notre cour était assez large pour contenir cent personnes dansant l'*atilogu*, assez spacieuse pour permettre à chaque danseur de faire les sauts périlleux habituels et d'atterrir sur les épaules de son voisin. Les murs de la concession, coiffés de rouleaux de fil électrique, étaient si hauts que je ne pouvais pas voir les voitures qui passaient dans la rue. Nous étions au début de la saison des pluies et les frangipaniers plantés près de l'enceinte emplissaient déjà la cour du parfum douceâtre de leurs fleurs. Une haie de bougainvillées violettes, taillée au cordeau comme un buffet, séparait les arbres noueux de l'allée. Plus près de la maison, d'éclatants buissons d'hibiscus s'étiraient l'un vers l'autre en s'effleurant, comme pour échanger leurs pétales. Les plants pourpres commençaient à donner des bourgeons ensommeillés, mais c'était quand même sur les rouges que se trouvaient la plupart des fleurs. Ils semblaient fleurir si vite, ces hibiscus rouges, compte tenu de la fréquence à laquelle Mama les coupait pour décorer l'autel de l'église et les visiteurs les cueillaient en retournant à leurs voitures.

C'étaient surtout les membres du groupe de prière de Mama qui cueillaient des fleurs ; une fois, une femme en a glissé une derrière son oreille : je l'ai vue distinctement de ma fenêtre. Mais même les agents du gouvernement, deux hommes en veste noire qui s'étaient présentés il y a un certain temps, avaient arraché des fleurs d'hibiscus en repartant. Ils étaient arrivés dans un pick-up avec une plaque d'immatriculation du gouvernement fédéral et s'étaient garés à côté des massifs d'hibiscus. Ils n'étaient pas restés longtemps. Plus tard, Jaja avait dit qu'ils étaient venus soudoyer Papa, qu'il les avait entendus dire que leur pick-up était plein de dollars. Je n'étais pas sûre que Jaja ait bien entendu. Mais encore maintenant, j'y pensais parfois. J'imaginais la camionnette bourrée de piles de billets étrangers, je me demandais s'ils avaient mis l'argent dans de nombreux cartons ou bien dans un seul, immense, comme celui dans lequel on nous avait livré notre frigo.

J'étais encore à la fenêtre quand Mama entra dans ma chambre. Tous les dimanches avant le déjeuner, pendant que Papa faisait la sieste, Mama me tressait les cheveux, tout en disant à Sisi de mettre tantôt un peu plus d'huile de palme dans la sauce, tantôt un peu moins de curry dans le riz à la noix de coco. Elle s'asseyait dans un fauteuil près de la porte de la cuisine et moi par terre, la tête nichée entre ses cuisses. La cuisine avait beau être aérée, les fenêtres toujours ouvertes, mes cheveux s'imbibaient quand même du parfum des épices et après, quand je portais le bout d'une tresse à mon nez, je sentais l'odeur de la sauce aux *egusi*, des feuilles d'*utazi*, du curry. Mais Mama ne vint pas dans ma chambre avec le sac de peignes et d'huiles capillaires en me demandant de descendre. À la place, elle me dit : « Le déjeuner est prêt, *nne*. »

Je voulais dire : « Je suis désolée que Papa ait cassé tes figurines », mais les mots qui sortirent furent : « Je suis désolée que tes figurines se soient cassées, Mama. »

Elle hocha rapidement la tête, puis la secoua pour signifier que les figurines n'avaient pas d'importance. Elles en avaient, pourtant. Il y a des années, avant que j'aie compris, je me demandais pourquoi elle les astiquait chaque fois que j'entendais les bruits en provenance de leur chambre, comme si on cognait quelque chose contre la porte. Ses pantoufles en caoutchouc ne produisaient aucun son sur les marches, mais je savais qu'elle était descendue quand j'entendais s'ouvrir la porte de la salle à manger. Je descendais pour la trouver debout devant les étagères en verre, avec un torchon de cuisine trempé dans de l'eau savonneuse. Elle consacrait au moins un quart d'heure à chaque petite ballerine de porcelaine. Il n'y avait jamais de larmes sur son visage. La dernière fois, il y avait seulement deux semaines, quand son œil gonflé avait encore la teinte noir violacé d'un avocat trop mûr, elle les avait redisposées après les avoir nettoyées.

« Je te tresserai les cheveux après le déjeuner, dit-elle en se retournant pour partir.

— Oui, Mama. »

Je la suivis en bas. Elle boitait légèrement, comme si elle avait une jambe plus courte que l'autre, démarche qui la faisait paraître encore plus petite qu'elle ne l'était. L'escalier s'incurvait en dessinant un S élégant, et j'étais à mi-hauteur lorsque j'aperçus Jaja debout dans le hall. Ordinairement, il allait lire dans sa chambre avant le déjeuner mais aujourd'hui il n'était pas monté ; il était resté tout ce temps-là à la cuisine, avec Mama et Sisi.

« Ke kwanu ? » lui demandai-je, même si je n'avais pas besoin de lui demander comment il allait. Il me suffisait de le regarder. Des rides s'étaient formées sur son visage de dix-sept ans ; elles zébraient son front et, au creux de chacune, une tension sombre s'était coulée. J'attrapai sa main et la serrai brièvement avant d'entrer avec lui dans la salle à manger. Papa et Mama étaient déjà assis, et Papa se lavait les mains dans le bol d'eau que Sisi lui tendait. Il attendit que Jaja et moi ayons pris place en face de lui et commença le bénédicité. Pendant vingt minutes, il demanda à Dieu de bénir la nourriture. Après, il psalmodia plusieurs titres différents de la Sainte Vierge, tandis que nous répondions : « Priez pour nous. » Son titre préféré était « Notre-Dame, bouclier du peuple nigérian ». Il l'avait inventé lui-même. Si seulement les gens l'utilisaient tous les jours, nous disait-il, le Nigeria ne tituberait pas comme un Homme important aux jambes frêles d'enfant.

Pour le déjeuner, il y avait du *foufou* et de la sauce d'*onugbu*. Le *foufou* était lisse et onctueux. Sisi le faisait bien ; elle écrasait énergiquement l'igname en ajoutant quelques gouttes d'eau dans le mortier, et ses joues se contractaient avec le boum-boum-boum du pilon. La sauce était pleine de morceaux de bœuf bouilli, de poisson séché et de feuilles d'*onugbu* vert foncé. Nous mangions en silence. Je roulais mon *foufou* en boulettes entre mes doigts, le trempais dans la sauce en veillant à attraper des morceaux de poisson, puis le portais à ma bouche. J'étais certaine que la sauce était bonne, mais je ne sentais pas son goût, n'arrivais pas à le sentir. Ma langue était comme du papier.

« Pourrais-je avoir le sel ? » dit Papa.

Nous tendîmes tous la main vers le sel en même temps. Jaja et moi touchâmes la salière de cristal, mon doigt effleura doucement le sien, puis Jaja lâcha prise. Je passai la salière à Papa. Le silence se prolongea encore davantage.

« Ils ont apporté le jus de pomme cajou cet après-midi. Il est bon. Je suis sûr qu'il se vendra bien, finit par dire Mama.

— Demande à cette fille de l'apporter », dit Papa.

Mama appuya sur la sonnette qui pendait au-dessus de la table, au bout d'un câble transparent fixé au plafond, et Sisi entra.

« Oui, madame ?

— Apporte deux bouteilles de la boisson qu'ils ont livrée de l'usine.

— Oui, madame. »

J'aurais voulu que Sisi dise : « Quelles bouteilles, madame ? » ou bien : « Où sont-elles, madame ? » Juste pour qu'elles continuent de parler, elle et Mama, pour masquer les gestes nerveux de Jaja roulant son *foufou*. Sisi revint rapidement et posa les bouteilles à côté de Papa. Elles avaient les mêmes étiquettes à l'aspect décoloré que tout ce que produisaient les usines de Papa – les gaufrettes, les biscuits fourrés, les jus de fruits en bouteille, les chips de banane. Papa servit tout le monde de jus jaune. J'attrapai vite mon verre et bus une gorgée. C'était fade. Je voulais avoir l'air enthousiaste ; peut-être que si je parlais du bon goût de la boisson, Papa oublierait qu'il n'avait pas encore puni Jaja.

« C'est très bon, Papa », dis-je.

Papa faisait tournoyer le jus entre ses joues gonflées.

« Oui, oui.

— Ça a un goût de pomme cajou fraîche », dit Mama.

Dis quelque chose, s'il te plaît, voulais-je souffler à Jaja. Il était censé dire quelque chose maintenant, contribuer, faire des compliments sur le nouveau produit de Papa. Nous le faisions toujours, chaque fois qu'un employé d'une de ses usines nous apportait un échantillon de produit.

« Exactement comme du vin blanc », ajouta Mama. Elle était tendue, je m'en rendais compte – pas seulement parce qu'une noix de cajou fraîche n'a jamais eu un goût de vin blanc, mais aussi parce que sa voix était plus basse que d'habitude. « Du vin blanc, répéta Mama en fermant les yeux pour mieux savourer. Un vin blanc fruité.

— Oui », dis-je.

Une boulette de *foufou* me glissa des doigts et tomba dans la sauce. Papa fixait Jaja avec insistance.

« Jaja, n'as-tu pas partagé une boisson avec

nous, *gbo* ? N'as-tu aucun mot dans ta bouche ? » demanda-t-il, entièrement en ibo.

Mauvais signe. Il ne parlait pratiquement jamais ibo et même si Jaja et moi le parlions avec Mama à la maison, il n'aimait pas que nous l'utilisions en public. Nous devions paraître civilisés en public, nous disait-il ; nous devions parler anglais. La sœur de Papa, Tatie Ifeoma, avait fait remarquer une fois que Papa était un pur produit du colonialisme. Elle avait dit cela avec douceur, indulgence, comme si ce n'était pas la faute de Papa, comme on parlerait de quelqu'un qui hurle du charabia parce qu'il souffre d'une forte poussée de malaria.

« N'as-tu rien à dire, *gbo*, Jaja ? demanda de nouveau Papa.

— *Mba*, il n'y a pas de mots dans ma bouche, répondit Jaja.

— Quoi ? »

Une ombre voilait les yeux de Papa, une ombre qui était auparavant dans les yeux de Jaja. La peur. Elle avait quitté les yeux de Jaja pour entrer dans ceux de Papa.

« Je n'ai rien à dire, dit Jaja.

— Le jus est bon… », commença Mama.

Jaja écarta sa chaise.

« Merci, Seigneur. Merci, Papa. Merci, Mama. »

Je tournai la tête pour le regarder. Au moins disait-il les remerciements correctement, comme nous le faisions toujours après un repas. Mais il faisait aussi ce que nous ne faisions jamais : il se levait de table avant que Papa ait dit les grâces.

« Jaja ! » s'écria Papa.

L'ombre grandit, envahit le blanc de ses yeux. Jaja sortait de la salle à manger avec son assiette. Papa fit mine de se lever, puis se laissa retomber sur sa chaise. Ses joues s'affaissèrent, comme celles d'un bouledogue.

Je saisis mon verre et fixai du regard le jus, d'un jaune pâle comme de l'urine. Je le vidai dans ma gorge, d'un trait. Je ne savais pas quoi faire d'autre. Cela n'était jamais arrivé avant, jamais de ma vie tout entière. Les murs de la concession allaient s'écrouler, j'en étais sûre, et écraser les frangipaniers. Le ciel allait s'effondrer. Les tapis persans sur les étendues de marbre étincelant rétréciraient. Quelque chose se produirait. Mais la seule chose qui se produisit fut que je m'étranglai. La toux secoua mon corps. Papa et Mama accoururent. Papa m'asséna des tapes dans le dos tandis que Mama me frottait les épaules et disait : « *O zugo*. Arrête de tousser. »

Ce soir-là, je restai au lit et ne dînai pas en famille. J'avais contracté une toux et mes joues étaient brûlantes sous le dos de ma main. Dans ma tête des milliers de monstres jouaient une douloureuse partie de balle, mais au lieu d'un ballon, c'était un missel relié de cuir qu'ils se lançaient. Papa entra dans ma chambre ; mon matelas s'enfonça quand il s'assit et me caressa les joues en me demandant si je voulais autre chose. Marna me préparait déjà du *ofe nsala*. Je dis que non et nous demeurâmes assis en silence, en nous tenant par la main, pendant longtemps. Papa avait toujours eu la respiration bruyante mais là, il haletait comme s'il était essoufflé, et je me demandai à quoi il était en train de penser, peut-être était-il en train de courir dans sa tête, de courir pour fuir quelque chose. Je ne regardai pas son visage parce que je ne voulais pas voir les boutons qui s'étendaient sur chaque centimètre carré de sa peau, si nombreux, si également répartis qu'ils lui donnaient l'aspect bouffi.

Mama me monta du *ofe nsala* un peu plus tard, mais la sauce aux aromates ne fit que me donner la nausée. Après avoir vomi dans la salle de bains, je demandai à Mama où était Jaja. Il n'était pas venu me voir depuis la fin du déjeuner.

« Dans sa chambre. Il n'est pas descendu dîner. » Elle caressait mes tresses ; elle aimait faire ça, suivre du doigt la façon dont les mèches de cheveux de différentes parties de mon cuir chevelu s'enchevêtraient et s'imbriquaient. Elle attendrait la semaine suivante pour les tresser. J'avais les cheveux trop épais ; ils se remettaient toujours en boule serrée juste après qu'elle y avait passé le peigne. Essayer de les peigner maintenant déchaînerait la furie des monstres qui étaient déjà dans ma tête.

« Vas-tu remplacer les figurines ? » voulus-je savoir.

Je sentais l'odeur crayeuse de son déodorant sous ses bras. Son visage brun, sans aucune imperfection sinon la récente cicatrice hachurée sur le front, était dénué d'expression.

« *Kpa*, dit-elle. Je ne les remplacerai pas. »

Peut-être Mama avait-elle compris qu'elle n'aurait plus besoin des figurines, que lorsque Papa avait lancé le missel à Jaja, ce n'étaient pas seulement les figurines qui avaient dégringolé, c'était tout. Je ne m'en rendais compte qu'à présent, m'autorisais tout juste à le penser.

Je restai allongée au lit après le départ de Mama et laissai mon esprit fouiller dans le passé, dans ces années où Jaja, Mama et moi parlions davantage avec nos esprits qu'avec nos lèvres. Jusqu'à Nsukka. C'était là que tout avait commencé ; dans le petit jardin de Tatie Ifeoma, à côté de la véranda de son appartement de Nsukka. Le défi de Jaja me semblait à présent similaire aux hibiscus pourpres expérimentaux de Tante Ifeoma : rare, chargé des parfums de la liberté, une liberté différente de celle que les foules agitant des feuilles vertes scandaient à Government Square après le coup d'État. Une liberté d'être, de faire.

Cependant, mes souvenirs ne prenaient pas naissance à Nsukka. Ils remontaient à une période antérieure, où tous les hibiscus de notre cour étaient d'un rouge éclatant.

QUAND NOUS PARLIONS AVEC NOS ESPRITS

Avant le dimanche des Rameaux

J'étais à mon bureau quand Mama entra dans la chambre, mes uniformes scolaires empilés au creux du bras. Elle les posa sur mon lit. Elle les avait rapportés des cordes à linge de l'arrière-cour, où je les avais mis à sécher dans la matinée. Jaja et moi lavions nos uniformes scolaires tandis que Sisi se chargeait du reste de nos vêtements. Nous commencions toujours par tremper de minuscules parties de tissu dans l'eau savonneuse pour voir si les couleurs allaient déteindre, même si nous savions que non. Nous voulions utiliser chaque minute de la demi-heure que Papa affectait au lavage des uniformes.

« Merci, Mama, j'allais les rentrer », dis-je en me levant pour plier les vêtements.

Il n'était pas correct de laisser une personne plus âgée faire vos corvées, mais ça ne dérangeait pas Mama ; il y avait tant de choses qui ne la dérangeaient pas.

« Il va y avoir de la bruine, dit-elle. Je ne voulais pas qu'ils se mouillent. »

Elle passa la main sur mon uniforme, une jupe grise avec une ceinture d'un ton plus soutenu, suffisamment longue pour ne rien laisser voir de mes mollets.

« *Nne*, tu vas avoir un frère ou une sœur. »

J'ouvris grands les yeux. Elle était assise sur mon lit, les genoux serrés.

« Tu vas avoir un bébé ?

— Oui. »

Elle sourit, en passant toujours la main sur ma jupe.

« Quand ?

— En octobre. Hier, je suis allée à Park Lane voir mon docteur.

— Rendons grâce à Dieu. »

C'était ce que nous disions Jaja et moi, ce que Papa voulait que nous disions, quand il se passait de bonnes choses.

« Oui. » Mama lâcha ma jupe, presque à contrecœur. « Dieu est fidèle. Tu sais, après ton arrivée, quand j'ai fait des fausses couches, les villageois se sont mis à murmurer. Les membres de notre *umunna* ont même envoyé des gens à ton père pour le pousser à avoir des enfants avec quelqu'un d'autre. Tant de gens avaient des filles consentantes, et beaucoup d'entre elles étaient diplômées de l'université, en plus. Elles auraient pu avoir de nombreux fils, prendre notre maison et nous mettre à la porte, comme l'a fait la deuxième femme de M. Ezendu. Mais ton père est resté avec moi, avec nous. »

D'habitude, elle n'en disait pas aussi long

d'un coup. Elle parlait à la façon dont mange un oiseau, par petites quantités.

« Oui », fis-je.

Papa méritait des éloges pour avoir décidé de ne pas avoir d'autres fils avec une autre femme, bien sûr, pour avoir décidé de ne pas prendre une deuxième épouse. Seulement, Papa était différent. J'aurais préféré que Mama ne le compare pas avec M. Ezendu, ni avec qui que ce soit ; ça le rabaissait, le salissait.

« Ils ont même dit que quelqu'un m'avait lié la matrice par *ogwu.* » Mama secoua la tête en souriant, de ce sourire indulgent qui fendait son visage quand elle parlait de gens qui croyaient dans les oracles, quand des parents lui suggéraient de consulter un sorcier guérisseur, ou encore quand des gens racontaient qu'ils avaient trouvé des os d'animaux enveloppés de tissu ou des touffes de cheveux dans leur cour, enterrés par ceux qui voulaient barrer la route au progrès. « Ils ne savent pas que Dieu œuvre de façon mystérieuse.

— Oui », dis-je. Je tenais soigneusement les vêtements en veillant à bien mettre les bords pliés à la même hauteur. « Dieu œuvre de façon mystérieuse. »

J'ignorais qu'elle essayait d'avoir un bébé depuis sa dernière fausse couche, il y avait de cela presque six ans. Je ne pouvais même pas penser à Papa et elle ensemble, sur le lit qu'ils partageaient, fait sur mesure et plus large qu'un lit double classique. Lorsque je pensais à de l'affection entre eux, je les voyais échangeant le baiser de la paix à la messe et pensais à la façon dont Papa la prenait tendrement dans ses bras, après la poignée de main.

« Ça s'est bien passé à l'école ? » demanda Mama en se levant. Elle m'avait déjà posé la question plus tôt.

« Oui.

— Sisi et moi cuisinons du *moi-moi* pour les sœurs ; elles vont bientôt arriver », dit Mama avant de redescendre.

Je la suivis et déposai mes uniformes pliés sur la table du hall, où Sisi les prendrait pour les repasser.

Les sœurs, membres du groupe de prière de Notre-Dame de la Médaille Miraculeuse, ne tardèrent pas, et leurs chants en ibo, accompagnés de vigoureux battements de mains, résonnèrent jusqu'en haut. Elles allaient prier et chanter pendant environ une demi-heure, puis Mama les interromprait de sa voix basse, qui portait à peine jusqu'à ma chambre, même avec la porte ouverte, pour leur dire qu'elle leur avait préparé « un petit quelque chose ». Quand Sisi apporterait les plats de *moi-moi*, de riz *jollof* et de poulet frit, les femmes réprimanderaient gentiment Mama. « Qu'est-ce que c'est ça, sœur Beatrice ? Pourquoi as-tu préparé ça ? Ne sommes-nous pas contentes de l'*anara* qu'on nous offre chez les autres sœurs ? Tu n'aurais pas dû, vraiment. » Puis une voix flûtée lancerait : « Loué soit le Seigneur ! » en étirant le premier mot aussi longuement que possible.

L'« Alléluia » du répons s'écraserait contre les murs de ma chambre, contre le mobilier en verre du salon. Ensuite elles prieraient, demandant à Dieu de récompenser la générosité de sœur Beatrice et d'ajouter aux nombreux bienfaits dont elle jouissait déjà. Puis le tintement des fourchettes et des cuillères contre les assiettes résonnerait dans toute la maison. Mama n'utilisait jamais de couverts en plastique, quelle que soit la taille du groupe.

Elles venaient de commencer à bénir la nourriture quand j'entendis Jaja grimper l'escalier quatre à quatre. Je savais qu'il passerait d'abord dans ma chambre parce que Papa n'était pas là. Si Papa était là, Jaja commencerait par aller se changer dans sa chambre.

« Ke kwanu ? » lui demandai-je quand il entra.

Son uniforme scolaire, short bleu et chemise blanche, le badge de St Nicholas brillant sur le côté gauche de sa poitrine, présentait encore les plis du repassage sur le devant et l'arrière. Jaja avait été élu élève le plus soigné du collège l'année dernière, et Papa l'avait serré si fort dans ses bras qu'il avait cru que son dos s'était cassé.

« Bien. » Debout à côté de mon bureau, il feuilleta distraitement le manuel d'*Introduction à la technologie* ouvert devant moi. « Qu'est-ce que tu as mangé ?

— Du *garri.* »

Je regrette qu'on ne déjeune plus ensemble, dit Jaja avec ses yeux.

« Moi aussi », dis-je tout haut.

Avant, notre chauffeur, Kevin, venait d'abord me prendre aux Filles du Cœur Immaculé, puis nous allions chercher Jaja à St Nicholas. Jaja et moi déjeunions ensemble en rentrant à la maison. Maintenant, depuis que Jaja suivait le nouveau programme pour élèves doués de St Nicholas, il avait des cours après l'école. Papa avait modifié son emploi du temps mais non le mien, je ne pouvais donc pas l'attendre pour déjeuner avec lui. Je devais avoir déjà mangé, fait ma sieste et commencé à travailler quand Jaja arrivait à la maison.

Néanmoins, Jaja savait ce que j'avais à déjeuner tous les jours. Nous avions un menu affiché sur le mur de la cuisine, que Mama changeait deux fois par mois. Mais il me le demandait toujours, de toute façon. Nous faisions cela souvent, de nous poser l'un à l'autre des questions dont nous connaissions déjà les réponses. Peut-être était-ce pour éviter de poser les autres questions, celles dont nous ne voulions pas connaître les réponses.

« J'ai trois devoirs à faire, dit Jaja, en se dirigeant vers la porte.

— Mama est enceinte », dis-je.

Jaja revint et s'assit au bord de mon lit.

« Elle te l'a dit ?

— Oui. C'est pour octobre. »

Jaja ferma les yeux un moment puis les rouvrit :

« Nous nous occuperons de lui, de ce petit ; nous le protégerons. »

Je savais que Jaja voulait dire le protéger de Papa, mais je ne fis aucun commentaire là-dessus. À la place, je lui demandai :

« Comment sais-tu que ce sera un garçon ?
— Je le sens. Et toi, qu'est-ce que tu crois ?
— Je ne sais pas. »

Jaja resta encore un moment assis sur mon lit avant de descendre déjeuner ; j'écartai mon manuel, levai les yeux et regardai mon emploi du temps journalier, collé au mur au-dessus de moi. En haut de la feuille de papier blanche, il était écrit en gros caractères *Kambili*, tout comme il était marqué *Jaja* sur l'emploi du temps fixé au-dessus du bureau de Jaja dans sa chambre. Je me demandai quand Papa établirait un emploi du temps pour le bébé, mon nouveau frère : s'il le ferait tout de suite après sa naissance ou s'il attendrait ses premiers pas. Papa aimait l'ordre. Cela se voyait même dans les emplois du temps, à la façon dont ses lignes tracées méticuleusement, à l'encre noire, traversaient chaque journée, séparant le travail de la sieste, la sieste du temps familial, le temps familial des repas, les repas de la prière et la prière du sommeil. Il les modifiait souvent. En période scolaire, nous avions moins de temps pour la sieste et davantage pour le travail, même pendant le week-end. Quand nous étions en vacances, nous avions un peu plus de temps familial, un peu plus de temps pour lire les journaux, jouer aux échecs ou au Monopoly, et écouter la radio.

Ce fut durant le temps familial du lendemain, un samedi, qu'eut lieu le coup d'État. Papa venait de faire échec et mat Jaja lorsque nous avons entendu la musique martiale à la radio, ses accents solennels nous poussant à nous interrompre pour écouter. Un général au fort accent haoussa prit l'antenne et annonça qu'il y avait eu un coup d'État et que nous avions un nouveau gouvernement. Nous serions prochainement informés de l'identité de notre nouveau chef d'État.

Papa écarta l'échiquier et s'excusa pour aller téléphoner dans son bureau. Jaja, Mama et moi l'attendîmes en silence. Je savais qu'il appelait son rédacteur en chef, Ade Coker, peut-être pour lui dire quelque chose sur la façon de couvrir l'événement. À son retour nous bûmes le jus de mangue, que Sisi nous servit dans de grands verres, pendant qu'il parlait du coup d'État. Il avait l'air triste ; ses lèvres rectangulaires semblaient s'affaisser. Les coups d'État engendraient d'autres coups d'État, dit-il en nous racontant ceux, sanglants, des années 1960, qui avaient fini en guerre civile juste après qu'il eut quitté le Nigeria pour faire ses études en Angleterre. Un coup d'État commençait toujours un cercle vicieux. Les militaires se renverseraient toujours les uns les autres parce qu'ils le pouvaient, parce qu'ils étaient tous ivres de pouvoir.

Bien sûr, nous dit Papa, les politiciens étaient corrompus, et le *Standard* avait publié de nombreux articles dénonçant des ministres du gouvernement qui planquaient de l'argent dans des comptes en banque étrangers, de l'argent destiné à payer les salaires des professeurs et à construire des routes. Mais ce dont nous, Nigérians, avions besoin, ce n'était pas des soldats qui nous gouvernent ; ce dont nous avions besoin, c'était d'un renouveau démocratique. *Renouveau démocratique*. Cela paraissait important, à la façon dont il le disait, mais il est vrai que presque tout ce que Papa disait paraissait important. Il aimait se pencher en arrière et tourner les yeux vers le haut quand il parlait, comme s'il cherchait quelque chose dans l'air. Je me concentrais sur ses lèvres, leur mouvement, et parfois je m'oubliais, parfois j'avais envie de rester comme ça pour toujours, à écouter sa voix, et les choses importantes qu'il disait. Cela me faisait le même effet que lorsqu'il souriait, le visage fendu comme une noix de coco sur la chair blanche brillante à l'intérieur.

Le lendemain du coup d'État, avant de partir pour la bénédiction du soir à St Agnes, nous étions au salon et lisions les journaux ; notre marchand nous livrait les principaux journaux tous les matins, quatre exemplaires de chaque, sur l'ordre de Papa. Nous lûmes le *Standard* en premier. C'était le seul à avoir un éditorial critique, qui exhortait le gouvernement militaire à mettre rapidement sur pied un plan de retour à la démocratie. Papa lut à voix haute l'un des articles de *Nigeria Today*, le point de vue d'un écrivain qui affirmait qu'il était grand temps que nous ayons un président militaire, dans la mesure où les politiciens étaient devenus incontrôlables et notre économie sinistrée.

« Le *Standard* n'écrirait jamais de pareilles absurdités, dit Papa en posant le journal. Sans parler du fait qu'il qualifie cet homme de "président".

— “Président” présuppose qu’il ait été élu, remarqua Jaja. Le terme correct serait “chef d’État”. »

Papa sourit et je regrettai de ne pas l’avoir dit avant Jaja.

« L’éditorial du *Standard* est bien fait, dit Mama.

— Ade est de loin le meilleur dans la profession, acquiesça Papa avec une fierté désinvolte, tout en parcourant du regard un autre journal. “Relève de la garde.” Quel titre ! Ils ont tous peur. Cette façon d’écrire sur la corruption du gouvernement civil, comme s’ils croyaient que les militaires ne seront pas corrompus ! Ce pays baisse, il baisse.

— Dieu nous délivrera, dis-je, sachant que cela plairait à Papa.

— Oui, oui », fit Papa en hochant la tête.

Puis il tendit la main et attrapa la mienne, et j’eus l’impression d’avoir la bouche pleine de sucre fondant.

Dans les semaines qui suivirent, les journaux que nous lisions pendant le temps familial parurent différents, plus réservés. Le *Standard* était différent, lui aussi ; il était plus critique, posait davantage de questions qu'à l'accoutumée. Même le trajet de l'école avait changé. La première semaine après le coup d'État, Kevin cueillait tous les matins des branchages verts et les coinçait au-dessus de la plaque minéralogique de la voiture pour que les manifestants réunis à Government Square nous laissent passer. Les branchages verts étaient un signe de solidarité. Nos branches ne me semblaient jamais d'un vert aussi vif que celles des manifestants, cependant, et parfois, quand nous passions devant eux en voiture, je me demandais quel effet cela ferait de se joindre à eux, en scandant « Liberté » et en barrant la route aux voitures.

Les semaines suivantes, quand Kevin empruntait Ogui Road, il y avait des soldats, au barrage proche du marché, qui faisaient les cent pas en caressant leurs longs fusils. Ils arrêtaient certaines voitures et les fouillaient. Une fois, je vis un homme à genoux sur la route à côté de sa Peugeot 504, les mains très haut en l'air.

Mais à la maison rien ne changeait. Jaja et moi suivions toujours nos emplois du temps, nous nous posions toujours des questions dont nous connaissions déjà les réponses. Le seul changement, c'était le ventre de Mama : il commençait à s'arrondir, doucement, imperceptiblement. Au début, il ressemblait à un ballon de foot dégonflé, mais quand arriva le dimanche de Pentecôte, il remontait son *lappa* rouge brodé or juste assez pour suggérer que ce n'était pas seulement à cause de l'épaisseur de tissu en dessous ou du nœud. L'autel était décoré dans le même ton de rouge que le *lappa* de Mama. Le rouge était la couleur de la Pentecôte. Le prêtre invité dit la messe dans une robe rouge qui avait l'air trop courte pour lui. Il était jeune et il leva souvent la tête pendant sa lecture de l'Évangile, perçant de ses yeux bruns l'assemblée des fidèles. En terminant, il embrassa lentement la Bible. Fait par quelqu'un d'autre, cela aurait pu paraître théâtral, mais pas chez lui. Ça semblait sincère. Il était nouvellement ordonné et attendait qu'on lui attribue une paroisse, nous dit-il. Père Benedict et lui avaient un ami proche en commun, et ça lui avait fait plaisir que père Benedict lui demande de nous rendre visite et de dire la messe. Pourtant, il ne fit aucun commentaire sur la beauté de notre autel de St Agnes, dont les marches luisaient comme des blocs de glace polis. Ni ne dit que c'était un des meilleurs autels d'Enugu, peut-être même du Nigeria tout entier. Il ne suggéra pas, comme l'avaient fait tous les autres prêtres invités, que la présence de Dieu résidait davantage à St Agnes, que les saints iridescents des vitraux qui s'étiraient du sol au plafond empêchaient Dieu de partir. Et parvenu à la moitié de son sermon, il entonna un chant ibo : *« Bunie ya enu… »*

L'assemblée des fidèles reprit collectivement son souffle, certains soupirèrent, d'autres restèrent la bouche ouverte comme un grand O. Ils étaient habitués aux sermons secs de père Benedict et à son ton monotone et nasillard. Lentement, ils se joignirent au chant. Je regardai Papa pincer les lèvres. Il jeta un coup d'œil de côté pour voir si Jaja et moi chantions et hocha la tête avec approbation en apercevant nos lèvres closes.

Après la messe, nous attendîmes devant l'entrée de l'église, pendant que Papa saluait les gens qui s'attroupaient autour de lui.

« Bonjour, loué soit le Seigneur », répétait-il avant d'échanger une poignée de main avec les hommes, de serrer les femmes dans ses bras, de donner une tape affectueuse aux tout-petits et de pincer les joues des bébés. Certains hommes lui parlaient en murmurant et Papa leur répondait de même, puis les hommes le remerciaient en lui serrant la main entre les leurs, avant de s'en aller. Papa en termina enfin avec les salutations et, maintenant que le vaste enclos de l'église s'était presque entièrement vidé des voitures qui l'encombraient tout à l'heure comme autant de dents dans une bouche, nous nous dirigeâmes vers la nôtre.

« Ce jeune prêtre, chanter ainsi pendant le sermon, comme les dirigeants impies de ces églises pentecôtistes qui poussent partout comme des champignons… Ce genre de personne sème le désordre dans l'Église. Nous ne devons pas oublier de prier pour lui », dit Papa, qui ouvrit la portière de la Mercedes et déposa le missel et le bulletin avant de se tourner vers le presbytère. Nous passions toujours voir père Benedict après la messe.

« Je pourrais vous attendre dans la voiture, *biko* ? dit Mama en s'appuyant contre la Mercedes. Je sens du vomi monter dans ma gorge. »

Papa la dévisagea. Je retins mon souffle. Cela me parut un long moment, mais peut-être ne dura-t-il que quelques secondes.

« Es-tu sûre de vouloir rester dans la voiture ? » demanda Papa.

Mama baissait les yeux ; ses mains reposaient sur son ventre, pour empêcher le *lappa* de se dénouer ou pour retenir le pain et le thé du petit déjeuner.

« Mon corps ne se sent pas bien, bafouilla-t-elle.

— Je t'ai demandé si tu étais sûre de vouloir rester dans la voiture. »

Mama leva la tête :

« Je vais venir avec vous. Je ne me sens pas si mal que ça, vraiment. »

Le visage de Papa ne changea pas. Il attendit

qu'elle avance vers lui, puis il tourna les talons et ils se dirigèrent vers la maison du prêtre. Jaja et moi les suivions. Tout en marchant, j'observais Mama. Jusqu'alors, je n'avais pas remarqué à quel point ses traits étaient tirés. Sa peau, d'habitude d'un brun lisse de pâte d'arachide, semblait vidée de sa sève, grise, couleur de la terre craquelée par l'harmattan. Jaja me parla avec ses yeux : *Et si elle vomit ?* Je relèverai ma robe en la tenant par l'ourlet pour que Mama puisse rendre dedans, pour éviter de faire des saletés dans la maison de père Benedict.

À voir la maison, on aurait dit que l'architecte s'était rendu compte trop tard qu'il dessinait une habitation, et non une église. La voûte qui donnait sur la partie salle à manger ressemblait à une entrée d'autel ; la niche avec le téléphone crème avait l'air prête à abriter le saint sacrement ; le minuscule bureau attenant au salon aurait pu être une sacristie bourrée de livres saints, d'habits sacerdotaux et de calices supplémentaires.

« Frère Eugene ! » s'exclama père Benedict.

Un sourire fendit son visage pâle quand il aperçut Papa. Il était à table et mangeait. Il y avait des tranches d'igname bouilli, comme pour le déjeuner de midi, mais aussi une assiette d'œufs frits, ce qui était plutôt un plat de petit déjeuner. Il nous invita à nous joindre à lui. Papa refusa pour nous puis s'approcha de la table et se mit à parler d'une voix feutrée.

« Comment allez-vous, Beatrice ? demanda père Benedict, en haussant la voix pour que Mama l'entende depuis le salon. Vous n'avez pas bonne mine.

— Je vais bien, mon père. Ce sont juste mes allergies à cause du temps, vous savez, le choc de l'harmattan et de la saison des pluies.

— Alors, Kambili et Jaja, la messe vous a plu ?

— Oui, mon père. » Jaja et moi avions répondu en même temps.

Nous partîmes peu après, un peu plus tôt que d'ordinaire quand nous rendions visite au père Benedict. Dans la voiture, Papa resta sans rien dire, en remuant les mâchoires comme s'il grinçait des dents. Nous gardâmes tous le silence en écoutant l'*Ave Maria* sur le lecteur de cassettes.

À la maison, Sisi avait dressé le thé de Papa, préparé dans la théière en porcelaine avec l'anse minuscule et tout ouvragée. Papa posa le missel et le bulletin sur la table de la salle à manger et s'assit. Mama s'attardait près de lui.

« Laisse-moi te servir ton thé », offrit-elle, bien qu'elle ne servît jamais le thé de Papa.

Papa l'ignora et remplit sa tasse lui-même, puis il nous dit à Jaja et à moi de venir prendre une gorgée. Jaja but une gorgée, remit la tasse sur la soucoupe. Papa la prit et me la tendit. Je la tins à deux mains, avalai une gorgée du thé Lipton au lait sucré, et la reposai sur la soucoupe.

« Merci, Papa », dis-je, sentant l'amour me brûler la langue.

Nous montâmes nous changer, Jaja, Mama et moi. Nos pas sur les marches étaient aussi mesurés et silencieux que nos dimanches : le silence des instants passés à attendre que Papa ait fini sa sieste pour pouvoir déjeuner ; le silence du temps de réflexion, quand Papa nous donnait un passage des Écritures ou un livre d'un des premiers Pères de l'Église à lire et méditer ; le silence du rosaire du soir ; le silence du trajet en voiture pour la bénédiction à l'église ensuite. Même notre temps familial était silencieux le dimanche, dépourvu de parties d'échecs ou de débats sur l'actualité, plus dans l'esprit du Jour du repos.

« Peut-être que Sisi pourrait préparer le déjeuner toute seule, aujourd'hui, dit Jaja quand nous atteignîmes le sommet de l'escalier courbe. Tu devrais te reposer avant le déjeuner, Mama. »

Mama allait dire quelque chose mais elle s'arrêta, plaqua la main sur sa bouche et se précipita dans sa chambre. Je m'attardai pour entendre les hoquets aigus du vomissement monter du fond de sa gorge avant d'aller dans ma chambre.

À déjeuner nous eûmes du riz *jollof*, des morceaux d'*azu* gros comme le poing, frits jusqu'à ce que les arêtes soient croustillantes, et du *ngwo-ngwo*. Papa mangea presque tout le *ngwo-ngwo* ; sa cuillère plongeait dans le bol en verre contenant le bouillon épicé. Le silence planait sur la table comme des nuages d'un noir bleuté au milieu de la saison des pluies. Il n'était interrompu que par le gazouillement des *ochiri*, dehors. Ils arrivaient tous les ans avant les premières pluies et nichaient dans l'avocatier, devant la salle à manger. Jaja et moi trouvions parfois des nids tombés au sol, des nids faits de brindilles entrelacées, d'herbes sèches et de bouts de fil dont Mama s'était servie pour me tresser les cheveux, et que les *ochiri* piochaient dans la poubelle de l'arrière-cour.

Je fus la première à finir mon déjeuner.

« Merci, Seigneur. Merci, Papa. Merci, Mama. »

Je croisai les bras et attendis que tout le monde ait terminé pour que nous puissions prier. Je ne regardai le visage de personne ; je rivai les yeux sur la photographie de Grand-Père, accrochée au mur d'en face.

Lorsque Papa commença la prière, sa voix tremblait plus que d'habitude. Il pria d'abord pour la nourriture, puis il demanda à Dieu de pardonner à ceux qui avaient essayé de s'opposer à Sa volonté, qui avaient fait passer des désirs égoïstes en premier et n'avaient pas voulu rendre visite à Son serviteur après la messe. Le « Amen ! » de Mama résonna dans toute la pièce.

J'étais dans ma chambre après le déjeuner, en train de lire le chapitre V de l'Épître de Jacques parce que j'allais parler des racines bibliques de l'onction des malades pendant le temps familial, quand j'entendis les bruits. Des coups rapides et lourds sur la porte gravée à la main de la chambre de mes parents. Je m'imaginai que la porte s'était coincée et que Papa essayait de l'ouvrir. Si je l'imaginais assez fort, alors ça deviendrait vrai. Je m'assis, fermai les yeux et me mis à compter. Compter donnait l'impression que ça ne durait pas si longtemps que ça, que ça n'était pas si grave. Parfois c'était fini avant que j'arrive à vingt. J'en étais à dix-neuf quand les bruits cessèrent. J'entendis la porte s'ouvrir. Les pas de Papa sur les marches étaient plus lourds, plus gauches que d'habitude.

Je sortis de ma chambre au moment où Jaja débouchait de la sienne. Debout sur le palier, nous regardâmes Papa descendre. Mama était jetée sur son épaule comme les sacs de riz en jute que les ouvriers de son usine achetaient en gros à la frontière à Seme. Il ouvrit la porte de la salle à manger. Ensuite nous entendîmes la porte d'entrée, l'entendîmes dire quelque chose à Adamu, le portier.

« Il y a du sang par terre, dit Jaja. Je vais chercher la brosse à la salle de bains. »

Nous nettoyâmes le filet de sang, qui s'étirait jusqu'en bas comme si quelqu'un avait descendu un bocal d'aquarelle rouge percé, qui aurait dégouliné tout du long. Jaja frottait, et moi j'essuyais.

Mama ne rentra pas à la maison ce soir-là, et Jaja et moi dînâmes seuls. Nous ne parlâmes pas de Mama. À la place, nous discutâmes des trois hommes exécutés en public deux jours plus tôt, pour trafic de drogue. Jaja avait entendu des garçons en parler à l'école. C'était passé à la télévision. Les hommes étaient attachés à des poteaux et leurs corps avaient continué à tressaillir même après qu'on eut cessé de les cribler de balles. Je racontai à Jaja ce qu'avait dit une fille de ma classe : que sa mère avait éteint leur télé en demandant pourquoi elle devrait regarder des êtres humains mourir, en demandant ce qui n'allait pas dans la tête de tous ces gens qui s'étaient rassemblés sur le terrain d'exécution.

Après le dîner, Jaja dit les grâces, et à la fin il ajouta une petite prière pour Mama. Papa rentra à la maison alors que nous étions en train de travailler dans nos chambres, selon nos emplois du temps. Je dessinais des petites bonnes femmes enceintes sur le rabat de mon *Introduction à l'agriculture pour classes du collège* quand il entra dans ma chambre. Il avait les yeux rouges et gonflés et, d'une certaine façon, ça lui donnait l'air plus jeune, plus vulnérable.

« Ta mère sera de retour demain, vers l'heure où tu rentres de l'école. Ne t'inquiète pas pour elle.

— Oui, Papa. »

Je détournai le regard de son visage, le ramenai sur mes livres.

Il m'attrapa par les épaules et les frotta avec des mouvements circulaires doux.

« Lève-toi », dit-il.

Je me levai et il me prit dans ses bras, en me serrant si fort que je sentis le battement de son cœur sous sa poitrine molle.

Mama rentra à la maison le lendemain dans l'après-midi. Kevin la ramena dans la Peugeot 505 qui portait le nom de l'usine peint sur la portière passager, celle qui servait souvent pour nous conduire à l'école et nous en ramener. Jaja et moi étions debout près de la porte, assez près pour que nos épaules se touchent, et nous ouvrîmes la porte avant qu'elle l'ait atteinte.

« *Umu m*, dit-elle en nous serrant dans ses bras. Mes enfants. »

Elle portait toujours le tee-shirt blanc avec l'inscription « DIEU EST AMOUR » sur le devant. Son *lappa* vert pendait plus bas sur sa taille que d'habitude, il avait été noué négligemment sur le côté. Ses yeux étaient vides, comme les yeux des fous qui erraient dans les dépôts d'ordures de la ville, au bord de la route, traînant des sacs de toile crasseux et déchirés qui contenaient les fragments de leur vie.

« Il y a eu un accident, le bébé n'est plus là », dit-elle.

Je reculai un peu, regardai son ventre. Il était toujours gros, tendait toujours doucement son *lappa* en arc de cercle. Mama était-elle sûre que le bébé n'était plus là ? J'avais toujours les yeux rivés sur son ventre quand Sisi entra. Sisi avait les pommettes tellement saillantes que cela lui donnait une expression anguleuse, étrangement amusée, comme si elle vous narguait, se moquait de vous, sans que vous sachiez jamais pourquoi.

« Bonjour madame, *nno*, dit-elle. Voulez-vous manger maintenant ou après votre bain ?

— Hein ? » Pendant quelques instants, Mama eut l'air de ne pas comprendre. « Pas maintenant, Sisi, pas maintenant. Va me chercher de l'eau et un torchon. »

Mama demeura debout au milieu du salon,

près de la table en verre, les bras serrés contre la poitrine, en attendant que Sisi apporte un bol en plastique plein d'eau et un torchon. Il y avait en tout trois étagères en verre fragile, et chacune contenait des figurines de ballerines beiges. Mama commença par le bas, nettoyant et l'étagère et les figurines. Je m'assis sur le canapé en cuir le plus proche d'elle, assez proche pour pouvoir me pencher et ajuster son *lappa*.

« *Nne*, c'est ton temps d'étude. Monte dans ta chambre, dit-elle.

— J'ai envie de rester ici. »

Elle passa lentement le chiffon sur une figurine, qui avait une de ses jambes grandes comme des allumettes tendue très haut en l'air, avant de parler :

« *Nne*, monte. »

Alors je montai et m'assis devant mon manuel. Les caractères noirs se brouillèrent ; les lettres flottaient et se fondaient l'une dans l'autre, puis elles virèrent au rouge vif, le rouge du sang frais. Le sang était liquide, il coulait de Mama, coulait de mes yeux.

Plus tard, au dîner, Papa dit que nous réciterions seize différentes neuvaines. Pour le pardon de Mama. Et le dimanche, qui était le deuxième dimanche de l'Avent, nous restâmes après la messe pour commencer les neuvaines. Père Benedict nous aspergea d'eau bénite. Quelques gouttes tombèrent sur mes lèvres et je sentis son goût de sel et de renfermé pendant que nous disions les prières. Si jamais Papa avait l'impression que nous commencions, Jaja et moi, à nous assoupir à la treizième récitation de la supplication à saint Jude, il nous suggérait de reprendre depuis le début. Nous n'avions pas droit à l'erreur. Je ne réfléchis pas, je n'eus même pas l'idée de réfléchir, à ce que Mama avait fait qui pût nécessiter le pardon.

Les mots de mes livres scolaires continuèrent à se changer en sang chaque fois que je les lisais. Même quand les examens du premier trimestre approchèrent, même quand nous commençâmes les révisions, les mots n'avaient toujours aucun sens.

Quelques jours avant mon premier examen, je travaillais dans ma chambre, essayant de me concentrer sur les mots un par un, quand on sonna à la porte. C'était Yewande Coker, la femme du rédacteur en chef de Papa. Elle pleurait. Je l'entendais parce que ma chambre était juste au-dessus du salon et parce que je n'avais encore jamais entendu personne pleurer si fort.

« Ils l'ont emmené ! Ils l'ont emmené ! dit-elle entre deux sanglots rauques.

— Yewande, Yewande, fit Papa, d'une voix beaucoup plus basse que la sienne.

— Que vais-je faire, monsieur ? J'ai trois enfants ! Dont un qui tète encore mon sein ! Comment vais-je les élever toute seule ? »

Je distinguais à peine ses paroles, en revanche j'entendais nettement le bruit de quelque chose qui se coinçait dans sa gorge. Et puis Papa dit : « Yewande, ne parlez pas comme ça. Ade s'en sortira, je vous le promets. Ça va s'arranger. »

J'entendis Jaja sortir de sa chambre. Il descendrait en faisant semblant d'aller boire de l'eau à la cuisine et resterait quelques instants debout près de la porte du salon, pour écouter. En remontant, il me raconta que des soldats avaient arrêté Ade Coker dans sa voiture alors qu'il quittait les bureaux de la rédaction du *Standard*. Sa voiture avait été abandonnée au bord de la route, portière avant ouverte. J'imaginai Ade Coker qu'on tirait de sa voiture, qu'on poussait à l'intérieur d'une autre, peut-être un break noir plein de soldats dont les fusils dépassaient par les fenêtres. J'imaginai ses mains tremblantes de peur, une tache mouillée s'étalant sur son pantalon.

Je savais que son arrestation était due à l'article qui avait fait la une du dernier *Standard*, un article qui racontait comment le chef d'État et son épouse avaient payé des gens pour transporter de l'héroïne à l'étranger, un article qui remettait en question l'exécution récente de trois hommes et l'identité des véritables barons de la drogue.

Jaja dit que, lorsqu'il avait regardé par le trou de la serrure, Papa tenait la main de Yewande et priait, lui demandant de répéter : « Il ne laissera aucun de ceux qui ont confiance en Lui dans la désolation. »

Ce furent les paroles que je m'adressai à moi-même en passant mes examens la semaine suivante. Et je les répétai aussi quand Kevin me ramena à la maison le dernier jour d'école, mon bulletin scolaire serré très fort contre ma poitrine. Les sœurs révérendes nous donnaient nos bulletins scolaires non cachetés. J'étais la deuxième de ma classe. C'était marqué en chiffres : 2/25. Mon professeur, sœur Clara, avait écrit : « Kambili est d'une intelligence supérieure à la moyenne pour son âge, elle est calme et responsable. » Et la directrice, mère Lucy : « Une élève brillante et obéissante, une fille dont on peut être fier. » Mais je savais que Papa ne serait pas fier. Il nous avait souvent dit à Jaja et à moi qu'il ne consacrait pas autant d'argent aux Filles du Cœur Immaculé et à St Nicholas pour que nous laissions d'autres enfants être les premiers. Personne n'avait dépensé d'argent pour sa scolarité à lui, surtout pas son impie de père, notre Papa-Nnukwu, pourtant il était toujours le premier. Je voulais faire la fierté de Papa, réussir aussi bien que lui. J'avais besoin qu'il me mette la main sur la nuque en me disant que je réalisais le dessein de Dieu. J'avais besoin qu'il me serre contre lui et me dise qu'à celui à qui on donne beaucoup, on demande aussi beaucoup. J'avais besoin qu'il me sourie, de ce sourire qui illuminait son visage et réchauffait quelque chose au fond de moi. Mais j'étais deuxième. J'étais souillée par l'échec.

Mama ouvrit la portière avant même que Kevin ait arrêté la voiture dans l'allée. Elle nous attendait toujours à la porte d'entrée, le dernier jour d'école, pour chanter des chants de louanges en ibo, nous serrer dans ses bras Jaja et moi et caresser nos bulletins scolaires. C'était la seule fois où elle chantait tout haut à la maison.

« O me mma, Chineke, o me mma… » Mama entama son chant puis s'interrompit quand je la saluai.

« Bonsoir, Mama.

— *Nne*, ça s'est bien passé ? Tu n'as pas le visage radieux. »

Elle s'écarta pour me laisser passer.

« Je suis deuxième. »

Mama marqua une pause.

« Viens manger. Sisi a préparé du riz à la noix de coco. »

J'étais assise à mon bureau quand Papa rentra à la maison. Il gravit lourdement l'escalier, chacun de ses pas pesants jetant le tumulte dans ma tête, et se rendit dans la chambre de Jaja. Il était premier, comme d'habitude, Papa serait donc fier, il embrasserait Jaja, laisserait son bras autour de ses épaules. Il resta un bon moment dans la chambre de Jaja, pourtant ; je savais qu'il passait en revue les notes de chaque matière, pour voir si l'une ou l'autre avait baissé d'un ou deux points par rapport au trimestre précédent. Quelque chose poussait des liquides dans ma vessie et je me ruai aux toilettes. Papa était dans ma chambre quand j'en ressortis.

« Bonsoir, Papa, *nno*.

— Ça s'est bien passé à l'école ? »

Je voulais dire que j'étais deuxième pour qu'il le

sache tout de suite, pour reconnaître mon échec, mais je me contentai de dire « Oui » en lui tendant le bulletin scolaire. Il me sembla qu'il mettait une éternité à l'ouvrir, et encore plus longtemps à le lire. J'essayai de maîtriser ma respiration pendant l'attente, tout en sachant pertinemment que c'était impossible.

« Qui est la première ? finit par demander Papa.

— Chinwe Jideze.

— Jideze ? La fille qui était deuxième au trimestre dernier ?

— Oui », répondis-je.

Mon estomac faisait du bruit, des gargouillements caverneux qui me paraissaient trop forts et qui refusaient de se taire même quand je rentrais le ventre. Papa regarda mon bulletin scolaire encore un moment, puis il dit : « Viens dîner. »

Quand je descendis l'escalier, mes jambes étaient comme désarticulées, pareilles à de longues bandes de bois. Papa avait rapporté des échantillons d'un nouveau biscuit et il fit circuler le paquet vert avant que nous commencions le repas. Je mordis dans un biscuit.

« Très bon, Papa.

— C'est un goût très frais, fit Jaja.

— Délicieux, ajouta Mama.

— Il devrait se vendre, par la grâce de Dieu, conclut Papa. Nos gaufrettes sont en tête de marché, maintenant, et il devrait les rejoindre. »

Je ne regardais pas, je ne pouvais pas regarder, le visage de Papa pendant qu'il parlait. L'igname bouilli et les légumes piquants refusaient de descendre dans mon gosier ; ils s'accrochaient à ma bouche comme des enfants qui s'accrochent à la main de leur mère à l'entrée de l'école maternelle. J'avalais verre d'eau sur verre d'eau pour les enfoncer, et le temps que Papa commence les grâces, j'avais le ventre gonflé d'eau. Quand il eut fini, Papa me dit : « Viens en haut, Kambili. »

Je le suivis. Pendant qu'il montait l'escalier dans son pyjama de soie rouge, ses fesses remuaient et tremblaient comme de l'*akamu*, de l'*akamu* bien fait, bien gélatineux. La décoration crème de la chambre à coucher de Papa était refaite tous les ans, mais chaque fois dans un ton de crème légèrement différent. La luxueuse moquette qui s'enfonçait sous vos pieds était d'un crème uni ; les rideaux avaient juste un peu de broderie marron sur les bords ; les fauteuils en cuir crème étaient placés côte à côte, comme si deux personnes étaient assises et partageaient une conversation intime. Tout ce crème se fondait en faisant paraître la chambre plus grande, comme si elle n'en finissait jamais, comme si vous ne pouviez pas fuir même si vous le vouliez car il n'y avait nulle part où se réfugier. Enfant, quand je pensais au Paradis, je voyais mentalement la chambre de Papa, sa douceur, son blanc crème, son étendue infinie. Je me pelotonnais dans les bras de Papa quand les orages d'harmattan se déchaînaient en projetant des mangues contre les moustiquaires des fenêtres et en entrechoquant les fils électriques qui crachaient des étincelles de flamme orange vif. Papa me nichait entre ses genoux ou m'enveloppait dans une couverture blanc crème qui avait l'odeur de la sécurité.

À présent, j'étais assise sur une couverture semblable, au bord du lit. J'enlevai mes pantoufles, enfonçai les pieds dans la moquette et décidai de les garder enfouis là pour que mes orteils se sentent protégés. Pour qu'au moins une partie de moi se sente en sécurité.

« Kambili, dit Papa avec un lourd soupir, tu n'as pas donné le meilleur de toi-même ce trimestre. Tu as terminé deuxième parce que tu as choisi d'être deuxième. »

Son regard était triste. Profond et triste. J'avais envie de toucher son visage, de passer la main sur ses joues caoutchouteuses. Il y avait dans ses yeux des histoires que je ne connaîtrais jamais.

À ce moment-là, le téléphone sonna ; il sonnait plus souvent depuis l'arrestation d'Ade Coker. Papa répondit et parla en baissant le ton. Je l'attendais, toujours assise, quand il leva les yeux et me congédia d'un geste de la main. Il ne me fit pas venir le lendemain, ni le surlendemain, pour parler de mon bulletin scolaire et décider de ma punition. Je me demandai s'il était trop préoccupé par l'affaire Ade Coker mais, même après l'avoir fait sortir de prison une semaine plus tard, il ne mentionna pas mon bulletin scolaire. Il ne mentionna pas non plus qu'il avait fait sortir Ade Coker de prison ; nous vîmes juste son éditorial dans le *Standard*, dans lequel il écrivait sur la valeur de la liberté, disant que son stylo ne cesserait pas, ne pourrait pas cesser, d'écrire la vérité. Mais il ne faisait aucune allusion au lieu de sa détention, ni aux personnes qui l'avaient arrêté ou à ce qu'on lui avait fait. Dans une note en italique, il remerciait son éditeur : *« Un homme intègre, l'homme le plus courageux que je connaisse. »* J'étais assise sur le canapé à côté de Mama, pendant le temps familial, et je lus et relus cette ligne puis fermai les yeux et me sentis parcourue par une vague d'émotion, la même impression que lorsque père Benedict parlait de Papa à la messe, la même impression qu'après avoir éternué : une sensation claire, de picotement.

« Dieu merci, Ade est sain et sauf, dit Mama en passant les mains sur le journal.

— Ils lui ont écrasé des cigarettes dans le dos, raconta Papa en secouant la tête. Ils lui ont écrasé tant et tant de cigarettes dans le dos.

— Ils recevront ce qu'ils méritent, mais pas sur cette terre, *mba* », déclara Mama.

Même si Papa ne lui sourit pas – il avait l'air trop triste pour sourire –, je regrettai de ne pas avoir pensé à dire cela avant Mama. Je savais que ça plaisait à Papa qu'elle l'ait dit.

« Nous allons publier souterrainement, désormais, reprit Papa. Ça devient dangereux pour mon équipe. »

Je savais que « souterrainement » signifiait clandestinement, que le journal serait édité à partir d'un emplacement secret, mais je ne pus m'empêcher d'imaginer Ade Coker et le reste de l'équipe dans un bureau sous terre, la lumière d'un néon inondant la pièce sombre et humide, les hommes penchés sur leurs bureaux, écrivant la vérité.

Ce soir-là, quand Papa fit la prière, il ajouta de plus longs passages exhortant Dieu à provoquer la chute des impies qui gouvernaient notre pays et psalmodia à maintes et maintes reprises : « Notre-Dame, bouclier du peuple nigérian, priez pour nous. »

Les vacances scolaires étaient courtes, seulement deux semaines, et le samedi précédant la reprise des cours, Mama nous emmena Jaja et moi acheter des sandales et des cartables neufs au marché. Nous n'en avions pas besoin : nos cartables et nos sandales de cuir brun étaient encore neufs, ils n'avaient qu'un trimestre. Mais c'était le seul rituel qui n'appartînt qu'à nous, d'aller au marché avant le début de chaque nouveau trimestre, conduits en voiture par Kevin, en baissant les vitres sans avoir à demander l'autorisation à Papa. Aux abords du marché, nos regards s'attardèrent sur les fous à moitié nus qui traînaient autour des dépôts d'ordures, sur les hommes qui s'arrêtaient avec désinvolture pour ouvrir leurs braguettes et pisser dans les coins, sur les femmes qui avaient l'air de marchander bruyamment avec des piles de légumes verts jusqu'au moment où la tête du marchand pointait derrière l'étal.

À l'intérieur du marché, nous ignorâmes les marchands qui nous tiraient le long des couloirs sombres en disant : « J'ai ce que vous cherchez », ou « Venez avec moi, c'est là », même s'ils n'avaient aucune idée de ce que nous voulions. Nous plissions le nez en sentant les odeurs de viande fraîche sanguinolente et les relents de poisson séché, baissions la tête pour éviter les abeilles qui bourdonnaient en nuages denses au-dessus des échoppes des vendeurs de miel.

En quittant le marché avec nos sandales et un peu de tissu que Mama avait acheté, nous aperçûmes une petite foule assemblée devant les étals de légumes que nous avions vus plus tôt en passant, ceux qui bordaient la route. Ça grouillait de soldats. Des femmes du marché criaient et beaucoup d'entre elles se tenaient la tête à deux mains, comme font les gens pour exprimer le désespoir ou un état de choc. Une femme gisait dans la poussière en pleurs, tirant sur ses cheveux courts. Son *lappa* s'était dénoué et on voyait sa petite culotte blanche.

« Dépêchez-vous », dit Mama en se rapprochant de Jaja et moi, et je sentis qu'elle voulait nous protéger du spectacle des soldats et des femmes.

Au moment où nous passions devant eux en nous hâtant, je vis une femme cracher sur un soldat, et le soldat lever un fouet. Le fouet était long. Il traça une courbe dans l'air avant de se poser sur l'épaule de la femme. Un autre soldat renversait des plateaux de fruits à coups de pied, écrasant des papayes sous ses bottes en riant. Quand nous montâmes en voiture, Kevin expliqua à Mama que les soldats avaient reçu l'ordre de démolir les étals de légumes parce que c'étaient des structures illégales. Mama ne dit rien ; elle regardait par la fenêtre comme si elle voulait regarder ces femmes jusqu'au bout.

Sur le trajet du retour, je pensai à la femme qui gisait dans la poussière. Je n'avais pas vu son visage mais j'avais l'impression de la connaître, de l'avoir toujours connue. Je regrettais de n'avoir pas pu m'approcher d'elle pour l'aider à se relever, nettoyer la boue rouge sur son *lappa*.

Je repensai aussi à elle le lundi dans la voiture, quand Papa me conduisit à l'école. Il ralentit à Ogui Road et lança quelques billets encore craquants à un mendiant vautré sur le bas-côté, près d'enfants qui vendaient des oranges épluchées. Le mendiant regarda longuement les naira puis se leva et agita les bras derrière nous, en sautant et tapant des mains. J'avais présumé qu'il boitait. Je le suivis des yeux dans le rétroviseur autant que je le pus. Il me rappelait la femme du marché, par terre dans la poussière. Il y avait une impuissance dans sa joie, la même sorte d'impuissance que dans le désespoir de la femme.

Les murs qui entouraient l'établissement secondaire pour filles du Cœur Immaculé étaient très hauts et ressemblaient à ceux de notre concession, mais au lieu d'être coiffés de spirales de fil de fer électrisé, ils étaient hérissés de tessons de verre pointus aux bords tranchants. Papa assurait que les murs l'avaient influencé dans son choix quand j'avais fini l'école primaire. La discipline, disait-il, c'était important. On ne pouvait pas laisser des jeunes escalader les murs pour aller se déchaîner en ville, comme le faisaient les élèves des collèges du gouvernement fédéral.

« Ces gens ne savent pas conduire, grommela Papa quand nous arrivâmes au portail du collège, où les voitures slalomaient en klaxonnant. On ne décerne pas de prix au premier qui entre dans la concession de l'école. »

Des marchandes ambulantes, beaucoup plus jeunes que moi, bravaient les gardiens de l'établissement en se rapprochant toujours plus des voitures pour proposer des oranges épluchées, des bananes et des cacahuètes, leurs chemisiers usés glissant de leurs épaules. Papa finit par entrer avec souplesse dans la vaste concession et se gara à côté du terrain de volley-ball, de l'autre côté de la grande pelouse impeccablement tondue.

« Où est ta salle de classe ? » demanda-t-il.

Je pointai le doigt vers le bâtiment qui jouxtait le bosquet de manguiers. Papa sortit de la voiture avec moi et je me demandai ce qu'il faisait, pourquoi il était là, pourquoi il m'avait conduite à l'école en chargeant Kevin d'emmener Jaja.

Sœur Margaret l'aperçut quand nous entrâmes dans ma classe. Entourée d'élèves et de quelques parents, elle agita joyeusement la main puis se dirigea vers nous d'un pas rapide, en se dandinant. Les mots coulaient avec aisance de sa bouche : comment allait Papa, était-il content de mes résultats chez les Filles du Cœur Immaculé, assisterait-il à la réception donnée en l'honneur de l'évêque la semaine prochaine ?

Papa changea d'accent pour lui répondre,

prenant des inflexions britanniques, exactement comme lorsqu'il s'adressait au père Benedict. Il était affable, manifestant cet empressement à plaire qu'il avait toujours à l'égard des religieux, en particulier des religieux blancs. Affable comme lorsqu'il avait donné le chèque pour la rénovation de la bibliothèque du Cœur Immaculé. Il expliqua qu'il était juste venu voir ma salle de classe, et sœur Margaret le pria, s'il avait besoin de quoi que ce soit, de le lui signaler.

« Où est Chinwe Jideze ? » demanda Papa.

Un groupe de filles bavardait à la porte. Je regardai autour de moi, les tempes comprimées par un poids. Qu'allait faire Papa ? Comme d'habitude, le visage au teint clair de Chinwe était au centre du groupe.

« C'est la fille qui est au milieu », répondis-je.

Papa allait-il lui parler ? Lui tirer les oreilles parce qu'elle avait remporté la première place ? J'aurais aimé que la terre s'ouvre et engloutisse la concession tout entière.

« Regarde-la, dit Papa. Combien de têtes a-t-elle ?

— Une. »

Je n'avais pas besoin de la regarder pour savoir ça, mais je le fis quand même. Papa sortit de sa poche un petit miroir, grand comme un poudrier.

« Regarde dans le miroir. »

Je le dévisageai.

« Regarde dans le miroir. »

Je pris le miroir, le scrutai.

« Combien as-tu de têtes, *gbo* ? me demanda Papa en parlant en ibo pour la première fois.

— Une.

— Cette fille a une seule tête, elle aussi, alors pourquoi l'as-tu laissée emporter la première place ?

— Ça ne se reproduira pas, Papa. »

Il soufflait un léger *Ikuku* de poussière, en spirales brunes comme des ressorts qui se déplient, et je sentis le goût du sable se poser sur mes lèvres.

« Pourquoi crois-tu que je travaille aussi dur pour vous donner le meilleur, à Jaja et à toi ? Il faut que tu fasses quelque chose de tous ces privilèges. Parce qu'Il te donne tant, Dieu attend beaucoup de toi. Il attend la perfection. Je n'ai pas eu un père qui m'envoyait dans les meilleures écoles. Mon père passait son temps à adorer des dieux de pierre et de bois. Sans les prêtres et les sœurs de la mission, aujourd'hui je ne serais rien. J'ai été boy chez le prêtre de la paroisse pendant deux ans. Oui, boy. Personne ne m'emmenait en voiture à l'école. Pendant tout mon primaire, je devais faire treize kilomètres à pied par jour pour aller à Nimo. À l'école secondaire de St Gregory, je travaillais comme jardinier pour les prêtres. »

J'avais déjà entendu tout ça, combien il avait travaillé dur, comment les sœurs révérendes et les prêtres missionnaires l'avaient formé, lui enseignant des choses qu'il n'aurait jamais apprises de son idolâtre de père, mon Papa-Nnukwu. Je hochai toutefois la tête en prenant l'air vif. J'espérais que mes camarades de classe ne se demandaient pas pourquoi mon père et moi avions décidé de venir à l'école pour avoir une longue conversation devant le bâtiment de la classe. Pour finir, Papa cessa de parler et reprit le miroir.

« Kevin viendra te chercher, dit-il.

— Oui, Papa.

— Au revoir. Travaille bien. »

Il me serra dans ses bras, rapidement.

« Au revoir, Papa. »

Je le regardais descendre l'allée bordée de buissons verts sans fleurs quand la sonnerie de l'appel retentit.

Il y avait du tapage pendant l'appel et mère Lucy dut dire à plusieurs reprises : « Silence, maintenant, mesdemoiselles ! » Comme toujours j'étais debout en tête de file, parce que la queue était pour les filles qui appartenaient à des bandes, des filles qui pouffaient de rire et chuchotaient entre elles, à l'abri des professeurs. Ces dernières se tenaient sur une estrade, telles de grandes statues dans leurs habits bleu et blanc. Après avoir chanté toutes ensemble un chant de bienvenue tiré du recueil de cantiques catholiques, mère Lucy nous lut le chapitre V de saint Matthieu jusqu'au verset 11, puis nous chantâmes l'hymne national. Chanter l'hymne national était une pratique relativement récente aux Filles du Cœur Immaculé. Cela avait commencé l'année précédente car certains parents étaient embêtés que leurs filles ne connaissent ni l'hymne national ni le Serment. J'observai les sœurs pendant que nous chantions. Seules les sœurs révérendes nigérianes chantaient, leurs dents étincelant contre leur peau sombre. Les sœurs révérendes blanches se tenaient les bras croisés ou effleuraient des doigts les perles de verre du chapelet qui pendait à leur taille, s'assurant d'un regard vigilant que toutes les élèves avaient bien les lèvres qui remuaient. Ensuite, mère Lucy plissa les yeux derrière les verres épais de ses lunettes et parcourut les rangs. Elle choisissait toujours une élève pour lancer le Serment, et les autres enchaînaient.

« Kambili Achike, commencez le Serment, s'il vous plaît. »

Mère Lucy ne m'avait encore jamais choisie. J'ouvris la bouche, mais les mots refusèrent de sortir.

« Kambili Achike ? »

Mère Lucy et tout le reste de l'école avaient tourné la tête pour me regarder. Je m'éclaircis la gorge, intimai aux mots l'ordre de sortir. Je les connaissais, les disais mentalement. Mais ils refusaient de sortir. La sueur était chaude sous mes bras.

« Kambili ? »

Finalement, je bafouillai : « Je promets au Nigeria, mon pays, / D'être fidèle, loyal et honnête… »

Les autres élèves enchaînèrent et, tout en remuant les lèvres, j'essayai de calmer ma respiration. Après l'appel, nous gagnâmes nos salles de classe en rangs. Les élèves de ma classe s'installèrent selon la routine habituelle, en faisant racler leurs chaises sur le sol, époussetant leurs bureaux, recopiant le nouvel emploi du temps du trimestre écrit au tableau.

« Tu as passé de bonnes vacances, Kambili ? me demanda Ezinne en se penchant vers moi.

— Oui.

— Es-tu partie à l'étranger ?

— Non », répondis-je.

Je ne savais pas quoi dire d'autre mais je voulais qu'Ezinne sache que j'appréciais qu'elle soit toujours gentille avec moi, bien que je sois maladroite et incapable de parler. Je voulais lui dire merci de ne pas se moquer de moi ni me traiter de « bêcheuse » comme le faisaient toutes les autres filles, mais les mots qui sortirent furent : « Et toi ? »

Cela fit rire Ezinne.

« Moi ? Ce sont les gens comme toi, Gabriella ou Chinwe qui font des voyages, les gens qui ont des parents riches. Moi je suis juste allée au village voir ma grand-mère.

— Ah, fis-je.

— Pourquoi il est venu, ton père, ce matin ?

— Je... je... » Je me tus pour reprendre mon souffle car je savais que sinon, je bégaierais encore davantage. « Il voulait voir ma salle de classe.

— Tu lui ressembles beaucoup. Je veux dire, tu n'es pas grande, mais les traits et le teint sont les mêmes, dit Ezinne.

— Oui.

— Il paraît que Chinwe t'a piqué la première place le trimestre dernier. *Abi ?*

— Oui.

— Je suis sûre que tes parents ne l'ont pas mal pris. Ha, ha ! C'est que tu es la première depuis le début de la cinquième. Chinwe dit que son père l'a emmenée à Londres.

— Ah.

— J'ai été cinquième et c'était un progrès pour moi parce que j'étais huitième le trimestre d'avant. Tu sais, notre classe est très compétitive. Dans mon école primaire, j'étais toujours la première. »

À ce moment-là, Chinwe Jideze s'approcha du pupitre d'Ezinne. Elle avait une voix aiguë, une voix d'oiseau.

« Je veux rester responsable de discipline, ce trimestre, Ezi-Papillon, alors n'oublie pas de voter pour moi », dit Chinwe.

Sa jupe d'uniforme était serrée à la taille, divisant son corps en deux moitiés arrondies comme un huit.

Je ne fus pas étonnée de voir Chinwe passer devant moi pour répéter la même chose à la fille du bureau suivant, en inventant juste un surnom différent. Chinwe ne m'avait jamais adressé la parole, pas même la fois où nous avions été placées dans le même groupe d'agronomie afin de rassembler des herbes pour un album. Les filles s'agglutinaient autour de son bureau pendant la petite récréation, et leurs rires fusaient souvent. Leurs coiffures étaient en général la réplique exacte de la sienne : des baguettes noires, recouvertes de fil, si Chinwe avait des *isi owu* cette semaine-là ; des tresses en zigzag sur leur cuir chevelu, réunies en queue-de-cheval sur le sommet de la tête, si cette semaine-là Chinwe était coiffée en *shuku*. Chinwe marchait comme si elle avait un objet brûlant sous les pieds, levant la jambe presque aussitôt que l'autre pied touchait le sol. Pendant la grande récréation, quand elles allaient à quelques-unes acheter des biscuits et du Coca à la petite boutique, elle caracolait en tête du groupe. D'après Ezinne, c'était Chinwe qui payait les boissons de tout le monde. En général, je passais la grande récréation à la bibliothèque.

« Chinwe veut juste que tu lui parles en premier, murmura Ezinne. Tu sais, elle a commencé à te traiter de bêcheuse parce que tu ne parles à personne. Elle dit que ce n'est pas parce que ton père possède un journal et plein d'usines que tu dois te la jouer, parce que son père à elle est riche, lui aussi.

— Je ne me la joue pas.

— C'est comme aujourd'hui, à l'appel, elle a dit que tu te la jouais et que c'était pour ça que tu n'avais pas commencé le Serment la première fois que mère Lucy t'a appelée.

— Je n'ai pas entendu la première fois que mère Lucy m'a appelée.

— Je ne dis pas que tu te la joues, je dis que c'est ce que pensent Chinwe et la plupart des filles. Tu devrais peut-être essayer de lui parler. Tu devrais peut-être arrêter de partir en courant comme tu fais après l'école et marcher avec nous jusqu'au portail. De toute façon, pourquoi tu cours toujours ?

— J'aime courir, c'est tout », répondis-je, en me demandant si je compterais cela comme un mensonge quand je me confesserais le samedi suivant, l'ajoutant au mensonge selon lequel je n'avais pas entendu mère Lucy la première fois.

Kevin garait toujours la Peugeot 505 devant le portail du collège juste après les sonneries. Il avait de nombreuses autres courses à faire pour Papa et je n'avais pas le droit de le faire attendre, je fonçais donc après mon dernier cours. Fonçais comme si je courais le deux cents mètres à la compétition sportive interclasses. Une fois, Kevin avait dit à Papa que j'avais mis quelques minutes de plus, et Papa m'avait giflé les joues droite et gauche en même temps, si bien que ses énormes paumes avaient laissé des marques parallèles sur mon visage et des bourdonnements dans mes oreilles pendant plusieurs jours.

« Pourquoi ? demanda Ezinne. Si tu restes pour bavarder avec les autres, peut-être que ça leur fera voir qu'en réalité tu n'es pas snob.

— J'aime courir, c'est tout », répétai-je.

Je demeurai une bêcheuse pour la plupart des filles de ma classe jusqu'à la fin du trimestre. Mais je ne m'en faisais pas trop pour ça parce que j'avais un poids plus lourd à porter : le souci d'arriver première ce trimestre. J'avais l'impression de tenir un sac de gravier en équilibre sur la tête tous les jours à l'école, sans avoir le droit de le retenir avec la main. Les caractères de mes manuels continuaient à se brouiller en pavés rouges et flous devant mes yeux, je voyais toujours l'esprit de mon petit frère ligoté par d'étroites lignes de sang. J'essayais de retenir par cœur ce que disaient les professeurs parce que je savais que je ne comprendrais rien à mes livres quand j'étudierais ensuite. Après chaque contrôle, une boule dure comme du *foufou* raté se formait dans ma gorge et y restait jusqu'à ce qu'on nous ait rendu nos cahiers.

L'école ferma pour les vacances de Noël début décembre. Je scrutai mon bulletin scolaire pendant que Kevin me reconduisait à la maison et j'aperçus 1/25, tracé d'une écriture si penchée que je dus l'examiner de plus près pour m'assurer que ce n'était pas 7/25. Ce soir-là, je m'endormis en serrant contre moi l'image du visage radieux de Papa, le son de la voix de Papa me disant qu'il était très fier de moi, que j'avais réalisé le dessein de Dieu pour moi.

Les vents chargés de poussière de l'harmattan arrivèrent avec le mois de décembre. Ils apportaient l'odeur du Sahara et de Noël et arrachaient les fines feuilles ovales des frangipaniers ainsi que celles en forme d'aiguilles des filaos, couvrant tout d'une pellicule brune. Nous passions tous les Noëls dans notre ville natale. Sœur Veronica appelait cela la migration annuelle des Ibos. Elle ne comprenait pas, disait-elle avec cet accent irlandais qui faisait rouler les mots sur sa langue, pourquoi tant d'Ibos construisaient d'immenses maisons dans leurs villes natales, où ils ne passaient qu'une ou deux semaines en décembre, mais se contentaient de vivre le restant de l'année dans des logements exigus en ville. Je me demandais souvent pourquoi sœur Veronica avait besoin de le comprendre, alors que c'était tout simplement la façon dont les choses se faisaient.

Les vents matinaux étaient rapides, le jour de notre départ, ils malmenaient les filaos, les faisant ployer et se tordre comme pour s'incliner devant un dieu poussiéreux, leurs aiguilles et leurs branches émettant le même son que le sifflet d'un arbitre de football. Les voitures étaient garées dans l'allée, portières et coffres ouverts, attendant qu'on les charge. Papa conduirait la Mercedes, Mama devant et Jaja et moi à l'arrière. Kevin prendrait la voiture de l'usine en emmenant Sisi ; enfin, Sunday, le chauffeur de l'usine qui remplaçait d'habitude Kevin quand celui-ci prenait son congé annuel d'une semaine, conduirait la Volvo.

Papa, debout devant les hibiscus, donnait des instructions, une main enfoncée dans la poche de son boubou blanc, indiquant de l'autre tantôt les paquets, tantôt les voitures.

« Les valises vont dans la Mercedes, et ces légumes aussi. Les ignames iront dans la Peugeot 505, avec les caisses de Rémy Martin et les briques de jus de fruits. Voyez si les piles d'*okporoko* peuvent tenir, elles aussi. Les sacs de riz, le *garri*, les haricots et les bananes plantains vont dans la Volvo. »

Il y avait beaucoup de choses à emporter, et Adamu quitta le portail pour venir prêter main-forte à Sunday et à Kevin. Les ignames, de gros tubercules de la taille de jeunes chiots, remplissaient le coffre de la Peugeot 505 à eux tout seuls, et même la Volvo se retrouva avec un sac de haricots affalé sur le siège avant, comme un passager endormi. Kevin et Sunday partirent les premiers et nous les suivîmes de sorte que, si jamais les soldats les arrêtaient aux barrages routiers, Papa le verrait et s'arrêterait lui aussi.

Papa entama le chapelet avant que nous ayons franchi le portail qui fermait notre rue. Il s'arrêta à la fin de la première dizaine pour permettre à Mama d'enchaîner sur la série suivante de dix *Je vous salue Marie*. Jaja mena la dizaine suivante puis ce fut mon tour. Papa prenait son temps au volant. La route n'avait que deux voies, et quand nous nous retrouvâmes derrière un camion, il resta à sa place en grommelant que les routes n'étaient pas sûres, que les gens d'Abuja avaient volé tout l'argent destiné à convertir les routes en quatre-voies. De nombreuses voitures klaxonnaient et nous doublaient ; certaines étaient tellement pleines d'ignames, de riz et de caisses de sodas et jus de fruits pour Noël que leurs coffres rasaient presque la chaussée.

À Ninth Mile, Papa s'arrêta pour acheter du pain et de l'*opka*. Des colporteurs fondirent sur notre voiture en fourrant des œufs durs, des noix de cajou grillées, des bouteilles d'eau, du pain, de l'*opka*, de l'*agidi* par toutes les fenêtres et en psalmodiant : « Achetez ma marchandise, oh, je vous fais bon prix », ou : « Regardez-moi, c'est moi que vous cherchez. »

Bien qu'il n'achetât que du pain et de l'*opka* enveloppé dans des feuilles de bananier, Papa donna un billet de vingt naira à chacun des autres vendeurs, et leurs chants de « Merci, monsieur, Dieu vous bénisse » résonnèrent à mes oreilles tandis que nous repartions vers Abba.

Le panneau vert « BIENVENUE À ABBA » qui indiquait la sortie de la route aurait été facile à rater tant il était petit. Papa tourna dans le chemin de terre et j'entendis bientôt le crissement du ventre bas de la Mercedes raclant la chaussée cahoteuse et brûlée par le soleil. À notre passage, les gens agitaient la main en hélant Papa par son titre : « *Omelora !* » Des cases en pisé jouxtaient des maisons de deux étages nichées derrière des portails métalliques ouvragés. Des enfants nus ou à demi nus jouaient avec des ballons de football dégonflés. Des hommes étaient assis sur des bancs sous les arbres, buvant du vin de palme dans des cornes de vache ou des chopes en verre terni. Le temps que nous arrivions au grand portail noir de notre maison de campagne, la voiture était recouverte de poussière. Trois hommes âgés, debout sous l'*ukwa* solitaire proche de notre portail, agitèrent la main en criant : « *Nno nu ! Nno nu !* Êtes-vous de retour ? Nous viendrons bientôt vous souhaiter la bienvenue ! »

Notre portier ouvrit les grilles.

« Merci, Seigneur, pour avoir béni notre voyage », dit Papa en se signant quand il pénétra dans la concession, et nous répondîmes : « Amen. »

Notre maison m'époustouflait toujours, la majesté blanche de ses trois étages, la fontaine avec son jet d'eau devant, les cocotiers qui la flanquaient de part et d'autre et les orangers répartis çà et là dans la cour. Trois petits garçons déboulèrent dans la concession pour saluer Papa. Ils avaient suivi notre voiture en courant le long du chemin de terre.

« *Omelora !* Bojour, m'sieu ! » dirent-ils en chœur.

Ils ne portaient que des shorts et ils avaient tous des nombrils de la taille d'un petit ballon.

« Kedu nu ? » Papa leur donna à chacun dix naira d'une liasse de billets qu'il avait sortie de son sac. « Saluez vos parents et n'oubliez pas de leur montrer cet argent.

— Oui, m'sieu ! Marci, m'sieu ! »

Ils ressortirent de la concession à toutes jambes, en riant bruyamment.

Kevin et Sunday déchargèrent les provisions pendant que Jaja et moi sortions les valises de la Mercedes. Mama alla dans l'arrière-cour avec Sisi pour ranger les trépieds de cuisine en fonte. Notre nourriture serait préparée sur la gazinière à l'intérieur de la cuisine, mais les trépieds en métal recevraient les grosses marmites où cuiraient le riz, les ragoûts et les sauces pour les visiteurs. Certaines marmites étaient assez grandes pour contenir une chèvre tout entière. Mama et Sisi ne s'occupaient pratiquement pas de ces plats-là : elles restaient juste dans les parages pour fournir du sel, des cubes Maggi et des ustensiles supplémentaires, car les épouses des membres de notre *umunna* venaient faire la cuisine. Elles voulaient que Mama se repose, disaient-elles, après le stress de la ville. Et, chaque année, elles emportaient les restes – les morceaux de viande gras, le riz et les haricots, les bouteilles de jus de fruits, de Maltina et de bière – en repartant. Nous étions toujours prêts à nourrir le village entier pour Noël, toujours prêts pour qu'aucune des personnes qui entraient ne reparte sans avoir mangé et bu à un degré raisonnable de satiété, comme disait Papa. Le titre de Papa était *Omelora*, après tout : « celui qui œuvre pour la communauté ». Mais Papa n'était pas le seul à recevoir des visiteurs ; les villageois se rendaient en groupe dans toute maison dotée d'un grand portail, et ils emportaient parfois des bols en plastique avec de bons couvercles. C'était Noël.

Jaja et moi étions en haut, en train de défaire les valises, quand Mama entra et dit : « Ade Coker est passé avec sa famille pour nous souhaiter un joyeux Noël. Ils sont en route pour Lagos. Descendez leur dire bonjour. »

Ade Coker était un petit homme rond et rieur. Quand je le voyais, j'essayais toujours de l'imaginer écrivant les éditoriaux du *Standard* ; j'essayais de l'imaginer bravant les soldats. Et je n'y parvenais pas. Il avait l'air d'une poupée de chiffon et, vu qu'il souriait tout le temps, les profondes fossettes de ses joues moelleuses semblaient être des attributs permanents, comme si quelqu'un lui avait enfoncé un bâton dans les joues. Même ses lunettes faisaient lunettes de poupée : elles étaient plus épaisses que des carreaux de fenêtre, d'une étrange teinte bleuâtre et cerclées de plastique blanc. Quand nous sommes entrés, il lançait en l'air son bébé, une copie parfaitement ronde de lui-même. Sa petite fille était debout près de lui et lui demandait de la lancer en l'air, elle aussi.

« Jaja, Kambili, comment allez-vous ? » dit-il, et sans nous laisser le temps de répondre, il rit de son rire cristallin et ajouta, en désignant le bébé d'un geste : « Vous savez ce qu'on dit, plus on les lance haut quand ils sont jeunes, plus ils ont de chances d'apprendre à voler ! »

Le bébé gazouilla en montrant ses gencives roses et tendit la main vers les lunettes de son père. Ade Coker bascula la tête en arrière, lança de nouveau le bébé.

Sa femme, Yewanda, nous embrassa, nous demanda comment nous allions, puis elle donna une tape espiègle à Ade Coker sur l'épaule et lui prit le bébé. En la regardant, je me souvins des sanglots bruyants qui l'étouffaient quand elle était venue trouver Papa.

« Est-ce que vous aimez venir au village ? » nous demanda Ade Coker.

Nous regardâmes Papa en même temps ; il était sur le canapé et lisait une carte de vœux en souriant.

« Oui.

— Ah bon ? Vous aimez venir dans ce village de brousse ? » Il écarquilla les yeux, l'air théâtral. « Avez-vous des amis ici ?

— Non.

— Qu'est-ce que vous faites dans ce trou perdu, alors ? » dit-il pour nous taquiner.

Jaja et moi, nous sourîmes sans répondre.

« Ils sont toujours tellement silencieux, dit-il en s'adressant à Papa. Tellement silencieux.

— Ils ne sont pas comme ces enfants bruyants qui ne reçoivent aucune éducation à la maison et qui n'ont aucune crainte de Dieu », répondit Papa, et j'étais certaine que c'était la fierté qui étirait ses lèvres et éclairait son regard.

« Imagine à quoi ressemblerait le *Standard* si nous étions tous aussi silencieux. »

C'était une plaisanterie. Ade Coker riait ; sa femme Yewanda aussi. Mais Papa ne rit pas. Jaja et moi tournâmes les talons et remontâmes, en silence.

Le bruissement des feuilles de cocotier me réveilla. De l'autre côté de nos hautes grilles, j'entendais des chèvres bêler, des coqs chanter et des gens échanger des salutations en criant à travers les murs en terre des concessions.

« Bojour, là. Tu as réveillé, déjà ? T'es-tu bien levé, oh ?

— Bojour, là. Les gens de ta maison se sont-y bien levés, oh ? »

Je tendis la main pour faire coulisser la fenêtre de ma chambre, pour mieux entendre les sons et laisser entrer l'air propre, teinté de crottes de chèvre et d'oranges mûrissantes. Jaja frappa à la porte avant d'entrer dans ma chambre. Nos chambres étaient contiguës ; à Enugu, elles étaient éloignées.

« Tu es levée ? demanda-t-il. Descendons pour la prière avant que Papa nous appelle. »

Je drapai mon *lappa*, dont je m'étais servi comme couverture légère dans la douceur de la nuit, par-dessus ma chemise de nuit, le nouai sous mon bras et suivis Jaja en bas.

Les larges couloirs donnaient des allures d'hôtel à notre maison, tout comme l'odeur impersonnelle des portes tenues fermées la plus grande partie de l'année, des salles de bains, cuisines et toilettes inutilisées, des chambres inhabitées.

Nous nous servions seulement du rez-de-chaussée et du premier étage ; la dernière fois que les deux autres étages avaient servi remontait à des années, quand Papa avait été nommé chef et avait reçu son titre d'*omelora*. Les membres de notre *umunna* le poussaient depuis si longtemps, déjà quand il était encore directeur chez Leventis et qu'il n'avait pas acheté la première usine, à prendre un titre. Il était suffisamment riche, affirmaient-ils ; par ailleurs personne, dans notre *umunna*, n'avait jamais pris de titre. Aussi, quand Papa s'y décida enfin, après de longues discussions avec le prêtre de la paroisse et en exigeant que tout ce qui pouvait sembler païen fût éliminé de sa cérémonie de remise de titre, ce fut comme un minifestival du Nouvel Igname. Les voitures occupaient jusqu'au dernier centimètre du chemin de terre qui traversait Abba. Les deuxième et troisième étages grouillaient de monde. À présent, je n'y montais que lorsque je voulais voir au-delà de la route qui était juste derrière les murs de notre concession.

« Papa anime une réunion du conseil paroissial aujourd'hui, dit Jaja. Je l'ai entendu le dire à Mama.

— À quelle heure est la réunion ?

— Avant midi. » Et avec ses yeux, il ajouta : *Nous pourrons passer du temps ensemble.*

À Abba, Jaja et moi n'avions pas d'emploi du temps. Nous parlions davantage et passions moins de temps seuls dans nos chambres parce que Papa était trop occupé à accueillir le flot interminable de visiteurs ou à aller à des réunions du conseil paroissial à cinq heures du matin et des réunions du conseil municipal jusqu'à minuit. À moins que ce ne fût parce que Abba était différent, parce que les gens ici entraient dans notre concession à leur guise, parce que l'air même que nous respirions se déplaçait plus lentement.

Papa et Mama étaient dans l'un des petits salons adjacents à la grande salle de séjour du rez-de-chaussée.

« Bonjour Papa, bonjour Mama, avons-nous dit, Jaja et moi.

— Comment allez-vous tous les deux ? demanda Papa.

— Bien. »

Papa avait le regard vif ; il devait être réveillé depuis des heures. Il feuilletait sa Bible, la bible catholique comprenant les livres deutérocanoniques, reliée de cuir noir brillant. Mama paraissait ensommeillée. Elle frotta ses yeux chassieux en nous demandant si nous avions bien dormi. J'entendis des voix en provenance du grand salon. Ici, les invités arrivaient avec l'aurore. Alors que nous venions de faire le signe de la croix et de nous agenouiller autour de la table, on frappa à la porte. Un homme d'âge mûr portant un tee-shirt usé jusqu'à la trame pointa le nez.

« *Omelora !* dit l'homme sur le ton énergique que les gens employaient pour appeler les autres par leurs titres. Je m'en vais maintenant. Je veux voir si je peux acheter quelques affaires de Noël pour mes enfants à Oye Abagana. »

Il parlait anglais avec un accent ibo si fort que même les mots les plus courts se trouvaient ornés de voyelles supplémentaires. Papa appréciait que les villageois fissent un effort pour parler anglais en sa présence. Il disait que cela montrait qu'ils avaient du bon sens.

« *Ogbunambala !* lança Papa. Attends-moi, je prie avec ma famille. Je veux te donner un petit quelque chose pour les enfants. Tu partageras aussi mon thé et mon pain.

— Hei ! *Omelora !* Merci mossieu. Je n'ai pas bu lait cette année. »

L'homme s'attardait toujours sur le pas de la porte. Peut-être s'imaginait-il que son départ ferait disparaître la promesse de thé au lait de Papa.

« *Ogbunambala !* Va t'asseoir et attends-moi. » L'homme battit en retraite. Papa lut des psaumes avant de dire le *Notre Père*, le *Je vous salue Marie*, le *Gloire à Dieu* et le *Je crois en Dieu*. Même si nous récitions à voix haute après que Papa eut prononcé les premiers mots seul, un silence extérieur nous enveloppait tous, comme un voile. Mais lorsqu'il dit : « Maintenant nous allons prier l'Esprit avec nos propres mots car l'Esprit intercède pour nous conformément à Sa volonté », le silence se brisa. Nos voix sonnaient fort, elles étaient discordantes. Mama commença avec une prière pour la paix et pour les dirigeants de notre pays. Jaja pria pour les prêtres et les religieux. Je priai pour le pape. Ensuite, pendant vingt minutes, Papa pria pour que nous soyons à l'abri des gens et des forces impies, pour le Nigeria et ses dirigeants impies, et pour que nous continuions à grandir en vertu. Enfin, il pria pour la conversion de notre Papa-Nnukwu, pour que Papa-Nnukwu soit sauvé du feu de l'enfer. Papa passa un certain temps à décrire l'enfer, comme si Dieu ne savait pas que les flammes étaient éternelles, vives et dévorantes. À la fin, d'une voix plus forte, nous dîmes : « Amen ! »

Papa ferma la Bible.

« Kambili et Jaja, cet après-midi, vous irez à la maison de votre grand-père pour le saluer. Kevin vous y conduira. N'oubliez pas, ne touchez à aucun aliment, ne buvez rien. Et, comme d'habitude, vous ne resterez pas plus de quinze minutes. Quinze minutes.

— Oui, Papa. »

Nous entendions cela tous les Noëls depuis quelques années, depuis que nous avions commencé à rendre visite à Papa-Nnukwu. Papa-Nnukwu avait convoqué une réunion de l'*umunna* pour se plaindre à la famille élargie du fait qu'il ne connaissait pas ses petits-enfants et que nous ne le connaissions pas. C'était Papa-Nnukwu qui nous avait dit cela, à Jaja et à moi, car Papa ne nous parlait pas de ce genre de choses. Papa-Nnukwu avait raconté devant l'*umunna* que Papa avait offert de lui construire une maison, de lui acheter une voiture et de lui payer un chauffeur, à condition qu'il se convertisse et jette le *chi* qu'il gardait dans un sanctuaire en chaume dans sa cour. Papa-Nnukwu avait ri et répondu qu'il voulait simplement voir ses petits-enfants quand il le pouvait. Il ne jetterait pas son *chi* ; il l'avait déjà dit plusieurs fois à Papa. Les membres de notre *umunna* prirent le parti de Papa, comme toujours, mais ils l'exhortèrent à nous laisser rendre visite à Papa-Nnukwu pour le saluer, parce que tout homme assez âgé pour qu'on l'appelle grand-père mérite que ses petits-enfants le saluent. Papa lui-même ne saluait jamais Papa-Nnukwu, ne lui rendait jamais visite, mais il envoyait de minces liasses de naira par l'intermédiaire de Kevin ou d'un des membres de l'*umunna*, des liasses plus minces que celle qu'il donnait à Kevin comme prime de Noël.

« Ça ne me plaît pas de vous envoyer dans la maison d'un païen mais Dieu vous protégera », dit Papa.

Il rangea la Bible dans un tiroir puis nous tira contre lui, Jaja et moi, et nous frotta doucement les bras.

« Oui, Papa. »

Il alla dans le grand salon. J'entendis encore d'autres voix, d'autres gens qui entraient pour dire « *Nno nu* » et se plaindre que la vie était dure, qu'ils n'avaient pas de quoi acheter des vêtements neufs à leurs enfants ce Noël.

« Jaja et toi, vous pouvez prendre votre petit déjeuner en haut. Je vais vous l'apporter. Votre père mangera avec les invités, dit Mama.

— Je vais t'aider, proposai-je.

— Non, *nne*, monte. Reste avec ton frère. »

Je regardai Mama se diriger vers la cuisine de sa démarche boitillante. Ses cheveux tressés étaient relevés dans un filet qui se terminait en une boule de la taille d'une balle de golf, comme un bonnet de Père Noël. Elle avait l'air fatiguée.

« Papa-Nnukwu habite tout près, nous pouvons y aller à pied en cinq minutes, nous n'avons pas besoin que Kevin nous conduise », dit Jaja pendant que nous grimpions l'escalier.

Il disait cela chaque année, mais nous montions toujours dans la voiture pour que Kevin puisse nous y conduire, qu'il puisse nous surveiller.

Plus tard dans la matinée, lorsque Kevin sortit la voiture de la concession, je me retournai pour caresser du regard, une fois de plus, l'éclat des murs blancs et des piliers de notre maison, l'arc argenté parfait que dessinait le jet de la fontaine. Papa-Nnukwu n'avait jamais mis les pieds ici car, lorsque Papa avait décrété que l'accès à sa concession était interdit aux païens, il n'avait pas fait d'exception pour son père.

« Votre père a dit que vous deviez rester quinze minutes », rappela Kevin en se garant sur le bas-côté, près de la concession aux murs de paille de Papa-Nnukwu.

J'examinai la cicatrice de Kevin avant de sortir de voiture. Il était tombé d'un palmier dans sa ville natale du delta du Niger quelques années plus tôt, pendant ses vacances. Elle allait du milieu de sa tête à sa nuque et avait la forme d'un poignard.

« On sait », dit Jaja.

Jaja ouvrit la porte en bois grinçante de Papa-Nnukwu, qui était si étroite que Papa serait peut-être obligé d'entrer de côté si jamais il venait lui rendre visite. La concession faisait à peine le quart de notre arrière-cour à Enugu. Deux chèvres et quelques poules y flânaient en broutant et picorant des brins d'herbe à moitié secs. La maison qui se dressait au milieu de la concession était petite, compacte comme un dé, et il était difficile d'imaginer Papa et Tatie Ifeoma grandissant là. Elle était exactement comme les maisons que je dessinais au jardin d'enfants : une maison carrée avec une porte carrée au milieu et deux fenêtres carrées de chaque côté. La seule différence était que la maison de Papa-Nnukwu avait une véranda, entourée de barreaux de métal rouillé. La première fois que Jaja et moi lui avions rendu visite, j'avais cherché la salle de bains en entrant et Papa-Nnukwu avait ri et montré du doigt la cabane en blocs de ciment brut dehors, grande comme un placard, avec son tapis de palmes tressées en travers de l'entrée béante. Je l'avais examiné lui aussi, ce jour-là, en détournant les yeux quand son regard croisait le mien, cherchant des signes de différence, d'impiété. Je n'en avais vu aucun, mais j'étais sûre qu'ils existaient. C'était obligé.

Papa-Nnukwu était assis sur la véranda, sur un tabouret bas, des bols de nourriture disposés sur une natte de raphia devant lui. Il se leva quand nous entrâmes. Il portait un *lappa* drapé sur le corps et noué derrière la nuque, sur un maillot de corps jadis blanc qui était maintenant bruni par les années et jauni aux aisselles.

« *Neke ! Neke ! Neke !* Kambili et Jaja sont venus saluer leur vieux père ! » s'exclama-t-il.

Bien qu'il fût voûté par l'âge, il était facile de voir qu'il avait été très grand. Il serra la main de Jaja et m'embrassa. Je me pressai contre lui juste un moment de plus, doucement, en retenant ma respiration à cause de l'odeur forte et désagréable de manioc dont il était imprégné.

« Venez manger », dit-il en montrant d'un geste la natte de raphia.

Les bols émaillés contenaient du *foufou* granuleux et une sauce légère, dépourvue de morceaux de poisson ou de viande. C'était l'usage de nous le proposer, mais Papa-Nnukwu s'attendait à ce que nous refusions – ses yeux pétillaient de malice.

« Non merci, Grand-Père. »

Nous nous assîmes sur le banc en bois, près de lui. Je me penchai en arrière et appuyai la tête aux volets en bois, qui étaient traversés d'ouvertures parallèles.

« J'ai appris que vous étiez arrivés hier », dit-il.

Sa lèvre inférieure tremblait, tout comme sa voix, et parfois je le comprenais avec un décalage d'un instant ou deux parce qu'il parlait un dialecte ancien ; son langage n'avait aucune des inflexions anglicisées du nôtre.

« Oui, fit Jaja.

— Kambili, comme tu as grandi, tu es une *agbogho* en fleur, maintenant. Bientôt, les prétendants vont commencer à se présenter », dit-il en me taquinant.

Son œil gauche, qui perdait la vue, était couvert d'un voile d'une consistance et d'une teinte de lait dilué. Je souris quand il tendit le bras pour me tapoter l'épaule ; les taches de vieillesse qui parsemaient sa main ressortaient nettement car elles étaient beaucoup plus claires que sa peau couleur de terre.

« Papa-Nnukwu, tu vas bien ? Comment va ton corps ? » demanda Jaja.

Papa-Nnukwu haussa les épaules comme pour dire qu'il y avait beaucoup de choses qui n'allaient pas mais qu'il n'avait pas le choix.

« Je vais bien, mon fils. Que peut faire un vieil homme, si ce n'est aller bien jusqu'au moment où il rejoint ses ancêtres ? » Il se tut pour façonner une boulette de *foufou* entre ses doigts. Je l'observai, observai le sourire sur son visage, le naturel avec lequel il lança la boulette vers le jardin, où les herbes desséchées ployaient sous une brise légère, pour demander à Ani, dieu de la terre, de partager son repas. « J'ai souvent mal aux jambes. Votre Tatie Ifeoma m'apporte des médicaments quand elle peut rassembler l'argent. Mais je suis un vieillard ; si ce n'est pas mes jambes qui me font mal, ce seront mes mains.

— Tatie Ifeoma et ses enfants vont-ils revenir cette année ? » demandai-je.

Papa-Nnukwu gratta les touffes de cheveux blancs qui s'accrochaient obstinément à son crâne chauve.

« *Ehye*, je les attends demain.

— Ils ne sont pas venus l'année dernière, dit Jaja.

— Ifeoma n'avait pas les moyens. » Papa-Nnukwu secoua la tête. « Depuis que le père de ses enfants est mort, elle a connu des temps difficiles. Mais elle va les amener cette année. Vous les verrez. Ce n'est pas bien que vous ne les connaissiez qu'à peine, vos cousins. Ce n'est pas bien. »

Nous ne dîmes rien, Jaja et moi. Nous ne connaissions qu'à peine Tatie Ifeoma et ses enfants parce que Papa et elle s'étaient disputés au sujet de Papa-Nnukwu. Mama nous l'avait dit. Tatie Ifeoma avait cessé de parler à Papa quand il avait interdit à Papa-Nnukwu de venir chez lui et il s'était passé des années avant qu'ils ne finissent par s'adresser de nouveau la parole.

« Si j'avais de la viande dans ma sauce, dit Papa-Nnukwu, je vous l'offrirais.

— Ça va, Papa-Nnukwu », fit Jaja.

Papa-Nnukwu prenait son temps pour avaler sa nourriture. Je la regardai descendre à l'intérieur de sa gorge, lutter pour franchir sa pomme d'Adam pendante, qui faisait saillie sur son cou comme une noix ridée. Il n'y avait rien à boire près de lui, pas même de l'eau.

« Cette enfant qui m'aide, Chinyelu, va venir bientôt. Je vais l'envoyer vous acheter des sodas à tous les deux, au magasin d'Ichie.

— Non, Papa-Nnukwu. Merci, Grand-Père, dit Jaja.

— *Ezi okwu ?* Je sais que votre père ne vous autorise pas à manger ici parce que j'offre ma nourriture à nos ancêtres, mais les boissons aussi ? Est-ce que je ne les achète pas au magasin comme tout le monde ?

— Papa-Nnukwu, nous avons mangé juste

avant de venir, répondit Jaja. Si nous avons soif, nous boirons dans ta maison. »

Papa-Nnukwu sourit. Il avait les dents jaunies et très espacées car il en avait perdu beaucoup.

« Tu as bien parlé, mon fils. Tu es mon père, Ogbuefi Olioke, de retour parmi nous. Il parlait avec sagesse. »

Je regardai le *foufou* sur l'assiette émaillée, dont le vert couleur de feuilles était ébréché sur les bords. J'imaginai le *foufou*, complètement desséché par les vents d'harmattan, râpant l'intérieur de la gorge de Papa-Nnukwu quand il l'avalait. Jaja me donna un petit coup de coude. Mais je ne voulais pas partir ; je voulais rester pour pouvoir, si jamais le *foufou* se coinçait dans la gorge de Papa-Nnukwu, courir lui chercher de l'eau. Je ne savais pas où était l'eau, cependant. Jaja me donna un nouveau coup de coude et je ne parvins toujours pas à me lever. Le banc me retenait, m'aspirait. Je regardai un coq gris entrer dans le sanctuaire au coin de la cour, le lieu où se trouvait le dieu de Papa-Nnukwu, le lieu dont Papa disait que nous ne devions jamais approcher, Jaja et moi. Le sanctuaire était un appentis bas et ouvert, aux murs et au toit de terre, recouverts de palmes séchées. Il ressemblait à la grotte derrière St Agnes, celle qui était consacrée à Notre-Dame de Lourdes.

« Allons-y, Papa-Nnukwu, dit Jaja, en se levant enfin.

— D'accord, mon fils », répondit Papa-Nnukwu.

Il ne dit pas : « Comment, déjà ? » ou « Est-ce

ma maison qui vous fait fuir ? ». Il avait l'habitude de nous voir repartir à peine arrivés. Lorsqu'il nous raccompagna en s'appuyant sur sa canne tordue taillée dans une branche d'arbre, Kevin sortit de la voiture et le salua, puis lui tendit une mince liasse de billets.

« Oh ? Remercie Eugene pour moi, dit Papa-Nnukwu en souriant. Remercie-le. »

Il nous fit signe quand la voiture démarra. J'agitai la main à mon tour et gardai les yeux rivés sur lui pendant qu'il regagnait sa concession à pas traînants. Si cela embêtait Papa-Nnukwu que son fils lui envoyât des sommes d'argent dérisoires et impersonnelles par l'intermédiaire d'un chauffeur, il ne le montrait pas. Il ne l'avait pas montré au précédent Noël, ni à celui d'avant. Il ne l'avait jamais montré.

Quelle différence avec la façon dont Papa avait traité mon grand-père maternel jusqu'à sa mort, cinq ans plus tôt ! Tous les ans à Noël, quand nous arrivions à Abba, Papa s'arrêtait à la maison de Grand-Père, dans notre *ikwu nne*, la ville de jeune fille de notre mère, avant même d'aller à notre propre concession. Grand-Père était très clair de peau, presque albinos, et on disait que c'était une des raisons pour lesquelles il plaisait aux missionnaires. Il parlait résolument en anglais, toujours, avec un fort accent ibo. Il connaissait également le latin, citait souvent les articles de Vatican I et passait le plus clair de son temps à St Paul, où il avait été le premier catéchiste. Il avait exigé que nous l'appelions Grand-Père, en anglais, au lieu de Papa-Nnukwu ou Nna-Ochie. Papa parlait encore souvent de lui, avec de la fierté dans le regard comme si Grand-Père avait été son propre père. Il avait ouvert les yeux avant beaucoup de membres de notre peuple, disait Papa ; il avait compté parmi les rares personnes qui avaient fait bon accueil aux missionnaires. Savez-vous avec quelle rapidité il avait appris l'anglais ? Une fois interprète, savez-vous combien de gens il contribua à convertir ? C'est qu'il avait converti presque tout Abba par lui-même ! Il faisait les choses comme il fallait, comme les faisaient les Blancs, pas comme font maintenant les gens de notre peuple ! Papa avait une photo de Grand-Père en tenue d'apparat des Chevaliers de St John, dans un cadre d'acajou foncé qu'il avait accroché au mur dans notre maison d'Enugu. Je n'avais pas besoin de cette photo pour me souvenir de Grand-Père, cela étant. Je n'avais que dix ans à sa mort, mais je me rappelais ses yeux presque verts d'albinos, la façon dont il employait le mot *pécheur* à chaque phrase.

« Papa-Nnukwu n'a pas l'air en aussi bonne santé que l'année dernière », murmurai-je tout près de l'oreille de Jaja quand la voiture démarra. Je ne voulais pas que Kevin entende.

« C'est un vieil homme », dit Jaja.

À notre arrivée à la maison, Sisi nous monta notre déjeuner, du riz et du bœuf frit, servi sur d'élégantes assiettes couleur fauve, et Jaja et moi mangeâmes seuls. La réunion du conseil paroissial avait commencé et nous entendions les voix masculines qui s'élevaient parfois en dispute, de même que nous entendions la cadence, tantôt montante, tantôt descendante, des voix féminines dans la cour, les épouses de notre *umunna* qui huilaient les marmites pour les rendre plus faciles à laver plus tard, pilaient des épices dans des mortiers de bois et allumaient les feux sous les trépieds.

« Vas-tu le confesser ? demandai-je à Jaja pendant que nous mangions.

— Quoi ?

— Ce que tu as dit aujourd'hui, que si nous avions soif, nous boirions dans la maison de Papa-Nnukwu.

— Je voulais juste dire quelque chose qui le réconforte un peu.

— Il le prend bien.

— Il le cache bien », dit Jaja.

À ce moment-là, Papa ouvrit la porte et entra. Je ne l'avais pas entendu monter l'escalier ; par ailleurs, je ne pensais pas qu'il monterait car la réunion du conseil paroissial était toujours en cours au rez-de-chaussée.

« Bonsoir, Papa, avons-nous dit, Jaja et moi.

— Kevin m'apprend que vous êtes restés vingt-cinq minutes avec votre grand-père. Est-ce ce que je vous avais dit ? »

Papa parlait d'une voix basse.

« J'ai perdu du temps, c'est ma faute, répondit Jaja.

— Qu'avez-vous fait là-bas ? Avez-vous mangé de la nourriture sacrifiée aux idoles ? Avez-vous profané vos langues chrétiennes ? »

J'étais figée sur ma chaise ; j'ignorais que les langues pouvaient être chrétiennes, elles aussi.

« Non », dit Jaja.

Papa avançait vers Jaja. Il parlait entièrement en ibo à présent. Je pensais qu'il allait tirer les oreilles de Jaja, par coups brusques en cadence avec ses paroles, qu'il le giflerait et que la paume de sa main ferait le même bruit que lorsqu'un gros livre tombe d'une étagère, à la bibliothèque de l'école. Puis il allongerait le bras et me giflerait avec la même désinvolture que pour attraper la poivrière. Mais il dit : « Je veux que vous finissiez cette nourriture et que vous alliez dans vos chambres prier pour demander pardon », avant de tourner les talons pour redescendre. Le silence qu'il laissa derrière lui était pesant mais confortable, comme un vieux cardigan qui gratte, un matin de froid mordant.

« Il reste du riz dans ton assiette », finit par dire Jaja.

Je hochai la tête et attrapai ma fourchette. J'entendis alors la voix de Papa juste en dessous de la fenêtre et reposai la fourchette.

« Que fait-il dans ma maison ? Que fait Anikwenwa dans ma maison ? »

Le timbre rageur de la voix de Papa me donnait froid au bout des doigts. Jaja et moi fonçâmes à la fenêtre, et comme nous ne pouvions rien voir, nous nous précipitâmes dans la véranda et nous nous plaçâmes à côté des piliers.

Papa était debout dans le jardin près d'un oranger, criant contre un vieil homme ridé vêtu d'un maillot de corps blanc déchiré et d'un *lappa* noué à la taille. Quelques autres hommes entouraient Papa.

« Que fait Anikwenwa dans ma maison ? Que fait un idolâtre dans ma maison ? Sors de ma maison !

— Sais-tu que j'appartiens à la classe d'âge de ton père, *gbo* ? » demanda le vieil homme. Le doigt qu'il agitait dans l'air voulait s'adresser au visage de Papa, mais il n'arriva pas plus haut que sa poitrine. « Sais-tu que je tétais le sein de ma mère quand ton père tétait celui de sa mère ?

— Sors de ma maison ! » Papa désigna le portail.

Deux hommes firent lentement sortir Anikwenwa de la concession. Il ne résista pas ; il était trop vieux pour ça, de toute façon. Mais il ne cessa de se retourner et de lancer des mots à Papa.

« *Ifukwa gi !* Tu es comme une mouche qui accompagne aveuglément un cadavre dans la tombe ! »

Je suivis du regard la démarche instable du vieillard jusqu'à ce qu'il ait franchi les grilles.

Tatie Ifeoma vint le lendemain, dans la soirée, au moment où les orangers commençaient à projeter de longues ombres ondulées sur la fontaine de la cour. Son rire monta au salon, où je lisais. Je ne l'avais pas entendu depuis deux ans, mais j'aurais reconnu ce son franc et saccadé n'importe où. Tatie Ifeoma était aussi grande que Papa, avec un corps bien proportionné. Elle marchait vite, comme quelqu'un qui sait exactement où il va et ce qu'il va y faire. Et elle parlait de la même façon qu'elle marchait, comme pour sortir autant dc mots que possible de sa bouche dans le laps de temps le plus court.

« Bienvenue, Tatie, *nno* », dis-je en me levant pour l'embrasser.

Elle ne m'enlaça pas rapidement comme à son habitude. Elle me prit dans ses bras et me serra fort contre la douceur de son corps. Les larges revers de sa robe évasée, bleue, sentaient la lavande.

« Kambili, *kedu* ? »

Un grand sourire étira son visage au teint sombre, découvrant un espace entre ses dents de devant.

« Je vais bien, Tatie.

— Comme tu as grandi ! Regarde-toi, regarde-toi. » Elle tendit la main et tira mon sein gauche. « Regarde-les, ceux-là, comme ils poussent vite ! »

Je détournai les yeux et respirai à fond pour ne pas me mettre à bégayer. Je ne savais pas comment réagir à ce genre d'espièglerie.

« Où est Jaja ? demanda-t-elle.

— Il dort. Il a mal à la tête.

— Mal à la tête à trois jours de Noël ? Pas question. Je vais le réveiller et guérir ce mal de tête. » Tatie Ifeoma rit. « Nous sommes arrivés avant midi ; nous sommes partis de vraiment bonne heure de Nsukka et nous serions arrivés plus tôt si la voiture n'était pas tombée en panne sur la route, mais c'était près de Ninth Mile, Dieu merci, alors on a pu trouver un mécanicien facilement.

— Rendons grâce à Dieu », dis-je. Puis, après un petit silence, je demandai : « Comment vont mes cousins ? »

La politesse voulait que je pose cette question ; il n'empêche que cela me faisait bizarre de demander des nouvelles de cousins que je connaissais à peine.

« Ils vont venir bientôt. Ils sont avec ton Papa-Nnukwu, et il vient de commencer une de ses histoires. Tu sais comment il aime broder indéfiniment.

— Ah », fis-je.

Je ne savais pas que Papa-Nnukwu aimait broder indéfiniment. Je ne savais même pas qu'il racontait des histoires.

Mama entra avec un plateau chargé de bouteilles de jus de fruits et de boissons maltées couchées à plat. Une assiette de *chin-chin* était posée en équilibre par-dessus le tout.

« *Nwunye m*, pour qui est-ce, tout ça ? demanda Tatie Ifeoma.

— Toi et les enfants, répondit Mama. Tu as bien dit que les enfants arrivaient bientôt, *okwia* ?

— Tu n'aurais pas dû te déranger, vraiment. Nous avons acheté des *opka* en route et nous venons de les manger.

— Alors je vais te mettre le *chin-chin* dans un sac », dit Mama, qui tourna le dos pour ressortir.

Elle portait un *lappa* élégant, à l'imprimé jaune, et les manches courtes et bouffantes de son chemisier assorti étaient ornées de dentelle jaune.

« *Nwunye m* », lança Tatie Ifeoma, et Mama se retourna.

La première fois que j'avais entendu Tatie Ifeoma appeler Mama « *Nwunye m* », j'avais été horrifiée qu'une femme appelle une autre femme « mon épouse ». Lorsque je lui avais posé la question, Papa m'avait expliqué que c'étaient des vestiges de traditions impies, l'idée que la famille et non l'homme seul épousait la femme, et plus tard Mama avait murmuré, bien que nous fussions seules dans ma chambre : « Je suis son épouse à elle aussi, parce que je suis l'épouse de ton père. Ça montre qu'elle m'accepte. »

« *Nwunye m*, viens t'asseoir. Tu as l'air fatiguée. Ça va bien ? » demanda Tatie Ifeoma.

Un sourire crispé se dessina sur le visage de Mama.

« Ça va bien, très bien. J'aidais les épouses de notre *umunna* à faire la cuisine.

— Viens t'asseoir, répéta Tatie Ifeoma. Viens t'asseoir et repose-toi. Les épouses de notre *umunna* peuvent bien chercher le sel toutes seules et le trouver. Après tout, elles sont toutes venues pour te chiper des choses, pour envelopper de la viande dans des feuilles de bananier quand personne ne regarde et la remporter en douce à la maison. » Tatie Ifeoma rit.

Mama s'assit à côté de moi.

« Eugene va faire installer d'autre chaises dehors, en particulier pour le jour de Noël. Il y a tellement de gens qui sont venus, déjà, dit-elle.

— Tu sais que les nôtres n'ont pas d'autre travail à Noël que d'aller de maison en maison, ajouta Tatie Ifeoma. Mais tu ne peux pas rester là à les servir toute la journée. Nous devrions emmener les enfants à Abagana pour la fête d'Aro, demain, regarder les *mmuo*.

— Eugene ne laissera pas les enfants aller à une fête païenne, fit Mama.

— Fête païenne, *kwa* ? Tout le monde va à Aro regarder les *mmuo*.

— Je sais, mais tu connais Eugene. »

Tatie Ifeoma secoua lentement la tête.

« Je lui dirai que nous allons faire une promenade en voiture, pour pouvoir passer du temps tous ensemble, surtout les enfants. »

Mama joua avec ses doigts quelques instants sans

rien dire. Puis elle demanda : « Quand emmèneras-tu les enfants à la ville natale de leur père ?

— Peut-être aujourd'hui, même si, là maintenant, je ne me sens pas la force d'affronter la famille d'Ifediora. Ils avalent de plus en plus de conneries chaque année. Les gens de son *umunna* disent qu'il a laissé de l'argent quelque part et que je le cache. À Noël dernier, une des femmes de leur concession m'a même dit que je l'avais tué. J'avais envie de lui fourrer du sable dans la bouche. Puis j'ai pensé que je devais la prendre à part, eh, et lui expliquer qu'on ne tue pas un mari qu'on aime, qu'on n'organise pas un accident de voiture dans lequel une remorque rentre dans la voiture de votre mari, mais là encore, pourquoi perdre mon temps ? Ils ont tous des cerveaux de pintade. » Tatie Ifeoma souffla longuement entre ses dents. « Je ne sais pas combien de temps encore je vais continuer d'emmener les enfants là-bas. »

Mama claqua la langue en signe de compassion.

« Les gens ne parlent pas toujours de façon sensée. Mais c'est bon pour les enfants d'y aller, en particulier pour les garçons. Ils ont besoin de connaître le pays de leur père et les membres de l'*umunna* de leur père.

— Franchement, je ne sais pas comment Ifediora pouvait venir d'une *umunna* pareille. »

Je regardais leurs lèvres se mouvoir pendant qu'elles parlaient ; les lèvres nues de Mama étaient pâles, comparées à celles de Tatie Ifeoma, couvertes d'un rouge à lèvres bronze brillant.

« L'*umunna* dira toujours des choses qui blessent, dit Mama. Notre propre *umunna* n'a-t-elle pas conseillé à Eugene de prendre une autre épouse parce qu'un homme de sa stature ne peut pas se contenter de deux enfants ? Si je n'avais pas eu des gens comme toi de mon côté…

— Arrête, arrête d'être reconnaissante. Si Eugene avait fait ça, ç'aurait été lui le perdant, pas toi.

— C'est ce que tu crois. Une femme avec des enfants et pas de mari, ça donne quoi ? Moi. »

Mama secoua la tête.

« Tu recommences. Tu vois ce que je veux dire. Comment une femme peut-elle vivre comme ça ? »

Les yeux de Mama s'étaient arrondis, prenant plus de place dans son visage.

« *Nwunye m*, quelquefois la vie commence quand le mariage prend fin.

— Toi et tes propos d'universitaire ! C'est ce que tu racontes à tes étudiantes ? » Mama souriait.

« Sérieusement, oui. Mais elles se marient de plus en plus tôt, ces temps-ci. À quoi nous sert un diplôme, me demandent-elles, si nous ne trouvons pas de travail avec ?

— Au moins elles auront quelqu'un qui s'occupera d'elles si elles se marient.

— Je ne sais pas qui s'occupera de qui. Six filles de mon séminaire de première année sont mariées, leurs maris viennent les voir tous les week-ends en Mercedes et en Lexus, ils leur achètent des chaînes hi-fi, des livres de cours et des frigos, et quand elles obtiennent leurs diplômes, elles deviennent la propriété de leur mari, elles et leurs diplômes. Tu ne vois pas ça ? »

Mama secoua la tête.

« Encore des propos d'universitaire. Un mari couronne la vie d'une femme, Ifeoma. C'est ce qu'elles veulent.

— C'est ce qu'elles croient vouloir. Mais comment puis-je le leur reprocher ? Regarde ce que ce tyran militaire fait de notre pays. » Tatie Ifeoma ferma les yeux, comme on le fait quand on veut se souvenir de quelque chose de désagréable. « Voilà trois mois que nous n'avons plus de carburant à Nsukka. J'ai passé la nuit à la station-service la semaine dernière, à attendre de l'essence. Et à la fin, le carburant n'est pas arrivé. Il y a des gens qui ont laissé leur voiture à la station parce qu'ils étaient en panne. Si tu voyais les moustiques qui m'ont piquée cette nuit-là, eh bien, j'avais des marques grosses comme des noix de cajou sur la peau.

— Oh ! » Mama secoua la tête en compatissant. « Mais à part ça, comment vont les choses à l'université, dans l'ensemble ?

— Nous venons juste d'annuler une autre grève, une de plus, bien qu'aucun enseignant n'ait été payé depuis deux mois. Ils nous disent que le gouvernement fédéral n'a pas d'argent. » Tatie Ifeoma eut un petit rire dépourvu d'humour. « *Ifukwa*, les gens quittent le pays. Philippa est partie il y a deux mois. Tu te rappelles mon amie Philippa ?

— Elle est venue avec toi à Noël il y a deux ans. Rondelette et le teint foncé ?

— Oui. Elle enseigne en Amérique à présent. Elle partage un bureau exigu avec un autre professeur adjoint, mais elle dit qu'au moins, là-bas, les gens sont payés. »

Tatie Ifeoma se tut et tendit la main pour enlever quelque chose sur le chemisier de Mama. Je regardais le moindre de ses gestes ; je ne pouvais pas fermer les oreilles. J'étais fascinée par l'intrépidité de sa façon d'être, de parler avec les mains, de sourire en montrant ce grand espace entre les dents.

« J'ai ressorti ma vieille cuisinière à pétrole, continua-t-elle. C'est ce dont nous nous servons maintenant ; nous ne sentons même plus l'odeur du pétrole dans la cuisine. Sais-tu combien coûte une bonbonne de gaz ? C'est scandaleux ! »

Mama remua sur le canapé.

« Pourquoi ne l'as-tu pas dit à Eugene ? Il y a des bonbonnes de gaz à l'usine… »

Tatie Ifeoma rit et tapota affectueusement l'épaule de Mama.

« *Nwunye m*, c'est dur mais nous ne mourons pas encore. Je te raconte tout ça parce que c'est toi. Avec n'importe qui d'autre, j'enduirais mon visage d'affamée de vaseline pour le faire briller. »

Papa entra alors, il se dirigeait vers sa chambre. J'étais sûre qu'il allait chercher d'autres liasses de naira qu'il donnerait aux visiteurs comme *igba krismas*, en leur disant ensuite : « Ça vient de

Dieu, pas de moi », quand ils commenceraient à chanter leurs remerciements.

« Eugene, lui lança Tatie Ifeoma, je disais que Jaja et Kambili devraient passer du temps avec les enfants et moi demain. »

Papa grogna et continua d'avancer vers la porte.

« Eugene ! »

Chaque fois que Tatie Ifeoma parlait à Papa, mon cœur s'arrêtait, puis repartait précipitamment. C'était à cause de la désinvolture de son ton ; elle n'avait pas l'air de reconnaître qu'il s'agissait de Papa, qu'il était différent, spécial. Je voulais tendre la main pour lui fermer les lèvres et me mettre un peu de ce rouge à lèvres bronze brillant sur les doigts.

« Où veux-tu les emmener ? demanda Papa, debout devant la porte.

— Juste faire un tour.

— Du tourisme ? » Papa parlait en anglais, tandis que Tatie Ifeoma s'exprimait en ibo.

« Eugene, laisse les enfants venir avec nous ! » Tatie Ifeoma paraissait agacée ; elle avait légèrement haussé la voix. « N'est-ce pas Noël que nous fêtons, eh ? Les enfants n'ont jamais vraiment passé de temps ensemble. *Imakwa*, mon petit dernier, Chima, ne connaît même pas le nom de Kambili. »

Papa nous regarda, moi d'abord puis Mama, scrutant nos visages comme s'il cherchait des lettres sous nos nez, sur nos fronts, sur nos lèvres, qui composeraient quelque chose qui ne lui plairait pas.

« D'accord. Ils peuvent aller avec toi, mais tu sais que je ne veux pas que mes enfants approchent de quoi que ce soit d'impie. Si vous passez devant des *mmuo*, gardez vos vitres remontées.

— C'est entendu, Eugene, dit Tante Ifeoma avec une raideur exagérée.

— Pourquoi ne déjeunerions-nous pas tous ensemble le jour de Noël ? demanda Papa. Comme ça les enfants pourront passer du temps ensemble.

— Tu sais que les enfants et moi passons la journée de Noël avec leur Papa-Nnukwu.

— Qu'est-ce que les idolâtres savent de Noël ?

— Eugene... » Tante Ifeoma respira à fond. « D'accord, les enfants et moi, nous viendrons le jour de Noël. »

Papa était redescendu et j'étais toujours assise sur le canapé, à regarder Tatie Ifeoma parler à Mama, quand mes cousins arrivèrent. Amaka était une version adolescente et plus mince de sa mère. Elle marchait et parlait encore plus vite et plus résolument que Tatie Ifeoma. Seuls ses yeux étaient différents ; ils n'avaient pas la chaleur de ceux de Tatie Ifeoma. C'étaient des yeux interrogateurs, qui posaient beaucoup de questions et n'acceptaient pas beaucoup de réponses. Obiora avait un an de moins, la peau très claire, des yeux couleur de miel derrière ses épaisses lunettes, et les commissures des lèvres remontées en un sourire permanent. Chima avait la peau aussi foncée que le fond d'une casserole de riz brûlé et il était grand, pour un garçon de sept ans. Ils riaient tous de la même façon : par saccades rauques, qui déferlaient avec enthousiasme.

Ils saluèrent Papa, et quand ce dernier leur donna de l'argent pour *igba krismas*, Amaka et Obiora le remercièrent en levant les deux grosses liasses de billets. Leurs yeux exprimaient une surprise polie, pour montrer qu'ils n'étaient pas présomptueux et qu'ils ne s'étaient pas attendus à recevoir de l'argent.

« Vous avez le satellite, ici, n'est-ce pas ? » me demanda Amaka.

Ce fut la première chose qu'elle me dit après que nous nous fûmes saluées. Elle avait les cheveux coupés court, plus haut sur le devant puis en dégradé arrondi jusqu'à l'arrière de sa tête, où ils étaient presque à ras.

« Oui.

— Pouvons-nous regarder CNN ? »

J'arrachai un toussotement à ma gorge ; j'espérais que je n'allais pas bégayer.

« Peut-être demain, poursuivit Amaka, parce que là maintenant, je crois que nous allons rendre visite à la famille de mon père à Upko.

— Nous ne regardons pas beaucoup la télévision, dis-je.

— Pourquoi ? » demanda Amaka. Il était tellement invraisemblable que nous ayons le même âge, quinze ans. Elle paraissait tellement plus âgée, à moins que ce ne fût sa ressemblance frappante avec Tatie Ifeoma ou sa façon de me regarder droit dans les yeux. « Parce que ça vous ennuie ? Si seulement nous avions tous le satellite ! Comme ça tout le monde pourrait s'ennuyer. »

J'avais envie de lui dire que j'étais désolée, que je ne voulais pas qu'elle nous déteste parce que nous ne regardions pas le satellite. Je voulais lui expliquer que, malgré les énormes paraboles qui trônaient sur le toit de nos maisons d'ici et d'Enugu, nous ne regardions pas la télévision. Papa n'avait pas prévu de créneau télé dans nos emplois du temps.

Mais Amaka s'était tournée vers sa mère, assise tout contre Mama.

« Maman, si nous allons à Upko, nous devrions partir bientôt pour pouvoir rentrer avant que Papa-Nnukwu s'endorme. »

Tatie Ifeoma se leva.

« Oui, *nne*, il faudrait y aller. »

Elle tint Chima par la main pendant qu'ils descendaient tous l'escalier. Amaka fit une remarque en montrant du doigt notre rampe sculptée à la main, lourde et tarabiscotée, qui fit rire Obiora. Elle ne se retourna pas pour me dire au revoir, contrairement aux garçons et à Tatie Ifeoma, qui me fit signe de la main en disant : « À demain. »

Tatie Ifeoma entra en voiture dans la concession alors même que nous finissions le petit déjeuner. Quand elle déboula dans la salle à manger, au premier étage, je m'imaginai une aïeule vénérable et fière, couvrant des kilomètres à pied pour aller chercher de l'eau dans des jarres en terre artisanales, donnant le sein aux bébés jusqu'à ce qu'ils pussent marcher et parler, faisant la guerre avec des machettes aiguisées sur des pierres chauffées par le soleil. Sa présence emplissait une pièce.

« Êtes-vous prêts, Jaja et Kambili ? demanda-t-elle. *Nwunye m*, tu ne veux pas venir avec nous ? »

Mama secoua la tête.

« Tu sais bien qu'Eugene aime que je reste.

— Kambili, je crois que tu serais plus à l'aise en pantalon, me dit Tatie Ifeoma alors que nous nous dirigions vers la voiture.

— Ça ira, Tatie », répondis-je.

Je me demandai pourquoi je ne lui disais pas que toutes mes jupes m'arrivaient bien au-dessous du genou, et que je n'avais pas de pantalon parce que c'était péché pour une femme de porter un pantalon.

Son break Peugeot 504 était blanc, avec les ailes d'un vilain brun causé par la rouille. Amaka était assise à l'avant, Obiora et Chima sur la banquette arrière. Jaja et moi, nous nous assîmes aux places du milieu. Debout dehors, Mama suivit la voiture du regard jusqu'à ce qu'elle sortît de son champ de vision. Je le savais car je sentais ses yeux, je sentais sa présence. La voiture tintinnabulait comme si des boulons s'étaient dévissés et bougeaient à chaque secousse de la route cahoteuse. Il y avait des rectangles béants sur le tableau de bord à l'emplacement des bouches de la climatisation, aussi avions-nous toutes les vitres baissées. La poussière me balayait la bouche, m'entrait dans les yeux et le nez.

« Nous allons passer chercher Papa-Nnukwu, il va venir avec nous », dit Tatie Ifeoma.

Je sentis mon ventre se soulever et lançai un

coup d'œil à Jaja. Son regard croisa le mien. Que dirions-nous à Papa ? Jaja détourna les yeux ; il n'avait pas de réponse.

Avant même que Tatie Ifeoma eût coupé le moteur devant la concession aux murs de terre et de paille, Amaka ouvrit la portière avant et bondit dehors : « Je vais chercher Papa-Nnukwu ! »

Les garçons descendirent de voiture et suivirent Amaka en franchissant la petite porte en bois.

« Vous ne voulez pas sortir ? » demanda Tatie Ifeoma en se tournant vers Jaja et moi.

Je regardai ailleurs. Jaja était aussi immobile que moi.

« Vous ne voulez pas entrer dans la concession de votre Papa-Nnukwu ? Mais n'êtes-vous pas venus le saluer il y a deux jours ? »

Tatie Ifeoma nous regardait en écarquillant les yeux.

« Nous n'avons pas le droit de revenir ici une fois que nous l'avons salué, dit Jaja.

— Qu'est-ce que c'est que ces sottises ? » Tatie Ifeoma se tut alors, se souvenant peut-être que ce n'était pas nous qui faisions les règles. « Dites-moi, à votre avis, pourquoi votre père ne veut-il pas que vous veniez ici ?

— Je ne sais pas », répondit Jaja.

Je suçai ma langue pour la dégeler, et sentis le goût granuleux de la poussière.

« Parce que Papa-Nnukwu est païen. » Papa serait fier que j'aie dit cela.

« Votre Papa-Nnukwu n'est pas païen, Kambili, c'est un traditionaliste. »

Je la dévisageai. Païen ou traditionaliste, quelle importance ? Il n'était pas catholique, voilà tout ; il n'avait pas la foi. Il faisait partie des gens dont nous appelions la conversion par nos prières pour qu'ils ne finissent pas dans les tourments éternels de l'enfer.

Nous gardâmes le silence jusqu'au moment où la porte du jardin s'ouvrit et où Amaka sortit, suffisamment près de Papa-Nnukwu pour le soutenir en cas de besoin. Les garçons suivaient. Papa-Nnukwu portait une ample chemise imprimée sur un short kaki qui lui arrivait aux genoux. Je ne l'avais jamais vu habillé autrement qu'avec les *lappa* élimés dont il était drapé quand nous lui rendions visite.

« C'est moi qui lui ai acheté ce short, dit Tatie Ifeoma en riant. Vous voyez comme il a l'air jeune, qui croirait qu'il a quatre-vingts ans ? »

Amaka aida Papa-Nnukwu à s'asseoir à l'avant, puis monta au milieu avec nous. Jaja et moi le saluâmes :

« Papa-Nnukwu, bonjour Grand-Père.

— Kambili, Jaja, je vous revois avant votre départ pour la ville ? *Ehye*, c'est un signe que je vais bientôt rencontrer les ancêtres.

— *Nna anyi*, n'es-tu pas fatigué de prédire ta mort ? s'exclama Tatie Ifeoma en faisant démarrer la voiture. Fais-nous entendre quelque chose de nouveau ! »

Elle l'appelait *nna anyi*, « notre père ». Je me demandai si Papa l'appelait ainsi autrefois, et comment il l'appellerait à présent s'ils se parlaient.

« Il aime évoquer sa mort prochaine, dit Amaka dans un anglais amusé. Il pense que ça va nous pousser à faire des choses pour lui.

— Sa mort prochaine, vraiment ! Il sera encore là quand nous aurons l'âge qu'il a maintenant, renchérit Obiora dans un anglais tout aussi amusé.

— Que racontent ces enfants, *gbo*, Ifeoma ? demanda Papa-Nnukwu. Complotent-ils pour se partager mon or et mes nombreuses terres ? N'attendront-ils pas que je m'en aille d'abord ?

— Si tu avais de l'or et des terres, nous t'aurions tué nous-mêmes depuis des années », lança Tatie Ifeoma.

Mes cousins rirent et Amaka nous jeta un coup d'œil, à Jaja et à moi, se demandant peut-être pourquoi nous ne riions pas, nous aussi. Je voulus sourire, mais nous passions justement devant notre maison et la vue des imposantes grilles noires et des murs blancs me raidit les lèvres.

« Voici ce que les nôtres disent au Dieu Haut, le *Chukwu*, dit Papa-Nnukwu. Donne-moi et la richesse et un enfant, mais si je dois choisir entre les deux, donne-moi un enfant parce que quand mon enfant grandira, ma richesse fera de même. » Papa-Nnukwu se tut et tourna la tête vers notre maison. « *Nekenem*, regardez-moi. Mon fils possède cette maison qui peut loger tous les hommes d'Abba. Pourtant, bien souvent, je n'ai rien à mettre dans mon assiette. Je n'aurais pas dû le laisser suivre ces missionnaires.

— *Nna anyi*, dit Tante Ifeoma, ce n'étaient pas

les missionnaires. Ne suis-je pas allée à l'école missionnaire, moi aussi ?

— Mais tu es une femme. Tu ne comptes pas.

— Eh ? Alors je ne compte pas ? Eugene t'a-t-il jamais demandé des nouvelles de ta mauvaise jambe ? Si je ne compte pas, eh bien je vais arrêter de te demander si tu t'es bien levé le matin. »

Papa-Nnukwu gloussa.

« Alors mon esprit te hantera quand je rejoindrai les ancêtres.

— Il hantera Eugene d'abord.

— Je plaisante avec toi, *nwa m*. Où serais-je aujourd'hui si mon *chi* ne m'avait pas donné une fille ? » Papa-Nnukwu marqua une pause. « Mon esprit intercédera pour toi, pour que *Chukwu* t'envoie un homme bien qui s'occupe de toi et des enfants.

— Que ton esprit demande à *Chukwu* d'accélérer ma promotion au rang de maître de conférences, c'est tout ce que je demande », répliqua Tatie Ifeoma.

Papa-Nnukwu resta un bon moment sans répondre, et je me demandai si le mélange de musique *high life* à la radio de la voiture, du tintement des boulons desserrés et de la brume d'harmattan l'avait fait glisser dans le sommeil.

« Il n'empêche, j'estime que ce sont les missionnaires qui ont fourvoyé mon fils, dit-il alors, me faisant sursauter.

— Nous avons déjà entendu ça de nombreuses fois. Raconte-nous autre chose », répondit Tatie Ifeoma.

Mais Papa-Nnukwu continua de parler comme s'il ne l'avait pas entendue.

« Je me souviens du premier qui est arrivé à Abba, celui qu'ils appelaient l'abbi John. Il avait la figure rouge comme de l'huile de palme ; ils disent que le soleil de chez nous ne brille pas au pays de l'homme blanc. Il avait un assistant, un homme de Nimo, qui s'appelait Jude. L'après-midi, ils rassemblaient les enfants sous l'*ikwa* de la mission et leur enseignaient leur religion. Je ne me joignais pas à eux, *kpa*, mais j'allais parfois voir ce qu'ils faisaient. Un jour je leur dis : "Où est ce dieu que vous adorez ?" Ils dirent qu'il était comme Chukwu, qu'il était au ciel. Alors je leur ai demandé : "Qui est la personne qui a été tuée, la personne qui est pendue sur le bois à l'extérieur de la mission ?" Ils ont dit que c'était le fils, mais que le père et le fils sont égaux. C'est alors que j'ai compris que l'homme blanc était fou. Le père et le fils sont égaux ? *Tufia !* Ne vois-tu pas ? C'est pour ça qu'Eugene se permet de ne tenir aucun compte de moi, parce qu'il croit que nous sommes égaux. »

Mes cousins pouffèrent de rire. Tatie Ifeoma en fit autant, mais elle s'arrêta rapidement et dit à Papa-Nnukwu :

« Ça suffit, ferme la bouche et repose-toi. Nous sommes presque arrivés et tu auras besoin de toute ton énergie pour parler des *mmuo* aux enfants.

— Papa-Nnukwu, es-tu bien installé ? demanda Amaka en se penchant vers le siège avant. Veux-tu que je te règle ton siège, que je te fasse plus de place ?

— Non, je suis bien. Je suis un vieil homme et j'ai perdu ma hauteur. Dans la fleur de l'âge, je n'aurais pas tenu dans cette voiture. À cette époque, je cueillais les *icheku* aux arbres rien qu'en tendant haut le bras ; je n'avais pas besoin de grimper.

— Bien sûr, dit Tatie Ifeoma en riant à nouveau. Et n'est-ce pas que tu pouvais aussi tendre le bras et toucher le ciel ? »

Elle riait si facilement, si souvent. Tous, d'ailleurs, même le petit Chima.

Quand nous arrivâmes à Ezi Icheke, les voitures étaient rangées le long de la route presque pare-chocs contre pare-chocs. La foule qui se pressait autour était si dense qu'il n'y avait pas d'espace entre les gens et ils se fondaient les uns dans les autres, les *lappa* se fondant dans les tee-shirts, les pantalons dans les jupes, les robes dans les chemises. Tatie Ifeoma finit par trouver une place et y gara le break. Les *mmuo* avaient commencé à défiler et souvent, une longue colonne de voitures attendait qu'un *mmuo* passe pour reprendre sa route. Il y avait des marchands ambulants à tous les coins de rues, portant des boîtes vitrées qui contenaient des *akara*, des *suya* et des pilons de poulet grillés, tenant des plateaux d'oranges épluchées ou encore des glacières grandes comme des baignoires, pleines de glace à la banane Walls. On aurait dit un tableau coloré qui avait pris vie. Je n'étais jamais allée voir les *mmuo*, ni m'asseoir dans un break parmi des milliers de personnes toutes venues regarder, elles aussi. Une fois, cela remontait à quelques années, nous avions longé la foule d'Ezi Icheke en voiture avec Papa, et il avait fulminé contre les ignorants qui participaient au rituel des mascarades païennes. Il avait dit que les histoires sur les *mmuo*, comme quoi c'étaient des esprits qui sortaient de trous de fourmis, qu'ils pouvaient faire courir des chaises et tenir de l'eau dans des paniers, n'étaient toutes rien que du folklore diabolique. *Folklore diabolique*. De la façon dont Papa le disait, cela semblait dangereux.

« Regardez, fit Papa-Nnukwu. C'est un esprit féminin, et les femmes *mmuo* sont inoffensives. Elles ne s'approchent même pas des grands pendant la fête. »

Le *mmuo* qu'il pointait du doigt était petit ; il avait de jolis traits anguleux et du rouge aux lèvres. Il s'arrêtait souvent pour danser, en se tortillant de-ci, de-là, ce qui faisait onduler les colliers de perles à sa taille. La foule des abords l'acclamait et certaines personnes lançaient de l'argent dans sa direction. Des petits garçons – l'escorte du *mmuo*, qui jouait de la musique avec des *ogenes* en métal et des *ichakas* en bois – ramassaient les billets roulés en boule. Ils nous avaient à peine dépassés que Papa-Nnukwu cria : « Tournez la tête ! Les femmes ne peuvent pas regarder celui-là ! »

Le *mmuo* qui s'avançait dans la rue était entouré de quelques hommes âgés qui sonnaient une cloche stridente pour accompagner sa progression. Son masque était un véritable crâne humain grimaçant, aux orbites creuses. Une tortue gigotait, attachée à son front. Un serpent et trois poulets morts étaient accrochés à son corps couvert d'herbes et se balançaient au rythme de ses pas. La foule massée au bord de la route recula vite, craintivement. Quelques femmes filèrent se réfugier dans les concessions voisines.

Tatie Ifeoma avait l'air amusée, mais elle détourna la tête.

« Ne regardez pas, les filles. Faisons plaisir à votre grand-père », dit-elle en anglais.

Amaka avait déjà obtempéré. J'en fis autant, portant mon regard sur les gens qui se pressaient autour de la voiture. C'était péché de déférer à une mascarade païenne. Mais au moins, comme je n'avais regardé qu'un bref instant, peut-être cela n'était-il pas si grave.

« C'est notre *agwonatumbe*, dit Papa-Nnukwu avec fierté, après le passage du *mmuo*. Le *mmuo* le plus puissant de notre région et tous les villages voisins redoutent Abba à cause de lui. À la fête d'Aro de l'année dernière, *agwonatumbe* a levé un bâton et tous les autres *mmuo* ont détalé ! Ils n'ont même pas attendu de voir ce qui allait se passer !

— Regardez ! »

Obiora montrait du doigt un autre *mmuo* qui descendait la rue. Il ressemblait à un tissu blanc flottant dans l'air, plat et plus haut que l'immense avocatier de notre jardin d'Enugu. Papa-Nnukwu grogna à son passage. Il y avait quelque chose d'étrange et de mystérieux à le regarder, et je pensai alors à des chaises qui courent en entrechoquant leurs quatre pieds, à de l'eau contenue dans un panier, à des formes humaines sortant de trous de fourmis.

« Comment font-ils cela, Papa-Nnukwu ? Comment des gens entrent-ils dans celui-là ? demanda Jaja.

— Chut ! Ce sont des *mmuo*, des esprits ! Ne parle pas comme une femme ! » lança sèchement Papa-Nnukwu, qui se retourna pour fusiller Jaja du regard.

Tatie Ifeoma rit et parla en anglais :

« Jaja, tu n'es pas censé dire qu'il y a des gens dedans. Ne le savais-tu pas ?

— Non », répondit Jaja.

Elle observait Jaja.

« Tu n'as pas fait l'*ima mmuo*, hein ? Obiora l'a fait il y a deux ans dans la ville natale de son père.

— Non, je ne l'ai pas fait », bredouilla Jaja.

Je regardai Jaja et me demandai si l'ombre dans ses yeux était de la honte. Je souhaitai soudain, pour lui, qu'il eût fait l'*ima mmuo*, l'initiation au monde des esprits. Je connaissais très peu de chose à ce sujet ; les femmes n'étaient pas censées en savoir quoi que ce soit puisque c'était la première étape de l'initiation à l'âge d'homme. Mais Jaja m'avait dit une fois que les garçons étaient flagellés et contraints de se baigner devant une foule railleuse. La seule fois où Papa avait parlé de l'*ima mmuo*, c'était pour dire que les chrétiens qui laissaient leur fils le faire étaient des égarés qui finiraient en enfer.

Nous quittâmes Ezi Icheke peu après. Tatie

Ifeoma déposa d'abord chez lui un Papa-Nnukwu tout ensommeillé ; son bon œil était à demi fermé alors que celui qui perdait la vue restait ouvert, la pellicule qui le recouvrait paraissant maintenant plus épaisse, semblable à du lait concentré. Quand Tatie Ifeoma s'arrêta à l'intérieur de notre concession, elle demanda à ses enfants s'ils voulaient entrer dans la maison et Amaka répondit non, d'une voix forte qui me parut pousser ses frères à l'imiter. Tatie Ifeoma nous accompagna à l'intérieur, salua d'un geste Papa qui était en pleine réunion, et nous embrassa, Jaja et moi, à sa manière, en nous serrant fort contre elle, avant de partir.

Cette nuit-là, je rêvai que je riais, mais ça ne ressemblait pas à mon rire, même si je ne savais pas trop à quoi ressemblait mon rire. C'était un rire saccadé, rauque et enthousiaste, comme celui de Tatie Ifeoma.

Papa nous conduisit à la messe de Noël à St Paul. Tatie Ifeoma et ses enfants remontaient dans leur break quand nous entrâmes dans la concession tentaculaire de l'église. Ils attendirent que Papa ait arrêté la Mercedes pour venir nous saluer. Tatie Ifeoma dit qu'ils étaient allés à la première messe et qu'ils nous retrouveraient à l'heure du déjeuner. Elle paraissait plus grande, encore plus intrépide, en *lappa* rouge et talons hauts. Amaka portait le même rouge à lèvres rouge vif que sa mère ; il accentuait le blanc de ses dents quand elle sourit et dit « Joyeux Noël ».

J'eus beau essayer de me concentrer sur la messe, je n'arrêtais pas de repenser au rouge à lèvres d'Amaka, en me demandant quel effet ça faisait de passer de la couleur sur ses lèvres. Il était d'autant plus difficile de garder l'esprit rivé sur la messe que le prêtre, qui parla en ibo tout du long, n'évoqua pas l'Évangile pendant le sermon. Il parla de zinc et de ciment à la place. « Vous autres, vous croyez que j'ai mangé l'argent du zinc, *okwia* ? cria-t-il en gesticulant, pointant un doigt accusateur sur l'assemblée des fidèles. Après tout, combien êtes-vous à donner à cette église, *gbo* ? Comment pourrons-nous construire la maison si vous ne donnez pas ? Croyez-vous que le zinc et le ciment ne coûtent que dix kobo ? »

Papa aurait voulu que le prêtre parle d'autre chose, qu'il dise quelque chose sur la naissance dans la mangeoire, sur les bergers et leur étoile ; je le voyais à la façon dont il serrait son missel, dont il remuait sur le banc. Nous étions assis au premier rang. Une placeuse arborant une médaille de la Sainte Vierge sur sa robe de coton blanc avait accouru pour nous conduire à notre banc, en disant à Papa dans un murmure bien fort et pressant que les premiers rangs étaient réservés aux gens importants ; chef Umeadi, le seul homme d'Abba qui possédât une maison plus grande que la nôtre, était assis à notre gauche tandis que Son Altesse Royale, l'*Igwe*, était à notre droite. L'*Igwe* vint serrer la main de Papa pendant le Baiser de la paix et lui dit : « *Nno nu*, je passerai plus tard pour que nous puissions nous saluer comme il convient. »

Après la messe, nous accompagnâmes Papa à une collecte de fonds dans la salle polyvalente qui jouxtait l'église. Elle était destinée à la nouvelle maison du prêtre. Une placeuse qui portait un foulard noué serré sur le front distribuait des brochures contenant des photos de la vieille maison du prêtre, avec des flèches hésitantes qui désignaient les endroits où le toit fuyait, où les termites avaient mangé les chambranles des portes.

Papa fit un chèque et le tendit à la placeuse en lui précisant qu'il ne voulait pas faire de discours. Lorsque l'animateur de la collecte annonça le montant, le prêtre se leva et se mit à danser en donnant de vigoureux coups de derrière de gauche et de droite, et la foule se leva et applaudit si fort qu'on aurait dit les grondements du tonnerre à la fin de la saison des pluies.

« Allons-y », fit Papa quand l'animateur s'apprêta enfin à annoncer une autre donation.

Il marchait devant nous, souriant et saluant d'un geste les nombreuses mains qui se tendaient pour attraper son boubou, comme si le fait de le toucher les guérirait d'une maladie.

À notre arrivée à la maison, nous trouvâmes tous les canapés et les sofas du salon occupés ; il y avait même des gens perchés sur les dessertes. Les hommes et les femmes se levèrent tous quand Papa entra et un chœur d'« *Omelora !* » retentit dans la pièce. Papa entreprit de serrer les mains, de prendre les uns et les autres dans ses bras et de souhaiter « Joyeux Noël » et « Dieu vous bénisse » à la ronde. Quelqu'un avait laissé la porte de la cour ouverte et l'épaisse fumée de bois d'un gris bleuté qui avait envahi le salon estompait les traits des invités. J'entendais les épouses de l'*umunna* qui bavardaient dans la cour, tout en plongeant la louche dans les immenses marmites de sauce et de ragoût qui étaient sur le feu pour remplir des bols qu'elles distribueraient ensuite.

« Venez saluer les épouses de notre *umunna* », nous dit Mama à Jaja et à moi.

Nous la suivîmes dans la cour. Les femmes se mirent à siffler et taper dans leurs mains quand Jaja et moi leur dîmes « *Nno nu* ». Bienvenue.

Elles se ressemblaient toutes, avec leurs chemisiers mal ajustés, leurs *lappa* élimés, leurs écharpes nouées sur la tête. Elles avaient toutes le même grand sourire, les mêmes dents couleur de craie, la même peau séchée par le soleil, de la teinte et de la texture d'écorce de cacahuète.

« *Nekene*, voyez le garçon qui héritera des richesses de son père ! » dit une des femmes, qui siffla de plus belle, la bouche plissée en un tunnel étroit.

« Si nous n'avions pas le même sang dans les veines, je te vendrais ma fille », dit une autre à Jaja.

Elle était accroupie près du feu, disposant du bois sous le trépied. Les autres femmes rirent.

« La fille est une *agbogho* en fleur. Très bientôt un jeune homme fort nous apportera du vin de palme ! » dit encore une autre.

Son *lappa* sale n'était pas noué correctement et un bout traîna dans la poussière derrière elle quand elle s'éloigna avec un plateau chargé de morceaux de bœuf frit.

« Montez vous changer, dit Mama, en nous prenant par les épaules Jaja et moi. Votre tante et vos cousins vont bientôt arriver. »

En haut, Sisi avait disposé huit places autour de la table de la salle à manger, avec de grandes assiettes couleur caramel et des serviettes assorties repassées en impeccables triangles. Quand Tatie

Ifeoma et ses enfants arrivèrent, j'étais encore en train de me changer. J'entendis son rire sonore, qui se répercuta en se prolongeant un moment. Je n'avais pas compris que c'était le rire de mes cousins, ce son qui faisait écho au rire de leur mère, jusqu'au moment où je sortis pour aller au salon. Mama, qui portait toujours le même *lappa* rose et richement pailleté qu'à l'église, était assise sur un canapé à côté de Tatie Ifeoma. Jaja parlait avec Amaka et Obiora près de la bibliothèque. Je me dirigeai vers eux, commençant déjà à mesurer ma respiration pour ne pas bégayer.

« C'est une chaîne stéréo, n'est-ce pas ? Pourquoi ne mettez-vous pas de musique ? Est-ce que la chaîne stéréo vous ennuie, elle aussi ? demanda Amaka, dont le regard fusait de Jaja à moi.

— Oui, c'est une chaîne stéréo », répondit Jaja.

Il n'ajouta pas que nous ne l'utilisions jamais, que nous n'y songions même pas, que la seule chose que nous écoutions, c'étaient les nouvelles à la radio de Papa pendant le temps familial. Amaka s'approcha du tiroir des disques et l'ouvrit. Obiora la rejoignit.

« Pas étonnant que vous ne vous serviez pas de la chaîne stéréo, tout ce qu'il y a ici est tellement ennuyeux, s'écria Amaka.

— Ils ne sont pas si ennuyeux que ça », dit Obiora en parcourant les 33 tours du regard.

Il avait l'habitude de remonter ses épaisses lunettes sur l'arête de son nez. Pour finir il mit un disque, d'une chorale d'église irlandaise qui chantait *O Come All Ye Faithful*. Il semblait fasciné par le tourne-disques et, pendant toute la durée du chant, il resta debout à l'observer, comme s'il pouvait apprendre les secrets de ses entrailles de chrome en le regardant fixement.

Chima entra dans la pièce.

« Les toilettes sont drôlement belles ici, Maman. Il y a de grands miroirs et des crèmes dans des flacons en verre.

— J'espère que tu n'as rien cassé, dit Tatie Ifeoma.

— Non, répondit Chima. Est-ce qu'on peut allumer la télé ?

— Non, répondit Tatie Ifeoma. Ton oncle Eugene va bientôt monter pour que nous puissions déjeuner. »

Sisi entra dans la pièce, sentant la nourriture et les épices, pour dire à Mama que l'*Igwe* était arrivé et que Papa voulait que nous descendions tous le saluer. Mama se leva, resserra son *lappa*, puis attendit que Tatie Ifeoma ouvre la marche.

« Je croyais que l'*Igwe* était censé rester dans son palais et recevoir ses hôtes. Je ne savais pas qu'il se déplaçait pour rendre visite à des gens, me dit Amaka dans l'escalier. Ça doit être parce que ton père est un Homme important. »

J'aurais aimé qu'elle dise « Oncle Eugene » au lieu de « ton père ». Elle ne m'avait même pas regardée en me parlant. Lui jetant un coup d'œil, j'eus l'impression de voir avec impuissance un précieux sable blond me couler entre les doigts.

Le palais de l'*Igwe* était à quelques minutes de notre maison. Nous lui avions rendu visite une fois, quelques années auparavant. Nous n'y étions plus jamais retournés, cependant, parce que Papa disait que l'*Igwe* avait beau s'être converti, il autorisait toujours les membres païens de sa famille à faire des sacrifices dans son palais. Mama l'avait salué selon la coutume traditionnelle pour les femmes, en se courbant jusqu'à terre et en lui présentant son dos pour qu'il puisse le tapoter avec son éventail fait d'une queue d'animal douce et de couleur paille. Ce soir-là, en rentrant à la maison, Papa avait dit à Mama que c'était péché. On ne s'incline pas devant un autre être humain. C'était une tradition impie de s'incliner devant un *Igwe*. Aussi, quelques jours plus tard, quand nous étions allés voir l'évêque à Awka, je ne m'étais pas agenouillée pour embrasser sa bague. Je voulais que Papa soit fier de moi. Mais Papa me tira l'oreille dans la voiture en me disant que je n'avais pas de discernement : l'évêque était un homme de Dieu, l'*Igwe* un simple dirigeant traditionnel.

« Bonjour monsieur, *nno* », dis-je à l'*Igwe*, une fois en bas.

Les poils qui dépassaient de ses larges narines tremblèrent quand il me sourit et dit : « Notre fille, *kedu* ? »

Un des petits salons avait été libéré pour lui, sa femme et ses quatre assistants, dont un qui l'éventait avec un éventail doré malgré le climatiseur qui était en marche. Un autre éventait son épouse, une femme à la peau jaune qui portait des rangées et des rangées de bijoux autour du cou, des pendentifs en or, des perles et des coraux. L'écharpe nouée autour de sa tête se déployait sur le devant, aussi large qu'une feuille de bananier et si haute que j'imaginai que la personne assise derrière elle à l'église devait se lever pour voir l'autel.

Je regardai Tatie Ifeoma se laisser tomber sur un genou et dire « *Igwe !* » d'une voix forte, comme il convient pour un salut respectueux, le regardai lui tapoter le dos. Les paillettes d'or de son boubou scintillaient dans la lumière du soleil d'après-midi. Amaka s'inclina profondément devant lui. Mama, Jaja et Obiora lui serrèrent la main, en l'emprisonnant respectueusement entre les leurs. Je m'attardai un moment sur le pas de la porte pour être certaine que Papa voie que je ne m'approchais pas suffisamment de l'*Igwe* pour m'incliner devant lui.

De retour en haut, Mama alla dans sa chambre avec Tatie Ifeoma. Chima et Obiora s'allongèrent sur la moquette pour jouer avec les cartes de *whot* qu'Obiora avait découvertes dans sa poche. Amaka voulait voir un livre que Jaja lui dit avoir apporté, aussi allèrent-ils dans la chambre de Jaja. Je m'assis sur le canapé en regardant mes cousins jouer aux cartes. Je ne comprenais pas le jeu, ni pourquoi de temps à autre l'un d'eux criait : « Ane ! » en éclatant de rire. La chaîne stéréo s'était tue. Je me levai et me rendis dans le couloir, m'arrêtant devant la porte de la chambre à coucher de Mama. Je voulais entrer et m'asseoir avec elle et Tatie Ifeoma, au lieu de quoi je demeurai immobile, à écouter. Mama murmurait ; je distinguai à peine les mots « Il y a beaucoup de bonbonnes de gaz pleines qui traînent à l'usine ». Elle essayait de convaincre Tatie Ifeoma de les demander à Papa.

Tatie Ifeoma murmurait, elle aussi, mais je l'entendais bien. Son chuchotement était à son image : grand, exubérant, intrépide, bruyant, impétueux.

« As-tu oublié qu'Eugene a proposé de m'acheter une voiture, même avant la mort d'Ifediora ? Mais d'abord, il voulait que nous entrions chez les Chevaliers de St John. Il voulait que nous envoyions Amaka à l'école chez les sœurs. Il voulait même que j'arrête de me maquiller ! Je veux une voiture neuve, *nwunye m*, et je veux réutiliser ma cuisinière à gaz, et je veux de l'argent pour ne pas avoir à ouvrir les coutures des pantalons de Chima quand il sera devenu trop grand pour les mettre. Mais je ne vais pas demander à mon frère de se pencher pour que je puisse lui lécher les fesses rien que pour avoir ces choses-là.

— Ifeoma, si tu... » La voix douce de Mama se perdit une fois encore.

« Tu sais pourquoi Eugene ne s'entendait pas avec Ifediora ? » De nouveau le murmure de Tatie Ifeoma, plus farouche, plus fort. « Parce que Ifediora lui disait en face ce qu'il pensait. Ifediora n'avait pas peur de dire la vérité. Mais tu sais qu'Eugene trouve à redire aux vérités qui ne lui plaisent pas. Notre père est en train de mourir, m'entends-tu ? De mourir. C'est un vieil homme, combien de temps lui reste-t-il encore, *gbo* ? Pourtant, Eugene refuse de le faire entrer dans cette maison, il refuse même de le saluer. *O joka !*

Eugene doit cesser de faire le travail de Dieu. Dieu est assez grand pour faire Son travail Lui-même. Si Dieu doit juger notre père pour avoir choisi de suivre la voie de nos ancêtres, alors que Dieu le juge, pas Eugene. »

J'entendis le mot *umunna*. Tatie Ifeoma rit de son rire rauque avant de répondre.

« Tu sais que les membres de notre *umunna*, comme d'ailleurs tout le monde à Abba, ne diront à Eugene que ce qu'il a envie d'entendre. Les nôtres n'ont-ils pas de jugeote ? Vas-tu pincer le doigt de la main qui te nourrit ? »

Je n'avais pas entendu Amaka sortir de la chambre de Jaja et s'approcher de moi, peut-être parce que le couloir était très large, jusqu'au moment où elle me dit, si près que je sentis son souffle sur mon cou : « Qu'est-ce que tu fais ? »

Je sursautai.

« Rien. »

Elle me regardait bizarrement, droit dans les yeux.

« Ton père est monté pour le déjeuner. »

Papa nous regarda nous asseoir tous à table, puis il commença la prière. Elle dura un peu plus longtemps que d'habitude, plus de vingt minutes, et quand il dit enfin : « Par le Christ Notre-Seigneur », Tatie Ifeoma haussa si fort la voix que son « Amen » se détacha du reste des nôtres.

« Tu voulais que le riz refroidisse, Eugene ? » grommela-t-elle.

Papa continua de déplier sa serviette comme s'il ne l'avait pas entendue.

Le bruit des fourchettes heurtant les assiettes, des cuillères de service heurtant les plats, emplit la pièce. Sisi avait tiré les rideaux et allumé le lustre bien que ce fût l'après-midi. La lumière jaune donnait aux yeux d'Obiora un doré plus intense, de miel extra-doux.

Amaka empila presque tout dans son assiette – du riz *jollof*, du *foufou* et deux sauces différentes, du poulet et du bœuf frits, de la salade et de la crème –, comme quelqu'un qui n'aurait plus de sitôt l'occasion de manger. Des lanières de laitue dépassaient du bord de son assiette pour rejoindre la table.

« Manges-tu toujours le riz avec une fourchette et un couteau et des serviettes ? » me demanda-t-elle en se tournant pour me regarder.

Je hochai la tête, sans détacher les yeux de mon riz *jollof*. J'aurais voulu qu'Amaka baisse la voix. Je n'avais pas l'habitude de ce genre de conversation à table.

« Eugene, tu dois laisser les enfants nous rendre visite à Nsukka, dit Tatie Ifeoma. Nous n'avons pas une grande demeure, mais au moins ils pourront faire la connaissance de leurs cousins.

— Les enfants n'aiment pas s'absenter de la maison, affirma Papa.

— C'est parce qu'ils ne l'ont jamais fait. Je suis sûre qu'ils seront contents de voir Nsukka. Pas vrai, Jaja et Kambili ? »

Je bafouillai quelque chose à l'intention de mon assiette, puis me mis à tousser comme si de vraies paroles, sensées, pouvaient sortir de ma bouche sans cette quinte.

« Si Papa pense que c'est bien », dit Jaja.

Papa sourit à Jaja et je regrettai de ne pas avoir dit cela.

« Peut-être la prochaine fois qu'ils seront en vacances », ajouta Papa d'un ton ferme : il s'attendait à ce que Tatie Ifeoma abandonne le sujet.

« Eugene, *biko*, laisse les enfants venir passer une semaine avec nous. Ils ne reprennent pas l'école avant fin janvier. Demande à ton chauffeur de les amener à Nsukka.

— *Ngwanu*, nous verrons », dit Papa.

Il parlait en ibo pour la première fois, et ses sourcils se touchèrent presque quand il les fronça brièvement.

« Ifeoma disait qu'ils venaient juste d'annuler une grève, fit alors Mama.

— Les choses s'arrangent-elles à Nsukka ? demanda Papa en repassant à l'anglais. Aujourd'hui, l'université vit sur sa gloire passée. »

Tatie Ifeoma plissa les yeux.

« As-tu jamais décroché ton téléphone pour m'appeler et me poser cette question, Eugene ? Tes mains vont-elles se flétrir si tu décroches ton téléphone un jour et que tu appelles ta sœur, *gbo* ? »

Ses paroles en ibo avaient des inflexions taquines, mais la dureté de son ton fit naître un nœud dans ma gorge.

« Je t'ai appelée, Ifeoma.

— Ça remonte à combien de temps ? Je te le demande, ça remonte à combien de temps ? »

Tatie Ifeoma posa sa fourchette. Elle resta

immobile un long moment, aussi immobile que Papa, aussi immobile que nous tous. Pour finir, Mama s'éclaircit la gorge et demanda à Papa si la bouteille de jus était vide.

« Oui, dit Papa. Demande à cette fille de rapporter du jus en bouteilles. »

Mama se leva pour appeler Sisi. Avec leur silhouette fuselée de femme svelte et bien faite, les longues bouteilles qu'apporta Sisi donnaient l'impression de contenir un liquide élégant. Papa servit tout le monde et proposa un toast.

« À l'esprit de Noël et à la gloire de Dieu. »

Nous répétâmes en chœur après lui. Obiora prononça la phrase avec une inflexion montante à la fin, aussi sonna-t-elle comme une question : « À la gloire de Dieu ? »

« Et à nous, à l'esprit de famille, ajouta Tatie Ifeoma avant de boire.

— Est-ce ton usine qui produit cela, Oncle Eugene ? demanda Amaka, en plissant les yeux pour lire ce qui était écrit sur les bouteilles.

— Oui.

— C'est un peu trop sucré. Ce serait meilleur si tu diminuais la dose de sucre. »

Amaka parlait sur un ton aussi poli et normal que pour une conversation de tous les jours avec une personne plus âgée. Je ne parvins pas à déterminer si Papa opinait ou si c'était juste sa tête qui bougeait dans la mastication. Un autre nœud se forma dans ma gorge, m'empêchant d'avaler ma bouchée de riz. Je renversai mon verre en tendant la main pour l'attraper, et le liquide couleur sang envahit la nappe de dentelle blanche. Mama s'empressa de mettre une serviette sur la tache, et lorsqu'elle retira la serviette rougie, je me rappelai son sang dans l'escalier.

« Tu as entendu parler d'Aokpe, Oncle Eugene ? demanda Amaka. C'est un tout petit village en Benoué. La Sainte Vierge y fait des apparitions. »

Je me demandai comment Amaka s'y prenait, pour ouvrir la bouche et laisser les mots couler ainsi.

Papa passa un bon moment à mastiquer et avaler avant de répondre :

« Oui, j'en ai entendu parler.

— Je compte aller en pèlerinage là-bas avec les enfants, dit Tatie Ifeoma. Kambili et Jaja pourraient peut-être venir avec nous. »

Amaka leva vivement la tête, l'air surprise. Elle faillit dire quelque chose, puis se ravisa.

« C'est-à-dire que l'Église n'a pas encore vérifié l'authenticité des apparitions, répondit Papa en regardant pensivement son assiette.

— Tu sais que nous serons tous morts avant que l'Église se prononce officiellement sur Aokpe. Même si l'Église dit que ce n'est pas authentique, l'important est ce qui nous pousse à y aller, et c'est la foi. »

Papa parut étonnamment content de ce que Tatie Ifeoma venait de dire. Il acquiesça lentement.

« Quand comptez-vous y aller ?

— À un moment ou un autre du mois de janvier, avant que les enfants ne reprennent l'école.

— D'accord. Je t'appellerai quand nous serons rentrés à Enugu afin d'organiser la visite de Jaja et de Kambili pour un jour ou deux.

— Une semaine, Eugene, ils resteront une semaine. Je n'ai pas de monstres qui mangent des têtes humaines dans ma maison ! »

Tatie Ifeoma se mit à rire, et ses enfants reproduisirent les mêmes sons rauques, leurs dents brillant comme l'intérieur d'un noyau de noix de palme fendu. Seule Amaka ne rit pas.

Le lendemain était un dimanche. Cela ne faisait pas l'effet d'un dimanche, peut-être parce que nous étions allés à la messe de Noël la veille. Mama entra dans ma chambre et me secoua doucement, m'embrassa, et je sentis l'odeur de son déodorant à la menthe.

« As-tu bien dormi ? Nous allons à la première messe aujourd'hui parce que ton père a une réunion juste après. *Kunie*, va dans la salle de bains, il est sept heures passées. »

Je me redressai en bâillant. Il y avait une tache rouge sur mon drap, grande comme un cahier ouvert.

« Tes règles, dit Mama. As-tu apporté des serviettes hygiéniques ?

— Oui. »

Je laissai à peine l'eau couler sur mon corps avant de ressortir de la douche pour ne pas être en retard. Je choisis une robe bleu et blanc et nouai une écharpe bleue sur ma tête. Je fis un double nœud sur ma nuque puis glissai dessous le bout de mes tresses. Une fois, Papa m'avait serrée dans ses bras fièrement, en m'embrassant le front, parce que père Benedict lui avait dit que j'avais toujours les cheveux convenablement couverts pour la messe, que je n'étais pas comme les autres jeunes filles qui laissaient dépasser une partie de leurs cheveux, comme si elles ignoraient que c'était impie de montrer ses cheveux à l'église.

Jaja et Mama étaient habillés et attendaient en haut dans le salon quand je sortis. Des crampes me tenaillaient le ventre. Il me vint à l'esprit l'image d'une personne aux dents en avant, qui me les planterait profondément dans les parois de l'estomac, à intervalles réguliers.

« Est-ce que tu as du Panadol, Mama ?

— Tu as des crampes, *abia* ?

— Oui. Et j'ai le ventre tellement vide, aussi. »

Mama regarda l'horloge murale, ovale avec le nom de Papa en lettres dorées sur le cadran, un cadeau d'une œuvre à laquelle Papa faisait des dons. Il était 7 h 37. Le jeûne de l'eucharistie stipulait que les fidèles s'abstinssent de manger de la nourriture solide une heure avant la messe. Nous ne rompions jamais le jeûne eucharistique ; la table était dressée pour le petit déjeuner, tasses à thé et bols à céréales disposés côte à côte, mais nous ne mangerions qu'à notre retour.

« Prends un peu de corn flakes, vite, dit Mama, presque dans un murmure. Il te faut quelque chose dans le ventre pour garder le Panadol. »

Jaja versa des céréales du paquet qui était sur la table puis du lait en poudre et du sucre avec une petite cuiller, et il ajouta de l'eau. Le bol en verre était transparent et je voyais les grumeaux crayeux de lait qui se formaient dans le fond.

« Papa a de la visite, nous l'entendrons monter », dit Jaja.

Debout, je me mis à engouffrer les céréales. Mama me donna les cachets de Panadol, encore dans leur aluminium argenté, qui crissa quand je l'ouvris. Jaja n'avait pas mis beaucoup de céréales dans le bol et j'avais presque fini de les manger lorsque la porte s'ouvrit et que Papa entra.

La chemise blanche de Papa, aux lignes parfaitement ajustées, ne parvenait guère à minimiser le monticule de chair qu'était son ventre. Tandis qu'il regardait fixement le bol de corn flakes dans ma main, je baissai les yeux sur les quelques pétales détrempés qui flottaient parmi les grumeaux de lait tout en me demandant comment il avait fait pour monter l'escalier aussi silencieusement.

« Que fais-tu, Kambili ? »

Je ravalai ma salive avec effort.

« Je… je…

— Tu manges dix minutes avant la messe ? Dix minutes avant la messe ?

— Ses règles ont commencé et elle a des crampes… », dit Mama.

Jaja lui coupa la parole :

« Je lui ai dit de manger des céréales avant de prendre du Panadol, Papa. C'est moi qui les lui ai préparées.

— Le diable vous a-t-il demandé à tous de

faire ses courses pour lui ? » Les paroles en ibo jaillirent de la bouche de Papa. « Le diable a-t-il planté une tente dans ma maison ? » Il se tourna vers Mama. « Tu la regardes profaner le jeûne de l'eucharistie sans rien faire, *maka nnidi* ? »

Il déboucla lentement sa ceinture. C'était une grosse ceinture faite de plusieurs épaisseurs de cuir marron, à la boucle sobre recouverte de cuir. Elle atterrit d'abord sur Jaja, en travers de son épaule. Puis Mama leva les bras quand elle atterrit sur le haut de son bras, couvert par la manche bouffante pailletée de son corsage de l'église. Je posai le bol juste au moment où la ceinture atterrit sur mon dos. Parfois, je regardais les nomades Fulanis, leurs djellabas blanches battant au vent contre leurs jambes, qui claquaient de la langue en rassemblant leurs vaches pour leur faire traverser la route avec une badine, chaque coup de badine rapide et précis. Papa était comme un nomade Fulani – bien qu'il n'eût pas leur corps grand et élancé – quand il envoyait sa ceinture contre Mama, Jaja et moi en marmonnant que le diable ne gagnerait pas. Nous ne reculions pas de plus de deux pas de la ceinture en cuir qui fendait l'air.

Puis la ceinture s'arrêta et Papa regarda fixement le cuir dans sa main. Son visage se chiffonna ; ses paupières s'affaissèrent.

« Pourquoi allez-vous dans le péché ? demanda-t-il. Pourquoi aimez-vous le péché ? »

Mama lui prit la ceinture et la posa sur la table.

Papa nous écrasa Jaja et moi contre son corps.

« La ceinture vous a-t-elle fait mal ? A-t-elle

entaillé votre peau ? » demanda-t-il en scrutant nos visages.

Je sentais des élancements dans mon dos mais je répondis que non, que je n'avais pas mal. Papa avait cette façon de secouer la tête quand il parlait de l'amour du péché, comme si un poids l'accablait, un poids dont il ne pouvait se délester.

Nous allâmes à la seconde messe. Mais nous nous changeâmes d'abord, même Papa, et nous nous lavâmes la figure.

Nous quittâmes Abba juste après le Nouvel An. Les épouses de l'*umunna* prirent les restes, même le riz et les haricots qui, disait Mama, avaient tourné, et elles s'agenouillèrent dans la poussière de la cour pour remercier Papa et Mama. Le portier nous salua en agitant les mains au-dessus de sa tête à notre départ. Il s'appelait Haruna, nous avait-il dit à Jaja et à moi quelques jours auparavant, et dans son anglais à l'accent haoussa qui inversait les *p* et les *f*, il nous avait raconté que notre fère était le meilleur Homme imfortant qu'il eût jamais vu, le meilleur emfloyeur qu'il eût jamais eu. Savions-nous que notre fere fayait les prais de scolarité de ses enpants ? Savions-nous que notre fère avait aidé son éfouse à obtenir le foste de coursière au bureau du Gouvernement local ? Nous avions de la chance d'avoir un fère fareil.

Papa commença le chapelet dès que nous nous engageâmes sur la route. Nous roulions depuis moins d'une demi-heure quand nous arrivâmes à un contrôle ; il y avait un embouteillage et les policiers, beaucoup plus nombreux qu'habituellement, agitaient leurs fusils en l'air et déviaient la circulation. Nous ne vîmes les voitures accidentées qu'une fois en plein milieu de l'embouteillage. Une voiture s'était arrêtée au poste de contrôle et une autre lui était rentrée dedans par-derrière. Le second véhicule était plié, réduit à la moitié de sa taille. Le cadavre ensanglanté d'un homme en jean gisait sur le bas-côté.

« Que son âme repose en paix, dit Papa en se signant.

— Ne regardez pas », dit Mama en se tournant vers nous.

Mais Jaja et moi regardions déjà le cadavre. Papa parlait des policiers, de leur habitude de dresser les barrages routiers dans des zones boisées, même si c'était dangereux pour les automobilistes, rien que pour pouvoir se servir des buissons pour cacher l'argent qu'ils extorquaient aux voyageurs. Mais je n'écoutais pas vraiment Papa ; je pensais à l'homme en jean, l'homme mort. Je me demandais où il allait et ce qu'il avait prévu d'y faire.

Papa appela Tatie Ifeoma deux jours plus tard. Peut-être ne l'aurait-il pas appelée si nous n'étions pas allés à confesse ce jour-là. Et peut-être ne serions-nous jamais allés à Nsukka et tout serait-il demeuré pareil.

C'était l'Épiphanie, une fête d'obligation, aussi Papa n'alla-t-il pas à son travail. Nous assistâmes à la messe du matin et, bien que d'ordinaire nous ne rendions pas visite au père Benedict les jours de fête d'obligation, nous passâmes ensuite chez lui. Papa voulait que père Benedict reçût nos confessions. Nous ne nous étions pas confessés à Abba parce que Papa n'aimait pas le faire en ibo, et que le prêtre de la paroisse d'Abba n'était pas assez spirituel à ses yeux. C'était le problème de notre peuple, nous expliquait Papa, nous n'avions pas les bonnes priorités ; nous nous préoccupions trop d'avoir de grandes églises et des statues imposantes. On ne verrait jamais ça chez des Blancs.

Chez père Benedict, Mama, Jaja et moi nous installâmes au salon, lisant les journaux et magazines étalés sur la table basse aux allures de cercueil comme s'ils étaient à vendre, pendant que Papa discutait avec père Benedict dans le bureau adjacent. Papa ressortit et nous demanda de nous préparer à la confession ; il passerait en premier. Malgré la porte fermée, j'entendais sa voix, ses mots qui coulaient en un grondement interminable, comme le moteur d'une voiture qui accélère. Mama passa ensuite et la porte resta entrebâillée, mais je ne pus l'entendre. Jaja fut celui qui prit le moins de temps. Lorsqu'il ressortit en terminant de se signer comme s'il avait été trop pressé de quitter la pièce, je lui demandai du regard s'il s'était souvenu du mensonge à Papa-Nnukwu, et il hocha la tête. J'entrai dans la pièce, tout juste assez grande pour loger un bureau et deux chaises, et poussai la porte pour être bien sûre de la fermer correctement.

« Bénissez-moi, mon père, car j'ai péché », dis-je en m'asseyant à l'extrême bord de la chaise.

Je rêvais d'un confessionnal, de la sécurité de la cabine en bois et du rideau vert séparant prêtre et pénitent. J'aurais aimé pouvoir m'agenouiller, et puis j'aurais aimé pouvoir abriter mon visage derrière un des dossiers du bureau de père Benedict. Les confessions en face à face me faisaient penser au jour du Jugement dernier survenant en avance, me donnaient le sentiment de ne pas être prête.

« Oui, Kambili », dit père Benedict.

Il était assis très droit sur sa chaise et tripotait l'étole violette drapée sur ses épaules.

« Ma dernière confession remonte à trois semaines. » Je regardais fixement le mur, juste en dessous de la photo encadrée du pape, avec sa signature griffonnée dans le bas. « Voici mes péchés. J'ai menti deux fois. J'ai rompu le jeûne eucharistique une fois. Je me suis laissé distraire trois fois pendant le chapelet. Pour tout ce que j'ai dit et pour tout ce que j'ai oublié de dire, je demande le pardon de vos mains et des mains de Dieu. »

Père Benedict remua sur sa chaise.

« Allons, je t'écoute. Tu sais que c'est un péché contre le Saint-Esprit de retenir délibérément quelque chose à la confession.

— Oui, mon père.

— Allons, je t'écoute. »

Je détachai les yeux du mur pour le regarder. Il avait les yeux de la même nuance de vert qu'un serpent que j'avais vu une fois, ondulant dans le jardin près des massifs d'hibiscus. Le jardinier m'avait dit que c'était un inoffensif serpent de jardin.

« Kambili, tu dois confesser tous tes péchés.

— Oui, mon père. Je l'ai fait.

— C'est mal de cacher des choses à Notre-Seigneur. Je vais te donner un moment pour réfléchir. »

J'acquiesçai et reportai le regard sur le mur. Y avait-il quelque chose que j'avais fait dont père Benedict fût informé et pas moi ? Papa lui avait-il dit quelque chose ?

« J'ai passé plus de quinze minutes chez mon grand-père, finis-je par avouer. Mon grand-père est païen.

— As-tu mangé des nourritures indigènes sacrifiées à des idoles ?

— Non, mon père. » Je marquai un temps de silence. « Mais nous avons regardé des *mmuo*. Des mascarades.

— Y as-tu pris plaisir ? »

Je levai les yeux sur la photo au mur et me demandai si c'était vraiment le pape en personne qui l'avait signée.

« Oui, mon père.

— Tu comprends que c'est mal de prendre plaisir à des rituels païens, parce que cela enfreint le premier commandement. Les rituels païens sont des superstitions ignorantes et c'est la porte de l'enfer. Tu comprends bien cela ?

— Oui, mon père.

— Pour ta pénitence, tu diras dix *Notre Père*,

six *Je vous salue Marie* et un *Je crois en Dieu*. Et tu dois faire un effort délibéré pour convertir tous ceux qui apprécient les coutumes païennes.

— Oui, mon père.

— Bien, alors fais l'acte de contrition. »

Pendant que je récitais l'acte de contrition, père Benedict murmura des bénédictions et fit le signe de la croix.

Papa et Mama étaient toujours assis sur le canapé, tête courbée, quand je ressortis. Je m'assis à côté de Jaja, penchai la tête et fis ma pénitence.

Sur le trajet du retour Papa parla fort, en couvrant l'*Ave Maria* de sa voix.

« Je suis sans tache, à présent. Nous sommes tous sans tache. Si Dieu nous appelle à cet instant précis, nous allons tous droit au paradis. Droit au paradis. Nous n'aurons pas besoin de la purification du purgatoire. »

Il souriait, les yeux brillants, tapotant doucement le volant d'une main. Et il souriait toujours lorsqu'il appela Tatie Ifeoma, peu après notre arrivée à la maison, avant de prendre son thé.

« J'en ai discuté avec père Benedict et il dit que les enfants peuvent aller en pèlerinage à Aokpe mais il faut que tu expliques bien clairement que ce qui se passe là-bas n'a pas été vérifié par l'Église. » Silence. « Kevin, mon chauffeur, les emmènera. » Silence. « Demain, c'est trop proche. Après-demain. » Un plus long silence. « Ah, d'accord. Dieu te bénisse, toi et les enfants. Au revoir. »

Papa raccrocha le combiné et se tourna vers nous :

« Vous partirez demain, alors montez faire vos bagages. Prenez des affaires pour cinq jours.

— Oui, Papa.

— Peut-être, *anam asi*, dit Mama, ne devraient-ils pas rendre visite à Ifeoma les mains vides. »

Papa la dévisagea comme s'il était étonné qu'elle eût parlé.

« Nous mettrons de la nourriture dans la voiture, bien sûr, des ignames et du riz, répondit-il.

— Ifeoma disait que les bonbonnes de gaz sont rares à Nsukka.

— Bonbonnes de gaz ?

— Oui, pour la cuisine. Elle dit qu'elle se sert de son vieux réchaud à pétrole, maintenant. Tu te souviens de l'histoire du pétrole frelaté qui faisait exploser les réchauds et causait des morts ? J'ai pensé que tu pourrais peut-être lui envoyer une ou deux bonbonnes de l'usine.

— Est-ce ce que vous avez organisé, Ifeoma et toi ?

— *Kpa*, je fais juste une suggestion. C'est toi qui décides. »

Papa scruta quelques instants le visage de Mama.

« D'accord », dit-il, et il se tourna de nouveau vers Jaja et moi. « Montez faire vos bagages. Vous pouvez prendre vingt minutes sur votre temps d'étude. »

Nous montâmes lentement l'escalier courbe. Je me demandai si Jaja avait comme moi le bas du ventre qui grondait. C'était la première fois de notre vie que nous dormirions hors de la maison sans Papa.

« As-tu envie d'aller à Nsukka ? lui demandai-je en atteignant le palier.

— Oui », répondit-il, et ses yeux me disaient qu'il savait que j'en avais envie moi aussi.

Je ne parvenais pas à trouver les mots dans notre langage des yeux pour lui dire combien ma gorge se serrait à la pensée de cinq jours sans la voix de Papa, sans le bruit de ses pas dans l'escalier.

Le lendemain matin, Kevin rapporta de l'usine deux bonbonnes de gaz pleines et les mit dans le coffre de la Volvo à côté des sacs de riz et de haricots, de quelques ignames, régimes de bananes plantains vertes et ananas. Jaja et moi attendions, debout près des hibiscus. Le jardinier taillait à tout va la bougainvillée, matant les fleurs qui dépassaient insolemment de la surface nivelée du massif. Il avait ratissé sous les frangipaniers, et des feuilles mortes mêlées de fleurs roses, rassemblées en tas, attendaient la brouette.

« Voici vos emplois du temps pour la semaine que vous passerez à Nsukka », dit Papa.

La feuille de papier qu'il me fourra dans la main était semblable à l'emploi du temps collé au-dessus de mon bureau dans ma chambre, sauf qu'il y avait inscrit deux heures de « temps avec vos cousins » par jour.

« Le seul jour où vous êtes exemptés de cet emploi du temps est quand vous irez à Aokpe avec votre tante », dit Papa. Quand il nous serra dans ses bras, Jaja puis moi, ses mains tremblaient. « Je n'ai jamais passé plus d'un seul jour sans vous deux. »

Je ne savais pas quoi répondre, mais Jaja hocha la tête et dit : « Nous nous reverrons dans une semaine.

— Kevin, conduis prudemment. As-tu compris ? demanda Papa quand nous montâmes en voiture.

— Oui, monsieur.

— Prends de l'essence au retour, à Ninth Mile, et n'oublie pas de m'apporter la facture.

— Oui, monsieur. »

Papa nous demanda de sortir de la voiture. Il nous serra de nouveau dans ses bras, nous passa la main sur la nuque à tous deux et nous demanda de ne pas oublier de réciter les quinze dizaines entières du chapelet pendant le trajet. Mama nous embrassa une fois encore avant que nous ne remontions en voiture.

« Papa agite toujours la main », dit Jaja alors que Kevin sortait précautionneusement la voiture de l'allée ; il regardait dans le rétroviseur au-dessus de sa tête.

« Il pleure, dis-je.

— Le jardinier agite lui aussi la main », ajouta Jaja, et je me demandai si vraiment il ne m'avait pas entendue.

Je sortis mon chapelet de ma poche, embrassai le crucifix et commençai la prière.

Je regardai par la fenêtre pendant le trajet, comptant les carcasses de voitures noircies sur le bas-côté de la route, pour certaines abandonnées là depuis si longtemps qu'elles étaient couvertes de rouille rougeâtre. Je m'interrogeais sur les gens qui s'y étaient trouvés, sur ce qu'ils avaient éprouvé juste avant l'accident, avant le verre en éclats, le métal broyé et les flammes dévorantes. Je ne me concentrais sur aucun des sept Mystères glorieux et je savais que Jaja non plus, car il n'arrêtait pas de manquer son tour de commencer la dizaine du chapelet. Au bout de quarante minutes de voiture, j'aperçus un panneau sur le bas-côté qui disait « UNIVERSITÉ DU NIGÉRIA, NSUKKA », et je demandai à Kevin si nous étions presque arrivés.

« Non. Encore un bout. »

Près de la ville d'Opi – les panneaux empoussiérés de l'église et de l'école indiquaient « OPI » –, nous arrivâmes à un barrage de police. De vieux pneus et des tronçons de bois cloutés jonchaient la majeure partie de la chaussée, ne laissant qu'un passage étroit. Quand nous approchâmes, un policier nous fit signe de nous ranger. Kevin grogna. Puis, tout en ralentissant, il plongea la main dans le compartiment à gants et en sortit un billet de dix naira qu'il balança par la fenêtre, dans la direction du policier. Ce dernier simula un salut, sourit et nous fit signe de passer. Kevin n'aurait jamais fait cela si Papa avait été présent. Lorsque des policiers ou des soldats arrêtaient Papa, il prenait un temps infini pour leur montrer tous ses papiers de voiture, les laissaient fouiller le véhicule, tout pour éviter d'avoir à leur graisser la patte. « Nous ne pouvons pas participer à ce que nous combattons », nous disait-il souvent.

« Nous entrons dans la ville de Nsukka », annonça Kevin quelques minutes plus tard.

Nous longions le marché. Les magasins du bord de route, bondés et garnis de rares étagères d'aliments, menaçaient de se déverser sur le mince ruban de la chaussée, déjà pleine de voitures garées en double file, de marchands ambulants portant des plateaux sur la tête, de motards, de garçons poussant des charrettes chargées d'ignames, de femmes tenant des paniers, de mendiants sur leurs paillasses qui levaient la tête et agitaient la main. Kevin roulait lentement, à présent ; des nids-de-poule s'ouvraient à l'improviste au milieu de la chaussée, aussi suivait-il les méandres de la voiture de devant. En arrivant à un endroit, juste après le marché, où la route rétrécissait, rongée sur ses bords par l'érosion, il s'arrêta un instant pour laisser les autres voitures passer.

« Nous sommes à l'université », dit-il finalement.

Devant nous se dressait une grande arche, portant les mots « UNIVERSITÉ DU NIGERIA, NSUKKA », en lettres de métal noir. Le portail inséré dans l'arche était grand ouvert et gardé par des vigiles en uniforme marron foncé, béret assorti. Kevin se rangea devant eux et baissa les vitres.

« Bonjour. S'il vous plaît, comment rejoindre Marguerite Cartwright Avenue ? » demanda-t-il.

Le vigile le plus proche de nous, plissant la peau du visage comme une robe froissée, demanda : « Comment allez-vous ? » avant de dire à Kevin que Cartwright Avenue était tout près ; il nous suffisait de continuer tout droit, tourner à droite au prochain carrefour puis presque immédiatement à gauche. Kevin le remercia et redémarra. Une pelouse vert épinard s'étalait de l'autre côté de la route. Je tournai la tête pour examiner la statue qui trônait au milieu de la pelouse, un lion noir assis sur son arrière-train, la queue dressée vers le ciel, le torse bombé. Je ne m'étais pas rendu compte que Jaja regardait, lui aussi, jusqu'au moment où il lut à voix haute les mots inscrits sur le socle : « Pour rétablir la dignité de l'homme. » Puis, comme si je ne pouvais pas comprendre toute seule, il ajouta : « C'est la devise de l'université. »

Marguerite Cartwright Avenue était bordée de grands gmelinas. J'imaginai les arbres ployant sous l'orage pendant la saison des pluies, tendant leurs branches pour se rejoindre et transformer l'avenue en tunnel sombre. Les maisons à deux appartements, avec leurs allées gravillonnées et leurs panneaux « ATTENTION, CHIEN MÉCHANT » sur la pelouse, cédèrent bientôt la place à des pavillons de plain-pied dont les allées faisaient la longueur de deux voitures, puis à des immeubles dotés de grands espaces sur le devant en guise d'allée. Kevin roulait lentement, marmonnant le numéro de la maison de Tatie Ifeoma comme si ça nous aiderait à la trouver plus vite. Elle était dans le quatrième immeuble, un bâtiment haut et banal, à la peinture bleue qui s'écaillait, avec des antennes de télévision qui pointaient des vérandas. Il comptait trois appartements de chaque côté et celui de Tatie Ifeoma se trouvait au rez-de-chaussée sur la gauche. En façade, une explosion de couleurs – un jardin – dessinait un cercle, clôturé de fils barbelés. Des roses, des hibiscus, des lys, des ixoras et des crotons poussaient côte à côte comme une couronne peinte à la main. Tatie Ifeoma sortit de l'appartement en short, s'essuyant les mains sur son tee-shirt. La peau de ses genoux était très foncée.

« Jaja ! Kambili ! »

Elle attendit à peine que nous descendions de voiture pour nous prendre dans ses bras, en nous serrant l'un contre l'autre pour arriver à nous enlacer tous les deux à la fois.

« Bojour, ma'am, la salua Kevin, avant de faire le tour pour ouvrir le coffre.

— Ha, ha ! dit Tatie Ifeoma. Eugene croit-il

que nous mourons de faim ? Même un sac de riz ? »

Kevin sourit.

« *Oga* dit que c'est pour vous saluer, ma'am.

— Eh ! glapit Tatie Ifeoma en regardant dans le coffre. Des bonbonnes de gaz ? Oh, *nwunye m* n'aurait pas dû se donner tant de mal. »

Là-dessus, Tatie Ifeoma fit une petite danse, donnant des mouvements d'aviron avec les bras, envoyant tour à tour les jambes en l'air et tapant fort du pied.

Debout près d'elle, Kevin se frottait les mains de plaisir comme si c'était lui qui avait organisé la grande surprise. Il hissa une bonbonne de gaz hors du coffre et Jaja l'aida à la porter dans l'appartement.

« Vos cousins vont bientôt rentrer, ils sont allés dire bon anniversaire à père Amadi, c'est notre ami et il travaille à notre aumônerie. J'ai fait de la cuisine, j'ai même tué un poulet pour vous deux ! »

En riant, Tatie Ifeoma m'attira contre elle. Elle sentait la noix de muscade.

« Où les mettons-nous, ma'am ? demanda Kevin.

— Vous n'avez qu'à laisser les affaires sur la véranda. Amaka et Obiora les rangeront plus tard. »

Tatie Ifeoma me serrait toujours quand nous entrâmes dans le salon. La première chose que je remarquai fut le plafond, à quel point il était bas. J'avais l'impression que je pourrais le toucher en tendant le bras ; c'était tellement différent de chez nous, où les hauts plafonds conféraient à nos pièces un calme spacieux. Les émanations âcres de la fumée de pétrole se mêlaient aux arômes de curry et de muscade de la cuisine.

« Il faut que j'aille voir si mon riz *jollof* ne brûle pas ! »

Tatie Ifeoma fonça dans la cuisine.

Je m'assis sur le canapé marron. Les coutures des coussins s'effilochaient et se défaisaient. C'était le seul canapé du salon ; à côté, il y avait des chaises en rotin, adoucies par des coussins marron. La table basse était en rotin elle aussi, dessus était posé un vase d'Orient orné de dessins de danseuses en kimono. Il contenait trois roses à tiges longues, d'un rouge si éclatant que je me demandai si elles étaient en plastique.

« *Nne*, ne te comporte pas en invitée. Entre, entre », dit Tatie Ifeoma en sortant de la cuisine.

Je la suivis le long d'un petit couloir tapissé d'étagères pleines à craquer. Le bois gris avait l'air prêt à s'effondrer si on y ajoutait ne serait-ce qu'un livre. Les livres paraissaient tous propres ; ils étaient tous soit lus souvent, soit époussetés souvent.

« Voici ma chambre. Je dors ici avec Chima », dit Tatie Ifeoma en ouvrant la première porte.

Des briques alimentaires et des sacs de riz s'entassaient contre le mur proche de la porte. Sur un plateau étaient rangées d'énormes boîtes de lait en poudre et de Bournvita, à côté d'un bureau avec une lampe, des flacons de médicaments et des livres. Dans un autre coin, des valises étaient empilées les unes sur les autres. Tatie Ifeoma m'emmena dans une seconde chambre, avec deux lits contre un mur. Ils étaient accolés l'un à l'autre de façon à offrir de la place à plus de deux personnes. On avait aussi réussi à caser dans la pièce deux commodes et un miroir ainsi qu'un bureau avec une chaise. Je me demandai où nous dormirions, Jaja et moi, et comme si elle lisait dans mes pensées, Tatie Ifeoma dit : « Amaka et toi, vous dormirez ici, *nne*. Obiora dort au salon, et Jaja s'installera avec lui. »

J'entendis Kevin et Jaja entrer dans l'appartement.

« Nous avons fini de décharger les affaires, ma'am. Je m'en vais, maintenant », dit Kevin.

Il parlait depuis le salon, mais l'appartement était si petit qu'il n'avait pas besoin de hausser la voix.

« Dites à Eugene que je le remercie. Dites-lui que nous allons bien. Conduisez prudemment.

— Oui, ma'am. »

Je regardai Kevin partir, et soudain ma poitrine se serra. J'avais envie de courir derrière lui, de lui dire de m'attendre le temps que je prenne mon sac et remonte en voiture.

« *Nne*, Jaja, venez me tenir compagnie dans la cuisine en attendant que vos cousins rentrent. »

Tatie Ifeoma parlait avec naturel, comme si c'était complètement normal de nous recevoir chez elle, comme si nous leur avions déjà rendu visite maintes et maintes fois par le passé. Jaja entra le premier dans la pièce et s'assit sur un tabouret de bois bas. Comme il n'y avait guère de place, je restai debout près de la porte pour ne pas gêner Tatie Ifeoma tandis qu'elle égouttait le riz au-dessus de l'évier, jetait un coup d'œil à la viande en train de cuire, écrasait des tomates dans un mortier. Les carreaux bleu clair de la cuisine étaient usés et ébréchés aux coins mais ils paraissaient impeccablement propres, tout comme les casseroles dont les couvercles, qui n'étaient pas à la bonne taille, penchaient vers l'intérieur. Le poêle à pétrole était sur une table en bois à côté de la fenêtre. Les rideaux élimés et les murs qui entouraient la fenêtre avaient viré au gris-noir à cause de la fumée de pétrole. Tatie Ifeoma continua de bavarder tout en remettant le riz sur le feu et en hachant deux oignons rouges, et son rire saccadé ponctuait le flot de ses phrases. Elle donnait l'impression de rire et pleurer en même temps car elle essuyait souvent les larmes causées par les oignons du revers de la main.

Ses enfants arrivèrent quelques minutes plus tard. Ils avaient l'air différents, peut-être parce que je les voyais pour la première fois chez eux et non à Abba, où ils étaient des invités dans la maison de Papa-Nnukwu. Obiora retira une paire de lunettes de soleil noires et la glissa dans la poche de son short quand ils entrèrent. Il rit en m'apercevant.

« Jaja et Kambili sont arrivés ! » s'écria Chima d'une voix flûtée.

Nous nous dîmes bonjour en nous serrant

mutuellement dans les bras. Amaka m'effleura à peine avant de se dégager. Elle portait du rouge à lèvres, d'une teinte différente qui tirait davantage sur le rouge que sur le marron, et sa robe moulait son corps mince.

« Avez-vous fait bonne route ? demanda-t-elle en regardant Jaja.

— Oui, répondit Jaja. Je pensais que ce serait plus long.

— Oh, Enugu n'est pas si loin que ça d'ici, vraiment, fit Amaka.

— Nous n'avons toujours pas acheté les boissons, Maman, ajouta Obiora.

— Ne vous avais-je pas demandé de les acheter avant de partir, *gbo* ? » Tatie Ifeoma fit glisser les rondelles d'oignon dans de l'huile chaude et recula.

« Je vais y aller maintenant. Jaja, tu veux venir ? Nous allons juste à un kiosque dans la concession d'à côté.

— N'oubliez pas d'emporter les bouteilles vides », dit Tatie Ifeoma.

Je regardai Jaja partir avec Obiora. Je ne voyais pas son visage, n'aurais pas su dire s'il était aussi déconcerté que moi.

« Attends que je me change, Maman, et je ferai frire les bananes plantains, dit Amaka en s'apprêtant à sortir de la pièce.

— *Nne*, va avec ta cousine », me lança Tatie Ifeoma.

Je suivis Amaka dans sa chambre, posant un pied apeuré devant l'autre. Le sol en ciment était rugueux, il ne permettait pas à mes pieds de glisser à sa surface de la même façon que les dallages de marbre lisse à la maison. Amaka retira ses boucles d'oreilles, les déposa sur la commode et se regarda dans le miroir en pied. Je m'assis au bord du lit et l'observai, tout en me demandant si elle savait que je l'avais suivie dans la chambre.

« Je suis sûre que tu trouves Nsukka arriéré, comparé à Enugu, fit-elle, en se regardant toujours dans le miroir. J'ai dit à Maman d'arrêter de vous forcer à venir tous les deux.

— Je... nous... voulions venir. »

Amaka sourit dans le miroir, d'un petit sourire condescendant qui semblait me dire que je n'aurais pas dû me donner la peine de lui mentir.

« Il n'y a pas de lieu branché à Nsukka, au cas où tu ne l'aurais pas déjà remarqué. Nsukka n'a pas de Genesis ou de Nike Lake.

— Quoi ?

— Genesis et Nike Lake, les lieux branchés d'Enugu. Tu y vas tout le temps, non ?

— Non. » Amaka me regarda bizarrement. « Mais tu y vas de temps en temps ?

— Je... oui. »

Je n'avais jamais mis les pieds au restaurant Genesis et n'étais allée qu'une seule fois à l'hôtel Nike Lake, quand l'associé de Papa y avait donné une réception de mariage. Nous étions restés juste assez longtemps pour que Papa prenne des photos avec le couple et leur donne un cadeau.

Amaka prit un peigne et le passa dans les pointes de ses cheveux courts. Puis elle se retourna vers moi et me demanda :

« Pourquoi baisses-tu la voix ?

— Quoi ?

— Tu baisses la voix quand tu parles. Tu chuchotes.

— Oh », fis-je, les yeux rivés sur le bureau, qui était couvert d'objets : des livres, un miroir fêlé, des crayons-feutres.

Amaka reposa le peigne et retira sa robe par la tête. Dans son soutien-gorge de dentelle blanc et sa culotte bleu clair, elle ressemblait à une chèvre haoussa : brune, longue et mince. Je détournai rapidement le regard. Je n'avais jamais vu personne se déshabiller ; c'était péché de regarder la nudité d'autrui.

« Je suis sûre que ceci n'a absolument rien à voir avec la chaîne stéréo que tu as dans ta chambre à Enugu », dit Amaka, en montrant du doigt un petit lecteur de cassettes au pied de la commode.

Je voulais lui dire que je n'avais pas la moindre chaîne stéréo dans ma chambre à la maison, mais je n'étais pas sûre qu'elle aurait été contente de l'apprendre, pas plus qu'elle n'aurait aimé savoir que j'en avais une.

Elle mit le lecteur de cassettes en marche, hochant la tête sur le battement polyphonique des tambours.

« J'écoute surtout des musiciens indigènes. Ils ont une conscience de culture ; ils ont quelque chose de véritable à dire. Mes préférés sont Fela, Osadebe et Onyeka. Oh, je suis sûre que tu ne les connais pas, je suis sûre que tu aimes la pop américaine, comme les autres ados. »

Elle disait « ados » comme si elle n'en était pas une, comme si les adolescents étaient une espèce de gens qui, du fait qu'ils n'écoutaient pas de musique à conscience de culture, se trouvaient un degré en dessous d'elle. Et elle disait « conscience de culture » du ton fier sur lequel les gens prononcent un mot qu'ils n'auraient jamais imaginé connaître jusqu'au moment où ils l'avaient appris.

J'étais assise au bord du lit, immobile et les mains jointes, souhaitant dire à Amaka que je ne possédais pas de lecteur de cassettes, que j'étais quasiment incapable de distinguer un type de musique pop d'un autre.

« Est-ce toi qui as peint ça ? » lui demandai-je à la place.

L'aquarelle, une femme avec un enfant, faisait beaucoup penser à une copie de la Vierge à l'Enfant peinte à l'huile qui se trouvait dans la chambre de Papa, si ce n'est que la femme et l'enfant de la peinture d'Amaka avaient la peau foncée.

« Oui, je peins, quelquefois.

— C'est joli. »

Je regrettais de ne pas avoir su que ma cousine peignait des aquarelles réalistes. Et j'aurais aimé qu'elle cessât de me regarder comme si j'étais un drôle d'animal de laboratoire, à expliquer et à cataloguer.

« Y a-t-il quelque chose qui vous retient, les filles ? » nous lança Tatie Ifeoma depuis la cuisine.

Je suivis Amaka à la cuisine et la regardai découper et faire frire les bananes plantains. Jaja rentra peu après avec les garçons, les bouteilles de soda dans un sac de plastique noir. Tatie Ifeoma demanda à Obiora de mettre le couvert.

« Aujourd'hui, nous allons traiter Kambili et Jaja en invités, mais dès demain, ils feront partie de la famille et mettront la main à la pâte », dit-elle.

La table était faite dans un bois qui se craquelait par temps sec. La première couche se délitait comme un grillon qui mue, des bandes brunes se détachant par boucles de la surface. Les chaises étaient dépareillées. Il y en avait quatre en bois simple, le même genre de chaises que dans ma salle de classe, et les deux autres étaient noires et rembourrées. Jaja et moi nous assîmes l'un à côté de l'autre. Tatie Ifeoma récita le bénédicité et quand mes cousins dirent « Amen », je gardai les yeux fermés.

« *Nne*, nous avons fini de prier. Nous ne disons pas la messe pour le bénédicité comme ton père », dit Tatie Ifeoma avec un petit gloussement.

Je rouvris les yeux, juste à temps pour surprendre Amaka qui me regardait.

« J'espère que Kambili et Jaja vont venir tous les jours pour qu'on puisse manger comme ça. Du poulet et des sodas ! » Obiora remonta ses lunettes tout en parlant.

« Maman ! Je veux une cuisse de poulet, dit Chima.

— Je crois que ces gens commencent à mettre moins de coca dans les bouteilles », dit Amaka, en écartant sa canette de coca pour l'examiner.

Je baissai les yeux sur le riz *jollof*, les bananes plantains frites et la moitié de pilon dans mon assiette et m'efforçai de me concentrer, puis tentai d'avaler la nourriture. Les assiettes étaient dépareillées, elles aussi. Chima et Obiora mangeaient dans des assiettes en plastique tandis que le reste d'entre nous en avions en verre uni, dépourvues de fleurs délicates ou de filets argentés. Les rires flottaient au-dessus de ma tête. Des mots fusaient de toutes les bouches, souvent sans chercher ni obtenir de réponse. À la maison, nous parlions toujours dans un objectif précis, en particulier à table, alors que mes cousins, visiblement, parlaient juste pour parler.

« M'man, *biko*, donne-moi le cou, dit Amaka.

— Tu ne m'as pas déjà convaincue de te le céder la dernière fois, *gbo* ? » remarqua Tatie Ifeoma, avant de prendre le cou du poulet de son assiette et de tendre la main pour le déposer sur l'assiette d'Amaka.

« C'était quand, la dernière fois que nous avons mangé du poulet ? demanda Obiora.

— Arrête de mastiquer comme une chèvre, Obiora ! dit Tatie Ifeoma.

— Les chèvres mastiquent différemment quand elles ruminent et quand elles mangent, Maman. Duquel tu parles ? »

Je relevai la tête pour regarder Obiora mastiquer.

« Tu n'aimes pas, Kambili ? » demanda Tatie Ifeoma, ce qui me fit sursauter : jusqu'alors j'avais eu l'impression de ne pas être là, d'être juste en train d'observer une table autour de laquelle on pouvait dire n'importe quoi n'importe quand à n'importe qui, où on pouvait respirer l'air librement et à sa guise.

« J'aime le riz, Tatie, merci.

— Si tu aimes le riz, mange le riz, fit Tatie Ifeoma.

— Il n'est peut-être pas aussi bon que le riz de luxe qu'elle mange chez elle, lança Amaka.

— Amaka, laisse ta cousine tranquille », dit Tatie Ifeoma.

Je ne dis rien de tout le déjeuner, mais j'écoutai chaque parole prononcée, suivis chaque éclat de rire et chaque plaisanterie. C'étaient surtout mes cousins qui parlaient et Tatie Ifeoma, calée contre son dossier, les observait en mangeant lentement. Elle faisait penser à un entraîneur de football qui a fait du bon boulot avec son équipe et qui est content de se poster en spectateur près de la surface de but.

Après le déjeuner, je demandai à Amaka où je pouvais me soulager, même si je savais que les toilettes étaient la porte en face de la chambre. Elle parut agacée par ma question et fit un geste vague en direction du couloir, tout en demandant : « Où d'autre, à ton avis ? »

La pièce était si étroite que je pouvais toucher les deux murs en tendant les bras. Il n'y avait ni tapis moelleux ni housse en peluche pour le siège et le couvercle des toilettes, comme chez nous à la maison. Un seau en plastique vide était posé à côté des W.-C. Après avoir uriné, je voulus tirer la chasse mais le réservoir était vide ; la manette s'enfonça mollement et remonta. Je demeurai quelques minutes debout dans la pièce étroite avant de sortir pour me mettre en quête de Tatie Ifeoma. Elle était à la cuisine et frottait les côtés du poêle à pétrole avec une éponge savonneuse.

« Je vais être très radine avec mes bonbonnes de gaz, dit Tatie Ifeoma en souriant quand elle m'aperçut. Je ne m'en servirai que pour les repas spéciaux, pour les faire durer longtemps. Je ne suis pas encore près de remballer ce poêle à pétrole. »

Je marquai une pause car ce que je voulais dire était à mille lieues des cuisinières à gaz et des poêles à pétrole. J'entendais le rire d'Obiora, en provenance de la véranda.

« Tatie, il n'y a pas d'eau pour tirer la chasse.

— Tu as fait pipi ?

— Oui.

— Notre eau ne coule que le matin, *o di egwu.* Alors nous ne tirons pas la chasse quand nous faisons pipi, seulement quand il y a vraiment quelque chose à évacuer. Ou quelquefois, quand il n'y a pas d'eau pendant quelques jours, nous refermons juste le couvercle jusqu'à ce que tout le monde y soit allé, puis nous versons un seau d'eau. Ça économise l'eau. »

Tatie Ifeoma souriait tristement.

« Ah », fis-je.

Amaka était entrée pendant que Tatie Ifeoma parlait. Je la regardai se diriger vers le réfrigérateur.

« Je suis sûre que chez vous, vous tirez la chasse

d'eau toutes les heures, rien que pour que l'eau reste fraîche, mais nous ne faisons pas comme ça ici.

— Amaka, *o gini* ? Je n'aime pas ce ton ! dit Tatie Ifeoma.

— Désolée », marmonna Amaka en se servant un verre d'eau froide d'une bouteille en plastique.

Je me rapprochai du mur noirci par la fumée de pétrole, rêvant de pouvoir m'y fondre et disparaître. J'avais envie de m'excuser auprès d'Amaka, mais je ne savais pas trop de quoi.

« Demain nous emmènerons Kambili et Jaja faire un tour pour leur montrer le campus, dit Tatie Ifeoma, d'un ton si normal que je me demandai si c'était dans mon imagination qu'elle avait élevé la voix.

— Il n'y a rien à voir. Ça va les ennuyer. »

À ce moment-là le téléphone sonna, fort et strident, à l'opposé du ronronnement feutré du nôtre à la maison. Tatie Ifeoma courut dans sa chambre pour répondre.

« Kambili ! Jaja ! » appela-t-elle un instant plus tard.

Je savais que c'était Papa. J'attendis que Jaja arrive de la véranda pour que nous y allions ensemble. Arrivé devant le téléphone, Jaja s'écarta et me fit signe de parler en premier.

« Allô, Papa, bonjour », dis-je, et je me demandai alors s'il pouvait deviner que j'avais déjeuné après avoir dit une prière trop courte.

« Comment allez-vous ?

— Bien, Papa.

— La maison est vide sans vous.
— Ah.
— Avez-vous besoin de quoi que ce soit ?
— Non, Papa.
— Appelez tout de suite si vous avez besoin de quoi que ce soit et j'enverrai Kevin. Je vous appellerai tous les jours. N'oubliez pas de travailler et de prier.
— Oui, Papa. »

Quand Mama prit la ligne, sa voix était plus forte que son murmure habituel, ou peut-être était-ce juste le téléphone. Elle me dit que Sisi avait oublié que nous étions absents et qu'elle avait préparé le déjeuner pour quatre.

Quand je m'assis avec Jaja pour le dîner ce soir-là, je pensai à Papa et Mama, seuls à notre grande table dans la salle à manger. Nous mangeâmes les restes de riz et de poulet. Nous bûmes de l'eau parce que les sodas achetés dans l'après-midi étaient finis. Je pensai aux caisses toujours pleines de coca, de Fanta et de Sprite dans la resserre de la cuisine, puis engloutis vite mon eau comme si cela me permettrait de laver la trace de ces pensées. Je savais que si Amaka pouvait lire les pensées, les miennes ne lui plairaient pas. Il y eut moins de bavardages et de rires au dîner parce que la télé était allumée, et mes cousins emportèrent leurs assiettes au salon. Les deux aînés ignorèrent le canapé et les fauteuils pour s'installer par terre, tandis que Chima se lova sur le canapé, son assiette de plastique en équilibre sur les genoux. Tatie Ifeoma nous proposa à Jaja et à moi d'aller nous asseoir au salon pour pouvoir bien voir la télévision. J'attendis que Jaja ait refusé, en disant que cela ne nous gênait pas de rester à table, pour acquiescer d'un hochement de tête.

Tatie Ifeoma resta avec nous, jetant de fréquents coups d'œil vers la télévision tout en mangeant.

« Je ne comprends pas pourquoi ils remplissent notre télévision de séries mexicaines de second ordre en ignorant tout le potentiel que détient notre peuple, grommela-t-elle.

— Maman, s'il te plaît, ne nous fais pas de conférence maintenant, dit Amaka.

— C'est moins cher d'importer des soap operas du Mexique », dit Obiora, les yeux toujours rivés à l'écran.

Tatie Ifeoma se leva.

« Jaja et Kambili, nous avons l'habitude de dire le chapelet tous les soirs avant de nous coucher. Bien sûr, vous pourrez veiller aussi tard que vous le voulez après, pour regarder la télé ou ce que vous voulez. »

Jaja remua sur sa chaise avant de sortir son emploi du temps de sa poche.

« Tatie, l'emploi du temps de Papa dit que nous devons travailler le soir ; nous avons apporté nos livres. »

Tatie Ifeoma regarda longuement le papier dans la main de Jaja. Puis elle éclata de rire, si fort qu'elle en tituba, son grand corps se courbant comme un filao par un jour de vent.

« Eugene vous a donné un emploi du temps à suivre tant que vous serez ici ? *Nekwanu anya*, qu'est-ce que ça signifie ? » Tatie Ifeoma rit encore un peu avant de tendre la main en demandant la feuille de papier. Lorsqu'elle se tourna vers moi, je sortis la mienne, soigneusement pliée en quatre, de la poche de ma jupe.

« Je vais vous les garder jusqu'à votre départ.

— Tatie…, commença Jaja.

— Si vous ne le dites pas à Eugene, eh, comment saura-t-il que nous n'avez pas suivi l'emploi du temps, *gbo* ? Vous êtes ici en vacances et c'est ma maison, alors vous allez suivre mes règles à moi. »

Je regardai Tatie Ifeoma entrer dans sa chambre avec nos emplois du temps. J'avais la bouche sèche, la langue qui collait au palais.

« Est-ce que vous avez un emploi du temps que vous suivez tous les jours, chez vous ? » demanda Amaka.

Elle était allongée sur le dos, la tête reposant sur un des coussins d'un fauteuil.

« Oui, répondit Jaja.

— Intéressant. Alors maintenant les riches ne peuvent pas décider quoi faire au jour le jour, ils ont besoin d'un emploi du temps pour le savoir.

— Amaka ! » cria Obiora.

Tatie Ifeoma revint avec un énorme chapelet à grains bleus et crucifix de métal. Obiora éteignit la télévision au moment où le générique commençait à défiler sur l'écran. Obiora et Amaka allèrent chercher leurs chapelets dans la chambre à coucher tandis que Jaja et moi sortions les nôtres de nos poches. Nous nous agenouillâmes à côté des fauteuils en rotin et Tatie Ifeoma commença la première dizaine. Après le dernier *Je vous salue Marie*, je redressai brusquement la tête en entendant s'élever une voix mélodieuse. Amaka chantait.

« Ka m bunie afa gi enu… »

Tatie Ifeoma et Obiora se joignirent à elle, conjuguant leurs voix. Je croisai le regard de Jaja. Il avait les yeux humides, pleins de suggestions. *Non !* lui dis-je, en battant vivement des paupières. Ce n'était pas bien. On ne se mettait pas à chanter au beau milieu du chapelet. Je ne me joignis pas aux chants et Jaja non plus. Amaka chantait à la fin de chaque dizaine, des chants ibos stimulants, qui poussaient Tatie Ifeoma à reprendre en écho, comme une chanteuse d'opéra puisant les mots au creux de son ventre.

Après le chapelet, Tatie Ifeoma nous demanda si nous ne connaissions aucun des chants.

« Nous ne chantons pas à la maison, expliqua Jaja.

— Ici nous chantons », dit Tatie Ifeoma, et je me demandai si c'était l'irritation qui lui faisait froncer les sourcils.

Quand Tatie Ifeoma souhaita bonne nuit et partit dans sa chambre, Obiora ralluma la télévision. Assise sur le canapé à côté de Jaja, je regardais les images à la télé, mais je n'arrivais pas à distinguer les personnages au teint olivâtre les uns des autres. J'avais l'impression que mon ombre rendait visite à Tatie Ifeoma et sa famille, tandis que mon vrai moi travaillait dans ma chambre à Enugu, mon emploi du temps affiché au-dessus de ma tête. Je me levai peu après et allai dans la chambre pour me préparer à me coucher. Même sans l'emploi du temps, je savais quelle heure Papa avait inscrite pour le coucher. Je m'endormis en me demandant quand Amaka viendrait, et si ses lèvres se tordraient en une moue méprisante quand elle me regarderait dormir.

Je rêvai qu'Amaka m'immergeait dans une cuvette de W.-C. pleine d'agrégats marron et verdâtres. Ma tête plongeait d'abord, puis la cuvette s'élargissait, de sorte que mon corps tout entier plongeait lui aussi. Amaka scandait « La chasse, la chasse, la chasse ! » tandis que je me débattais pour me dégager. J'étais encore en train de me débattre quand je me réveillai. Amaka était sortie du lit et nouait son *lappa* par-dessus sa chemise de nuit.

« Nous allons chercher de l'eau au robinet », dit-elle.

Elle ne me demanda pas de venir mais je me levai, serrai mon *lappa* et la suivis.

Jaja et Obiora étaient déjà au robinet dans l'arrière-cour minuscule ; de vieux pneus de voiture, des pièces détachées de bicyclette et des malles défoncées étaient empilés dans un coin. Obiora mit les récipients sous le robinet, plaçant l'ouverture sous l'eau qui coulait. Jaja proposa de rapporter le premier récipient plein à la cuisine, mais Obiora lui dit de ne pas s'inquiéter et le rentra lui-même. Pendant qu'Amaka emportait le suivant, Jaja en plaça un autre plus petit sous le robinet et le remplit. Il avait dormi au salon, me raconta-t-il, sur un matelas rangé derrière la porte qu'Obiora avait déroulé et recouvert d'un *lappa*. Je l'écoutai et n'en revins pas de l'émerveillement dans sa voix, du brun de ses pupilles qui était tellement plus clair. Je proposai de porter le récipient suivant, mais Amaka me dit en riant que j'avais les os tendres et ne pourrais pas le soulever.

Après avoir fini, nous dîmes les prières du matin au salon, une série de prières courtes ponctuées de chants. Tatie Ifeoma pria pour l'université, pour les professeurs et la direction, pour le Nigeria et, à la fin, elle pria pour que nous puissions trouver paix et rires en cette journée. Tandis que nous faisions le signe de la croix, je levai la tête et cherchai du regard le visage de Jaja, pour voir si lui aussi était stupéfait que Tatie Ifeoma et sa famille prient, entre toutes les choses possibles et imaginables, pour les *rires*.

Nous nous relayâmes pour nous laver dans la salle de bains étroite, avec des demi-seaux d'eau qu'on réchauffait quelques instants en y plongeant une résistance électrique. La baignoire immaculée avait un trou triangulaire dans un coin, et l'eau s'y vidait en grognant comme un homme qui souffre. Je me savonnai avec mon éponge et mon savon – Mama avait soigneusement emballé mes affaires de toilette – et j'eus beau prélever l'eau avec une petite tasse et la vider lentement sur mon corps, je me sentais encore glissante quand je mis le pied sur la vieille serviette posée par terre.

Tatie Ifeoma était assise à la table quand je sortis, occupée à dissoudre quelques cuillerées de lait en poudre dans une carafe d'eau froide.

« Si je laisse ces enfants se servir eux-mêmes de lait, il ne fera pas une semaine », dit-elle avant de remporter la boîte de lait en poudre Carnation à l'abri dans sa chambre.

J'espérais qu'Amaka ne me demanderait pas si ma mère en faisait autant, car je bégaierais s'il fallait que je lui dise qu'à la maison, nous prenions autant de lait Peak crémeux que nous le voulions. Pour le petit déjeuner, nous eûmes des *opka*, qu'Obiora avait couru acheter quelque part dans le quartier. Je n'avais jamais mangé d'*opka* à un repas, juste comme en-cas, les fois où nous achetions ces croquettes de pois indiens et d'huile de palme cuites à la vapeur sur la route d'Abba. Je regardai Amaka et Tatie Ifeoma découper la croquette jaune et moelleuse et j'en fis autant. Tatie Ifeoma nous demanda de nous dépêcher. Elle voulait nous montrer le campus, à Jaja et à moi, et rentrer à temps pour cuisiner. Elle avait invité père Amadi à dîner.

« Es-tu sûre qu'il y a assez d'essence dans la voiture, Maman ? demanda Obiora.

— Au moins assez pour faire le tour du campus. J'espère vraiment que l'essence va arriver la semaine prochaine, sinon quand nous reprendrons, je devrai aller donner mes cours à pied.

— Ou prendre des *okada*, dit Amaka en riant.

— Parti comme c'est, j'essaierai ça bientôt.

— Qu'est-ce que c'est, des *okada* ? » demanda Jaja.

Je tournai la tête et le dévisageai avec surprise. Je ne m'étais pas attendue à ce qu'il pose cette question, ni aucune autre.

« Des motos, expliqua Obiora. Elles sont devenues plus populaires que les taxis. »

Alors que nous nous dirigions vers la voiture, Tatie Ifeoma s'arrêta retirer quelques feuilles fanées dans le jardin, marmonnant que l'harmattan tuait ses plantes.

Amaka et Obiora grognèrent et dirent :

« Maman ! Pas le jardin, maintenant.

— C'est un hibiscus, n'est-ce pas, Tatie ? » demanda Jaja, qui regardait une plante voisine de la clôture en barbelés. « Je ne savais pas qu'il y avait des hibiscus pourpres. »

Tatie Ifeoma rit et toucha la fleur, d'un violet intense qui était presque bleu.

« Tout le monde a cette réaction la première fois. Ma grande amie Philippa est professeur de botanique. Elle a fait beaucoup de travaux d'expérimentation pendant son séjour ici. Regarde, voici un ixora blanc, mais il donne moins de fleurs que le rouge. »

Jaja rejoignit Tatie Ifeoma, tandis que nous les regardions de là où nous étions.

« *O maka*, comme c'est beau », dit Jaja en passant le doigt sur un pétale.

Le rire de Tatie Ifeoma se prolongea de quelques syllabes de plus.

« Oui. J'ai dû clôturer mon jardin parce que les enfants du quartier entraient et cueillaient beaucoup des fleurs les plus rares. Maintenant je ne laisse plus entrer que les filles de chœur de notre église et de l'église protestante.

— Maman, *o zugo*. Allons-y », dit Amaka.

Mais Tatie Ifeoma s'attarda encore un peu pour montrer ses fleurs à Jaja avant que nous nous empilions dans le break et qu'elle démarre. La rue dans laquelle elle s'engagea était en pente raide ; aussi, elle coupa le contact et laissa la voiture glisser en roue libre, dans un bringuebalement de boulons desserrés.

« Pour économiser l'essence », dit-elle en se tournant rapidement vers Jaja et moi.

Les maisons que nous longions avaient des haies de tournesols, et les fleurs grandes comme la paume de la main égayaient le feuillage de grosses taches jaunes. Comme il y avait de nombreuses brèches dans les haies, je pouvais apercevoir les arrière-cours des maisons : les citernes en métal posées sur des blocs de ciment brut, les vieilles balançoires en pneu pendues aux goyaviers, les vêtements mis à sécher sur des cordes tendues d'arbre en arbre. Au bout de la rue, Tatie Ifeoma remit le contact car la route était devenue plane.

« Voici l'école primaire de l'université, dit-elle. C'est là que va Chima. C'était tellement mieux avant, mais maintenant regardez toutes les lames qui manquent aux fenêtres, regardez la saleté des bâtiments. »

La vaste cour d'école, entourée d'une haie de

filaos taillée, était envahie de longs bâtiments, comme s'ils avaient poussé à leur guise, sans plan préalable. Tatie Ifeoma désigna un bâtiment voisin de l'école, l'Institut d'études africaines, où se trouvait son bureau et où elle donnait la majorité de ses cours. C'était un vieux bâtiment ; je le voyais à sa couleur et à ses carreaux, tapissés par la poussière de tant d'harmattans qu'ils ne pourraient plus jamais briller de nouveau. Tatie Ifeoma traversa un rond-point planté de pervenches roses et bordé de briques peintes en damier noir et blanc. Sur le côté de la route, un champ s'étirait comme un drap vert, parsemé de manguiers dont les feuilles ternes luttaient pour préserver leur couleur du vent desséchant.

« C'est le champ où nous tenons nos bazars, dit Tatie Ifeoma. Et là-bas ce sont les foyers d'étudiantes. Voici Mary Slessor Hall. Là-bas, c'est Okpara Hall et celui-ci, c'est Bello Hall, le foyer le plus célèbre, où Amaka a juré d'habiter lorsqu'elle entrera à l'université et qu'elle lancera ses mouvements activistes. »

Amaka rit mais ne contredit pas Tatie Ifeoma.

« Peut être serez-vous ensemble, toutes les deux, Kambili. »

Je hochai la tête avec raideur, même si Tatie Ifeoma ne pouvait pas me voir. Je n'avais jamais pensé à l'université, pas plus à celle où j'irais qu'à ce que j'y étudierais. Le moment venu, Papa déciderait.

Tatie Ifeoma klaxonna et salua d'un geste deux hommes à la calvitie naissante, en chemise tie-dye, qui se tenaient au coin de la rue quand elle tourna. Elle coupa de nouveau le contact, et la voiture dévala la rue. De solides gmelinas et margousiers la bordaient sur les deux côtés. L'odeur piquante, astringente, des feuilles de margousier emplit la voiture : Amaka inhala à fond et dit qu'elles soignaient la malaria. Nous traversions une zone résidentielle, longeant des pavillons de plain-pied compris dans de vastes concessions dotées de rosiers, de pelouses décolorées et d'arbres fruitiers. La rue perdit peu à peu le lisse de sa surface goudronnée ainsi que ses haies cultivées, et les maisons se firent étroites et basses, avec des portes d'entrée si proches qu'on aurait pu se placer devant l'une et toucher sa voisine en tendant le bras. Il n'y avait aucun simulacre de haies, ici, aucun simulacre de séparation ou d'intimité, rien que des bâtiments bas côte à côte, parmi de rares arbustes et anacardiers rabougris. C'étaient les logements des employés subalternes, là où habitaient les secrétaires et les chauffeurs, expliqua Tatie Ifeoma, et Amaka ajouta : « S'ils ont la chance d'y accéder. »

Nous venions de dépasser ces bâtiments quand Tatie Ifeoma désigna la droite en disant : « Voici la colline d'Odim. La vue depuis le sommet est à couper le souffle ; quand vous êtes là-haut, vous voyez exactement comment Dieu a disposé les collines et les vallées, *ezi okwu.* »

Lorsqu'elle fit demi-tour et reprit la route par laquelle nous étions venus, je laissai mon esprit errer, m'imaginant Dieu en train de disposer les collines de Nsukka de ses grandes mains blanches, aux ongles soulignés par des ombres en forme de croissant de lune, exactement comme celles de père Benedict. Nous repassâmes devant les arbres robustes entourant l'école d'ingénieurs, devant les vastes champs pleins de manguiers entourant les foyers d'étudiantes. En arrivant aux abords de sa rue, Tatie Ifeoma tourna dans la direction opposée. Elle voulait nous montrer l'autre côté de Marguerite Cartwright Avenue, là où vivaient les professeurs chevronnés, dans les maisons à deux appartements encerclées d'allées gravillonnées.

« J'ai entendu dire qu'au début, quand ces maisons ont été construites, certains des professeurs blancs – tous les professeurs étaient blancs, à cette époque – voulaient des cheminées », dit Tatie Ifeoma, avec le même genre de rire indulgent que Mama quand elle parlait des gens qui allaient voir des guérisseurs. Ensuite elle montra du doigt la résidence du recteur de l'université et les murs d'enceinte qui l'entouraient, nous disant qu'avant il y avait des haies de cerisiers et d'ixoras bien entretenues, jusqu'au jour où des étudiants avaient sauté par-dessus lors d'une émeute et brûlé une voiture dans la concession.

« Quelle était la raison des émeutes ? demanda Jaja.

— L'eau et l'électricité », dit Obiora, et je le regardai.

« Il n'y a eu ni eau ni électricité pendant un mois, expliqua Tatie Ifeoma. Les étudiants ont fait remarquer qu'ils ne pouvaient pas étudier et ils ont demandé si les examens pouvaient être reportés, mais on le leur a refusé.

— Les murs sont hideux », dit Amaka, en anglais, et je me demandai ce qu'elle penserait des murs de notre concession, à la maison, si jamais elle nous rendait visite. Les murs du recteur n'étaient pas très hauts, je pouvais voir la grande maison à deux appartements nichée derrière une voûte d'arbres aux feuilles jaune verdâtre. « De toute façon, continua-t-elle, construire des murs est une solution superficielle. Si j'étais le recteur, les étudiants ne se révolteraient pas. Ils auraient de l'eau et de l'électricité.

— Et si un Homme important d'Abuja a volé l'argent, le recteur est-il censé vomir de l'argent pour Nsukka ? » demanda Obiora.

Je tournai la tête pour le regarder, m'imaginant à quatorze ans, m'imaginant maintenant.

« Ça ne me gênerait pas que quelqu'un vomisse un peu d'argent pour moi, là maintenant, dit Tatie Ifeoma en riant à sa manière d'entraîneur-fier-regardant-son-équipe. Allons en ville pour voir s'il y a des *ube* à un prix correct au marché. Père Amadi aime les *ube*, et nous avons du maïs à la maison pour aller avec.

— Avons-nous assez d'essence, maman ? demanda Obiora.

— *Amarom*, on peut essayer. »

Tatie Ifeoma descendit en roue libre la route qui menait au portail de l'université. Jaja tourna la tête vers la statue du lion plein de superbe au moment où nous passions devant, et remua silencieusement les lèvres. *Pour rétablir la dignité de l'homme*. Obiora lisait la plaque lui aussi. Il émit un petit gloussement et demanda : « Mais quand l'homme a-t-il perdu sa dignité ? »

Passé le portail, Tatie Ifeoma remit le contact. Lorsque la voiture trembla sans démarrer, elle marmonna : « Sainte Mère, s'il te plaît, pas maintenant », et essaya de nouveau. La voiture se contenta de geindre. Quelqu'un klaxonna derrière nous et je me retournai pour regarder la femme qui était dans la Peugeot 504 jaune. Elle sortit et se dirigea vers nous ; elle portait une jupe-culotte qui battait contre ses mollets, bosselés comme des patates douces.

« Moi, ma voiture a calé hier, près d'Eastern Shop. » La femme était à la fenêtre de Tatie Ifeoma et son exubérante permanente bouclée tanguait au vent. « Mon fils a aspiré un litre d'essence de la voiture de mon mari ce matin, juste pour que je puisse aller au marché. *O di egwu*. J'espère qu'on va bientôt recevoir de l'essence.

— Attendons voir, ma sœur. Comment va la famille ? demanda Tatie Ifeoma.

— Nous allons bien. Bonne route.

— Poussons, suggéra Obiora, qui ouvrait déjà la portière de la voiture.

— Attends. »

Tatie Ifeoma tourna de nouveau la clé et la voiture tressauta puis démarra. Tatie partit dans un crissement, comme si elle ne voulait pas ralentir et donner à la voiture une autre chance de caler.

Nous nous arrêtâmes à côté d'une vendeuse

d'*ube* qui avait dressé ses fruits bleutés en pyramides sur un plateau émaillé, au bord de la route. Tatie Ifeoma donna à Amaka quelques billets froissés de son sac. Amaka marchanda un peu avec la vendeuse, puis elle sourit et montra du doigt les pyramides qu'elle voulait. Je me demandai quel effet cela faisait d'acheter quelque chose soi-même.

De retour à l'appartement, j'accompagnai Tatie Ifeoma et Amaka à la cuisine, tandis que Jaja partait en compagnie d'Obiora jouer au football avec les enfants des appartements du dessus. Tatie Ifeoma alla chercher un des énormes ignames que nous avions apportés de la maison. Amaka étala des feuilles de journal par terre pour découper le tubercule ; c'était plus facile que de le hisser sur le plan de travail. Quand Amaka mit les tranches d'igname dans un bol en plastique, je proposai de l'aider à les éplucher et elle me tendit un couteau sans un mot.

« Père Amadi te plaira, Kambili, dit Tatie Ifeoma. Il est nouveau à notre aumônerie, mais tout le monde sur le campus l'aime déjà beaucoup. On l'invite à manger dans toutes les maisons.

— Je crois que c'est avec notre famille qu'il a le plus d'affinités, ajouta Amaka.

— Amaka a tendance à le couver, commenta Tatie Ifeoma en riant.

— Tu gaspilles de l'igname, Kambili, me lança sèchement Amaka. Ha, ha ! C'est comme ça qu'on épluche l'igname chez vous ? »

Je sursautai et lâchai le couteau. Il tomba à deux ou trois centimètres de mon pied.

« Désolée », dis-je, sans trop savoir si c'était pour avoir fait tomber le couteau ou parce que je laissais trop de chair blanc crème sur la peau brune.

Tatie Ifeoma nous observait.

« Amaka, *ngwa*, montre à Kambili comment on épluche. »

Amaka regarda sa mère en faisant la grimace, les sourcils levés, comme si elle n'arrivait pas à croire que quiconque pût avoir besoin qu'on lui explique comment éplucher correctement des tranches d'igname. Elle ramassa le couteau et entreprit d'éplucher le tronçon du tubercule, ne détachant que la peau brune. Je regardai le geste mesuré de sa main et l'épluchure qui s'allongeait progressivement ; j'aurais aimé pouvoir m'excuser, savoir le faire comme il faut. Elle le faisait si bien que l'épluchure ne se brisait pas, le ruban maculé de terre dessinant une spirale continue.

« Je devrais peut-être te l'inscrire dans ton emploi du temps, comment éplucher un igname, marmonna Amaka.

— Amaka ! cria Tatie Ifeoma. Kambili, va me chercher de l'eau à la citerne. »

J'attrapai le seau en remerciant le ciel et Tatie Ifeoma de m'avoir donné l'occasion de m'éloigner de la cuisine et du visage renfrogné d'Amaka. Celle-ci ne parla pas beaucoup durant l'après-midi, jusqu'au moment où père Amadi arriva, dans un sillage d'eau de Cologne aux accents terreux. Il serra la main d'Obiora. Tatie Ifeoma et Amaka l'embrassèrent rapidement, puis Tatie Ifeoma nous présenta, Jaja et moi.

« Bonjour », dis-je, avant d'ajouter « mon père ».

Je me sentais presque sacrilège d'appeler cet homme juvénile – en tee-shirt en V et jean si délavé que je n'aurais su dire s'il avait été noir ou bleu – « mon père ».

« Kambili et Jaja, dit-il, comme s'il nous avait déjà rencontrés. Êtes-vous contents de votre première visite à Nsukka ?

— Ils détestent, lâcha Amaka, et je regrettai immédiatement qu'elle ait dit cela.

— Nsukka a ses charmes », reprit père Amadi en souriant.

Il avait une voix de chanteur, une voix qui faisait à mes oreilles le même effet que celui que procuraient à mon cuir chevelu les mains de Mama pétrissant mes cheveux d'huile pour bébé Pears. À table, je ne compris pas entièrement ses phrases d'ibo mêlées d'anglais parce que mes oreilles suivaient le son, et non le sens de ses paroles. Il hochait la tête quand il mastiquait son igname et ses légumes, et ne parlait pas avant d'avoir avalé une bouchée et bu un peu d'eau. Il était chez lui dans la maison de Tatie Ifeoma ; il savait quelle chaise avait un clou qui dépassait et pouvait tirer un fil dans vos vêtements.

« Je croyais avoir enfoncé ce clou », dit-il, avant de parler de football avec Obiora, du journaliste que le gouvernement venait d'arrêter avec

Amaka, de l'organisation des femmes catholiques avec Tatie Ifeoma et du jeu vidéo du quartier avec Chima.

Mes cousins bavardaient tout autant qu'avant, mais ils attendaient d'abord que père Amadi dise quelque chose, et se jetaient alors dessus pour répondre. Cela me fit penser aux poulets engraissés que Papa achetait parfois pour la procession de l'offertoire, ceux que nous emportions à l'autel en plus du vin de communion, des ignames et parfois des chèvres, ceux que nous laissions se promener dans l'arrière-cour jusqu'au dimanche matin. Les poulets se ruaient avec une joyeuse turbulence sur les bouts de pain que leur lançait Sisi. Mes cousins se ruaient sur les paroles de père Amadi de la même façon.

Père Amadi nous inclut dans la conversation, Jaja et moi, en nous posant des questions. Je savais que les questions s'adressaient à nous deux car il employait la forme du pluriel, *unu*, et non la forme du singulier, *gi* ; cependant je me taisais, heureuse que Jaja donne les réponses. Il demanda où nous allions à l'école, quelles matières nous aimions, si nous faisions du sport. Lorsqu'il voulut savoir quelle église nous fréquentions à Enugu, Jaja le lui dit.

« St Agnes ? J'y suis allé une fois pour célébrer la messe », dit père Amadi.

Je me souvins, alors, du jeune prêtre invité qui s'était mis à chanter au beau milieu de son sermon, pour qui Papa avait dit qu'il fallait prier parce que les gens comme lui étaient une source d'ennuis pour l'Église. De nombreux autres prêtres invités étaient passés durant les mois suivants, mais je savais que c'était lui. Je le savais, c'est tout. Et je me souvenais du chant qu'il avait chanté.

« Ah oui ? fit Tatie Ifeoma. Mon frère Eugene finance cette église presque à lui tout seul. Une jolie église.

— *Chelukwa*. Une minute. Votre frère est Eugene Achike ? L'éditeur du *Standard* ?

— Oui, Eugene est mon grand frère. Il me semblait vous l'avoir déjà dit. » Le sourire de Tatie Ifeoma n'éclairait pas vraiment son visage.

« *Ezi okwu ?* Je ne savais pas. » Père Amadi secoua la tête. « À ce que j'entends, il s'implique beaucoup dans les décisions de la rédaction. Le *Standard* est le seul journal qui ose dire la vérité aujourd'hui.

— Oui, approuva Tatie Ifeoma. Et il a un rédacteur en chef brillant, Ade Coker, bien que je me demande pour combien de temps encore, avant qu'ils le mettent pour de bon sous les verrous. Même l'argent d'Eugene ne peut pas tout acheter.

— J'ai lu quelque part qu'*Amnesty World* a donné un prix à votre frère », dit père Amadi.

Il hochait lentement la tête, admiratif, et je sentis tout mon corps se réchauffer : de fierté, du désir d'être associée à Papa. Je voulais dire quelque chose, rappeler à ce séduisant prêtre que Papa n'était pas seulement le frère de Tatie Ifeoma ou l'éditeur du *Standard*, mais qu'il était aussi mon père. Je voulais qu'une partie du nuage de chaleur qui flottait dans les yeux de père Amadi déborde sur moi, se pose sur moi.

« Un prix ? demanda Amaka, les yeux brillants. Maman, on devrait quand même acheter le *Standard* de temps en temps, pour être au courant de ce qui se passe.

— Ou demander qu'on nous envoie des exemplaires gratuits, si chacun pouvait ravaler son amour-propre, glissa Obiora.

— Je n'étais même pas au courant pour le prix, fit Tatie Ifeoma. De toute façon, Eugene ne me l'aurait pas dit, *igasikwa*. Nous ne sommes même pas capables d'avoir une conversation. Après tout, j'ai dû prétexter un pèlerinage à Aokpe pour qu'il accepte que les enfants nous rendent visite.

— Alors vous comptez aller à Aokpe ? demanda père Amadi.

— Je n'en avais pas vraiment l'intention, mais je suppose que nous allons devoir y aller maintenant. Je vais me renseigner sur la date de la prochaine apparition.

— Les gens inventent toute ces histoires d'apparitions. N'a-t-on pas dit que Notre-Dame apparaissait à l'hôpital Bishop Shanahan l'autre fois ? Et puis qu'elle apparaissait à Transekulu ? interrogea Obiora.

— Aokpe, c'est différent. Tous les signes de Lourdes sont présents, dit Amaka. D'ailleurs, il était grand temps que Notre-Dame vienne en Afrique. Vous ne vous demandez pas comment ça se fait qu'elle apparaisse toujours en Europe ? Elle était du Moyen-Orient, après tout.

— Qu'est-ce que c'est, maintenant, la Vierge politique ? » demanda Obiora, et je le regardai à nouveau : c'était la version masculine et audacieuse de ce que je n'aurais jamais pu être à quatorze ans, et que je n'étais toujours pas.

Père Amadi se mit à rire :

« Mais elle est apparue en Égypte, Amaka. En tout cas, les gens y sont allés en masse, comme ils vont maintenant en masse à Aokpe. *O bugodi*, comme une migration de criquets.

— On dirait que vous n'y croyez pas, mon père, dit Amaka, tout en l'observant.

— Je ne crois pas qu'il soit nécessaire d'aller à Aokpe ni nulle part ailleurs pour la trouver. Elle est ici, elle est en nous, qui nous guide vers son Fils. »

Il parlait si aisément, comme si sa bouche était un instrument de musique qui émettait des sons aussitôt touchée, aussitôt ouverte.

« Et le saint Thomas qui est en nous, mon père ? La partie qui a besoin de voir pour croire ? » rétorqua Amaka avec cette expression qui faisait que je ne savais pas si elle était sérieuse ou non.

Père Amadi ne répondit pas ; il se contenta de faire une grimace et Amaka éclata de rire, découvrant l'espace entre ses dents, plus large et plus anguleux que chez Tatie Ifeoma, comme si quelqu'un avait écarté ses deux dents de devant avec un instrument de métal.

Après le dîner nous passâmes tous au salon et Tatie Ifeoma demanda à Obiora d'éteindre la télé pour que nous puissions prier pendant que père Amadi était là. Chima s'était endormi sur le canapé et Obiora s'appuya contre lui pendant tout le chapelet. Père Amadi mena la première dizaine et à la fin, il entama un chant ibo. Pendant que tous chantaient, j'ouvris les yeux et rivai le regard sur le mur, sur la photo de la famille au baptême de Chima. Juste à côté se trouvait une reproduction de qualité assez moyenne de la Pietà, dans un cadre en bois fissuré aux coins. Je pinçai la bouche, mordant ma lèvre inférieure, pour l'empêcher de se joindre d'elle-même au chant, pour l'empêcher de me trahir.

Nous rangeâmes nos chapelets et restâmes au salon pour regarder *Newsline* à la télévision, en mangeant du maïs et des *ube*. À un moment donné, je levai la tête et vis les yeux de père Amadi sur moi, et soudain je me trouvai incapable de lécher la pulpe accrochée au noyau de l'*ube*. Je ne pouvais ni bouger la langue ni avaler. J'avais trop vivement conscience de ses yeux, trop vivement conscience qu'il me regardait, m'observait.

« Je ne t'ai pas vue rire ni sourire aujourd'hui, Kambili », finit-il par dire.

Je baissai les yeux sur mon maïs. Je voulais lui confier que j'étais désolée de ne pas sourire ni rire, mais les mots refusèrent de sortir et, pendant quelques instants, même mes oreilles n'entendirent plus rien.

« Elle est timide », fit Tatie Ifeoma.

Je marmonnai un mot que je savais dépourvu

de sens, me levai et partis dans la chambre à coucher, en fermant soigneusement la porte du couloir. La voix musicale de père Amadi résonna à mes oreilles jusqu'à ce que je m'endorme.

Il y avait toujours des éclats de rire qui fusaient dans la maison de Tatie Ifeoma, et peu importe d'où venait le rire, il rebondissait contre tous les murs et dans toutes les pièces. Les disputes éclataient vite et retombaient tout aussi vite. Les prières du matin et du soir étaient toujours ponctuées de chants, des chants de louanges ibos qui invitaient en général à taper des mains. Il y avait peu de viande à table, la part de chacun était longue d'un demi-doigt et pas plus large que deux doigts serrés l'un contre l'autre. L'appartement était toujours étincelant : Amaka frottait les sols avec une brosse raide, Obiora balayait, Chima tapotait les coussins des fauteuils. Chacun faisait la vaisselle à tour de rôle. Tatie Ifeoma nous intégra, Jaja et moi, dans le programme de la vaisselle, et, alors que je venais de laver les assiettes du déjeuner couvertes de traces de *garri*, Amaka les retira du plateau où je les avais mises à sécher et les trempa dans de l'eau.

« C'est comme ça que vous faites la vaisselle chez toi ? demanda-t-elle. Ou bien laver la vaisselle ne figure pas dans ton emploi du temps sophistiqué ? »

Je restai à la dévisager, souhaitant que Tatie Ifeoma fût là pour prendre ma défense. Amaka me toisa encore quelques instants puis s'en alla. Elle ne me dit rien d'autre jusqu'au moment où ses amies passèrent, cette même après-midi, alors que Tatie Ifeoma et Jaja étaient au jardin et que les garçons jouaient au foot devant la maison.

« Kambili, voici mes copines d'école », dit-elle d'un ton détaché.

Les deux filles me dirent bonjour, et je souris. Elles avaient les cheveux aussi courts qu'Amaka, portaient du rouge à lèvres brillant et des pantalons si serrés que je savais qu'elles auraient une démarche différente si elles étaient habillées plus confortablement. Je les regardai s'examiner dans le miroir, se plonger dans la lecture d'un magazine américain, qui présentait en couverture une femme à la peau brune et aux cheveux couleur de miel, et parler d'un prof de maths qui ne connaissait pas les solutions de ses propres contrôles, d'une fille qui venait en minijupe aux cours du soir bien qu'elle eût les cuisses comme de gros ignames et d'un garçon qui était bien.

« Bien, *sha*, pas séduisant », souligna l'une d'elles, qui portait un pendant d'oreille d'un côté et de l'autre un clou brillant, en simili-or.

« C'est tout tes vrais cheveux ? » demanda l'autre fille, et je ne m'étais pas rendu compte qu'elle me parlait jusqu'au moment où Amaka s'écria : « Kambili ! »

Je voulais dire à la fille que c'étaient entièrement mes cheveux, que je n'avais pas de rajouts, mais les mots refusaient de venir. Je savais qu'elles parlaient toujours de cheveux, de la longueur et de l'épaisseur des miens. Je désirais bavarder avec elles, rire avec elles si fort que je me mettrais à tressauter sur place comme elles le faisaient, pourtant mes lèvres restaient obstinément fermées. Je ne voulais pas bégayer, alors je me mis à tousser puis je sortis en courant et fonçai aux toilettes.

Ce soir-là, pendant que je mettais le couvert pour le dîner, j'entendis Amaka dire : « Tu es sûre qu'ils ne sont pas anormaux, Maman ? Kambili s'est comportée comme une *akulu* quand mes amies sont venues. »

Amaka n'avait ni levé ni baissé le ton, et sa voix me parvenait distinctement de la cuisine.

« Amaka, tu es libre d'avoir tes opinions, mais tu dois traiter ta cousine avec respect. Est-ce que tu comprends ? répondit Tatie Ifeoma en anglais, d'une voix ferme.

— Je posais une question, c'est tout.

— Témoigner du respect, ce n'est pas traiter ta cousine de chèvre.

— Elle se comporte d'une drôle de façon. Même Jaja est bizarre. Il y a quelque chose qui cloche chez eux. »

D'une main qui tremblait, j'essayai d'aplatir un morceau du revêtement de la table qui s'était fissuré et enroulé sur lui-même en boucle serrée. Juste à côté, une rangée de fourmis couleur gingembre défilait. Tatie Ifeoma m'avait dit de laisser les fourmis tranquilles puisqu'elles ne faisaient de mal à personne et que, de toute façon, on ne pouvait pas s'en débarrasser ; elles étaient aussi vieilles que l'immeuble.

Je regardai à l'autre bout du salon pour voir si Jaja avait entendu Amaka malgré le son de la télévision. Mais, allongé par terre à côté d'Obiora, il était absorbé par les images sur l'écran. Il avait l'air d'avoir passé sa vie entière allongé là à regarder la télé. De même le lendemain matin dans le jardin de Tatie Ifeoma : on aurait cru que le jardinage était une chose qu'il faisait depuis longtemps et non pas seulement depuis notre arrivée, quelques jours plus tôt.

Tatie Ifeoma me demanda de les rejoindre au jardin, pour retirer délicatement les feuilles des crotons qui commençaient à se faner.

« N'est-ce pas qu'ils sont jolis ? s'exclama Tatie Ifeoma. Tu as vu ça, il y a du vert, du rose et du jaune sur les feuilles. Comme si Dieu jouait avec des pinceaux.

— Oui », fis-je.

Tatie Ifeoma me regardait et je me demandai si elle trouvait que l'enthousiasme de Jaja faisait défaut dans ma voix quand elle parlait de son jardin.

Quelques-uns des enfants d'en haut descendirent et se plantèrent devant nous. Ils étaient environ cinq, un tourbillon de paroles rapides et de vêtements tachés de nourriture. Ils parlaient entre eux et avec Tatie Ifeoma, puis l'un d'eux se tourna vers moi et me demanda quelle école je fréquentais à Enugu. Je me mis à bégayer et serrai fort quelques feuilles de croton, les arrachai et regardai le liquide visqueux s'écouler de leurs tiges. Après ça, Tatie Ifeoma me dit que je pouvais rentrer si je voulais. Elle me parla d'un livre qu'elle venait de finir : il était sur la table de sa chambre et elle était sûre qu'il me plairait. Alors j'allai dans sa chambre et pris un livre à la couverture d'un bleu passé, intitulé *Olaudah Equiano ou Gustavus Vassa l'Africain, Le passionnant récit de ma vie*.

Assise sur la véranda, le livre sur mes genoux, je regardais une des enfants courir après un papillon dans la cour. Le papillon piquait et grimpait dans l'air, et ses ailes jaunes mouchetées de noir battaient lentement, comme pour taquiner la petite fille. Les cheveux de la fillette, retenus sur le sommet de sa tête comme une pelote de laine, rebondissaient quand elle courait. Obiora était assis sur la véranda, également, mais hors de l'ombre, aussi clignait-il les yeux derrière ses épaisses lunettes pour les protéger du soleil. Il observait la fillette et le papillon tout en répétant lentement le nom de « Jaja », plaçant d'abord l'accent tonique sur les deux syllabes, puis sur la première seulement, puis sur la seconde.

« *Aja* signifie sable ou oracle, mais *Jaja* ? Qu'est-ce que c'est comme nom, Jaja ? Ce n'est pas ibo, déclara-t-il pour finir.

— Mon vrai nom est Chukwuka. Jaja est un surnom d'enfance qui m'est resté. »

Jaja était à genoux. Il ne portait qu'un short en

jean et les muscles de son dos saillaient, longs et lisses comme les rangées qu'il désherbait.

« Quand il était bébé, la seule chose qu'il arrivait à dire, c'était Ja-Ja. Alors tout le monde l'appelait Jaja », expliqua Tatie Ifeoma, qui se tourna vers Jaja et ajouta : « J'ai dit à ta mère que c'était un surnom bien choisi, que tu tiendrais de Jaja d'Opobo.

— Jaja d'Opobo ? Le roi têtu ? demanda Obiora.

— Rebelle, corrigea Tatie Ifeoma. C'était un roi rebelle.

— Que signifie rebelle, Maman ? Qu'est-ce qu'il a fait, le roi ? » demanda Chima.

Il était au jardin et s'activait à genoux, lui aussi, bien que Tatie Ifeoma lui dît souvent « Kwusia, ne fais pas ça » ou « Si tu recommences, je te donne une tape ».

« C'était le roi des Opobos, reprit Tatie Ifeoma, et quand les Britanniques sont venus, il a refusé de les laisser contrôler tout le commerce. Il n'a pas vendu son âme pour un peu de poudre, comme le faisaient les autres rois, alors les Britanniques l'ont exilé aux Antilles. Il n'est jamais retourné à Opobo. »

Tatie Ifeoma continua d'arroser la rangée de minuscules fleurs couleur de banane qui poussaient en touffes. Elle tenait à la main un arrosoir en métal, qu'elle inclinait pour faire couler l'eau par le bec. Elle avait déjà vidé le plus grand des récipients d'eau que nous avions remplis le matin.

« C'est triste. Il n'aurait peut-être pas dû se

rebeller », dit Chima, qui vint s'accroupir à côté de Jaja.

Je me demandai s'il comprenait ce que signifiaient « exilé » et « vendre son âme pour un peu de poudre ». Tatie Ifeoma parlait comme si elle présumait que oui.

« Ça peut être une bonne chose, parfois, d'être rebelle, dit-elle. L'esprit de rébellion est comme la marijuana : ce n'est pas mauvais quand on l'utilise comme il faut. »

Le ton solennel, plus que le contenu sacrilège de ses paroles, me fit lever la tête. Elle discutait avec Chima et Obiora, mais c'était Jaja qu'elle regardait.

Obiora sourit et remonta ses lunettes :

« Jaja d'Opobo n'était pas un saint, en tout cas. Il a vendu son peuple en esclavage et en plus, au final, ce sont les Britanniques qui ont gagné. Voilà pour l'esprit de rébellion.

— Les Britanniques ont gagné la guerre, mais ils ont perdu de nombreuses batailles », dit Jaja.

Mes yeux sautèrent plusieurs lignes sur la page. Comment Jaja faisait-il ? Comment pouvait-il parler avec une telle aisance ? N'avait-il pas les mêmes bulles d'air dans la gorge qui retenaient les mots, ne laissant, au mieux, qu'un bégaiement s'échapper ? Je levai la tête pour le regarder, pour observer sa peau foncée couverte de gouttes de sueur qui luisaient au soleil. Je n'avais jamais vu son bras bouger de cette façon, ni cette lumière perçante qui s'allumait dans ses yeux quand il était dans le jardin de Tatie Ifeoma.

« Qu'est-ce qui t'est arrivé au petit doigt ? » demanda Chima.

Jaja baissa les yeux lui aussi, comme s'il ne remarquait que maintenant le doigt noueux, déformé comme un bâton desséché.

« Jaja a eu un accident, dit rapidement Tatie Ifeoma. Chima, va me chercher le récipient d'eau. Il est presque vide, tu peux le porter. »

Je regardai attentivement Tatie Ifeoma et quand son regard croisa le mien, je détournai la tête. Elle savait. Elle savait ce qui était arrivé au doigt de Jaja.

À l'âge de dix ans, Jaja avait raté deux questions dans son contrôle de catéchisme et il n'avait pas été nommé meilleur élève de son cours de première communion. Papa avait emmené Jaja en haut et fermé la porte à clé. Jaja, en larmes, était ressorti en tenant sa main gauche avec sa droite, et Papa l'avait conduit à l'hôpital St Agnes. Papa pleurait, lui aussi, en portant Jaja dans ses bras comme un bébé jusqu'à la voiture. Plus tard, Jaja me dit que Papa avait épargné la main droite parce que c'est la main qui écrit.

« Celui-ci est sur le point de fleurir, dit Tatie Ifeoma à Jaja en lui montrant un bourgeon d'ixora. Encore deux jours et il ouvrira les yeux sur le monde.

— Je ne le verrai sans doute pas, dit Jaja. Nous serons partis d'ici là. »

Tatie Ifeoma sourit : « Ne dit-on pas que le temps file quand on est heureux ? »

À ce moment-là le téléphone sonna et Tatie

Ifeoma me demanda de répondre car j'étais la plus proche de la porte d'entrée. C'était Mama. Je compris aussitôt qu'il y avait quelque chose qui n'allait pas parce que c'était toujours Papa qui passait le coup de téléphone. En plus, ils n'appelaient pas l'après-midi.

« Ton père n'est pas là », dit Mama. Elle parlait d'une voix nasale, comme si elle avait besoin de se moucher. « Il a dû partir ce matin.

— Est-ce qu'il va bien ? demandai-je.

— Il va bien. »

Elle se tut et je l'entendis parler avec Sisi. Puis elle reprit la ligne et raconta que, la veille, des soldats étaient allés dans les petites pièces anonymes qui servaient de bureaux au *Standard*. Personne ne savait comment ils avaient découvert où se trouvaient les bureaux. Il y avait tant de soldats que les gens dans la rue dirent à Papa que ça leur rappelait des photos prises sur le front pendant la guerre civile. Les soldats confisquèrent le tirage entier, jusqu'au dernier exemplaire, fracassèrent les meubles et les imprimantes, fermèrent les locaux à clé, prirent les clés et condamnèrent les portes et fenêtres avec des planches. Ade Coker était de nouveau en détention.

« Je me fais du souci pour votre père, dit Mama, avant que je lui passe Jaja. Je me fais du souci pour votre père. »

Tatie Ifeoma semblait inquiète, elle aussi, car après ce coup de fil, elle sortit acheter le *Guardian* alors qu'elle n'achetait jamais de journaux. C'était trop cher ; elle les lisait debout au kiosque quand elle en avait le temps. L'article sur les soldats fermant le *Standard* était quelque part dans la page du milieu, coincé entre deux publicités pour des chaussures de femmes importées d'Italie.

« Oncle Eugene l'aurait mis en première page de son journal », dit Amaka, et je me demandai si l'inflexion que j'entendais dans sa voix était de la fierté.

Plus tard, quand Papa appela, il voulut d'abord parler à Tatie Ifeoma, puis à Jaja et à moi. Il dit qu'il allait bien, que tout allait bien, que nous lui manquions et qu'il nous aimait beaucoup. Il ne fit aucune allusion au *Standard* ou à ce qui était arrivé aux bureaux de la rédaction. Lorsque nous eûmes raccroché, Tatie Ifeoma dit : « Votre père veut que vous restiez ici quelques jours de plus », et Jaja sourit, d'un si grand sourire que je lui vis des fossettes que je ne connaissais même pas.

Le téléphone sonna tôt, avant qu'aucun de nous ait fait sa toilette. J'eus la bouche soudain sèche car j'étais sûre que c'était au sujet de Papa, qu'il lui était arrivé quelque chose. Les soldats étaient allés à la maison ; ils l'avaient abattu pour s'assurer qu'il ne publie plus jamais rien. J'attendis que Tatie Ifeoma nous appelle, Jaja et moi, tout en serrant les poings et l'enjoignant mentalement de ne pas le faire. Elle passa quelques instants au téléphone et, lorsqu'elle sortit, elle avait l'air déprimée. Son rire ne résonna pas aussi souvent pendant le restant de la journée, et elle envoya promener Chima quand il voulut s'asseoir à côté d'elle : « Laisse-moi tranquille ! *Nekwa anya*, tu n'es plus un bébé. » La moitié de sa lèvre inférieure disparaissait dans sa bouche, et ses mâchoires tremblaient quand elle mastiquait.

Père Amadi passa pendant le dîner. Il tira une chaise du salon et s'assit, en sirotant un verre d'eau que lui avait apporté Amaka.

« J'ai joué au football au stade et après j'ai emmené quelques-uns des garçons en ville manger de l'*akara* et des ignames frits, répondit-il quand Amaka voulut savoir ce qu'il avait fait de la journée.

— Pourquoi ne m'avez-vous pas dit que vous jouiez aujourd'hui, mon père ? demanda Obiora.

— Je suis désolé, j'ai oublié, mais je passerai vous chercher Jaja et toi ce week-end, et nous irons jouer. »

La musique de sa voix baissa en signe d'excuse. Je ne pus m'empêcher de le dévisager, parce que sa voix m'attirait et parce que j'ignorais qu'un prêtre pouvait jouer au football. Ça paraissait si impie, si vulgaire. Depuis l'autre côté de la table, le regard de père Amadi croisa le mien et je détournai rapidement la tête.

« Peut-être que Kambili jouera avec nous, elle aussi », dit-il. En entendant mon nom dans sa voix, dans cette mélodie, je me crispai intérieurement. Je remplis ma bouche pour faire croire que j'aurais pu dire quelque chose, si je n'avais été occupée à mastiquer. « Au début, quand je suis arrivé, Amaka jouait avec nous, mais maintenant elle passe tout son temps à écouter de la musique africaine et à faire des rêves irréalistes. »

Mes cousins rirent, Amaka le plus fort, et Jaja sourit. Mais Tatie Ifeoma ne rit pas. Elle mangeait par petites bouchées ; elle avait le regard lointain.

« Ifeoma, y a-t-il quelque chose qui ne va pas ? » demanda père Amadi.

Elle secoua la tête en soupirant, comme si elle venait juste de se rendre compte qu'elle n'était pas seule.

« J'ai reçu un message de chez nous ce matin. Notre père est malade. Ils disent que ça fait trois matins de suite qu'il ne se lève pas bien. Je veux l'amener ici.

— *Ezi okwu ?* » Père Amadi fronça les sourcils. « Oui, vous devriez l'amener.

— Papa-Nnukwu est malade ? demanda Amaka d'une voix perçante. Maman, quand l'as-tu appris ?

— Ce matin, sa voisine a appelé. C'est une femme qui a du cœur, Nwanga, elle a fait tout le trajet jusqu'à Upko pour trouver un téléphone.

— Tu aurais dû nous le dire ! cria Amaka.

— *O gini ?* Je viens de vous le dire, non ? riposta Tatie Ifeoma.

— Quand pouvons-nous aller à Abba, Maman ? » demanda Obiora, calmement, et à ce moment-là comme en tant d'autres que j'avais observés depuis notre arrivée, il me sembla tellement plus âgé que Jaja.

« Je n'ai pas assez d'essence dans la voiture

pour atteindre ne serait-ce que Ninth Mile, et je ne sais pas quand l'essence va arriver. Je n'ai pas les moyens de louer un taxi. Et si je prends les transports en commun, comment vais-je ramener un vieil homme malade dans ces cars tellement bourrés de monde que vous avez le nez dans l'aisselle en sueur de votre voisin ? Je suis fatiguée, si fatiguée…

— Nous avons quelques réserves d'essence de secours à l'aumônerie. Je suis sûr que je pourrais vous en procurer un gallon. *Ekwuzina*, ne parlez pas comme ça. »

Tatie Ifeoma hocha la tête et remercia père Amadi. Mais son visage ne s'éclaira pas et plus tard, quand nous dîmes le chapelet, sa voix ne s'éleva pas quand elle chanta. Je luttai pour me concentrer sur les Mystères joyeux, me demandant tout du long où dormirait Papa-Nnukwu quand il viendrait. Il y avait peu de possibilités dans ce petit appartement : le salon était déjà plein, avec les garçons, et la chambre de Tatie Ifeoma tellement chargée, puisqu'elle servait de garde-manger, de bibliothèque et de chambre à coucher pour elle et Chima. Cela ne laissait que l'autre chambre, celle d'Amaka – et moi. Je me demandai s'il me faudrait confesser que j'avais partagé ma chambre avec un païen. Je m'interrompis alors dans ma méditation pour prier que Papa n'apprenne jamais que Papa-Nnukwu était venu en visite et que j'avais partagé ma chambre avec lui.

À la fin des cinq dizaines, avant le *Salve*

Regina, Tatie Ifeoma pria pour Papa-Nnukwu. Elle demanda à Dieu d'étendre sur lui une main qui guérit, comme il l'avait fait sur la belle-mère de l'apôtre Pierre. Elle demanda à la Sainte Vierge de prier pour lui. Elle demanda aux anges de s'occuper de lui.

Mon « Amen » arriva avec un petit temps de retard, une pointe de surprise. Quand Papa priait pour Papa-Nnukwu, il demandait seulement que Dieu le convertisse et le sauve des feux de l'enfer.

Père Amadi vint de bonne heure le lendemain matin, ressemblant moins que jamais à un prêtre avec son bermuda kaki qui lui arrivait juste au-dessous du genou. Il ne s'était pas rasé et, dans la lumière claire du soleil matinal, une ombre de barbe dessinait de minuscules points sur ses mâchoires. Il gara sa voiture à côté du break de Tatie Ifeoma et sortit un bidon d'essence et un tuyau d'arrosage coupé au quart de sa longueur.

« Laissez-moi aspirer, mon père, fit Obiora.

— Fais attention à ne pas avaler », dit père Amadi.

Obiora plaça une extrémité du tuyau dans le bidon puis referma la bouche sur l'autre bout. Je regardai ses joues se gonfler comme un ballon puis se dégonfler. Il retira rapidement le tuyau de sa bouche et l'inséra dans le réservoir d'essence du break. Il toussait et crachotait.

« En as-tu trop avalé ? lui demanda père Amadi, tout en lui tapotant le dos.

— Non », répondit Obiora, entre deux toussotements. Il avait l'air fier.

« Bien joué. *Imana*, tu sais qu'aspirer l'essence est une compétence nécessaire ces temps-ci », dit père Amadi.

Son rictus amer n'entamait en rien la perfection d'argile lisse de ses traits.

Tatie Ifeoma sortit, vêtue d'un boubou noir uni. Elle ne portait pas de rouge à lèvres brillant, et ses lèvres étaient gercées. Elle serra père Amadi dans ses bras.

« Merci, mon père.

— Je pourrai vous conduire à Abba plus tard dans l'après-midi, après mes heures de permanence.

— Non, mon père. Merci. J'irai avec Obiora. »

Tatie Ifeoma démarra, Obiora assis à l'avant de la voiture, et père Amadi partit peu après. Chima monta chez le voisin. Amaka alla dans sa chambre et mit sa musique, suffisamment fort pour que je l'entende clairement sur la véranda. Je savais reconnaître ses musiciens à conscience de culture, à présent. Je pouvais distinguer les sons purs d'Onyeka Onwenu, la puissance impétueuse de Fela, la sagesse apaisante d'Osadebe. Jaja était au jardin avec les cisailles de Tatie Ifeoma, quant à moi, j'étais assise avec le livre que j'avais presque fini de lire et je le regardais. Il tenait les cisailles à deux mains, au-dessus de sa tête, et taillait énergiquement.

« Trouves-tu que nous soyons anormaux ? lui demandai-je en chuchotant.

— *Gini ?*

— Amaka a dit que nous étions anormaux. »

Jaja me regarda puis détourna les yeux, vers la rangée de garages de la cour.

« Qu'est-ce que ça veut dire, anormal ? » demanda-t-il en une question qui ne nécessitait ni n'attendait de réponse, et il se remit à tailler les plantes.

Tatie Ifeoma revint dans l'après-midi, alors que le bourdonnement d'une abeille dans le jardin allait me faire sombrer dans le sommeil. Obiora aida Papa-Nnukwu à sortir de la voiture et Papa-Nnukwu s'appuya sur lui pour marcher jusqu'à l'appartement. Amaka accourut et se serra légèrement contre lui. Il avait les paupières tombantes et on aurait dit que des poids étaient pendus à ses lèvres, mais il sourit et dit quelque chose qui fit rire Amaka.

« Papa-Nnukwu, *nno*, dis-je.

— Kambili », répondit-il faiblement.

Tatie Ifeoma voulait que Papa-Nnukwu s'allonge sur le lit d'Amaka, mais il dit qu'il préférait le sol. Le lit était trop élastique. Obiora et Jaja garnirent le matelas supplémentaire et le placèrent par terre, et Tatie Ifeoma aida Papa-Nnukwu à s'y étendre. Ses yeux se fermèrent presque aussitôt, bien que la paupière de l'œil qui perdait la vue demeurât entrouverte, comme s'il nous regardait tous à la dérobée depuis le pays du sommeil, malade et fatigué. Il paraissait plus grand maintenant qu'il était étendu, occupant toute la longueur du matelas, et je me souvins de ce qu'il avait dit, que dans sa jeunesse il lui suffisait de tendre le bras pour cueillir des *icheku* aux tamariniers. Le seul tamarinier que j'aie jamais vu était immense et ses branches effleuraient le toit d'une maison de deux appartements. Néanmoins je croyais Papa-Nnukwu, qu'il levait simplement les mains pour cueillir les gousses noires d'*icheku* aux branches.

« Je vais faire du *ofe nsala* pour le dîner. Papa-Nnukwu aime ça, dit Amaka.

— J'espère qu'il va manger. Chinyelu dit que même l'eau passait difficilement ces deux derniers jours. »

Tatie Ifeoma observait Papa-Nnukwu. Elle se pencha et passa doucement la main sur les cals rêches et blancs de ses pieds. Des rides étroites parcouraient ses plantes de pieds, telles des fissures dans un mur.

« Vas-tu l'emmener au centre médical aujourd'hui ou demain matin, Maman ? demanda Amaka.

— As-tu oublié, *imarozi*, que les médecins se sont mis en grève juste avant Noël ? Mais j'ai appelé le docteur Nduoma avant de partir, il m'a dit qu'il passerait ce soir. »

Le docteur Nduoma habitait Marguerite Cartwright Avenue, lui aussi, dans une des maisons à deux appartements avec des pancartes « ATTENTION, CHIEN MÉCHANT » et de grandes pelouses. C'était le directeur du centre médical, nous expliqua Amaka à Jaja et à moi, alors que nous le regardions sortir de sa Peugeot 504 quelques heures plus tard. Mais depuis que la grève des médecins avait commencé, il dirigeait une petite clinique en ville. La clinique était exiguë, fit remarquer Amaka. Elle y était allée pour ses piqûres de chloroquine la dernière fois qu'elle avait eu la malaria, et l'infirmière avait fait bouillir de l'eau sur un poêle à pétrole qui fumait. Amaka était contente que le docteur Nduoma soit venu à la maison ; à la clinique mal aérée, dit-elle, rien que les émanations auraient pu étouffer Papa-Nnukwu.

Le docteur Nduoma avait un sourire plaqué en permanence sur le visage, comme s'il souriait aussi pour annoncer les mauvaises nouvelles à ses patients. Il embrassa Amaka, puis nous serra la main à Jaja et à moi. Amaka le suivit dans sa chambre pour voir Papa-Nnukwu.

« Papa-Nnukwu est tellement maigre, maintenant », dit Jaja.

Nous étions assis côte à côte sur la véranda. Le soleil avait baissé et il soufflait une petite brise. De nombreux enfants des appartements jouaient au football dans la concession. D'en haut, un adulte cria : « *Nee anya*, les enfants, si vous faites des marques sur les murs du garage avec ce ballon, je vous coupe les oreilles ! »

Le ballon poussiéreux rebondit contre les murs du garage et les enfants rirent ; il laissait des traces rondes et brunes.

« Tu crois que Papa va l'apprendre ?

— Quoi ? »

J'entrelaçai les doigts. Comment Jaja pouvait-il ne pas comprendre de quoi je parlais ?

« Que Papa-Nnukwu est là avec nous. Dans la même maison.

— Je ne sais pas. »

Le ton de Jaja me poussa à tourner la tête et à le regarder. Il n'avait pas les sourcils crispés par l'inquiétude – contrairement à moi, j'en étais sûre.

« Tu as dit à Tatie Ifeoma pour ton doigt ? » lui demandai-je.

Je n'aurais pas dû poser la question. J'aurais dû laisser dormir. Mais bon, c'était sorti. C'étais uniquement quand je me retrouvais seule avec Jaja que les bulles dans ma gorge laissaient mes paroles sortir.

« Elle m'a demandé et je lui ai dit. »

Il tapait du pied sur le sol de la véranda avec une cadence énergique.

J'examinai mes mains, les ongles courts que Papa me coupait à ras, à m'en irriter la peau, quand je m'asseyais entre ses jambes et que sa joue frôlait doucement la mienne, jusqu'à ce que j'aie eu l'âge de le faire moi-même – et je les coupais toujours à ras moi aussi, à m'en irriter la peau. Jaja avait-il oublié que nous ne racontions jamais, qu'il y avait tant de choses que nous ne racontions jamais ? Quand les gens lui posaient la question, il disait toujours que son doigt était « quelque chose » qui était arrivé à la maison. De cette façon, ce n'était pas un mensonge et ça leur donnait à imaginer un accident, mettant en jeu une porte lourde, peut-être. J'avais envie de demander à Jaja pourquoi il l'avait dit à Tatie Ifeoma, mais je savais que ce n'était pas nécessaire, que c'était une question dont il ne connaissait pas la réponse.

« Je vais essuyer la voiture de Tatie Ifeoma, dit Jaja en se levant. Dommage qu'il n'y ait pas d'eau courante, j'aurais aimé la laver. Elle est tellement poussiéreuse. »

Je le regardai rentrer dans l'appartement. Il n'avait jamais lavé de voiture à la maison. Ses épaules paraissaient plus larges, et je me demandai s'il était possible que les épaules d'un adolescent prennent de la carrure en une semaine. La brise tiède était lourde de l'odeur de la poussière et des feuilles meurtries que Jaja avait coupées. De la cuisine, les épices du *ofe nsala* d'Amaka venaient me chatouiller le nez. Je me rendis compte alors que le rythme sur lequel Jaja tapait du pied, à l'instant, était celui d'un cantique ibo que Tatie Ifeoma et mes cousins chantaient au chapelet du soir.

J'étais encore sur la véranda, en train de lire, quand le docteur Nduoma s'en alla. Il parlait en riant avec Tatie Ifeoma qui l'accompagnait à sa voiture, lui disant qu'il était très tenté d'ignorer les patients qui attendaient à sa clinique pour pouvoir accepter son invitation à dîner.

« Cette sauce sent bien bon, dit-il, Amaka a dû se laver les mains soigneusement pour la préparer. »

Tatie Ifeoma vint sur la véranda et le regarda démarrer.

« Merci, *nna m* », lança-t-elle à Jaja, qui nettoyait sa voiture garée devant l'appartement.

Je ne l'avais jamais entendu appeler Jaja « *nna m* », « mon père » – comme elle appelait parfois ses fils. Jaja s'approcha de la véranda.

« De rien, Tatie. » Debout, il remonta les épaules comme quelqu'un qui porte avec fierté des vêtements qui ne sont pas à sa taille. « Qu'a dit le docteur ?

— Il veut que nous fassions faire des examens. J'emmènerai ton Papa-Nnukwu au centre médical demain. Au moins, là-bas, les labos sont encore ouverts. »

Tatie Ifeoma emmena Papa-Nnukwu au Centre médical universitaire dans la matinée et revint peu après, la bouche figée en une moue sévère. Le personnel des labos était lui aussi en grève, de sorte que Papa-Nnukwu n'avait pas pu faire ses examens. Le regard dans le vague, Tatie Ifeoma dit qu'elle allait devoir trouver un laboratoire privé en ville et, baissant la voix, elle ajouta que les laboratoires privés gonflaient tellement leurs prix qu'un simple dépistage de la typhoïde coûtait plus cher que le traitement. Il fallait qu'elle demande au docteur Nduoma s'il était vraiment nécessaire de faire pratiquer tous les examens. Elle n'aurait pas payé un kobo au Centre médical ; au moins restait-il encore cet avantage à être professeur. Elle laissa Papa-Nnukwu se reposer et sortit acheter le médicament prescrit par le docteur Nduoma, le front raviné par l'inquiétude.

Ce soir-là, pourtant, Papa-Nnukwu se sentit assez bien pour se lever pour le dîner, et les nœuds du visage de Tatie Ifeoma se desserrèrent un peu. Nous avions des restes d'*ofe nsala* et du *garri* qu'Obiora avait réduit en purée collante.

« Ce n’est pas bon de manger du *garri* le soir », dit Amaka. Néanmoins, elle ne faisait pas la tête comme à son habitude quand elle se plaignait ; elle arborait ce sourire frais qui découvrait l’espace entre ses dents, et qu’elle semblait toujours avoir quand Papa-Nnukwu était là. « Ça reste sur l’estomac quand on le mange le soir. »

Papa-Nnukwu fit claquer sa langue :

« Que mangeaient nos pères le soir, de leur temps, *gbo* ? Ils mangeaient du manioc pur. Le *garri* c’est pour vous les modernes, mais ça n’a pas la saveur du manioc pur.

— Mais il faut que tu manges toute ta part, de toute façon, *nna anyi* », dit Tatie Ifeoma.

Elle tendit la main et préleva un peu du *garri* de Papa-Nnukwu ; elle y creusa un trou avec le doigt, y inséra un comprimé blanc puis roula le tout en boulette bien lisse, qu’elle déposa sur l’assiette de Papa-Nnukwu. Elle fit de même avec quatre autres comprimés.

« Il ne prendra pas ses médicaments si je ne fais pas ça, ajouta-t-elle en anglais. Il dit que les comprimés sont amers, mais vous devriez goûter les noix de kola qu’il mâche avec délectation : elles ont un goût de bile. »

Mes cousins rirent.

« La morale, comme le sens du goût, est relative, dit Obiora.

— Hein ? Qu’est-ce que tu racontes sur moi, *gbo* ? demanda Papa-Nnukwu.

— *Nna anyi*, je veux te voir les avaler », dit Tatie Ifeoma.

Papa-Nnukwu prit consciencieusement chaque boulette, la trempa dans la sauce et l'avala. Quand elles eurent disparu toutes les cinq, Tatie Ifeoma lui demanda de boire un peu d'eau pour permettre aux comprimés de se dissoudre et d'aider son corps à guérir.

« Quand vous vieillissez, on vous traite comme un enfant », bougonna-t-il.

Juste à ce moment-là, la télévision émit un grattement de sable coulant sur du papier, et les lumières s'éteignirent. Un manteau tomba sur la pièce.

« Eh, grogna Amaka. La NEPA[1] choisit mal son moment pour couper le courant. Je voulais regarder quelque chose à la télé. »

Obiora se déplaça dans le noir jusqu'aux deux lampes à pétrole qui se trouvaient dans un coin de la pièce et les alluma. Je sentis presque immédiatement les émanations de pétrole ; elles me piquaient la gorge et me faisaient larmoyer.

« Papa-Nnukwu, raconte-nous un conte folklorique, alors, comme nous faisons à Abba, dit Obiora. C'est mieux que la télé, de toute façon.

— *O di mma.* Mais d'abord, vous ne m'avez pas dit comment ces gens dans la télé grimpent à l'intérieur. »

Mes cousins rirent. C'était quelque chose que Papa-Nnukwu disait souvent pour les amuser. Je

1. NEPA, ou *Never Expect Power Again* : « Ne rêvez pas que le courant revienne un jour », surnom de la Compagnie nationale d'électricité. *(N.d.T.)*

le voyais à la manière dont ils s'étaient mis à rire avant même qu'il ait fini de parler.

« Raconte-nous pourquoi la tortue a la carapace craquelée ! s'écria Chima.

— J'aimerais bien savoir pourquoi la tortue figure si souvent dans les histoires de notre peuple, dit Obiora en anglais.

— Raconte-nous pourquoi la tortue a la carapace craquelée ! » répéta Chima.

Papa-Nnukwu se racla la gorge.

« Il y a longtemps, quand les animaux parlaient et que les lézards étaient peu nombreux, il y eut une grande famine au pays des animaux. Les fermes se desséchèrent et la terre se craquela. La faim tua un grand nombre d'animaux et ceux qui survivaient n'avaient même pas la force de danser la danse du deuil aux funérailles. Un jour, tous les mâles se réunirent pour décider quoi faire, avant que la faim décime le village entier.

« Tous titubèrent, squelettiques et faibles, pour se rendre à la réunion. Même le rugissement de Lion était à présent semblable au couinement d'une souris. Tortue arrivait à peine à porter sa carapace. Seul Chien avait bonne mine. Son poil était éclatant de santé et l'on ne pouvait pas voir ses os sous sa peau parce qu'ils étaient rembourrés de chair. Les animaux demandèrent tous à Chien comment il se maintenait en si bonne forme par ces temps de famine. "Je mange des excréments comme je l'ai toujours fait", répondit-il.

« Avant, les autres animaux se moquaient de Chien parce qu'on savait que lui et sa famille mangeaient des excréments. Aucun des autres animaux ne pouvait imaginer l'imiter. Lion prit la direction de la réunion et dit : "Étant donné que nous ne pouvons pas manger des excréments comme Chien, nous devons trouver un autre moyen de nous nourrir."

« Les animaux réfléchirent longuement et sérieusement, jusqu'au moment où Lapin suggéra que tous les animaux tuent leur mère et qu'ils la mangent. Beaucoup rejetèrent cette idée, ils se souvenaient encore de la douceur du lait tété au sein de leur mère. Mais finalement, ils convinrent que c'était la meilleure solution, car s'ils ne faisaient rien, ils mourraient tous.

— Je ne pourrais jamais manger Maman, dit Chima en pouffant de rire.

— Ce ne serait peut-être pas une bonne idée, cette peau coriace, renchérit Obiora.

— Ça ne gênait pas les mères d'être sacrifiées, continua Papa-Nnukwu. Donc, chaque semaine, une mère était tuée et les animaux se partageaient la viande. Rapidement, ils reprirent tous bonne mine. Et puis, quelques jours avant que n'arrive le tour de la mère de Chien d'être tuée, Chien sortit de chez lui en courant et gémissant, psalmodiant le chant de deuil pour sa mère. Elle était morte de maladie. Les autres animaux exprimèrent leur compassion à Chien et offrirent de l'aider à enterrer sa mère, car ils ne pouvaient pas la manger. Chien refusa toute assistance en disant qu'il l'enterrerait lui-même. Qu'elle n'ait pas eu l'honneur de mourir comme les autres mères sacrifiées pour le village lui causait une grande détresse.

« À peine quelques jours plus tard, Tortue se dirigeait vers sa ferme grillée par le soleil pour voir s'il y avait des légumes desséchés à récolter. Elle s'arrêta pour se soulager près d'un buisson, mais comme le buisson était fané, il ne cachait pas grand-chose. Tortue pouvait donc voir entre les branches et elle aperçut Chien qui chantait, la tête levée vers le ciel. Tortue se demanda si le chagrin de Chien l'avait rendu fou. Pourquoi Chien chantait-il au ciel ? Tortue écouta et entendit les paroles : "*Nne, Nne*, Mère, Mère."

— "*Njemanze !*" s'écrièrent mes cousins à l'unisson.

— "*Nne, Nne*, je suis arrivé."

— "*Njemanze !*"

— "*Nne, Nne*, descends la corde. Je suis arrivé."

— "*Njemanze !*"

— Alors Tortue se montra et somma Chien de s'expliquer. Chien avoua que sa mère n'était pas véritablement morte, qu'elle était allée au ciel où elle vivait avec des amis riches. C'est parce qu'elle le nourrissait tous les jours du ciel qu'il avait si bonne mine.

« "Abomination ! tonna Tortue. C'est comme ça que tu te nourris d'excréments ! Attends un peu que le reste du village apprenne ce que tu as fait."

« Bien sûr, Tortue était aussi rusée qu'à son accoutumée. Elle n'avait aucune intention d'informer le village. Elle savait que Chien lui proposerait de l'emmener avec lui au ciel. Et lorsque Chien le lui proposa, Tortue fit mine de réfléchir avant d'accepter. Mais déjà des filets de salive coulaient sur ses joues. Chien chanta de nouveau le chant, une corde descendit du ciel et les deux animaux montèrent.

« La mère de Chien n'était pas contente que son fils ait amené une amie mais elle les servit bien quand même. Tortue mangea comme un animal qui n'a aucune éducation. Elle engloutit presque tout le *foufou* et la sauce d'*onugbu* et vida une corne entière de vin de palme dans son gosier alors qu'elle avait encore la bouche pleine. Après le repas, ils redescendirent par la corde. Tortue dit à Chien qu'elle ne le répéterait à personne à condition que Chien l'emmène au ciel tous les jours jusqu'à ce que les pluies reviennent et que la famine cesse. Chien accepta : que pouvait-il faire d'autre ? Plus Tortue mangeait au ciel, plus elle en voulait, jusqu'au jour où elle décida qu'elle monterait toute seule au ciel pour pouvoir manger la part de Chien en plus de la sienne. Elle se rendit à l'emplacement, à côté du buisson desséché, et entonna le chant en imitant la voix de Chien. La corde commença à tomber. Juste à ce moment-là, Chien arriva et vit ce qui se passait. Furieux, Chien se mit à chanter très fort :

« "*Nne, Nne*, Mère, Mère."

— "*Njemanze !*" s'écrièrent mes cousins à l'unisson.

— "*Nne, Nne*, ce n'est pas ton fils qui monte."

— "*Njemanze !*"

— “*Nne, Nne*, coupe la corde. Ce n’est pas ton fils qui monte. C’est Tortue la rusée.”

— “*Njemanze !*”

— Aussitôt, la mère de Chien coupa la corde et Tortue, qui était déjà à mi-chemin vers le ciel, dégringola à terre. Tortue tomba sur un tas de cailloux et fissura sa carapace. Encore aujourd’hui, Tortue a la carapace craquelée.

— Tortue a la carapace craquelée ! gloussa Chima.

— Vous ne vous demandez pas comment ça se fait, que seule la mère de Chien soit montée au ciel ? dit Obiora en anglais.

— Ou qui étaient les riches amis au ciel ? ajouta Amaka.

— Sans doute les ancêtres de Chien », conclut Obiora.

Mes cousins et Jaja rirent et Papa-Nnukwu rit lui aussi, doucement, comme s’il avait compris l’anglais, puis il s’appuya à son dossier et ferma les yeux. Je les regardai tous, regrettant de ne pas m’être jointe à eux quand ils scandaient le « *Njemanze !* » du refrain.

Papa-Nnukwu s'était réveillé avant tout le monde. Il voulait prendre son petit déjeuner sur la véranda, regarder le soleil se lever. Aussi Tatie Ifeoma demanda-t-elle à Obiora d'y installer une natte, et nous nous assîmes tous pour partager le petit déjeuner avec Papa-Nnukwu, en l'écoutant parler des hommes qui recueillaient le vin de palme au village, qui partaient à l'aube pour grimper aux palmiers parce que les arbres donnaient un vin aigre après le lever du soleil. Je me rendais compte que le village lui manquait, qu'il regrettait de ne plus voir ces palmiers auxquels les hommes grimpaient, retenus par une ceinture en raphia qui les entourait, eux et le tronc de l'arbre.

Bien que nous ayons du pain et des *okpa* avec de la Bournvita pour le petit déjeuner, Tatie Ifeoma prépara un peu de *foufou* pour y ensevelir les comprimés de Papa-Nnukwu, dans des cercueils ronds et doux qu'elle regarda attentivement Papa-Nnukwu avaler. Le nuage s'était dissipé de son visage.

« Ça va aller, dit-elle en anglais. Bientôt il va commencer à râler comme quoi il veut rentrer au village.

— Il faut qu'il reste plus longtemps, fit Amaka. Peut-être qu'il devrait vivre ici, Maman. Je ne crois pas que cette Chinyelu s'occupe correctement de lui.

— *Igasikwa !* Il n'acceptera jamais de vivre ici.

— Quand vas-tu l'emmener faire ses examens ?

— Demain. Le docteur Nduoma a dit que je pouvais lui faire faire seulement deux examens sur les quatre. Les labos privés en ville réclament toujours la totalité du règlement, donc il faudra que je passe à la banque d'abord. Je ne crois pas que j'aurai fini à temps pour l'emmener aujourd'hui, vu les queues qu'il y a à la banque. »

Une voiture entra alors dans la concession, et avant même qu'Amaka demande : « Est-ce père Amadi ? », je savais que c'était lui. Je n'avais vu la petite Toyota cinq portes que deux fois, mais je l'aurais repérée n'importe où. Mes mains se mirent à trembler.

« Il a dit qu'il passerait voir votre Papa-Nnukwu », répondit Tatie Ifeoma.

Père Amadi portait sa soutane, ample avec des manches longues et une cordelette noire nouée lâche autour de la taille. Même dans cette tenue de prêtre, sa démarche souple et décontractée accrochait mon regard et le retenait. Je tournai les talons et filai à l'intérieur de l'appartement. Je pouvais voir distinctement la cour par la fenêtre de la chambre, à laquelle il manquait quelques lames. J'appuyai le visage tout près de la fenêtre, à côté de la petite déchirure, dans la moustiquaire, qu'Amaka tenait pour responsable du moindre papillon de nuit qui voltigeait autour de l'ampoule électrique le soir. Père Amadi était debout près de la fenêtre, assez près pour que je puisse voir le dessin de ses cheveux sur sa tête, en boucles qui ondulaient comme des rides à la surface d'un ruisseau.

« Il s'est si vite rétabli, mon père, *Chukwu aluka*, fit Tatie Ifeoma.

— Notre Dieu est fidèle, Ifeoma », dit-il d'un ton heureux, comme si Papa-Nnukwu faisait partie de sa famille.

Puis il lui apprit qu'il était en route pour Isienu, où il allait rendre visite à un ami qui venait de rentrer d'un poste de missionnaire en Papouasie-Nouvelle-Guinée. S'adressant à Obiora et Jaja, il ajouta :

« Je passerai vous chercher ce soir. Nous jouerons au stade avec des garçons du séminaire.

— D'accord, mon père. » La voix de Jaja était ferme.

« Où est Kambili ? » demanda père Amadi.

Je baissai les yeux sur ma poitrine, qui se soulevait à présent. Je ne savais pas pourquoi, mais je me sentais reconnaissante qu'il ait prononcé mon nom, qu'il se soit souvenu de mon nom.

« Je crois qu'elle est à l'intérieur, répondit Tatie Ifeoma.

— Jaja, dis-lui qu'elle peut venir avec nous si elle en a envie. »

Lorsqu'il revint ce soir-là, je fis semblant de faire la sieste. J'attendis d'entendre la voiture démarrer, emmenant Jaja et Obiora, pour ressortir dans le salon. Je n'avais pas voulu y aller avec eux, pourtant quand le bruit de sa voiture s'estompa au loin, j'aurais aimé pouvoir courir derrière.

Amaka était au salon avec Papa-Nnukwu, enduisant lentement de vaseline les quelques touffes de cheveux qu'il avait sur la tête. Ensuite, elle lui étala du talc sur le visage et la poitrine.

« Kambili, dit Papa-Nnukwu en me voyant, ta cousine peint bien. Autrefois, elle aurait été choisie pour décorer les sanctuaires de nos dieux. »

Il parlait d'une voix rêveuse. Sans doute certains de ses médicaments l'endormaient-ils un peu. Amaka ne me regarda pas ; elle lui tapota une dernière fois les cheveux – les caressa, plutôt – puis s'assit par terre devant lui. Je suivis des yeux les mouvements rapides de sa main qui déplaçait le pinceau en va-et-vient de la palette au papier. Elle peignait si vite que je croyais que ça ne donnerait qu'un fouillis sur le papier, jusqu'au moment où je regardai et vis la forme se dessiner distinctement : une forme mince et gracieuse. J'entendais le tic-tac de l'horloge au mur, celle avec la photo du pape appuyé sur sa crosse. Le silence était ténu. Tatie Ifeoma récurait une casserole brûlée à la cuisine, et le *krou-krou-krou* de la cuillère en métal contre le fond de la casserole semblait une intrusion. Amaka et Papa-Nnukwu parlaient parfois, et leurs voix basses s'entremêlaient. Ils se comprenaient avec un minimum de mots. En les regardant, j'éprouvai une nostalgie pour quelque chose que je savais que je n'aurais jamais. Je voulais me lever et sortir, cependant mes jambes ne m'appartenaient pas, refusaient de m'obéir. Pour finir, je me relevai et allai à la cuisine ; quand je sortis, ni Amaka ni Papa-Nnukwu ne s'en aperçurent.

Tatie Ifeoma était assise sur un tabouret bas ; elle enlevait la peau brune de cocoyams chauds, jetant les tubercules collants et arrondis dans le mortier en bois, tout en se rafraîchissant les mains au passage dans un bol d'eau froide.

« Pourquoi tu as cet air, *o gini* ? demanda-t-elle.

— Quel air, Tatie ?

— Tu as des larmes dans les yeux. »

Je sentis mes yeux mouillés.

« Quelque chose a dû me rentrer dans les yeux. »

Tatie Ifeoma parut sceptique.

« Aide-moi à éplucher les cocoyams », finit-elle par dire.

Je tirai un tabouret bas près d'elle et m'assis. Les peaux semblaient s'enlever assez facilement pour Tatie Ifeoma, mais quand j'appuyai sur le bout d'un tubercule, la peau brune et rugueuse ne bougea pas et la chaleur me piqua les paumes des mains.

« Trempe ta main dans l'eau d'abord. »

Elle me montra où et comment appuyer pour faire glisser la peau. Je la regardai réduire les cocoyams en purée, en passant souvent le pilon dans l'eau pour que le cocoyam ne colle pas trop. Malgré cela, la purée blanche et collante accrochait au pilon, au mortier, à la main de Tatie Ifeoma. Elle était contente, pourtant, parce qu'elle épaissirait bien la sauce d'*onugbu*.

« Tu vois comme ton Papa-Nnukwu va bien ? me demanda-t-elle. Ça fait drôlement longtemps qu'il est assis et pose pour Amaka. C'est un miracle. Notre-Dame est fidèle.

— Comment Notre-Dame peut-elle intercéder en faveur d'un païen, Tatie ? »

Tatie Ifeoma garda le silence pendant qu'elle versait l'épaisse pâte de cocoyam dans la casserole de sauce ; ensuite elle leva la tête et dit que Papa-Nnukwu n'était pas païen mais traditionaliste, que parfois ce qui était différent était tout aussi bien que ce qui était familier, que lorsque Papa-Nnukwu faisait son *itu-nzu*, sa déclaration d'innocence, le matin, c'était pareil que quand nous disions le chapelet. Elle dit aussi d'autres choses, mais je n'écoutais pas vraiment parce que j'entendis Amaka rire dans le salon avec Papa-Nnukwu et je me demandai ce qui les faisait rire, et s'ils s'arrêteraient de rire si j'entrais.

Quand Tatie Ifeoma me réveilla, la pièce était dans la pénombre et les stridulations des grillons de nuit avaient cessé. Le chant d'un coq entra par la fenêtre au-dessus de mon lit.

« Nne. » Tatie Ifeoma me tapotait l'épaule. « Ton Papa-Nnukwu est sur la véranda. Va le regarder. »

Je me sentais complètement réveillée, même si je dus ouvrir mes paupières avec mes doigts. Je me souvenais des paroles de Tatie Ifeoma la veille, me disant que Papa-Nnukwu était un traditionaliste et non un païen. Néanmoins, je ne savais pas trop pourquoi elle voulait que j'aille le regarder sur la véranda.

« *Nne*, souviens-toi de ne pas faire de bruit. Regarde-le, c'est tout. » Tatie Ifeoma chuchotait pour ne pas réveiller Amaka.

Je nouai mon *lappa* autour de la poitrine, par-dessus ma chemise de nuit rose et blanc à fleurs, et sortis de la chambre à pas feutrés. La porte qui donnait sur la véranda était entrouverte et la teinte violacée du début de l'aurore s'infiltrait dans le salon. Je ne voulais pas allumer la lumière parce que Papa-Nnukwu s'en serait aperçu, aussi je me plaçai près de la porte, contre le mur.

Papa-Nnukwu était assis sur un tabouret bas, en bois, les jambes en triangle. Le nœud lâche de son *lappa* s'était défait, et celui-ci avait glissé de sa taille pour couvrir le tabouret, effleurant le sol de ses bords bleus délavés. Une lampe à pétrole, baissée au minimum, était posée juste à côté de lui. La lumière clignotante projetait une lueur topaze sur l'étroite véranda, sur les poils courts et gris de la poitrine de Papa-Nnukwu, sur la peau flasque, couleur de terre, de ses jambes. Il se pencha pour tracer une ligne au sol, avec le morceau de *nzu* qu'il tenait à la main. Il parlait, le visage penché comme s'il s'adressait au trait de craie blanche, qui paraissait jaune à présent.

Il parlait aux dieux ou aux ancêtres ; je me souvins que Tatie Ifeoma avait dit qu'on pouvait les intervertir.

« Chineke ! Je te remercie pour cette nouvelle matinée ! Je te remercie pour le soleil qui se lève. »

Sa lèvre inférieure tremblait. Peut-être était-ce pour cela que ses paroles en ibo se fondaient en un flot, comme si, une fois mises par écrit, elles n'avaient formé qu'un seul long mot. Il se pencha pour tracer une autre ligne, rapidement, avec une détermination farouche qui agita la chair de son bras, pendante comme un sac de cuir brun.

« Chineke ! Je n'ai tué personne, je n'ai pris la terre de personne, je n'ai pas commis d'adultère. »

Il se courba et traça la troisième ligne. Le tabouret grinça.

« Chineke ! J'ai souhaité le bien des autres. J'ai aidé ceux qui n'ont rien avec le peu que mes mains ont à offrir. »

Un coq chantait, son plaintif et prolongé qui semblait tout proche.

« Chineke ! Bénis-moi. Fais-moi trouver de quoi remplir suffisamment mon ventre. Bénis ma fille Ifeoma. Donne-lui suffisamment pour sa famille. »

Il remua sur le tabouret. Son nombril avait dû être saillant, autrefois, je le voyais bien, mais à présent il ressemblait à une aubergine ridée, qui s'affaisse.

« Chineke ! Bénis mon fils Eugene. Que le soleil ne se couche pas sur sa prospérité. Romps le sort qu'ils lui ont jeté. »

Papa-Nnukwu se pencha et traça une ligne de plus. J'étais étonnée qu'il priât pour Papa avec la même sincérité que pour lui-même et Tatie Ifeoma.

« Chineke ! Bénis les enfants de mes enfants. Que tes yeux les regardent s'éloigner du mal et se diriger vers le bien. »

Papa-Nnukwu souriait en parlant. Ses quelques dents de devant paraissaient d'un jaune plus prononcé à la lumière, comme des grains de maïs frais. Les grands espaces vides de ses gencives étaient teintés d'un ton d'acajou subtil.

« Chineke ! Ceux qui souhaitent le bien d'autrui, veille à leur bien. Ceux qui souhaitent le mal d'autrui, veille à leur mal. »

Papa-Nnukwu traça la dernière ligne, plus longue que les autres, dans un grand geste de la main. Il avait fini.

Quand Papa-Nnukwu se leva et s'étira, son corps entier, comme l'écorce du gmelina noueux de notre jardin, accrocha les ombres dorées de la flamme de la lampe dans ses nombreux sillons et crêtes. Même les taches de vieillesse qui parsemaient ses mains et ses jambes devinrent luisantes. Je ne détournai pas le regard, bien que ce fût un péché de contempler la nudité d'autrui. Le ventre de Papa-Nnukwu n'avait plus l'air aussi plissé, maintenant, et son nombril remonta, toujours pris dans des plis de peau. Entre ses jambes pendait un cocon flasque qui semblait plus lisse, exempt des rides qui sillonnaient le reste de son corps tel le grillage d'une moustiquaire. Il ramassa son *lappa* et l'attacha autour de son corps en le nouant à la taille. Ses mamelons ressemblaient à des raisins secs foncés, nichés entre les rares touffes de poils gris de sa poitrine. Il souriait toujours quand je me retournai sans bruit et regagnai la chambre. Je ne souriais jamais quand nous finissions le chapelet à la maison. Aucun de nous, d'ailleurs.

Papa-Nnukwu était de nouveau à la véranda après le petit déjeuner, assis sur le tabouret, Amaka installée sur une natte en plastique à ses pieds. Elle lui frotta doucement un pied à l'aide d'une pierre ponce, le trempa dans un bol en plastique plein d'eau, le frictionna à la vaseline, puis passa à l'autre. Papa-Nnukwu se plaignit qu'elle allait lui rendre les pieds trop sensibles, que même des cailloux lisses lui perceraient la plante des pieds, maintenant, parce qu'il ne mettait jamais de sandales au village, même si Tatie Ifeoma lui en faisait porter ici. Mais il ne demanda pas à Amaka d'arrêter.

« Je vais le peindre ici, à l'ombre, sur la véranda. Je veux rendre les jeux de lumière sur sa peau », dit Amaka quand Obiora les rejoignit.

Tatie Ifeoma sortit, habillée d'un *lappa* bleu et d'un chemisier. Elle allait au marché avec Obiora, qui, affirmait-elle, trouvait le montant de la monnaie plus vite qu'un commerçant avec sa calculette.

« Kambili, dit-elle, je veux que tu m'aides à préparer les feuilles d'*orah* pour que je puisse commencer la sauce à mon retour.

— Les feuilles d'*orah* ? demandai-je en déglutissant.

— Oui. Tu ne sais pas préparer l'*orah* ? »

Je secouai la tête :

« Non, Tatie.

— Amaka le fera, alors », dit Tatie Ifeoma, qui déplia et replia son *lappa* autour de sa taille, en le nouant sur le côté.

« Pourquoi ? s'écria Amaka. Parce que les riches ne préparent pas d'*orah* chez eux ? Ne va-t-elle pas, elle aussi, manger de la sauce d'*orah* ? »

Le regard de Tatie Ifeoma se durcit – il ne portait pas sur Amaka ; c'était moi qu'elle observait.

« *O ginidi*, Kambili, n'as-tu pas de bouche ? Réponds-lui ! »

Je regardai un lys africain fané tomber de sa tige dans le jardin. Les crotons bruissaient sous la brise de la fin de matinée.

« Tu n'as pas besoin de crier, Amaka, finis-je par dire. Je ne sais pas préparer les feuilles d'*orah*, mais tu peux me montrer. »

Je ne savais pas d'où ces paroles calmes m'étaient venues. Je ne voulais pas regarder Amaka, ne voulais pas voir son air renfrogné, ne voulais pas la pousser à me dire autre chose, car je savais que je ne pourrais pas tenir sur la durée. Je crus que c'était mon imagination quand j'entendis l'éclat de rire, mais alors je regardai Amaka : elle riait bel et bien.

« Ta voix peut donc être aussi forte que ça, Kambili », dit-elle.

Elle me montra comment préparer l'*orah*. Les

feuilles vert clair collantes avaient des tiges filandreuses qui ne s'attendrissaient pas à la cuisson, et qu'il fallait donc retirer soigneusement. Je posai le plateau de légumes en équilibre sur mes genoux et me mis au travail, ôtant les tiges et mettant les feuilles dans un bol à mes pieds. J'avais fini quand Tatie Ifeoma rentra, environ une heure plus tard, et s'écroula sur un tabouret en s'éventant avec un journal. Des filets de transpiration avaient effacé sa poudre, laissant apparaître des lignes parallèles de peau plus foncée sur les côtés de son visage. Jaja et Obiora déchargeaient les provisions de la voiture, et Tatie Ifeoma demanda à Jaja de poser le régime de bananes plantains par terre dans la véranda.

« Amaka, *ka* ? Devine combien ? » demanda-t-elle.

Amaka jaugea le régime d'un œil critique avant de suggérer un montant. Tatie Ifeoma secoua la tête et dit que les bananes plantains avaient coûté quarante naira de plus que ne le supposait Amaka.

« Eh ! Pour cette petite chose ? cria Amaka.

— Les commerçants disent que c'est difficile de transporter les marchandises parce qu'il n'y a pas d'essence, alors ils ajoutent le coût du transport, *o di egwu* », dit Tatie Ifeoma.

Amaka ramassa les bananes plantains et les serra une à une entre ses doigts, comme si, par ce geste, elle comprenait pourquoi elles coûtaient si cher. Elle les emporta à la cuisine à l'instant même où père Amadi arrivait en voiture et se garait devant l'appartement. Son pare-brise accrochait le soleil et scintillait. Il gravit d'un bond les quelques marches de la véranda, tenant sa soutane comme une mariée tiendrait sa robe. Il salua Papa-Nnukwu en premier, avant de serrer Tatie Ifeoma dans ses bras et d'échanger une poignée de main avec les garçons. Je tendis la main pour que nous puissions nous saluer, et ma lèvre inférieure se mit à trembler.

« Kambili, dit-il, retenant ma main un peu plus longtemps que celles des garçons.

— Vous allez quelque part, mon père ? demanda Amaka en revenant sur la véranda.

— Je vais donner quelques affaires à un de mes amis, le prêtre qui est rentré de Papouasie-Nouvelle-Guinée. Il repart la semaine prochaine.

— Papouasie-Nouvelle-Guinée. Il dit que c'est comment, là-bas, eh ? demanda Amaka.

— Il me racontait qu'une fois, il avait traversé un fleuve en canoë, avec des crocodiles juste en dessous. Il ne savait pas trop ce qui s'était passé en premier, s'il avait entendu claquer les dents des crocodiles ou découvert qu'il avait mouillé son pantalon.

— Ils n'ont pas intérêt à vous envoyer dans un endroit pareil, dit en riant Tatie Ifeoma, qui s'éventait toujours en sirotant un verre d'eau.

— Je ne veux même pas penser à votre départ, mon père, dit Amaka. Vous n'avez toujours aucune idée d'où et quand, *okwia* ?

— Non. À un moment ou l'autre de l'année prochaine, peut-être.

— Qui vous envoie ? interrogea Papa-Nnukwu, à sa manière abrupte qui me fit réaliser qu'il suivait parfaitement la conversation en ibo.

— Père Amadi appartient à un groupe de prêtres, *ndi* "missionnaires", et ils vont dans différents pays pour convertir les gens », expliqua Amaka. Elle émaillait très rarement ses propos de mots en anglais quand elle parlait à Papa-Nnukwu, contrairement au reste d'entre nous qui le faisions par inadvertance.

« Ezi okwu ? » Papa-Nnukwu leva la tête, tournant son œil laiteux vers père Amadi. « Est-ce vrai ? Nos propres fils vont dans le pays de l'homme blanc pour être missionnaires, à présent ?

— Nous allons dans le pays de l'homme blanc et dans le pays de l'homme noir, monsieur, répondit père Amadi. Partout où il y a besoin d'un prêtre.

— C'est bien, mon fils. Mais il ne faut jamais leur mentir. Ne leur apprends jamais à perdre le respect de leurs pères. »

Papa-Nnukwu détourna le regard en secouant la tête.

« Vous avez entendu, mon père ? demanda Amaka. Ne mentez pas à ces pauvres âmes ignorantes.

— Ça va être difficile, mais j'essaierai », dit père Amadi en anglais. Le coin de ses yeux se plissait quand il souriait.

« Vous savez, mon père, c'est comme quand on fait des *opka*, dit Obiora. Vous mélangez la farine de pois indiens et l'huile de palme, puis vous les faites cuire à la vapeur pendant des heures. Vous croyez que vous pouvez jamais obtenir rien que le goût de la farine de pois indiens ? Ou rien que l'huile de palme ?

— De quoi parles-tu ?

— De la religion et de l'oppression, répondit Obiora.

— Tu sais qu'il y a un dicton qui dit que les hommes nus au marché ne sont pas les seuls à être fous ? rétorqua père Amadi. Cette folie s'est réveillée et te trouble de nouveau, *okwia* ? »

Obiora se mit à rire et Amaka en fit autant, de ce rire sonore que seul père Amadi semblait pouvoir déclencher chez elle.

« Voilà qui est parlé en vrai prêtre missionnaire, mon père, dit-elle. Si les gens vous remettent en cause, traitez-les de fous.

— Tu vois comment ta cousine reste silencieuse et observe ? demanda père Amadi avec un geste dans ma direction. Elle ne gaspille pas son énergie à chercher d'interminables querelles. Mais il se passe beaucoup de choses dans sa tête, je le vois bien. »

Je l'examinai. Des auréoles de transpiration, sous ses bras, fonçaient le blanc de sa soutane. Ses yeux étaient rivés sur mon visage et je détournai les yeux. C'était trop troublant, de croiser son regard ; ça me faisait oublier qui se trouvait autour de moi, où j'étais assise, de quelle couleur était ma jupe.

« Kambili, tu n'as pas voulu venir avec nous la dernière fois.

— Je… je… je dormais.

— Eh bien aujourd'hui, tu viens avec moi. Rien que toi, dit père Amadi. Je passerai te chercher en revenant de la ville. Nous allons au stade pour le foot. Tu pourras jouer ou regarder. »

Amaka se mit à rire : « Kambili a l'air terrorisée. »

Elle me regardait, mais ce n'était pas le regard auquel j'étais habituée, celui où ses yeux me jugeaient coupable de choses que j'ignorais. C'était un regard différent, plus doux.

« Il n'y a pas de quoi avoir peur, *nne*. Tu vas t'amuser, au stade », dit Tatie Ifeoma, et vers elle aussi je tournai des yeux vides d'expression.

De minuscules gouttelettes de transpiration perlaient sur son nez, comme des boutons. Elle avait l'air tellement heureuse, tellement paisible ; je me demandai comment qui que ce soit dans mon entourage pouvait être aussi détendu alors que du feu liquide bouillonnait en moi, que la peur se mêlait à l'espoir et me serrait les chevilles.

Après le départ de père Amadi, Tatie Ifeoma me dit :

« Va te préparer pour ne pas le faire attendre quand il reviendra. Le mieux, c'est un short, car même si tu ne joues pas, la chaleur va monter avant le coucher du soleil et la plupart des tribunes n'ont pas de toit.

— C'est parce qu'ils ont mis dix ans à construire ce stade. L'argent est parti dans les poches des gens, marmonna Amaka.

— Je n'ai pas de short, Tatie. »

Tatie Ifeoma ne me demanda pas pourquoi, peut-être parce qu'elle le savait déjà. Elle demanda à Amaka de m'en prêter un. Je m'attendais à ce qu'elle ricane, mais elle me prêta un short jaune comme s'il était normal que je n'en aie pas. Je pris mon temps pour l'enfiler, mais je ne m'attardai pas trop devant le miroir, comme le faisait Amaka, parce que la culpabilité m'aurait assaillie. La vanité était un péché. Jaja et moi, nous nous regardions dans la glace juste le temps de vérifier que nous nous étions boutonnés correctement.

Peu après, j'entendis la Toyota arriver. J'attrapai le rouge à lèvres d'Amaka, sur le dessus de la commode, et le passai sur mes lèvres. L'effet était bizarre, pas aussi chic que sur ma cousine ; il ne donnait pas le même chatoiement bronze. Je l'essuyai. Mes lèvres étaient pâles, d'un marron terne. Je repassai le rouge sur mes lèvres, les mains tremblantes.

« Kambili ! Père Amadi est dehors et il klaxonne pour toi », me lança Tatie Ifeoma.

J'essuyai le rouge à lèvres du revers de la main et sortis de la chambre.

La voiture du père Amadi avait la même odeur que lui, une senteur propre qui me faisait penser à un ciel d'azur clair. Son bermuda m'avait semblé plus long la dernière fois que je l'avais vu le porter, bien au-dessous du genou. Mais maintenant, il remontait en découvrant une cuisse musclée parsemée de poils foncés. L'espace entre nous était trop petit, trop étroit. C'était toujours en tant que pénitente que je me trouvais près d'un prêtre pour la confession. À présent, pourtant, il m'était difficile de me sentir pénitente avec les poumons pleins de l'eau de Cologne de père Amadi. Alors je me sentis coupable parce que je n'arrivais pas à me concentrer sur mes péchés, que je ne pouvais penser à rien d'autre qu'au fait qu'il était si proche.

« Je dors dans la même chambre que mon grand-père. C'est un païen », lâchai-je abruptement.

Il tourna rapidement la tête vers moi et, avant qu'il détourne le regard, je me demandai si la lueur aperçue dans ses yeux était de l'amusement.

« Pourquoi dis-tu cela ?

— C'est un péché.

— Pourquoi est-ce un péché ? »

Je le dévisageai. J'avais l'impression qu'il avait sauté une ligne de son dialogue.

« Je ne sais pas.

— C'est ton père qui t'a dit ça. »

Je regardai ailleurs, par la fenêtre. Je ne mêlerais pas Papa à cette question puisque, manifestement, père Amadi n'était pas d'accord.

« Jaja m'a un peu parlé de ton père l'autre jour, Kambili. »

Je me mordis la lèvre inférieure. Qu'est-ce que Jaja lui avait dit ? Qu'est-ce qui lui prenait, à Jaja, de toute façon ? Père Amadi n'ajouta rien d'autre avant que nous arrivions au stade, où il balaya rapidement du regard la piste où couraient quelques personnes. Ses garçons n'étaient pas encore arrivés, aussi le terrain de football était-il vide. Nous nous assîmes sur les marches, dans l'une des deux tribunes dotées d'un toit.

« Si nous jouions au ballon à deux en attendant les garçons ? demanda-t-il.

— Je ne sais pas jouer.

— Tu joues au handball ?

— Non.

— Et au volley ? »

Je le regardai puis détournai les yeux. Je me demandai si Amaka le peindrait un jour, si elle rendrait jamais sa peau lisse comme de l'argile, ses sourcils droits, qui se levaient légèrement maintenant qu'il m'observait.

« J'ai fait du volley en cinquième, dis-je. Mais j'ai arrêté parce que… je n'étais pas très bonne et personne n'aimait me choisir. »

J'avais les yeux rivés sur les tribunes tristes et sans peinture, à l'abandon depuis si longtemps que de minuscules plantes commençaient à pointer leur tête verte dans les lézardes du ciment.

« Aimes-tu Jésus ? » demanda père Amadi en se levant.

Je restai interloquée :

« Oui, dis-je. Oui, j'aime Jésus.

— Alors montre-le-moi. Essaie de m'attraper, montre-moi que tu aimes Jésus. »

À peine eut-il fini sa phrase qu'il détala à toutes jambes, et j'aperçus l'éclair bleu de son débardeur. Je ne pris pas le temps de réfléchir ; je me levai et lui courus après. Le vent me soufflait au visage, dans les yeux, contre les oreilles. Père Amadi était comme un vent bleu, insaisissable. Je ne le rattrapai qu'au moment où il s'arrêta près du poteau de but de football.

« Alors tu n'aimes pas Jésus, me taquina-t-il.

— Vous courez trop vite, répondis-je, tout essoufflée.

— Je vais te laisser te reposer, et puis tu auras une autre chance de me montrer ton amour pour le Seigneur. »

Nous courûmes quatre autres fois. Je ne pus le rattraper. Pour finir, nous nous écroulâmes sur l'herbe et il me mit une bouteille d'eau dans la main.

« Tu as de bonnes jambes pour courir. Tu devrais t'entraîner davantage », dit-il.

Je regardai ailleurs. Je n'avais jamais rien entendu de pareil. Ça me semblait trop proche, trop intime, qu'il pose les yeux sur mes jambes, sur une quelconque partie de moi.

« Ne sais-tu pas sourire ? demanda-t-il.

— Quoi ? »

Il tendit la main et tira doucement sur les coins de mes lèvres : « Souris. »

Je voulais sourire, mais j'en étais incapable. Mes lèvres et mes joues étaient gelées, sans que la transpiration qui coulait sur les ailes de mon nez parvînt à les ramollir. J'avais trop vivement conscience de son regard.

« Qu'est-ce que c'est, cette tache rougeâtre sur ta main ? » demanda-t-il.

Je baissai les yeux sur ma main, sur la traînée de rouge à lèvres enlevé à la hâte, qui collait encore au dos moite de mes mains. Je ne m'étais pas rendu compte que j'en avais mis beaucoup.

« C'est... une tache, répondis-je, me sentant toute bête.

— Du rouge à lèvres ? »

Je fis oui de la tête.

« Tu portes du rouge à lèvres ? As-tu jamais porté du rouge à lèvres ?

— Non », dis-je.

Alors je sentis le sourire monter peu à peu sur mon visage en m'étirant les lèvres et les joues, un sourire embarrassé et amusé. Il savait que j'avais essayé de mettre du rouge à lèvres pour la première fois aujourd'hui. Je souris. Et souris de nouveau.

« Bonjour, mon père ! » Les bonjours résonnèrent de toute part et huit garçons fondirent sur nous. Ils étaient tous à peu près de mon âge, avec des shorts troués et des tee-shirts si souvent lavés que je ne pouvais en déterminer la couleur d'origine, et ils avaient tous les mêmes croûtes de piqûres d'insectes sur les jambes. Père Amadi retira son débardeur et le laissa tomber sur mes genoux avant de rejoindre les garçons sur le terrain de football. Torse nu, ses épaules dessinaient un grand carré. Je ne regardais pas son débardeur sur mes genoux tandis que ma main, extrêmement lentement, s'en approchait centimètre après centimètre. Je regardais le terrain de football, les jambes en pleine course de père Amadi, le ballon noir et blanc qui volait, la multitude de jambes des garçons qui semblaient n'en faire qu'une. Ma main avait fini par toucher le débardeur sur mes genoux et l'effleurait timidement comme s'il pouvait respirer, comme si c'était une partie de père

Amadi, lorsque ce dernier siffla une pause rafraîchissements. Il apporta de sa voiture de l'eau et des oranges épluchées, emballées en cornets serrés dans des sacs en plastique. Ils s'installèrent tous sur l'herbe pour manger les oranges, et j'observai père Amadi qui riait fort, la tête renversée en arrière, en se penchant pour poser les coudes dans l'herbe. Je me demandai si les garçons avaient la même impression que moi quand ils étaient avec lui, qu'il n'avait d'yeux que pour eux.

Je serrai son débardeur entre mes mains pendant tout le reste de la partie. Un vent frais commençait à se lever, refroidissant la transpiration sur mon corps, quand père Amadi donna les trois derniers coups de sifflet. Ensuite les garçons se regroupèrent autour de lui, la tête penchée, et il dit la prière. Des « Au revoir, mon père ! » retentirent tandis qu'il se dirigeait vers moi. Il y avait quelque chose de confiant dans sa démarche, comme un coq responsable de toutes les poules du quartier.

En voiture, il mit une cassette. C'était une chorale chantant des cantiques en ibo. Je connaissais le premier : Mama le chantait parfois quand nous rapportions nos carnets de notes à la maison, Jaja et moi. Père Amadi chantait avec la cassette. Sa voix était plus mélodieuse que celle du chanteur principal. À la fin du premier cantique, il baissa le volume et me demanda :

« Le match t'a-t-il amusée ?

— Oui.

— Je vois le Christ sur leurs visages, sur les visages de ces garçons. »

Je le regardai. Je ne pouvais pas réconcilier le Christ blond pendu à la croix patinée de St Agnes avec les jambes couvertes de morsures de ces garçons.

« Ils vivent à Ugwu Oba. La plupart d'entre eux ne vont plus à l'école parce que leurs familles n'en ont pas les moyens. Ekwueme, tu te souviens de lui, avec le tee-shirt rouge ? »

Je hochai la tête même si je ne m'en souvenais pas. Les tee-shirts m'avaient tous semblé pareillement incolores.

« Son père était chauffeur, ici, à l'université. Mais ils ont supprimé son poste et Ekwueme a dû quitter le lycée de Nsukka. Il travaille comme chauffeur de bus, maintenant, et il se débrouille très bien. Ils m'inspirent, ces garçons. » Père Amadi cessa de parler pour reprendre le refrain. *« I na-asi m esona ya ! I na-asi m esona ya ! »*

Je hochai la tête en cadence. Nous n'avions vraiment pas besoin de la musique, pourtant, parce que sa voix suffisait amplement comme mélodie. Je me sentais chez moi, j'avais l'impression de me trouver là où j'étais censée être depuis longtemps. Père Amadi chanta un certain temps ; ensuite il réduisit de nouveau le volume à un murmure.

« Tu ne m'as pas posé une seule question, dit-il.

— Je ne sais pas quoi demander.

— Tu aurais dû apprendre l'art de l'interrogation auprès d'Amaka. Pourquoi la pousse de l'arbre monte-t-elle et la racine s'enfonce-t-elle ? Pourquoi y a-t-il un ciel ? Qu'est-ce que la vie ? Pourquoi tout court ? »

Je ris. C'était un son étrange à mes oreilles, comme si j'écoutais l'enregistrement du rire d'une inconnue. Je n'étais pas certaine de m'être jamais entendue rire.

« Pourquoi vous êtes-vous fait prêtre ? » lâchai-je, pour aussitôt regretter d'avoir posé la question, que les bulles de ma gorge l'aient laissé échapper.

Il avait eu la vocation, bien sûr, cette même vocation dont nous parlaient toutes les sœurs révérendes à l'école quand elles nous demandaient de toujours guetter l'appel de la vocation pendant nos prières. Parfois j'imaginais Dieu m'appelant, sa voix grondante prenant des inflexions britanniques. Il ne prononcerait pas mon nom correctement ; comme père Benedict, il placerait l'accent sur la deuxième syllabe au lieu de la première.

« Au début je voulais être médecin. Et puis un jour je suis allé à l'église, j'ai entendu le prêtre parler et ça m'a changé pour toujours.

— Ah.

— Je plaisantais. » Père Amadi me lança un coup d'œil. Il paraissait surpris que je ne me sois pas rendu compte que c'était une plaisanterie. « C'est beaucoup plus compliqué que ça, Kambili. Je me posais beaucoup de questions, quand j'étais adolescent. La prêtrise est ce que j'ai trouvé de plus susceptible d'apporter des réponses. »

Je me demandai quelles étaient ces questions, et si le père Benedict se les était posées lui aussi. Et puis je songeai, avec une tristesse violente, excessive, que la peau lisse de père Amadi ne serait pas transmise à un enfant, que ses épaules carrées ne soutiendraient pas les jambes de son tout-petit essayant de toucher le ventilateur du plafond.

« *Ewo*, je suis en retard pour une réunion du conseil de l'aumônerie, dit-il en regardant l'horloge. Je te dépose et je repars tout de suite.

— Je suis désolée.

— Pourquoi ? J'ai passé une après-midi agréable avec toi. Il faut que tu reviennes au stade avec moi. Je t'attacherai les mains et les pieds et je te porterai, s'il le faut. » Il rit.

J'avais les yeux rivés sur le tableau de bord, avec son autocollant bleu et doré de la Légion de Marie. Ignorait-il que je ne voulais pas qu'il parte, jamais ? Que je n'avais pas besoin qu'il me convainque pour aller au stade, ou ailleurs, avec lui ? En sortant de la voiture, devant l'appartement, je repassai l'après-midi dans mon esprit. J'avais souri, couru, ri. J'avais la poitrine pleine de quelque chose qui ressemblait à du bain moussant. Léger. La légèreté était si douce que j'en sentais le goût sur ma langue, une douceur de pomme cajou trop mûre, jaune vif.

Tatie Ifeoma était debout derrière Papa-Nnukwu sur la véranda et lui frictionnait les épaules. Je leur dis bonjour.

« Kambili, *nno* », dit Papa-Nnukwu. Il avait l'air fatigué ; ses yeux étaient éteints.

« T'es-tu bien amusée ? me demanda Tatie Ifeoma en souriant.

— Oui, Tatie.

— Ton père a appelé cet après-midi », ajouta-t-elle en anglais.

Je la dévisageai, examinant le grain de beauté au-dessus de sa lèvre, souhaitant de toutes mes forces qu'elle éclate de son rire sonore et saccadé et me dise que c'était une plaisanterie. Papa n'appelait jamais l'après-midi. En plus, il avait téléphoné avant d'aller travailler, alors pourquoi rappeler ? Il y avait certainement un problème.

« Quelqu'un du village, et je suis sûre que c'était un membre de notre famille élargie, lui a raconté que j'étais venue chercher votre grand-père, dit Tatie Ifeoma, toujours en anglais pour que Papa-Nnukwu ne comprenne pas. Ton père a dit que j'aurais dû l'avertir, qu'il méritait de savoir que votre grand-père se trouvait ici, à Nsukka. Il m'a fait tout un laïus sur la présence d'un païen sous le même toit que ses enfants. »

Tatie Ifeoma secoua la tête comme si ce qu'éprouvait Papa n'était qu'une excentricité sans importance. Mais ça ne l'était pas. Papa serait indigné que ni Jaja ni moi n'en ayons parlé quand il nous avait téléphoné. Ma tête se remplissait rapidement de sang, d'eau ou de transpiration. Peu importe de quoi, je savais que je m'évanouirais une fois que j'aurais la tête pleine.

« Il a dit qu'il viendrait demain vous chercher tous les deux, mais je l'ai calmé. Je lui ai proposé de vous ramener à la maison Jaja et toi après-demain, et je crois qu'il a accepté. Espérons que nous trouverons de l'essence, dit Ifeoma.

— D'accord, Tatie. »

Je tournai les talons pour entrer dans l'appartement, au bord du vertige.

« Ah, et il a fait sortir son rédacteur en chef de prison », reprit Tatie Ifeoma.

Mais je l'entendis à peine.

Amaka me secoua bien que ses mouvements m'eussent déjà réveillée. Je vacillais à cette lisière entre le sommeil et l'état de veille, imaginant Papa venant lui-même nous chercher, imaginant la colère dans ses yeux injectés de sang, la rafale d'ibo jaillissant de sa bouche.

« Allons chercher de l'eau. Jaja et Obiora sont déjà dehors », fit Amaka en s'étirant.

Elle disait cela tous les matins, maintenant. Elle me laissait rapporter un récipient, également.

« *Nekwa*, Papa-Nnukwu dort encore. Il sera fâché que les médicaments l'aient fait trop dormir et rater le lever du soleil. »

Elle se pencha et le secoua doucement.

« Papa-Nnukwu, Papa-Nnukwu, *kunie.* »

Comme il ne bougeait pas, elle le retourna lentement. Son *lappa* s'était défait, découvrant un short blanc avec un élastique effiloché à la taille.

« Maman ! Maman ! » hurla Amaka. Elle passa la main sur la poitrine de Papa-Nnukwu, fiévreusement, cherchant les battements de son cœur. « Maman ! »

Tatie Ifeoma se rua dans la chambre. Elle n'avait pas mis son *lappa* par-dessus sa chemise de nuit et je distinguais la courbe de ses seins vers le bas, le léger renflement de son ventre sous le tissu fin. Elle tomba à genoux et empoigna Papa-Nnukwu à bras-le-corps, se mit à l'agiter.

« Nna anyi, Nna anyi ! » Elle haussait désespérément la voix, comme si parler plus fort permettrait à Papa-Nnukwu d'entendre mieux et de répondre. *« Nna anyi ! »*

Lorsqu'elle se tut, attrapa le poignet de Papa-Nnukwu, posa la tête sur sa poitrine, plus rien ne brisa le silence que le chant du coq des voisins. Je retins mon souffle – soudain il semblait trop bruyant pour que Tatie Ifeoma puisse entendre les battements du cœur de Papa-Nnukwu.

« *Ewuu*, il s'est endormi. Il s'est endormi », dit finalement Tatie Ifeoma.

Elle enfouit la tête dans l'épaule de Papa-Nnukwu, en se balançant.

Amaka tira sa mère.

« Arrête, Maman. Fais-lui du bouche-à-bouche. Arrête ! »

Tatie Ifeoma continua de se balancer et, l'espace d'un moment, parce que le corps de Papa-Nnukwu tanguait lui aussi, je me demandai si Tatie Ifeoma s'était trompée et si Papa-Nnukwu était en réalité seulement endormi.

« *Nna m o !* Mon père ! »

La voix de Tatie Ifeoma retentit, si pure et si haute qu'elle semblait venir du plafond. C'était le même ton, la même profondeur perçante que j'entendais parfois à Abba quand un cortège funèbre passait en dansant devant notre maison, portant la photo d'un membre de la famille décédé, poussant des cris.

« Nna m o ! » hurlait Tatie Ifeoma, agrippant toujours Papa-Nnukwu.

Amaka fit de faibles efforts pour la dégager. Obiora et Jaja déboulèrent dans la chambre. Et j'imaginai nos aïeux d'il y a un siècle, ces ancêtres que Papa-Nnukwu priait, fonçant à l'assaut pour défendre leur hameau, revenant avec des têtes dodelinant au bout de longs bâtons.

« Qu'est-ce qu'il y a, Maman ? » demanda Obiora.

Le bas de son pantalon, éclaboussé par l'eau du robinet, collait à sa jambe.

« Papa-Nnukwu est vivant », affirma Jaja en anglais, avec autorité, comme si cela pouvait rendre ses paroles vraies, sur le même ton que Dieu avait dû utiliser quand Il avait dit : « Que la lumière soit. »

Jaja ne portait que son bas de pyjama, qui était également éclaboussé d'eau. Pour la première fois, je remarquai les poils clairsemés de sa poitrine.

« Nna m o ! » Tatie Ifeoma agrippait toujours Papa-Nnukwu.

Obiora se mit à respirer bruyamment, d'un souffle rauque. Il se pencha sur Tatie Ifeoma et l'empoigna, l'écartant lentement du corps de Papa-Nnukwu.

« *O zugo*, ça suffit, Maman. Il a rejoint les autres. »

Sa voix avait un timbre étrange. Il aida Tatie Ifeoma à se relever et l'emmena s'asseoir sur le lit. Elle avait le même regard vide qu'Amaka qui se tenait là, debout, les yeux baissés sur la forme de Papa-Nnukwu.

« Je vais appeler le docteur Nduoma », dit Obiora.

Jaja se pencha et couvrit le corps de Papa-Nnukwu avec le *lappa*, mais il ne lui couvrit pas le visage, même si le *lappa* était suffisamment long. J'avais envie de m'approcher et de toucher Papa-Nnukwu, de toucher les touffes de cheveux blancs qu'Amaka avait huilés, de lisser la peau ridée de sa poitrine. Mais je ne le ferais pas. Papa en serait indigné. Je fermai alors les yeux, de sorte que si jamais Papa me demandait si j'avais vu Jaja toucher le corps d'un païen – cela paraissait plus grave, de toucher Papa-Nnukwu dans la mort –, je pourrais répondre non en toute honnêteté. Mes yeux demeurèrent clos longtemps et il me semblait que mes oreilles étaient closes, elles aussi, car j'avais beau entendre le son des voix, je ne distinguais pas ce qu'elles disaient. Quand je rouvris enfin les yeux, Jaja était assis par terre, à côté du corps de Papa-Nnukwu dans son fourreau. Obiora était sur le lit avec Tatie Ifeoma, qui parlait : « Réveille Chima pour que nous puissions le lui dire avant l'arrivée des gens de la morgue. »

Jaja se leva pour aller réveiller Chima. Tout en marchant, il essuya les larmes qui glissaient sur ses joues.

« Je vais nettoyer l'endroit où était l'*ozu*, Maman », dit Obiora.

Il poussait sporadiquement des sons étranglés, pleurant au fond de sa gorge. Je savais que s'il ne pleurait pas tout haut, c'était parce qu'il était le *nwoke* de la maison, l'homme que Tatie Ifeoma avait à ses côtés.

« Non, répliqua-t-elle. Je vais le faire. »

Elle se leva alors et serra Obiora dans ses bras, et ils restèrent longuement accrochés l'un à l'autre. Je me dirigeai vers la salle de bains, le mot *ozu* résonnant à mes oreilles. Papa-Nnukwu était un *ozu*, maintenant, un cadavre.

La porte de la salle de bains ne céda pas quand j'essayai de l'ouvrir et je poussai plus fort pour m'assurer qu'elle était vraiment fermée à clé. Il lui arrivait de se coincer parce que le bois avait du jeu, il se dilatait et se contractait. J'entendis alors les sanglots d'Amaka. Ils étaient sonores et gutturaux ; elle riait comme elle pleurait. Elle n'avait pas appris l'art des pleurs silencieux ; elle n'en avait pas eu besoin. Je voulais faire demi-tour et m'en aller, la laisser seule avec son chagrin. Mais ma culotte était déjà mouillée et je devais me balancer d'un pied sur l'autre pour me retenir d'uriner.

« Amaka, s'il te plaît, il faut que j'aille aux toilettes », murmurai-je, et, comme elle ne répondait pas, je répétai ces mots d'une voix forte.

Je ne voulais pas frapper ; frapper aurait été une intrusion grossière dans ses larmes. Pour finir, Amaka ouvrit la porte et sortit. Je fis pipi aussi vite que je le pus parce que je savais qu'elle était juste derrière, attendant de pouvoir retourner sangloter derrière la porte fermée à clé.

Les deux hommes qui vinrent avec le docteur Nduoma portèrent le corps raidissant de Papa-Nnukwu à mains nues, l'un le tenant par les aisselles et l'autre par les chevilles. Ils n'avaient pas pu prendre le brancard du centre médical parce que le personnel administratif était lui aussi en grève. Le docteur Nduoma nous dit « *Ndo* » à tous, le sourire encore aux lèvres. Obiora voulait accompagner l'*ozu* à la morgue ; il voulait les voir mettre l'*ozu* au frigo. Mais Tatie Ifeoma s'y opposa, prétendant qu'il n'avait pas à voir cela. Le mot *frigo* flottait dans ma tête. Je savais que l'endroit où l'on entreposait les cadavres à la morgue était différent, pourtant j'imaginais le corps de Papa-Nnukwu rangé dans un réfrigérateur domestique, comme celui de notre cuisine.

Obiora accepta de ne pas aller à la morgue mais il suivit les hommes et les surveilla attentivement quand ils chargèrent l'*ozu* dans le break de l'ambulance. Il jeta un coup d'œil à l'arrière pour s'assurer qu'il y avait bien une natte où allonger l'*ozu*, qu'ils ne le poseraient pas à même le sol rouillé.

Après le départ de l'ambulance, suivie par le docteur Nduoma dans sa voiture, j'aidai Tatie Ifeoma à porter le matelas de Papa-Nnukwu sur la véranda. Elle le frotta méticuleusement avec du détergent Omo et la brosse dont Amaka se servait pour nettoyer la baignoire.

« As-tu vu le visage de ton Papa-Nnukwu dans la mort, Kambili ? » me demanda Tatie Ifeoma, tout en mettant le matelas propre à sécher debout contre la balustrade en métal.

Je secouai la tête. Je n'avais pas regardé son visage.

« Il souriait, dit-elle. Il souriait. »

Je détournai les yeux pour que Tatie Ifeoma ne voie pas les larmes sur mon visage et pour éviter, à mon tour, de voir les larmes sur le sien. Peu de paroles s'échangeaient dans l'appartement ; un silence lourd pesait sur nous tous. Même Chima passa une grande partie de la matinée recroquevillé dans un coin, à dessiner en silence. Tatie Ifeoma fit bouillir des tranches d'igname, et nous les mangeâmes trempées dans de l'huile de palme où macéraient des piments rouges hachés. Amaka sortit de la salle de bains des heures après que nous eûmes fini de manger, les yeux gonflés, la voix rauque.

« Va manger, Amaka. J'ai fait bouillir de l'igname, dit Tatie Ifeoma.

— Je n'ai pas fini de le peindre. Il avait dit que nous finirions aujourd'hui.

— Va manger, *inugo*, répéta Tatie Ifeoma.

— Il serait encore vivant maintenant si le centre médical n'était pas en grève, poursuivit Amaka.

— C'était son heure, affirma Tatie Ifeoma. C'était simplement son heure. »

Amaka regarda longuement Tatie Ifeoma puis tourna les talons. Je voulais la prendre dans mes bras, lui dire « *ebezi na* » et essuyer ses larmes. Je voulais pleurer bruyamment, devant elle, avec elle. Mais je savais que ça pouvait la mettre en colère. Elle était déjà suffisamment en colère. Je n'avais pas le droit de pleurer Papa-Nnukwu avec elle ; il avait été son Papa-Nnukwu plus que le mien. Elle lui avait huilé les cheveux pendant que je me tenais à l'écart en me demandant ce que dirait Papa s'il savait. Jaja lui passa le bras autour des épaules et l'entraîna vers la cuisine. Elle se dégagea, comme pour prouver qu'elle n'avait pas besoin de soutien, mais resta tout près de lui en marchant. Je les suivis du regard, regrettant de ne pas avoir eu ce geste à la place de Jaja.

« Il y a quelqu'un qui vient de se garer devant l'appartement », dit Obiora.

Il avait retiré ses lunettes pour pleurer mais les avait remises et, à présent, il les remontait sur l'arête de son nez tout en se levant pour regarder par la fenêtre.

« Qui est-ce ? » demanda Tatie Ifeoma avec lassitude. Ça lui était parfaitement indifférent.

« Oncle Eugene. »

Pétrifiée dans mon fauteuil, je sentis la peau de mes bras se liquéfier pour ne faire qu'un avec les accoudoirs en rotin. La mort de Papa-Nnukwu avait tout éclipsé, reléguant le visage de Papa en un lieu vague. Mais ce visage reprenait vie à présent. Il était dans l'encadrement de la porte et regardait Obiora. Ces sourcils broussailleux n'avaient rien de familier, pas plus que ce ton de peau brun. Peut-être que si Obiora n'avait pas dit « Oncle Eugene », je n'aurais pas vu que c'était Papa, que le grand étranger dans son boubou blanc bien coupé était Papa.

« Bonjour, Papa, dis-je mécaniquement.

— Kambili, comment vas-tu ? Où est Jaja ? »

Jaja sortit alors de la cuisine et s'immobilisa, regarda longuement Papa.

« Bonjour, Papa, dit-il enfin.

— Je t'avais demandé de ne pas venir, Eugene, dit Tatie Ifeoma, sur le ton fatigué de quelqu'un qui n'en a pas vraiment grand-chose à faire.

— Je ne pouvais pas les laisser rester un jour de plus », rétorqua Papa, qui balaya du regard le salon, la porte de la cuisine puis le couloir, comme s'il s'attendait à voir Papa-Nnukwu surgir dans un nuage de fumée païenne.

Obiora prit Chima par la main et sortit sur la véranda.

« Eugene, notre père s'est endormi », annonça Tatie Ifeoma.

Papa la dévisagea un certain temps, la surprise écarquillant ses petits yeux qui s'injectaient si facilement de sang.

« Quand ?

— Ce matin. Dans son sommeil. Ils l'ont emmené à la morgue il y a quelques heures à peine. »

Papa s'assit et laissa lentement sa tête tomber entre ses mains, et je me demandai s'il pleurait, et s'il serait acceptable que je pleure, moi aussi. Mais lorsqu'il releva la tête, je ne vis pas de traces de larmes dans ses yeux.

« As-tu appelé un prêtre pour lui donner l'extrême-onction ? » demanda-t-il.

Tatie Ifeoma l'ignora et continua de regarder ses mains pliées sur ses genoux.

« Ifeoma, as-tu appelé un prêtre ? demanda à nouveau Papa.

— C'est tout ce que tu trouves à dire, eh,

Eugene ? N'as-tu rien d'autre à dire, *gbo* ? Notre père est mort ! As-tu la tête à l'envers ? Ne vas-tu pas m'aider à enterrer notre père ?

— Je ne peux pas prendre part à un rituel païen mais nous pouvons discuter avec le prêtre de la paroisse et organiser un enterrement catholique. »

Tatie Ifeoma se leva et se mit à crier. Sa voix tremblait.

« Je mettrai la tombe de mon mari mort en vente, Eugene, avant de donner un enterrement catholique à notre père. Tu m'entends ? J'ai dit que je vendrais la tombe d'Ifediora d'abord ! Notre père était-il catholique ? Je te le demande, Eugene, était-il catholique ? *Ichu gba gi !* »

Tatie Ifeoma claqua des doigts vers Papa ; elle lui lançait un sort. Des larmes coulaient le long de ses joues. Poussant des sanglots étranglés, elle tourna le dos et partit dans sa chambre.

« Kambili et Jaja, venez », dit Papa en se levant. Il nous serra tous les deux en même temps dans ses bras, fort. Puis il nous embrassa sur le haut de la tête, avant de lancer : « Allez faire vos bagages. »

Dans la chambre, la plupart de mes affaires étaient déjà dans mon sac. Debout devant la fenêtre aux lames manquantes et à la moustiquaire déchirée, je me demandai quel effet cela ferait d'agrandir le petit trou et de sauter au travers.

« Nne. »

Tatie Ifeoma, entrée sans bruit, passa la main sur mes nattes. Elle me tendit mon emploi du temps, toujours impeccablement plié.

« Préviens père Amadi que je suis partie, que nous sommes partis, dis-lui au revoir de notre part », fis-je en me retournant.

Elle avait essuyé les larmes de son visage et paraissait à nouveau la même, intrépide.

« Je le lui dirai », répondit-elle.

Elle me tint par la main pour m'accompagner à la porte d'entrée de la maison. Dehors, l'harmattan cinglait la cour, ébouriffant les plantes du jardin rond, faisant ployer la volonté et les branches des arbres, recouvrant les voitures garées de plus de poussière encore. Obiora porta nos bagages à la Mercedes, où attendait Kevin, le coffre ouvert. Chima se mit à pleurer ; je savais qu'il ne voulait pas que Jaja s'en aille.

« Chima, *o zugo*. Tu vas revoir Jaja bientôt. Ils vont revenir », assura Tatie Ifeoma en le tenant contre elle.

Papa ne confirma pas ce qu'avait dit Tatie Ifeoma. À la place, pour réconforter Chima, il lui dit : « *O zugo*, ça suffit », le serra dans ses bras et fourra une petite liasse de naira dans la main de Tatie Ifeoma pour acheter un cadeau à Chima, ce qui le fit sourire. Amaka cligna rapidement des yeux en disant au revoir, mais je ne savais pas trop si c'était à cause du vent chargé de sable ou pour retenir d'autres larmes. La poussière qui recouvrait ses cils faisait joli, comme du mascara brun chocolat. Elle me glissa un paquet emballé de cellophane noire dans la main puis me tourna le dos et rentra précipitamment dans l'appartement. Je pouvais voir à travers l'emballage : c'était le portrait inachevé de Papa-Nnukwu. Je le cachai dans mon sac, vite, et montai en voiture.

Mama était à la porte quand nous pénétrâmes dans notre concession. Elle avait le visage gonflé et le contour de son œil droit était de la teinte noir violacé d'un avocat trop mûr. Elle souriait. « *Umu m*, bienvenue. Bienvenue. » Elle nous serra dans ses bras en même temps, nichant sa tête dans le cou de Jaja puis dans le mien. « Ça m'a paru si long, beaucoup plus long que dix jours.

— Ifeoma était occupée à soigner un païen, dit Papa, tout en se servant un verre d'eau d'une bouteille que Sisi avait mise sur la table. Elle ne les a même pas emmenés en pèlerinage à Aokpe.

— Papa-Nnukwu est mort », dit Jaja.

Mama porta vivement la main à la poitrine. « *Chi m !* Quand ?

— Ce matin, répondit Jaja. Il est mort dans son sommeil. »

Mama replia les bras contre son corps : « *Ewuu*, alors il est parti trouver le repos, *ewuu*.

— Il est parti affronter le jugement, dit Papa en posant son verre d'eau. Ifeoma n'a pas eu le bon sens de faire venir un prêtre avant sa mort. Il aurait pu se convertir avant de mourir.

— Peut-être qu'il ne voulait pas se convertir, dit Jaja.

— Qu'il repose en paix », s'empressa de glisser Mama.

Papa regarda Jaja :

« Qu'as-tu dit ? C'est cela que tu as appris en vivant dans la même maison qu'un païen ?

— Non », dit Jaja.

Papa nous dévisagea, d'abord Jaja, puis moi, en secouant la tête comme si, Dieu sait comment, nous avions changé de couleur.

« Allez prendre votre bain et descendez dîner », ordonna-t-il.

Dans l'escalier, Jaja monta devant moi et j'essayai de mettre les pieds exactement aux mêmes endroits que lui. La prière d'avant dîner de Papa fut plus longue que d'habitude : il demanda à Dieu de purifier ses enfants, de retirer l'esprit qui avait pu les faire mentir en cachant qu'ils étaient dans la même maison qu'un païen. « C'est le péché d'omission, Seigneur », dit-il comme si Dieu ne le savait pas. Je prononçai mon « Amen » d'une voix forte. Pour dîner nous avions des haricots et du riz avec du poulet. Tout en mangeant, je songeai que chacun des morceaux de poulet que j'avais dans mon assiette serait coupé en trois chez Tatie Ifeoma.

« Papa, puis-je avoir la clé de ma chambre, s'il te plaît ? » demanda Jaja en reposant sa fourchette.

Nous étions au milieu du repas. J'inspirai à fond et retins mon souffle. Papa gardait les clés de nos chambres depuis toujours.

« Quoi ? fit Papa.

— La clé de ma chambre. J'aimerais l'avoir. *Makana*, parce que j'aimerais avoir un peu d'intimité. »

Les pupilles de Papa semblèrent danser la gigue dans le blanc de ses yeux.

« Quoi ? Tu veux de l'intimité pour quoi faire ? Pour commettre un péché contre ton corps ? C'est ça ce que tu veux faire, te masturber ?

— Non, dit Jaja, qui bougea la main et renversa son verre d'eau.

— Vous voyez ce qui est arrivé à mes enfants ? demanda Papa au plafond. Vous voyez comment d'être avec un païen les a changés, leur a appris le mal ? »

Nous terminâmes le dîner en silence. Après, Jaja suivit Papa en haut. Je restai avec Mama au salon, me demandant pourquoi Jaja avait réclamé la clé. Bien sûr que Papa ne la lui donnerait jamais, il le savait ; il savait que Papa ne nous laisserait jamais fermer nos portes à clé. L'espace d'un instant, je me demandai si Papa avait raison, si le fait d'être avec Papa-Nnukwu avait rendu Jaja mauvais, nous avait rendus mauvais.

« Ça paraît différent quand on revient, *okwia* ? » demanda Mama.

Elle regardait des échantillons de tissu pour choisir la teinte des nouveaux rideaux. Nous changions les rideaux tous les ans, vers la fin de l'harmattan. Kevin apportait des échantillons à Mama pour qu'elle les regarde, et elle en sélectionnait quelques-uns et les montrait à Papa, qui prenait la décision finale. En général, Papa choisissait celui qu'elle préférait. Beige foncé l'année dernière. Sable l'année d'avant.

Je voulais dire à Mama qu'effectivement, ça

paraissait différent en revenant, que notre salon avait trop d'espace vide, trop de sol de marbre gaspillé, qui luisait, astiqué par Sisi, sans rien loger. Nos plafonds étaient trop hauts. Nos meubles étaient sans vie : les tables en verre ne perdaient pas de tortillons de peau pendant l'harmattan, l'accueil des canapés de cuir était d'un froid collant, les tapis persans trop luxueux pour avoir du sentiment. Mais je dis :

« Tu as astiqué les étagères en verre.

— Oui.

— Quand ça ?

— Hier. »

J'examinai son œil. Il s'ouvrait, à présent ; hier il devait être complètement fermé.

« Kambili ! » La voix de Papa portait clair, d'en haut. Je retins mon souffle et restai immobile. « Kambili !

— *Nne*, vas-y », dit Mama.

Je montai lentement. Papa était dans la salle de bains, la porte entrebâillée. Je frappai et attendis, en me demandant pourquoi il m'appelait quand il était dans la salle de bains.

« Entre », dit-il. Il était debout dans la baignoire. « Monte dans la baignoire. »

Je dévisageai Papa. Pourquoi me demandait-il de monter dans la baignoire ? Je parcourus du regard le sol de la salle de bains ; il n'y avait pas de baguette nulle part. Peut-être qu'il me laisserait dans la baignoire puis qu'il descendrait et sortirait par la cuisine, pour aller casser une baguette à un des arbres de l'arrière-cour. Lorsque nous étions plus petits, Jaja et moi, entre le CE1 et le CM2, il nous demandait d'aller chercher la baguette nous-mêmes. Nous choisissions toujours des branches de pin filao car elles étaient souples et ne faisaient pas aussi mal que les branches, plus raides, du gmelina ou de l'avocatier. Et Jaja trempait les baguettes dans l'eau parce qu'il disait qu'après, elles faisaient moins mal quand elles s'abattaient sur notre corps. Cependant, en grandissant, nous apportions des branches de plus en plus petites, jusqu'au jour où Papa décida d'aller chercher la baguette lui-même.

« Monte dans la baignoire », répéta Papa.

J'entrai dans la baignoire et, debout, je le regardai. Il n'avait pas l'air de s'apprêter à aller chercher une baguette et je sentis la peur, brûlante et brute, emplir ma vessie et mes oreilles. Je ne savais pas ce qu'il allait me faire. C'était plus facile quand je voyais la baguette parce que je pouvais me préparer en frottant mes paumes de mains l'une contre l'autre et en contractant les muscles de mes mollets. Il ne m'avait jamais demandé de me mettre debout dans une baignoire. Je remarquai alors la bouilloire par terre, près des pieds de Papa, la bouilloire verte dans laquelle Sisi faisait chauffer l'eau pour le thé et le *garri*, celle qui sifflait quand l'eau commençait à bouillir. Papa l'attrapa.

« Tu savais que ton grand-père venait à Nsukka, n'est-ce pas ? demanda-t-il en ibo.

— Oui, Papa.

— As-tu pris le téléphone pour m'en informer, *gbo* ?

— Non.

— Tu savais que tu dormirais dans la même maison qu'un païen ?

— Oui, Papa.

— Alors tu as vu le péché distinctement et tu as marché dans sa voie sans hésiter ? »

Je hochai la tête :

« Oui, Papa.

— Kambili, tu es précieuse. » Sa voix tremblait, maintenant, comme celle de quelqu'un qui parle à un enterrement, suffoquant d'émotion. « Tu devrais aspirer à la perfection. Tu ne devrais pas voir le péché et marcher dans sa voie sans hésiter. »

Il baissa la bouilloire dans la baignoire et l'inclina vers mes pieds. Il me versa l'eau brûlante sur les pieds, lentement, comme s'il se livrait à une expérience et voulait voir ce qui se passerait. Il pleurait à présent, les larmes ruisselaient sur son visage. J'aperçus la vapeur humide avant de voir l'eau. Je regardai l'eau sortir de la bouilloire, couler presque au ralenti en arc de cercle jusqu'à mes pieds. La douleur du contact était si pure, si brûlante, que je ne sentis rien pendant une seconde. Et puis je hurlai.

« Voilà ce que tu te fais quand tu marches dans la voie du péché. Tu te brûles les pieds. »

Je voulais dire « Oui, Papa » parce qu'il avait raison, mais la sensation de brûlure sur mes pieds grimpait, par rapides assauts de douleur atroce, à ma tête, à mes lèvres, à mes yeux. Papa me tenait d'une de ses mains larges, versant l'eau soigneusement de l'autre. Je ne savais pas que la voix qui sanglotait – « Pardon ! Pardon ! » – était la mienne, jusqu'au moment où l'eau s'arrêta et où je me rendis compte que ma bouche remuait et que les mots sortaient toujours. Papa posa la bouilloire, s'essuya les yeux. Je restai debout dans la baignoire fumante ; j'avais trop peur pour bouger – la peau de mes pieds se détacherait si j'essayais d'enjamber le rebord de la baignoire.

Papa mit les mains sous mes bras pour me hisser, mais j'entendis Mama dire : « Laisse-moi faire, s'il te plaît. » Je ne m'étais pas rendu compte que Mama était entrée dans la salle de bains. Les larmes coulaient sur son visage. Son nez coulait, lui aussi, et je me demandai si elle l'essuierait avant que ça ne lui arrive à la bouche. Elle délaya du sel dans de l'eau froide et étala délicatement le mélange granuleux sur mes pieds. Elle m'aida à sortir de la baignoire et s'apprêtait à me porter sur son dos, mais je fis non de la tête. Elle était trop petite. Nous risquerions de tomber toutes les deux. Mama ne parla pas avant que nous soyons arrivées dans ma chambre.

« Tu devrais prendre du Panadol », dit-elle.

Je hochai la tête et la laissai me donner les comprimés, même si je savais qu'ils ne pourraient pas grand-chose pour mes pieds, qui m'élançaient maintenant par à-coups réguliers et fulgurants.

« Es-tu allée à la chambre de Jaja ? » lui demandai-je.

Mama acquiesça d'un signe de tête. Elle ne me dit rien à son sujet, et je ne posai pas de question.

« La peau de mes pieds sera boursouflée demain, dis-je.

— Tes pieds seront guéris à temps pour l'école », dit Mama.

Une fois Mama partie, je regardai longuement la porte fermée, sa surface lisse, et repensai aux portes de Nsukka et à leur peinture écaillée. Je pensai à la voix musicale de père Amadi, à l'espace large qu'on voyait entre les dents d'Amaka quand elle riait, à Tatie Ifeoma remuant un ragoût sur son poêle à kérosène. Je pensai à Obiora remontant ses lunettes sur l'arête de son nez et à Chima pelotonné sur le canapé, dormant à poings fermés. Je me levai et allai en boitillant chercher le portrait de Papa-Nnukwu dans mon sac. Il était toujours dans l'emballage noir. Bien qu'il fût dans une poche latérale discrète de mon sac, j'avais trop peur pour le déballer. Papa le découvrirait, d'une manière ou d'une autre. Il sentirait la présence de la peinture dans la maison. Je passai le doigt sur l'emballage de plastique, sur les légères aspérités de peinture qui se fondaient pour dessiner la forme mince de Papa-Nnukwu, ses bras croisés avec aisance, les longues jambes étendues devant lui.

À peine avais-je regagné mon lit en clopinant que Papa ouvrit la porte et entra. Il savait. Je voulais remuer et changer de position sur le lit, comme si cela pouvait cacher ce que je venais de faire. Je voulais sonder ses yeux pour savoir ce qu'il savait, comment il avait su pour la peinture. Mais je n'en fis rien, je ne pouvais pas. La peur. Je connaissais bien la peur ; pourtant, quand je l'éprouvais, ce n'était jamais la même que les fois précédentes, comme si elle était disponible en parfums et coloris différents.

« Tout ce que je fais pour toi, c'est pour ton bien que je le fais, dit Papa. Le sais-tu ?

— Oui, Papa. » Je ne savais toujours pas s'il était au courant pour le portrait.

Il s'assit sur mon lit et prit ma main dans la sienne.

« J'ai commis un péché contre mon corps, une fois, dit-il. Et le bon père, celui avec qui j'habitais quand j'allais à St Gregory, entra et me vit. Il me demanda de mettre de l'eau à bouillir pour le thé. Il versa l'eau dans un bol et trempa mes mains dedans. » Papa me regardait droit dans les yeux. J'ignorais qu'il avait commis des péchés, qu'il pouvait commettre des péchés. « Je n'ai plus jamais péché contre mon corps. Le bon père avait fait ça pour mon bien. »

Après le départ de Papa, je ne pensai pas à ses mains trempant dans l'eau brûlante du thé, à la peau se détachant, à son visage violemment crispé par la douleur. Non ; je pensai au portrait de Papa-Nnukwu dans mon sac.

Je n'eus pas l'occasion de parler du portrait à Jaja avant le lendemain, qui était un samedi, quand il entra dans ma chambre pendant le temps d'étude. Il portait d'épaisses chaussettes et posait délicatement les pieds l'un devant l'autre, tout comme moi. Mais nous ne parlâmes pas de nos pieds capitonnés. Après avoir touché la peinture avec son doigt, il me dit qu'il avait quelque chose à me montrer, lui aussi. Nous descendîmes à la cuisine. C'était enveloppé dans de la cellophane noire, également, et il l'avait casé dans le réfrigérateur, sous les bouteilles de Fanta. Lorsqu'il vit mon air intrigué, il dit que ce n'étaient pas de simples bâtons ; c'étaient des tiges d'hibiscus pourpres. Il les donnerait au jardinier. C'était encore l'harmattan et la terre avait soif, mais Tatie Ifeoma prétendait que les tiges pouvaient prendre racine et pousser si elles étaient arrosées régulièrement, les hibiscus n'aimaient pas avoir trop d'eau, mais ils n'aimaient pas être trop secs non plus.

Jaja avait les yeux qui brillaient en parlant des hibiscus, quand il me les tendit pour me permettre de toucher les tiges froides et humides. Il en avait parlé à Papa, pourtant il les remit rapidement dans le frigo lorsque nous l'entendîmes arriver.

Pour déjeuner il y avait de la bouillie d'igname, dont l'odeur flottait déjà dans la maison avant que nous passions à table. Ça sentait bon – des morceaux de poisson séché noyés dans la sauce jaune, avec des légumes verts et des cubes d'igname. Après les prières, pendant que Mama nous servait, Papa dit : « Ces enterrements païens coûtent cher. Un groupe de fétichistes va demander une vache, puis un sorcier va réclamer une chèvre pour un quelconque dieu de pierre, puis une autre vache pour le hameau, et puis encore une autre pour l'*umuada*. Personne ne demande jamais pourquoi ce ne sont pas les prétendus dieux qui mangent les animaux mais toujours des hommes cupides qui se partagent la viande à leur place. La mort d'une personne n'est qu'une excuse pour festoyer, chez les païens. »

Je me demandai pourquoi Papa disait cela, ce qui l'y avait incité. Nous gardâmes le silence pendant que Mama finissait de nous servir.

« J'ai envoyé de l'argent à Ifeoma pour l'enterrement. Je lui ai donné tout ce dont elle avait besoin », dit Papa, qui ajouta, après un silence : « Pour l'enterrement de *nna anyi*.

— Rendons grâce à Dieu », conclut Mama, et Jaja et moi, nous répétâmes après elle.

Sisi entra avant que nous ayons fini de déjeuner pour dire qu'Ade Coker était au portail avec un autre homme. Adamu leur avait demandé d'attendre là, comme il le faisait toujours le week-end, quand des visiteurs se présentaient à l'heure des repas. Je croyais que Papa allait les prier d'attendre dans le patio que nous ayons fini de déjeuner, mais il dit à Sisi qu'Adamu devait les faire entrer et ouvrir la porte de la maison. Il récita la prière d'après les repas alors que nous avions encore de la nourriture dans nos assiettes puis il nous demanda de continuer, il allait revenir tout de suite.

Les invités entrèrent et s'assirent au salon. Je ne pouvais pas les voir depuis la table mais, tout en mangeant, j'essayai de mon mieux de distinguer leurs paroles. Je savais que Jaja écoutait lui aussi. Je le voyais à la façon dont il inclinait légèrement la tête, les yeux rivés sur l'espace vide devant lui. Ils parlaient en baissant le ton, mais il était facile de distinguer le nom de Nwankiti Ogechi, surtout quand c'était Ade Coker qui parlait, parce qu'il ne baissait pas la voix autant que Papa et l'autre homme.

Ade Coker disait que l'assistant de Big Oga – il appelait toujours le chef d'État Big Oga, même dans ses éditoriaux – avait appelé pour prévenir que Big Oga était disposé à lui accorder un entretien en exclusivité. « Mais ils veulent que j'annule l'article sur Nwankiti Ogechi. Imagine la stupidité de cet homme, il a dit qu'ils savaient que des bons à rien m'avaient raconté des histoires que je comptais utiliser dans mon papier et que ces histoires étaient des mensonges… »

J'entendis Papa l'interrompre à voix basse, ensuite l'autre homme ajouta quelque chose, comme quoi les Hommes importants d'Abuja ne voulaient pas qu'un article pareil sorte maintenant parce que les pays du Commonwealth allaient se réunir.

« Vous savez ce que ça signifie ? Mes sources avaient raison. Ils ont réellement liquidé Nwankiti Ogechi, dit Ade Coker. Pourquoi cela ne les a-t-il pas gênés quand j'ai écrit le dernier article sur lui ? Pourquoi cela les gêne-t-il maintenant ? »

Je savais à quel article Ade faisait allusion, puisqu'il avait paru dans le *Standard* environ six semaines plus tôt, à peu près au moment où Nwankiti Ogechi avait disparu sans laisser de traces. Je me souvenais de l'énorme point d'interrogation noir au-dessus de la légende « Où est Nwankiti ? ». Et je me souvenais que l'article citait abondamment ses parents et collègues inquiets. Il n'avait rien à voir avec le premier article de fond que j'avais lu sur lui, intitulé « Un saint parmi nous », qui mettait en avant son activisme et ses rassemblements pro-démocratie qui remplissaient le stade de Surulere.

« J'assure Ade que nous devrions attendre, monsieur, disait l'autre homme. Qu'il fasse l'entretien avec Big Oga. Nous pouvons faire le papier sur Nwankiti Ogechi plus tard.

— Pas question ! » s'exclama Ade, et si je n'avais pas connu cette voix un peu aiguë, j'aurais eu du mal à imaginer Ade, rond et rieur, parlant avec une telle véhémence. « Ils ne veulent pas d'une affaire Nwantiki maintenant. C'est simple ! Et vous savez ce que ça signifie ? Ça signifie qu'ils l'ont liquidé ! Qui est pour que Big Oga essaie de me graisser la patte avec un entretien ? Je vous le demande, eh, qui donc ? »

Papa l'interrompit alors, mais je ne compris pas grand-chose à ce qu'il disait car il parlait d'une voix basse, apaisante, comme pour calmer Ade. Ensuite je l'entendis ajouter : « Venez, allons dans mon bureau. Mes enfants sont à table. »

Ils passèrent devant nous en montant. Ade sourit en nous saluant, mais c'était un sourire forcé.

« Je peux venir finir ton assiette pour toi ? » dit-il pour me taquiner, en faisant semblant de fondre sur ma nourriture.

Après le déjeuner, pendant que j'étais dans ma

chambre et travaillais, je m'efforçai d'entendre ce que Papa et Ade Coker se racontaient dans le bureau. En vain. Jaja passa plusieurs fois devant le bureau, mais quand je le regardais, il secouait la tête – lui non plus n'entendait rien à travers la porte fermée.

C'est ce soir-là, avant le dîner, que les agents du gouvernement vinrent, les hommes en noir qui cueillirent brutalement des hibiscus en repartant, les hommes qui selon Jaja étaient venus pour acheter Papa avec un camion de dollars, les hommes à qui Papa avait demandé de sortir de notre maison.

Quand nous reçûmes l'édition suivante du *Standard*, je savais que Nwankiti Ogechi serait en couverture. L'article était détaillé, véhément, citait abondamment une personne nommée « la source ». Des soldats avaient abattu Nwankiti Ogechi dans un buisson à Minna. Et ils avaient versé de l'acide sur son corps pour dissoudre sa chair sur ses os, pour l'anéantir alors même qu'il était déjà mort.

Pendant le temps familial, alors que Papa et moi jouions aux échecs – c'était Papa qui gagnait ,
nous entendîmes à la radio que le Nigeria avait été temporairement exclu du Commonwealth à cause du meurtre, que le Canada et la Hollande rappelaient leurs ambassadeurs en signe de protestation. Le journaliste lut un extrait du communiqué de presse du gouvernement canadien, qui parlait de Nwankiti Ogechi comme d'« un homme d'honneur ».

Papa releva les yeux de l'échiquier et dit :

« Ça devait arriver. Je savais que ça en arriverait là. »

Quelques hommes se présentèrent alors que nous venions de finir le dîner, et j'entendis Sisi dire à Papa qu'ils s'étaient présentés comme appartenant à la Coalition démocratique. Ils restèrent dans le patio avec Papa et, malgré tous mes efforts, je ne pus entendre leur conversation. Le lendemain, d'autres visiteurs vinrent pendant le dîner. Et d'autres encore le lendemain. Tous avertissaient Papa de faire attention. Arrêtez d'aller au travail avec votre voiture officielle. Ne vous rendez pas dans des lieux publics. Souvenez-vous de la bombe qui a explosé à l'aéroport quand un avocat des droits civils allait prendre l'avion. Souvenez-vous de celle du stade pendant la réunion pro-démocratie. Fermez vos portes à clé. Souvenez-vous de l'homme abattu dans sa chambre à coucher par des individus masqués de noir.

Mama nous racontait tout cela, à Jaja et à moi. Elle avait l'air apeurée quand elle parlait, et je voulais lui tapoter l'épaule et l'assurer que tout irait bien pour Papa. Je savais qu'Ade Coker et lui œuvraient pour la vérité, et je savais que tout irait bien pour lui.

« Croyez-vous que les hommes impies aient du bon sens ? » demandait Papa tous les soirs au dîner, souvent après un long silence.

Il buvait beaucoup d'eau pendant le repas et je le regardais en me demandant si ses mains tremblaient vraiment ou si je me faisais des idées.

Jaja et moi ne parlions pas des nombreuses personnes qui venaient à la maison. Je voulais le faire mais Jaja détournait le regard chaque fois que j'abordais la question avec les yeux, et il changeait de sujet si je l'évoquais de vive voix. La seule fois où je l'entendis dire quelque chose à ce propos fut quand Tatie Ifeoma appela pour prendre des nouvelles de Papa parce qu'elle avait entendu parler du scandale qu'avait déclenché l'article du *Standard*. Comme Papa n'était pas à la maison, elle parla avec Mama. Puis Mama passa le téléphone à Jaja.

« Tatie, ils ne toucheront pas à Papa, entendis-je Jaja dire. Ils savent qu'il a beaucoup de relations à l'étranger. »

Tout en écoutant Jaja raconter ensuite à Tatie Ifeoma que le jardinier avait planté les tiges d'hibiscus, mais qu'il était encore trop tôt pour savoir si elles allaient prendre, je me demandai pourquoi il ne m'avait jamais dit ça au sujet de Papa.

Quand je pris le téléphone, la voix de Tatie Ifeoma était toute proche et forte. Après nos bonjours, je respirai à fond et dis :

« Salue pour moi le père Amadi.

— Il demande tout le temps de vos nouvelles, à Jaja et à toi, répondit Tatie Ifeoma. Ne quitte pas, *nne*, je te passe Amaka.

— Kambili, *ke kwanu* ? »

Amaka semblait différente au téléphone. Enjouée. Moins susceptible de chercher querelle, de faire la moue – ou peut-être était-ce juste parce que je n'avais pas moyen de la voir.

« Je vais bien, répondis-je. Merci. Merci pour la peinture.

— J'ai pensé que tu voudrais peut-être la garder. » Amaka avait toujours la voix rauque quand elle parlait de Papa-Nnukwu.

« Merci », murmurai-je. Je n'avais jamais soupçonné qu'Amaka pût penser à moi, savoir ce que je voulais, et me crût même capable de « vouloir ».

« Tu sais que l'*akwam ozu* de Papa-Nnukwu est la semaine prochaine ?

— Oui.

— Nous nous habillerons en blanc. Le noir est trop déprimant, surtout ce ton de noir que les gens portent pour le deuil, un noir de bois brûlé. C'est moi qui mènerai la danse des petits-enfants. » Il y avait de la fierté dans sa voix.

« Il reposera en paix », dis-je.

Je me demandai si elle devinait que moi aussi, j'avais envie de m'habiller en blanc, de participer à la danse des petits-enfants.

« Oui. » Il y eut un silence. « Grâce à Oncle Eugene. »

Je ne savais pas quoi dire. J'avais l'impression de marcher sur un sol où un enfant aurait renversé du talc, et de devoir faire très attention à ne pas glisser.

« Papa-Nnukwu se faisait vraiment du souci pour son enterrement, reprit Amaka. Maintenant je sais qu'il reposera en paix. Oncle Eugene a donné tellement d'argent à maman qu'elle achète sept vaches pour l'enterrement !

— C'est bien, dis-je – dans un bafouillis.

— J'espère que vous viendrez pour Pâques, toi et Jaja. Les apparitions se produisent toujours, alors on pourrait peut-être aller en pèlerinage à Aokpe cette fois-ci, si ça peut convaincre Oncle Eugene de dire oui. Et puis je fais ma confirmation le dimanche de Pâques et je veux que vous soyez là, toi et Jaja.

— J'ai envie de venir, moi aussi », dis-je, en souriant parce que les paroles que je venais de prononcer, ainsi que toute la conversation avec Amaka, c'était comme un rêve.

Je repensai à ma propre confirmation, l'année dernière à St Agnes. Papa avait acheté ma robe blanche en dentelle et un voile doux, à plusieurs épaisseurs, que les femmes du groupe de prière de Mama avaient touché en s'attroupant autour de moi après la messe. L'évêque avait eu du mal à écarter le voile de mon visage pour faire le signe de croix sur mon front en disant : « Ruth, reçois le sceau du don de l'Esprit-Saint. » Ruth. C'était Papa qui avait choisi mon nom de confirmation.

« As-tu choisi un nom de confirmation ? demandai-je.

— Non, dit Amaka. *Ngwanu*, Maman veut rappeler quelque chose à Tatie Beatrice.

— Dis bonjour à Chima et à Obiora », fis-je avant de passer le combiné à Mama.

De retour dans ma chambre, je regardai fixement mon manuel tout en me demandant si père Amadi s'était vraiment enquis de nous ou si Tatie Ifeoma avait dit ça par courtoisie, pour donner l'impression qu'il se souvenait de nous, tout comme nous nous souvenions de lui. Mais ce n'était pas le genre de Tatie Ifeoma. Je me demandai alors s'il avait demandé de nos nouvelles à tous les deux, Jaja et moi, en même temps, comme on demande des nouvelles de deux choses qui vont ensemble. Le maïs et l'*ube*. Le riz et le ragoût. L'igname et l'huile. Ou s'il nous avait séparés, s'il avait demandé de mes nouvelles puis de celles de Jaja. Lorsque j'entendis Papa rentrer du travail, je me secouai et regardai mon livre. J'avais gribouillé sur une feuille de papier des bonshommes, puis des séries de « père Amadi ». Je déchirai la feuille.

J'en déchirai beaucoup d'autres dans les semaines qui suivirent. Elles étaient toutes couvertes de séries de « père Amadi ». Sur certaines j'avais essayé de rendre sa voix en utilisant les symboles de la musique. Sur d'autres j'avais formé les lettres de son nom en chiffres romains. Je n'avais pas besoin d'écrire son nom pour le voir, pourtant. Je reconnaissais un quelque chose de sa démarche, cette foulée souple et assurée, dans celle du jardinier. Je voyais son corps mince et musclé en Kevin et, quand l'école reprit, même un je-ne-sais-quoi de son sourire chez mère Lucy. Le deuxième jour d'école, je me joignis au groupe de filles sur le terrain de volley-ball. Je n'entendis pas les « bêcheuse » murmurés, ni les rires moqueurs. Je ne remarquai pas qu'elles se pinçaient les unes les autres d'un air amusé. J'attendis, les mains serrées, qu'on me choisisse. Je ne voyais que le visage couleur d'argile de père Amadi et n'entendais que « Tu as de bonnes jambes pour courir ».

Il pleuvait des cordes le jour où Ade Coker mourut, une pluie étrange, rageuse, au milieu de l'harmattan desséché. Ade Coker prenait son petit déjeuner avec sa famille quand un coursier lui livra un colis. Sa fille, dans son uniforme de l'école primaire, était assise à table en face de lui. Le bébé était à côté, sur une chaise haute. Sa femme lui donnait du Cerelac à manger à la cuillère. Ade Coker fut fauché par l'explosion quand il ouvrit le colis – un colis qui provenait du chef de l'État, comme tout le monde l'aurait su même sans que sa femme, Yewande, raconte qu'Ade Coker avait regardé l'enveloppe et dit : « Il y a le sceau du chef de l'État » avant de l'ouvrir.

À notre retour de l'école, Jaja et moi étions presque trempés par le trajet entre la voiture et la porte d'entrée ; la pluie était si forte qu'elle avait formé une petite mare à côté des hibiscus. Mes pieds me démangeaient dans mes sandales de cuir mouillées. Papa était effondré sur un canapé du salon, en sanglots. Il paraissait si petit, lui qui était si grand qu'il devait parfois baisser la tête pour passer dans l'encadrement d'une porte, que son tailleur utilisait toujours du tissu supplémentaire pour faire ses pantalons. Maintenant il paraissait petit, il avait l'air d'un rouleau de tissu affaissé.

« J'aurais dû dire à Ade de retarder cet article, disait Papa. J'aurais dû le protéger. J'aurais dû lui faire suspendre cet article. »

Mama le tenait tout contre elle, berçant son visage sur sa poitrine :

« Non. *O zugo*. Arrête. »

Jaja et moi, debout, les regardions. Je pensai aux lunettes d'Ade Coker, j'imaginai les épais verres bleutés se fracassant, la monture blanche fondant en une pâte collante. Plus tard, après que Mama nous eut raconté ce qui était arrivé, et comment c'était arrivé, Jaja dit : « C'était la volonté de Dieu, Papa », et Papa sourit à Jaja et lui tapota doucement le dos.

Papa organisa l'enterrement d'Ade Coker ; il institua un fidéicommis pour Yewande Coker et les enfants, leur acheta une nouvelle maison. Il donna de très grosses primes aux journalistes du *Standard* et leur demanda à tous de prendre un long congé. Des creux se formèrent sous ses yeux pendant ces semaines, comme si quelqu'un avait aspiré la chair fragile, laissant ses yeux profondément enfoncés.

Mes cauchemars commencèrent alors, des cauchemars dans lesquels je voyais les restes carbonisés d'Ade Coker répandus sur sa table de salle à manger, sur l'uniforme scolaire de sa fille, sur le bol à céréales de son bébé, sur son assiette d'œufs. Dans certains cauchemars, j'étais la fille et les restes carbonisés étaient ceux de Papa.

Des semaines après la mort d'Ade Coker, les cernes étaient toujours creusés sous les yeux de Papa et il y avait de la lenteur dans ses mouvements, comme si ses jambes étaient trop lourdes à soulever, ses mains trop lourdes à balancer. Il mettait plus longtemps à répondre quand on lui adressait la parole, à mastiquer sa nourriture, et même à trouver les passages à lire dans la Bible. Mais il priait beaucoup plus et parfois, la nuit, quand je me levais pour faire pipi, je l'entendais crier sur le balcon qui donnait sur la cour. J'avais beau tendre l'oreille, assise sur le siège des toilettes, je n'arrivais jamais à comprendre ses paroles. Lorsque j'en parlai à Jaja, il haussa les épaules et dit que Papa devait parler en dialecte, même si nous savions tous les deux que Papa n'approuvait pas les gens qui parlaient en dialecte car c'était ce que faisaient les faux pasteurs de ces églises-champignons des pentecôtistes.

Mama nous disait souvent, à Jaja et moi, de ne pas oublier de serrer Papa plus fort, de lui faire sentir que nous étions là, parce qu'il subissait de très fortes pressions. Des soldats étaient allés dans une des usines en y apportant des rats crevés dans un carton, ensuite ils l'avaient fait fermer sous prétexte que les rats avaient été trouvés sur place et qu'ils pouvaient disséminer des maladies à travers les gaufrettes et les biscuits. Papa n'allait plus aux autres usines aussi souvent que d'habitude. Certains jours, père Benedict arrivait avant que Jaja et moi partions au collège, et il était encore dans le bureau de Papa à notre retour. Mama disait qu'ils faisaient des neuvaines spéciales. Ces jours-là, Papa ne venait jamais vérifier si Jaja et moi respections nos emplois du temps, aussi Jaja passait-il dans ma chambre pour bavarder, ou juste pour s'asseoir sur mon lit pendant que je travaillais, avant d'aller dans la sienne.

Ce fut lors d'une telle journée que Jaja entra dans ma chambre, ferma la porte et demanda : « Est-ce que je peux voir le portrait de Papa-Nnukwu ? »

Mes yeux s'attardèrent sur la porte. Je ne regardais jamais le portrait quand Papa était à la maison.

« Il est avec père Benedict, dit Jaja. Il ne va pas entrer. »

Je sortis le portrait du sac et le déballai. Jaja le regarda longuement, passant son doigt déformé sur les couleurs, le doigt qui avait très peu de sensibilité.

« J'ai les bras de Papa-Nnukwu, dit Jaja. Est-ce que tu le vois ? J'ai ses bras. »

Il parlait comme quelqu'un qui est en transe, comme s'il avait oublié où il était et qui il était. Comme s'il avait oublié que son doigt avait peu de sensibilité.

Je ne dis pas à Jaja d'arrêter, ni ne lui fis remarquer que c'était son doigt déformé qu'il passait sur le portrait. Au lieu de ça, je me rapprochai de lui et nous contemplâmes le portrait, en silence, très longtemps. Suffisamment longtemps pour que père Benedict s'en allât. Je savais que Papa allait venir me dire bonne nuit, m'embrasser sur le front. Je savais qu'il porterait son pyjama lie-de-vin, qui donnait un chatoiement légèrement rouge à ses yeux. Je savais que Jaja n'aurait pas le temps de glisser le portrait dans le sac, que Papa y jetterait un seul coup d'œil et que ses yeux se plisseraient, ses joues gonfleraient comme des fruits d'*udala* encore verts, sa bouche cracherait des mots en ibo.

Et c'est ce qui se passa. Peut-être était-ce ce que nous voulions qu'il se passât, Jaja et moi, inconsciemment. Peut-être avions-nous tous changé après Nsukka – même Papa – et les choses étaient-elles destinées à ne plus être pareilles, à ne plus respecter leur ordre original.

« Qu'est-ce que c'est ? Vous êtes-vous tous convertis aux mœurs païennes ? Que faites-vous avec ce portrait ? Où l'avez-vous eu ? demanda Papa.

— *O nkem.* C'est à moi, dit Jaja, qui serra la peinture contre sa poitrine.

— C'est à moi », rétorquai-je.

Papa se balança légèrement, de droite à gauche, comme quelqu'un qui est sur le point de tomber aux pieds d'un pasteur charismatique après l'imposition des mains. Papa ne se balançait pas souvent d'un pied sur l'autre. Il tressautait comme on secoue une bouteille de Coca, qui va exploser en gerbe de mousse aussitôt ouverte.

« Qui a apporté cette peinture dans cette maison ?
— Moi, dis-je.
— Moi », répliqua Jaja.

Si seulement Jaja me regardait, je lui demanderais de ne pas endosser la responsabilité. Papa arracha le portrait à Jaja. Ses mains bougèrent vite, travaillant de concert. Le portrait n'existait plus. Déjà, il représentait quelque chose de perdu, quelque chose que je n'avais jamais eu, que je n'aurais jamais. Maintenant, même ce souvenir avait disparu, et aux pieds de Papa gisaient de petits bouts de papier hachurés dans des tons de brun. Les morceaux étaient très petits, très précis. Prise d'une brusque bouffée de folie, j'imaginai le corps de Papa-Nnukwu découpé en morceaux aussi petits et stocké dans un frigo.

« Non ! » hurlai-je.

Je me ruai sur les fragments par terre comme pour les sauver, comme si les sauver signifierait sauver Papa-Nnukwu. Je m'effondrai par terre, me couchai sur les bouts de papier.

« Qu'est-ce qui te prend ? demanda Papa. Qu'est-ce que tu as ? »

J'étais allongée sur le sol, recroquevillée serrée comme sur l'image d'un enfant dans l'utérus, dans mon *Panorama des sciences pour le collège*.

« Lève-toi ! Écarte-toi de cette peinture ! »

Je restai allongée, sans bouger.

« Lève-toi ! » répéta Papa.

Je ne bougeai toujours pas. Il se mit à me donner des coups de pied. Les boucles métalliques de ses pantoufles piquaient comme des morsures de moustiques géants. Il parlait sans discontinuer, un flot incontrôlé où se mêlaient l'ibo et l'anglais, comme de la viande tendre et des os pointus. Impiété. Cultes païens. Tourments de l'enfer. La cadence des coups augmenta et je pensai à la musique d'Amaka, à sa musique à conscience de culture qui démarrait parfois sur un saxophone calme puis montait en une vigoureuse spirale de chant. Je me recroquevillai encore davantage, autour des fragments du portrait ; ils étaient doux, duveteux. Ils avaient encore l'odeur métallique de la palette d'Amaka. Les coups me piquaient à vif, maintenant, ressemblant d'autant plus à des morsures que le métal tombait sur la peau meurtrie de mes flancs, de mon dos, de mes jambes. C'était peut-être une ceinture, à présent, parce que la boucle de métal paraissait trop lourde. Et parce que j'entendais un chuintement qui fendait l'air. Une voix basse qui disait : « S'il te plaît, *biko*, s'il te plaît. » D'autres piqûres, d'autres coups. Une humidité salée me réchauffa la bouche. Je fermai les yeux et glissai dans le silence.

Lorsque j'ouvris les yeux, je compris aussitôt que je n'étais pas dans mon lit. Le matelas était plus ferme que le mien. Je voulus me lever, mais la douleur traversa mon corps par petits paquets exquis. Je me laissai lourdement retomber.

« *Nne*, Kambili. Dieu merci ! » Mama se leva et appuya la main contre mon front, puis son visage contre le mien. « Dieu merci. Dieu merci, tu es réveillée. »

Elle avait le visage moite de larmes. Son contact était léger, pourtant il m'envoyait des aiguilles de douleur dans tout le corps, en partant de la tête. C'était comme l'eau chaude que Papa m'avait versée sur les pieds, à la différence que là, mon corps tout entier brûlait. Le moindre mouvement était trop douloureux pour même y songer.

« Mon corps tout entier est en feu, dis-je.

— Chut. Repose-toi. Dieu merci, tu es réveillée. »

Je ne voulais pas être réveillée. Je ne voulais pas sentir la douleur respiratoire sur mon côté. Je ne voulais pas sentir les lourds coups de marteau sur ma tête. Le simple fait d'inspirer était un supplice. Un docteur en blanc se tenait dans la chambre, au pied de mon lit. Je connaissais cette voix ; il était lecteur à l'église. Il parlait lentement et avec précision, de la même façon qu'il donnait la première et la seconde lecture, pourtant je n'arrivais pas à tout entendre. Côte cassée. Guérit bien. Hémorragie interne. Il s'approcha et souleva lentement ma manche. Les piqûres m'avaient toujours fait peur – chaque fois que j'avais la malaria, je priais pour que ce soit des comprimés de Novalgin que j'aie besoin, et non des injections de chloroquine. Mais la piqûre de l'aiguille n'était rien, maintenant. J'étais prête à subir des injections tous les jours plutôt que de sentir la douleur dans mon corps. Le visage de Papa était près du mien. Il paraissait si près que son nez effleurait presque le mien, pourtant j'arrivais à voir que ses yeux étaient doux, qu'il parlait et pleurait en même temps. « Ma précieuse fille. Il ne t'arrivera rien.

Ma précieuse fille. » Je ne savais pas trop si c'était un rêve. Je fermai les yeux.

Quand je les rouvris, père Benedict était penché au-dessus de moi. Il traçait le signe de la croix avec de l'huile sur mes pieds ; l'huile avait une odeur d'oignons, et même le léger contact de sa main me faisait mal. Papa était à côté. Il marmonnait des prières, lui aussi, les mains délicatement posées sur mon flanc. Je refermai les yeux.

« Ça ne veut rien dire. Ils donnent l'extrême-onction à tous les gens qui sont gravement malades », murmura Mama quand Papa et père Benedict s'en allèrent.

J'examinai le mouvement de ses lèvres. Je n'étais pas gravement malade. Elle le savait. Pourquoi disait-elle que j'étais gravement malade ? Que faisais-je ici, à l'hôpital St Agnes ?

« Mama, appelle Tatie Ifeoma », dis-je.

Mama détourna les yeux.

« *Nne*, tu dois te reposer.

— Appelle Tatie Ifeoma. S'il te plaît. »

Mama tendit le bras pour me tenir la main. Elle avait le visage bouffi d'avoir pleuré et les lèvres gercées, avec des petites peaux décolorées qui se détachaient. J'aurais voulu pouvoir me lever et la serrer dans mes bras, mais en même temps j'avais envie de la repousser, de la bousculer si fort qu'elle serait tombée à la renverse de sa chaise.

Le visage de père Amadi était penché sur moi quand j'ouvris les yeux. C'était un rêve, c'était mon imagination, pourtant j'aurais aimé qu'il ne soit pas aussi douloureux de sourire, pour pouvoir le faire.

« Au début, ils n'arrivaient pas à trouver de veine et j'avais tellement peur. »

C'était la voix de Mama, réelle et proche de moi. Je ne rêvais pas.

« Kambili. Kambili. Es-tu réveillée ? »

La voix de père Amadi était plus grave, moins mélodieuse que dans mes rêves.

« *Nne*, Kambili, *nne.* »

C'était maintenant la voix de Tatie Ifeoma ; son visage apparut à côté de celui de père Amadi. Elle avait remonté ses cheveux tressés en un énorme chignon qui ressemblait à un panier de raphia en équilibre sur sa tête. J'essayai de sourire. La tête me tournait. Quelque chose s'échappait de moi, me glissait entre les doigts, emportant ma force et ma santé mentale, et je ne pouvais pas l'en empêcher.

« Les médicaments l'assomment, dit Mama.

— *Nne*, tes cousins te disent bonjour. Ils seraient venus, mais ils sont à l'école. Père Amadi est ici avec moi. *Nne*… »

Tatie Ifeoma serra ma main et je la retirai en grimaçant. Même l'effort de la retirer faisait mal. Je voulais garder les yeux ouverts, voir père Amadi, sentir son eau de Cologne, entendre sa voix, mais j'avais les paupières qui tombaient.

« Ça ne peut pas continuer, *nwunye m*, dit Tatie Ifeoma. Quand une maison brûle, tu te sauves avant que le toit s'effondre sur ta tête.

— Ça ne s'est jamais passé comme ça avant. Il ne l'a jamais punie comme ça avant, dit Mama.

— Kambili viendra à Nsukka en sortant de l'hôpital.

— Eugene n'acceptera pas.

— Je le lui dirai. Notre père est mort, alors il n'y a pas de païen menaçant chez moi. Je veux que Kambili et Jaja restent avec nous, au moins jusqu'à Pâques. Toi, fais ta valise et viens à Nsukka. Ce sera plus facile pour toi de partir quand ils ne seront pas là.

— Ça ne s'est jamais passé comme ça avant.

— Tu n'entends pas ce que je t'ai dit, *gbo* ? fit Tatie Ifeoma en élevant la voix.

— Je t'ai entendue. »

Les sons se firent trop lointains, comme si Mama et Tatie Ifeoma étaient sur un bateau qui gagnait rapidement le large et que les vagues avaient englouti leurs voix. Avant de les perdre, je me demandai où était parti père Amadi. Je rouvris les yeux quelques heures plus tard. Il faisait sombre, les ampoules électriques étaient éteintes. Dans le peu de lumière du couloir qui s'infiltrait sous la porte fermée, je distinguai le crucifix au mur et la silhouette de Mama sur une chaise au pied de mon lit.

« *Kedu ?* Je serai là toute la nuit. Dors. Repose-toi », dit Mama. Elle se leva et s'assit sur mon lit. Elle caressa mon oreiller ; je savais qu'elle avait peur de me faire mal en me touchant. « Ton père est resté à ton chevet toute la nuit ces trois derniers jours. Il n'a pas fermé l'œil. »

C'était dur de tourner la tête, mais je le fis et regardai ailleurs.

Mon professeur particulier vint la semaine suivante. Mama dit que Papa avait vu dix personnes avant de la choisir. C'était une jeune sœur révérende qui n'avait pas encore prononcé ses vœux définitifs. Les grains du chapelet, entortillés autour de la taille de son habit couleur de ciel, bruissaient quand elle bougeait. De fines mèches de cheveux blonds pointaient de son foulard. Lorsqu'elle me prit par la main et dit : *« Kee ka ime ? »*, j'en fus sidérée. Je n'avais encore jamais entendu de personne blanche parler ibo, et si bien. Elle parlait anglais, d'une voix douce, pendant que nous faisions cours, et ibo, mais pas souvent, en dehors. Elle créait son propre silence, y demeurait assise en jouant avec son chapelet pendant que je préparais des lectures dirigées. Mais elle savait beaucoup de choses ; je le voyais dans l'étang de ses yeux noisette. Elle savait, par exemple, que je pouvais bouger plus de parties de mon corps que je ne le racontais au docteur, bien qu'elle n'en dît rien. Même la douleur brûlante à mon flanc avait tiédi, les élancements dans ma tête diminué. Mais je disais au docteur que c'était aussi douloureux qu'avant et je hurlais quand il essayait de palper mon flanc. Je ne voulais pas quitter l'hôpital. Je ne voulais pas rentrer à la maison.

Je passai mes examens dans mon lit d'hôpital, pendant que mère Lucy, qui avait apporté les sujets elle-même, attendait sur une chaise à côté de Mama. Elle m'accorda du temps supplémentaire pour chaque examen, mais j'avais fini bien avant la fin du temps imparti. Quelques jours plus tard, elle apporta mon carnet de notes. J'étais la première. Mama ne chanta pas ses chants de louanges en ibo ; elle dit juste : « Rendons grâce à Dieu. »

Les filles de ma classe me rendirent visite cette après-midi-là, l'air impressionnées, les yeux écarquillés d'admiration. Elles avaient entendu dire que j'avais survécu à un accident. Elles espéraient que je reviendrais avec un plâtre sur lequel elles pourraient toutes griffonner leur signature. Chinwe Jideze m'apporta une grande carte qui disait : « Rétablis-toi vite, une amie très chère », et elle s'assit près de mon lit et se mit à me parler, en murmures confidentiels, comme si nous étions des amies de toujours. Elle me montra même son carnet de notes : elle était deuxième. Avant leur départ, Ezinne me demanda : « Tu vas arrêter de te sauver après les cours, maintenant, dis-moi ? »

Mama m'apprit ce soir-là que je sortirais deux jours plus tard. Mais je ne rentrerais pas à la maison, j'irais passer une semaine à Nsukka, et Jaja viendrait avec moi. Elle ne savait pas comment Tatie Ifeoma avait persuadé Papa, mais il était tombé d'accord que l'air de Nsukka me ferait du bien, serait propice à mon rétablissement.

La pluie criblait le sol de la véranda, malgré le soleil resplendissant qui m'obligeait à plisser les yeux pour voir au-dehors, par la porte du salon de Tatie Ifeoma. Mama nous disait toujours, à Jaja et à moi, que Dieu hésitait entre envoyer la pluie et le soleil. Nous restions assis dans nos chambres, à regarder par la fenêtre les gouttes de pluie étincelantes de soleil, en attendant que Dieu se décide.

« Kambili, tu veux une mangue ? » me demanda Obiora, derrière moi.

Il avait voulu m'aider à entrer dans l'appartement quand nous étions arrivés, plus tôt dans l'après-midi, et Chima avait insisté pour porter mon sac. On aurait dit qu'ils craignaient que ma maladie ne fût tapie quelque part à l'intérieur de moi, prête à bondir si je me fatiguais. Tatie Ifeoma leur avait raconté que la maladie dont je souffrais était grave, que j'avais failli mourir.

« J'en prendrai une plus tard », répondis-je en me retournant.

Obiora tapait une mangue jaune contre le mur

du salon. Il continuerait jusqu'à ce que l'intérieur soit réduit en pulpe molle. D'un coup de dents, il percerait alors un trou minuscule à une extrémité du fruit et le sucerait jusqu'à ce que le noyau flotte dans la peau comme quelqu'un dans des vêtements trop grands. Amaka et Tatie Ifeoma mangeaient des mangues elles aussi, mais avec un couteau, découpant des tranches de chair orange et ferme à partir du noyau.

Je sortis sur la véranda et me plaçai devant la balustrade en métal mouillée pour regarder la pluie se changer peu à peu en bruine, puis s'arrêter. Il flottait dans l'air l'odeur de la fraîcheur, cette senteur comestible que dégageait la terre desséchée au premier contact de la pluie. Je m'imaginai allant dans le jardin, où Jaja était à genoux, déterrant une motte de boue avec mes doigts et la mangeant.

« *Aku na-efe !* Les *aku* s'envolent ! » cria un enfant dans l'appartement du dessus.

L'air s'emplissait d'ailes couleur d'eau, vibrionnantes. Des enfants déboulaient des appartements avec des journaux pliés et des boîtes de Bournvita vides. Ils fauchaient les *aku* dans leur vol à coups de journal puis se penchaient pour les ramasser et les mettre dans les boîtes. Certains enfants se contentaient de courir, ne frappant les *aku* que pour le plaisir. D'autres s'accroupissaient pour regarder ramper au sol ceux qui avaient perdu leurs ailes, les suivant dans leur procession, accrochés les uns aux autres comme un chapelet noir, un collier en mouvement.

« C'est intéressant de voir comment les gens sont prêts à manger des *aku*. Mais demandez-leur de manger des termites sans ailes, et là c'est une autre histoire. Pourtant les termites sans ailes ne sont qu'à une phase ou deux des *aku* », décréta Obiora.

Tante Ifeoma éclata de rire.

« Regarde-toi, Obiora. Il y a quelques années, tu étais toujours le premier à leur courir après.

— D'ailleurs, tu ne devrais pas parler des enfants avec autant de mépris, lui dit Amaka d'un ton taquin. Après tout, vous êtes de la même espèce.

— Je n'ai jamais été enfant, objecta Obiora en se dirigeant vers la porte.

— Où vas-tu ? lui demanda Amaka. À la chasse aux *aku* ?

— Je ne vais pas courir après ces termites volants, je vais juste regarder. Observer. »

Amaka rit, et Tatie Ifeoma fit de même.

« Je peux y aller, Maman ? demanda Chima, qui se dirigeait déjà vers la porte.

— Oui. Mais tu sais que nous ne les ferons pas frire.

— Je donnerai ceux que j'aurai attrapés à Ugochukwu. Chez eux, ils font frire les *aku*.

— Fais attention à ce qu'ils ne te rentrent pas dans les oreilles, *inugo* ? Sinon ils te rendront sourd ! » lui lança Tatie Ifeoma, alors que Chima sortait en courant.

Tatie Ifeoma mit ses pantoufles et monta discuter avec une voisine. Je me retrouvai seule avec

Akama, côte à côte près de la balustrade. Elle s'avança pour s'appuyer à la balustrade, et son épaule effleura la mienne. L'ancien malaise avait disparu.

« Tu es devenue la petite chérie de père Amadi », dit-elle. Le ton de sa voix avait la même légèreté que lorsqu'elle s'était adressée à Obiora. Il était impossible qu'elle soupçonnât le bond douloureux que faisait mon cœur. « Il était vraiment inquiet quand tu étais malade. Il parlait beaucoup de toi. Et, *amam*, ce n'était pas par simple sollicitude de prêtre.

— Qu'est-ce qu'il a dit ? »

Amaka se retourna pour examiner mon visage plein d'expectative.

« Tu as le béguin pour lui, hein ? »

« Béguin » était un mot bien faible. Il ne disait aucunement, de près ou de loin, ce que j'éprouvais, la façon dont je me sentais, mais je répondis :

« Oui.

— Comme la moitié des filles du campus. »

Mes mains se resserrèrent sur la balustrade. Je savais qu'Amaka ne m'en dirait pas plus si je ne le lui demandais pas. Après tout, elle voulait que je m'exprime davantage.

« Qu'est-ce que tu veux dire ?

— Oh, toutes les filles à l'église ont le béguin pour lui. Et même certaines des femmes mariées. Les gens ont tout le temps le béguin pour des prêtres, tu sais. C'est excitant d'avoir affaire à Dieu comme rival. » Amaka passa la main le long de la balustrade, étalant les gouttelettes d'eau.

« Toi, c'est différent. Je ne l'ai jamais entendu parler comme ça de personne. Il a dit que tu ne riais jamais. Que tu es très timide et pourtant qu'il sait qu'il se passe plein de choses dans ta tête. Il a tenu à conduire Maman à Enugu pour te voir. Je lui ai dit qu'il parlait comme quelqu'un dont la femme est malade.

— J'étais heureuse qu'il vienne à l'hôpital », dis-je.

Il me fut facile de prononcer ces paroles, de laisser les mots glisser de ma langue. Amaka me transperçait toujours du regard.

« C'est Oncle Eugene qui t'a fait ça, *okwia* ? » me demanda-t-elle.

Je lâchai la balustrade, prise d'un soudain besoin de me soulager. Personne ne m'avait posé la question, pas même le docteur à l'hôpital ou père Benedict. Je ne savais pas ce que Papa leur avait raconté. Ni même s'il leur avait raconté quoi que ce soit.

« C'est Tatie Ifeoma qui t'a dit ? demandai-je.

— Non, mais j'ai deviné.

— Oui. C'est lui », avouai-je, avant de me diriger vers les toilettes.

Je ne me retournai pas pour voir la réaction d'Amaka.

Il y eut une coupure de courant ce soir-là, juste avant le coucher du soleil. Le réfrigérateur tressauta et trembla puis se tut. Je n'avais pas remarqué à quel point son ronronnement constant était fort avant qu'il s'arrête. Obiora sortit des lampes à pétrole sur la véranda et nous nous assîmes autour, essayant d'écraser les insectes qui suivaient aveuglément la lumière jaune et se cognaient au verre. Père Amadi vint plus tard dans la soirée, avec du maïs grillé et des *ube* enveloppés dans de vieux journaux.

« Mon père, vous êtes le meilleur ! Juste ce dont j'avais envie, du maïs et des *ube*, s'exclama Amaka.

— Je les ai apportés à condition que tu ne cherches pas la dispute aujourd'hui, dit père Amadi. Je veux juste voir comment va Kambili. »

Amaka rit et emporta le paquet à l'intérieur pour aller chercher une assiette.

« C'est bon de te voir redevenue toi-même », dit père Amadi en me regardant de la tête aux pieds, comme pour vérifier si j'étais là tout entière.

Je souris. Il me fit signe de me lever pour m'embrasser. Son corps contre le mien était tendu et délicieux. Je reculai. J'aurai aimé qu'ils disparaissent tous quelques instants, et Chima, et Jaja, et Obiora, et Tatie Ifeoma, et Amaka. J'aurais aimé être seule avec lui. J'aurais aimé pouvoir lui dire que ça me faisait chaud qu'il soit là, que ma couleur préférée était maintenant la teinte d'argile cuite de sa peau.

Une voisine frappa à la porte et entra en apportant un récipient en plastique plein d'*aku*, de feuilles d'*anara* et de piments rouges. Tatie Ifeoma dit qu'elle pensait que je ne devrais pas en manger parce que ça pourrait me faire mal au ventre. Je regardai Obiora aplatir une feuille d'*anara* sur la paume de sa main. Il saupoudra la feuille d'*aku* frits en tortillons croustillants et de piments, puis la roula. Quelques-uns s'échappèrent quand il fourra la feuille roulée dans sa bouche.

« Chez nous, on dit qu'après s'être envolé, l'*aku* tombera quand même dans la gueule du crapaud », fit père Amadi. Il plongea la main dans le bol et en jeta une petite poignée dans sa bouche. « Quand j'étais petit, j'adorais chasser les *aku*. Mais c'était juste pour jouer, parce que si on voulait vraiment les attraper, il suffisait d'attendre le soir, qu'ils perdent leurs ailes et tombent. » Il parlait d'un ton nostalgique.

Je fermai les yeux et laissai sa voix me caresser, je me laissai l'imaginer enfant, avant qu'il ait les épaules carrées, courant après les *aku*, sur une terre adoucie par les nouvelles pluies.

Tatie Ifeoma dit que je ne devais pas encore aider à aller chercher l'eau, pas avant qu'elle soit sûre que j'aie repris assez de forces. Je me réveillai donc après tout le monde, alors que les rayons du soleil entraient à flots dans le salon, faisant briller le miroir. Amaka était debout à la fenêtre du salon quand je sortis. J'allai la rejoindre. Elle regardait vers la véranda, où Tatie Ifeoma, assise sur un tabouret, parlait. La femme qui était assise à côté d'elle avait des yeux perçants d'universitaire et des lèvres dénuées d'humour, et elle n'était pas maquillée.

« Nous ne pouvons pas laisser passer ça sans rien faire, *mba*. Où as-tu jamais entendu parler d'une chose pareille, un administrateur unique dans une université ? » dit Tatie Ifeoma en se penchant en avant sur le tabouret. De minuscules stries fendillèrent son rouge à lèvres bronze quand elle pinça la bouche. « Un conseil d'université élit un recteur. C'est comme ça que ça marche depuis que cette université a été construite, et c'est comme ça que c'est censé marcher, *ọburia* ? »

La femme regarda dans le vague, en hochant longuement la tête comme le font les gens quand ils cherchent le mot juste. Quand elle parla enfin, elle le fit lentement, à la façon de quelqu'un qui s'adresse à un enfant têtu :

« Il paraît qu'il y a une liste qui circule, Ifeoma, une liste des professeurs déloyaux envers l'université. Il paraît qu'ils risquent d'être renvoyés. Il paraît que ton nom y est.

— Je ne suis pas payée pour être loyale. Quand je dis la vérité, ça devient de la déloyauté.

— Ifeoma, est-ce que tu crois que tu es la seule à connaître la vérité ? Est-ce que tu crois que nous ne connaissons pas tous la vérité, eh ? Mais, *gwakenem*, la vérité va-t-elle nourrir tes enfants ? La vérité va-t-elle payer leurs frais de scolarité et acheter leurs vêtements ?

— Alors quand réagissons-nous, eh ? Quand des soldats seront nommés professeurs et que les étudiants iront aux cours sous la menace d'un fusil ? Quand réagissons-nous ? »

Tatie Ifeoma avait haussé la voix. Mais le feu de son regard ne se dirigeait pas vers la femme ; elle était en colère contre quelque chose de plus grand que la femme qui était devant elle.

La femme se leva. Elle lissa sa jupe d'*abada* jaune et bleu qui découvrait à peine ses mules marron.

« Il faut qu'on y aille. À quelle heure est ton cours ?

— À deux heures.

— Tu as de l'essence ?

— *Ebekwanu ?* Non.

— Je vais te déposer. J'ai un peu d'essence. »

Je regardai Tatie Ifeoma et son amie se diriger lentement vers la porte, comme accablées par le poids de ce qu'elles avaient dit aussi bien que de ce qu'elles n'avaient pas dit. Amaka attendit que Tatie Ifeoma ait refermé la porte derrière elles pour quitter la fenêtre et s'asseoir sur une chaise.

« Maman dit que tu ne dois pas oublier de prendre ton analgésique, Kambili.

— De quoi Tatie Ifeoma parlait-elle avec son amie ? » demandai-je.

Je savais que je n'aurais pas posé la question avant. Je me le serais demandé, mais je n'aurais pas posé la question.

« L'administrateur unique », répondit Amaka, laconiquement, comme si j'allais comprendre immédiatement tout ce dont elles avaient parlé.

Elle passait et repassait la main sur le côté de la chaise en rotin, dans un mouvement ininterrompu.

« L'équivalent d'un chef d'État à l'université, expliqua Obiora. L'université devient un microcosme du pays. »

Je ne m'étais pas rendu compte qu'il était là,

par terre dans le salon, en train de lire un livre. Je n'avais jamais entendu personne employer le mot *microcosme*.

« Ils disent à Maman de se taire, dit Amaka. Tais-toi si tu ne veux pas perdre ton boulot parce que tu peux te faire renvoyer, *fiam*, comme ça. »

Amaka claqua des doigts pour montrer à quelle vitesse Tatie Ifeoma pouvait se faire renvoyer.

« Ils devraient la renvoyer, eh, pour qu'on puisse aller en Amérique, ajouta Obiora.

— *Mechie onu*, fit Amaka. Tais-toi.

— En Amérique ? » Mon regard alla d'Amaka à Obiora.

« Tatie Philippa demande à maman de venir. Au moins, là-bas, les gens sont payés quand ils sont censés l'être, fit Amaka avec amertume, d'un ton accusateur.

— Et le travail de Maman sera reconnu en Amérique, sans toutes ces absurdités politiques », ajouta Obiora en hochant la tête, partageant sa propre opinion au cas où personne d'autre ne le ferait.

« Est-ce que Maman t'a dit qu'elle allait où que ce soit, *gbo* ? » Amaka criblait maintenant la chaise avec son doigt, par petits coups rapides.

« Sais-tu combien de temps ça fait qu'ils s'asseyent sur son dossier ? demanda Obiora. Elle devrait être maître de conférences depuis des années.

— C'est Tatie Ifeoma qui t'a dit ça ? » demandai-je stupidement, sans même vraiment savoir ce que je voulais dire, juste parce que ne me venait rien d'autre, parce que je ne pouvais plus imaginer la vie sans la famille de Tatie Ifeoma, sans Nsukka.

Ni Obiora ni Amaka ne répondirent. Ils se regardaient en chiens de faïence et j'eus l'impression que ce n'était pas vraiment à moi qu'ils s'étaient adressés. Je sortis et m'appuyai à la balustrade.

Il avait plu toute la nuit. Jaja était à genoux dans le jardin, enlevant les mauvaises herbes. Il n'avait plus besoin d'arroser parce que le ciel s'en était chargé. Tels des châteaux miniatures, des fourmilières avait surgi dans la terre rouge de la cour, fraîchement ramollie. J'inspirai à fond et retins mon souffle pour savourer l'odeur des feuilles vertes lavées par la pluie, comme j'imaginais que le ferait un fumeur pour savourer la dernière bouffée d'une cigarette. Les allamandas qui bordaient le jardin étaient lourdement chargés de fleurs jaunes cylindriques. Chima tirait les fleurs vers lui et y enfilait ses doigts l'un après l'autre. Je le regardai inspecter fleur après fleur, à la recherche d'une corolle qui soit à la bonne taille pour son petit doigt.

Ce soir-là, père Amadi passa en allant au stade. Il voulait que nous venions tous avec lui. Il entraînait des garçons d'Ugwu Agidi pour les championnats de saut en hauteur du Gouvernement local. Obiora avait emprunté un jeu vidéo aux voisins du dessus, et les garçons étaient massés autour du poste de télévision dans le salon. Ils n'avaient pas envie d'aller au stade car ils allaient devoir rendre le jeu bientôt.

Amaka rit quand père Amadi lui proposa de venir.

« N'essayez pas d'être gentil, mon père, vous savez bien que vous aimeriez mieux être seul avec votre chérie », dit-elle. Et père Amadi sourit sans rien répondre.

Je partis seule avec lui. Sur le trajet du stade, je sentais ma bouche crispée par l'embarras. J'étais soulagée qu'il ne fasse aucun commentaire sur les propos d'Amaka, qu'il parle de la bonne odeur des pluies à la place et qu'il accompagne de la voix les énergiques refrains en ibo qui sortaient de son lecteur de cassettes. À notre arrivée au stade, les garçons d'Ugwu Agidi étaient déjà là. C'étaient des versions plus grandes et plus âgées de ceux que j'avais vus la dernière fois ; leurs shorts troués étaient tout aussi usés, leurs chemises délavées tout aussi élimées. Père Amadi haussait la voix – elle perdait alors presque toute sa musicalité – quand il voulait les encourager ou leur faire remarquer leurs points faibles. À un moment où ils regardaient ailleurs, il leva la barre d'un cran, puis cria : « Encore une fois : prêts, partez ! » et ils sautèrent par-dessus, l'un après l'autre. Il la monta ainsi plusieurs fois encore, avant que les garçons comprennent et s'écrient : *« Ha ha, Abbi Amadi ! »* Il rit et dit qu'il était convaincu qu'ils pouvaient sauter plus haut qu'ils ne le croyaient eux-mêmes, et qu'ils venaient tous de prouver qu'il avait raison.

C'était ce que faisait Tatie Ifeoma avec mes cousins, me rendis-je compte alors : leur placer la barre de plus en plus haut dans sa façon de leur parler, dans ce qu'elle attendait d'eux. Elle le faisait tout le temps, confiante qu'ils pouvaient franchir la barre. Et ils la franchissaient. C'était différent pour Jaja et pour moi. Nous ne franchissions pas la barre parce que nous nous en croyions capables, nous la franchissions parce que nous étions terrifiés à la pensée de ne pas y arriver.

« Qu'est-ce qui assombrit ton visage ? » me demanda père Amadi en s'asseyant à côté de moi.

Son épaule touchait la mienne. L'odeur fraîche de la transpiration et l'odeur ancienne de l'eau de Cologne emplirent mes narines.

« Rien.

— Parle-moi de ce rien, alors.

— Vous croyez dans ces garçons, dis-je abruptement.

— Oui, répondit-il en m'observant. Et ils n'ont pas tant besoin que je croie en eux que je n'en ai besoin pour moi-même.

— Pourquoi ?

— Parce que j'ai besoin de croire en quelque chose que je ne remette jamais en cause. »

Il attrapa la bouteille d'eau et but à grandes gorgées. Je regardai les vaguelettes que l'eau imprimait à sa gorge en descendant. J'aurais aimé être cette eau qui entrait en lui, pour être avec lui, pour faire un avec lui. Je n'avais jamais envié de l'eau à ce point. Il croisa mon regard et je détournai les yeux en me demandant s'il y avait vu l'élan qui me portait vers lui.

« Tes cheveux ont besoin d'être tressés, dit-il.

— Mes cheveux ?

— Oui. Je vais t'emmener chez la femme qui tresse les cheveux de ta tante au marché. »

Il tendit la main et toucha mes cheveux. Mama me les avait tressés à l'hôpital, mais à cause de mes épouvantables maux de tête, elle n'avait pas serré les nattes. Elles commençaient à glisser de leurs nœuds, et père Amadi passa la main sur les tresses qui se défaisaient avec des gestes doux et caressants. Il me regardait droit dans les yeux. Il était trop près. Son contact était si léger que j'avais envie de pousser ma tête vers lui, de sentir la pression de sa main. J'avais envie de m'écrouler contre lui. J'avais envie d'appuyer sa main sur ma tête, sur mon ventre, pour qu'il sente la chaleur qui me parcourait.

Il lâcha mes cheveux et je le regardai se lever et rejoindre en courant les garçons sur le terrain.

Il était trop tôt le lendemain matin quand Amaka me réveilla en se levant ; les rayons lavande de l'aube n'avaient pas encore atteint la chambre. À la faible lueur des lampes extérieures de sécurité, je la vis nouer son *lappa* sur sa poitrine. Quelque chose clochait ; elle ne mettait pas son *lappa* juste pour aller aux toilettes.

« Amaka, *o gini* ?

— Écoute », dit-elle.

Je distinguai la voix de Tatie Ifeoma venant

de la véranda, et me demandai ce qu'elle faisait debout si tôt. Puis j'entendis le chant. C'était le chant cadencé d'un grand groupe, et il entrait par la fenêtre.

« Les étudiants se soulèvent », expliqua Amaka.

Je me levai et la suivis au salon. Qu'est-ce que cela signifiait, que les étudiants se soulèvent ? Étions-nous en danger ? Jaja et Obiora étaient sur la véranda avec Tatie Ifeoma. L'air frais pesait lourdement sur mes bras nus, comme s'il s'accrochait à des gouttes de pluie réticentes à tomber.

« Éteignez les lampes de sécurité, ordonna Tatie Ifeoma. S'ils passent et qu'ils voient de la lumière, ils risquent de lancer des pierres. »

Amaka éteignit les lampes. Le chant était plus clair, à présent, fort et sonore. Ils devaient être au moins cinq cents.

« Dehors, l'administrateur unique. Il porte pas slip, hei ! Dehors, le chef d'État. Il porte pas slip, hei ! Où est l'eau courante ? Où est l'électricité ? Où est l'essence ? »

« Ils chantent si fort que je croyais qu'ils étaient juste devant la maison, dit Tatie Ifeoma.

— Est-ce qu'ils vont venir ici ? » demandai-je.

Tatie Ifeoma passa le bras autour de mes épaules et m'attira contre elle. Elle sentait le talc.

« Non, *nne*, nous ne craignons rien. Les gens qui pourraient se faire du souci sont ceux qui habitent près de chez le recteur. La dernière fois, les étudiants ont brûlé la voiture d'un maître de conférences. »

Les chants étaient plus forts mais ne se rapprochaient pas. Les étudiants débordaient d'énergie, à présent. La fumée s'élevait en colonnes épaisses et aveuglantes, qui se mêlaient dans le ciel étoilé. Des fracas de verre brisé ponctuaient les chants.

« Administrateur unique doit partir, c'est tout ce qu'on a à dire ! Lui-là doit partir, c'est tout ce qu'on a à dire ! Pas c'est ça ? Si c'est ça ! »

Des cris et des hurlements accompagnaient les chants. Une voix s'éleva en solo, et la foule l'acclama. Le vent frais de la nuit, chargé d'odeur de brûlé, apportait des bribes distinctes de la voix sonore qui parlait en pidgin une rue plus loin.

« Grands Lions, Grandes Lionnes ! Nous voulons gens ils portent slip propre, pas c'est ça ? Abi chef d'État-là est-ce qu'il porte slip ordinaire, pas même façon slip propre ? Non ! »

« Regardez », dit Obiora en baissant la voix comme si le groupe d'une quarantaine d'étudiants qui passaient en courant pouvait l'entendre.

Ils ressemblaient à un flot sombre au cours rapide, éclairé par les torches et les bâtons embrasés qu'ils tenaient à la main.

« Peut-être qu'ils vont rattraper les étudiants du bas du campus », dit Amaka, après leur passage.

Nous restâmes encore un moment dehors à écouter, jusqu'à ce que Tatie Ifeoma nous dise qu'il fallait rentrer dormir.

Tatie Ifeoma revint à la maison cette après-midi-là avec des nouvelles des émeutes. C'étaient les pires depuis qu'elles étaient devenues pratique courante, quelques années plus tôt. Les étudiants avaient mis le feu à la maison de l'administrateur unique ; même la pension de famille qui se trouvait derrière était réduite en cendres. Six voitures de l'université avaient été brûlées, également. « Il paraît qu'ils ont évacué l'administrateur unique et sa femme en cachette dans le coffre d'une vieille Peugeot 404, *o di egwu* », raconta Tatie Ifeoma en agitant une circulaire. En lisant la circulaire, je sentis un malaise me serrer la poitrine comme les brûlures d'estomac que me donnaient des *akara* trop gras. Elle était signée du chef du service de la scolarité. L'université était fermée jusqu'à nouvel ordre en raison des dégâts et de l'atmosphère d'agitation. Je me demandai ce que cela signifiait, si ça signifiait que Tatie Ifeoma partirait bientôt, si ça signifiait que nous ne viendrions plus à Nsukka.

Pendant ma sieste troublée, je rêvai que l'administrateur unique versait de l'eau brûlante sur les pieds de Tatie Ifeoma dans la baignoire de notre maison d'Enugu. Puis Tatie Ifeoma sortait d'un bond de la baignoire et, comme ça se passe dans les rêves, sautait en Amérique. Elle ne se retourna pas quand je lui criai de s'arrêter.

Je repensais encore au rêve dans la soirée, tandis que nous regardions tous la télévision au salon. J'entendis une voiture approcher et se garer devant l'appartement et je serrai mes mains tremblantes, certaine qu'il s'agissait de père Amadi. Mais la façon de frapper à la porte ne lui ressemblait pas : c'étaient des coups bruyants, malpolis, sans-gêne.

Tatie Ifeoma bondit de son fauteuil.

« *Onyezi ?* Qui essaie de casser ma porte, eh ? »

Elle entrebâilla à peine la porte, mais deux grosses mains entrèrent et l'ouvrirent de force. Les têtes des quatre hommes qui déboulèrent dans l'appartement effleurèrent l'encadrement de la porte. Brusquement, l'appartement parut exigu, trop petit pour leurs uniformes bleus et leurs casquettes assorties, pour l'odeur de sueur et de tabac froid qui était entrée avec eux, pour le renflement brut des muscles sous leurs manches.

« Qu'est-ce qu'il y a ? Qui êtes-vous ? demanda Tatie Ifeoma.

— Nous sommes ici pour fouiller votre maison. Nous cherchons des documents destinés à saboter la paix à l'université. Selon nos informations, vous avez collaboré avec les groupes d'étudiants radicaux qui ont organisé les émeutes… »

La voix était mécanique, la voix de quelqu'un qui récite un texte écrit. L'homme qui parlait avait la joue entièrement couverte de marques tribales ; pas un centimètre de peau n'était exempt de ces traits incrustés. Les trois autres hommes s'avancèrent d'un pas vif dans l'appartement pendant qu'il parlait. L'un d'eux ouvrit les tiroirs du buffet, en les laissant tous ouverts. Deux autres allèrent dans les chambres.

« Qui vous envoie ? demanda Tatie Ifeoma.

— Nous sommes de l'unité spéciale de sécurité de Port Harcourt.

— Avez-vous des papiers à me montrer ? Vous ne pouvez pas entrer comme ça dans ma maison.

— Regardez-moi quelle *yeye*, cette femme ! J'ai dit que nous étions de l'unité spéciale de sécurité ! »

Les marques tribales s'incurvèrent encore davantage sur le visage de l'homme quand il fronça les sourcils et poussa Tatie Ifeoma.

« C'est quelle façon vous-là entrer chez gens comme ça ? Quoi c'est ça ? » dit Obiora en se levant, la virilité audacieuse de son pidgin ne masquant pas tout à fait la peur dans ses yeux.

« Obiora, *nodu ani* », dit calmement Tatie Ifeoma, et Obiora se rassit rapidement.

Il avait l'air soulagé qu'elle le lui ait demandé. Tatie Ifeoma nous marmonna de rester tous assis et de ne pas prononcer un mot, puis elle suivit les hommes dans les chambres. Ils ne regardaient pas à l'intérieur des tiroirs qu'ils ouvraient, ils se contentaient de flanquer par terre les vêtements et tout ce qu'il y avait d'autre. Dans la chambre de Tatie Ifeoma, ils renversèrent toutes les boîtes et les valises, mais ils n'inspectèrent pas leur contenu. Ils éparpillaient tout, sans fouiller. En partant, l'homme aux marques tribales dit à Tatie Ifeoma, en lui agitant un doigt court à l'ongle arrondi sous le nez : « Faites attention, faites très attention. »

Nous nous tûmes jusqu'à ce que le bruit de la voiture se fût perdu au loin.

« Il faut que nous allions au poste de police », dit alors Obiora.

Tatie Ifeoma sourit ; le mouvement de ses lèvres n'éclaira pas son visage.

« C'est de là qu'ils viennent. Ils travaillent tous ensemble.

— Pourquoi t'accusent-ils d'encourager les émeutes, Tatie ? demanda Jaja.

— C'est n'importe quoi. Ils veulent me faire peur. Depuis quand les étudiants ont-ils besoin de quelqu'un qui leur dise de se soulever ?

— Je n'arrive pas à croire qu'ils sont entrés de force dans notre maison et qu'ils l'ont mise sens dessus dessous, dit Amaka. Je n'arrive pas à y croire.

— Dieu merci, Chima dort, dit Tatie Ifeoma.

— Nous devrions partir, ajouta Obiora. Maman, nous devrions partir. As-tu parlé à Tatie Philippa depuis la dernière fois ? »

Tatie Ifeoma secoua la tête. Elle remettait les livres et les sets de table dans les tiroirs du buffet. Jaja alla l'aider.

« Comment ça, partir ? Pourquoi devons-nous fuir notre propre pays ? Pourquoi ne pouvons-nous pas le remettre en état ? demanda Amaka.

— Le remettre en état ? » Obiora prit un air délibérément méprisant.

« Alors nous devons fuir ? C'est ça la réponse, prendre la fuite ? poursuivit Amaka d'une voix stridente.

— Il ne s'agit pas de prendre la fuite, il s'agit d'être réaliste. D'ici que nous allions à l'université, les bons professeurs en auront eu marre de tout ce cirque et seront partis à l'étranger.

— Taisez-vous, tous les deux, et venez ranger cette maison ! » lança sèchement Tatie Ifeoma.

Pour la première fois, elle ne regardait pas avec plaisir et fierté mes cousins polémiquer.

Un ver de terre rampait dans la baignoire, près de la bouche d'évacuation, le matin, quand j'allai prendre mon bain. Le corps brun violacé contrastait avec le blanc de la baignoire. La tuyauterie était vieille, avait dit Amaka, et à chaque saison des pluies, des vers de terre entraient dans la baignoire. Tatie Ifeoma avait écrit au service d'entretien au sujet de la tuyauterie, mais bien sûr il faudrait des éternités avant que quiconque fasse quoi que ce soit. Obiora prétendait qu'il aimait étudier les vers ; il avait découvert qu'ils ne mouraient que si on leur versait du sel dessus. Si on les coupait en deux, chaque moitié repoussait pour reformer un ver de terre entier, c'était tout.

Avant de monter dans la baignoire, je retirai le corps en forme de lacet à l'aide d'une brindille détachée d'un balai et le jetai dans les toilettes. Je ne pouvais pas tirer la chasse d'eau car il n'y avait rien à évacuer, ç'aurait été du gaspillage. Les garçons allaient devoir pisser en regardant un ver de terre qui flottait dans la cuvette des toilettes.

Quand je sortis de la salle de bains, Tatie Ifeoma m'avait servi un verre de lait. Elle avait découpé mon *okpa*, également, et des morceaux de piment rouge débordaient des tranches jaunes.

« Comment te sens-tu, *nne* ? me demanda-t-elle.

— Je vais bien, Tatie. »

Je ne me souvenais même pas que j'avais espéré

un jour ne jamais rouvrir les yeux, ni que le feu avait un jour habité mon corps. J'attrapai mon verre, regardai le lait curieusement beige et granuleux.

« Du lait de soja maison, expliqua Tatie Ifeoma. Très nutritif. Une de nos professeurs d'agriculture le vend.

— Ça a un goût de craie, dit Amaka.

— Comment le sais-tu ? Tu as déjà mangé de la craie ? » demanda Tatie Ifeoma. Elle rit mais je vis les rides autour de sa bouche, fines comme des pattes d'araignée, et le regard lointain de ses yeux. « Je n'ai plus les moyens d'acheter du lait, ajouta-t-elle avec lassitude. Vous devriez voir comment les prix du lait en poudre grimpent tous les jours, à croire que quelqu'un leur court après. »

La porte sonna. Mon estomac se soulevait chaque fois que j'entendais la sonnerie, même si je savais que père Amadi avait plutôt l'habitude de frapper doucement.

C'était une étudiante de Tatie Ifeoma, en jean serré. Elle avait le visage clair mais devait son teint à des crèmes blanchissantes – ses mains étaient du marron foncé de la Bournvita sans lait. Elle tenait un énorme poulet gris. C'était un symbole pour annoncer officiellement son prochain mariage à Tatie Ifeoma, expliqua-t-elle. Quand son fiancé avait appris que l'université fermait une fois de plus, il lui avait dit qu'il ne pouvait plus attendre qu'elle ait son diplôme, dans la mesure où personne ne savait quand les cours reprendraient. Le mariage aurait lieu le mois suivant. Elle ne l'appelait pas par son nom, elle l'appelait « lui-là » ou « mon mari », sur le ton fier de quelqu'un qui a gagné un prix, tout en secouant ses cheveux tressés, teints en blond-roux.

« Je ne suis pas sûre de revenir aux cours quand nous rouvrirons. Je veux avoir un bébé d'abord. Je ne veux pas que lui-là pense qu'il m'a épousée pour avoir une maison vide », dit-elle en partant d'un rire aigu de petite fille.

Avant de s'en aller, elle nota l'adresse de Tatie Ifeoma pour pouvoir lui envoyer un carton d'invitation.

Tatie Ifeoma attarda son regard sur la porte.

« Je ne devrais pas être triste, dit-elle d'un ton songeur, elle n'a jamais été particulièrement brillante.

— Maman ! » s'écria Amaka en riant.

Le poulet glapit. Il gisait sur le flanc parce qu'il avait les pattes attachées.

« Obiora, s'il te plaît, tue ce poulet et mets-le au congélo avant qu'il perde du poids, vu qu'il n'y a rien pour le nourrir, dit Tatie Ifeoma.

— Ils ont coupé le courant trop souvent la semaine dernière. Moi, je suis d'avis qu'on mange le poulet tout entier aujourd'hui, suggéra Obiora.

— Et si on en mangeait une moitié et qu'on gardait l'autre au congélateur, en priant pour que la NEPA remette le courant et qu'il ne se gâte pas ? proposa Amaka.

— D'accord, dit Tatie Ifeoma.

— Je vais le tuer », fit Jaja, et nous tournâmes tous la tête pour le regarder.

« *Nna m*, tu n'as jamais tué de poulet, si ? demanda Tatie Ifeoma.

— Non. Mais je peux le tuer.

— D'accord », répéta Tatie Ifeoma.

Je la regardai, stupéfaite par le naturel avec lequel elle avait dit cela. Était-elle distraite parce qu'elle pensait à son étudiante ? Croyait-elle vraiment que Jaja était capable de tuer un poulet ?

Je suivis Jaja dans l'arrière-cour, le regardai plaquer les ailes sous son pied. Il tira la tête du poulet en arrière. Le couteau miroita, accrochant les rayons du soleil pour projeter des étincelles. Le poulet avait cessé de glapir ; peut-être avait-il décidé d'accepter l'inévitable. Je détournai les yeux quand Jaja trancha son cou duveteux, mais je le regardai danser aux accents frénétiques de la mort. Il battit ses ailes grises dans la boue rouge, s'agita, se contorsionna. Pour finir, il s'écroula en un nuage de plumes souillées. Jaja le ramassa et le plongea dans la cuvette d'eau brûlante qu'Amaka avait apportée. Il y avait une précision chez Jaja, une détermination froide, clinique. Il se mit à plumer le poulet rapidement et ne dit pas un mot tant que ce dernier ne fut pas réduit à une forme mince couverte de peau blanc-jaune. Je ne m'étais pas rendu compte à quel point le cou d'un poulet est long, avant de le voir plumé.

« Si Tatie Ifeoma part, je veux partir avec eux, moi aussi », dit-il.

Je ne répondis rien. Il y avait tant de choses que je voulais dire, et tant que je ne voulais pas dire. Deux vautours planèrent au-dessus de nous puis se posèrent, tellement près que j'aurais pu les attraper en sautant vite. Leurs cous dégarnis brillaient au soleil du petit matin.

« Vous voyez comment les vautours s'approchent, maintenant ? » demanda Obiora. Amaka et lui étaient sortis sur le pas de la porte de derrière. « Ils ont de plus en plus faim. Personne ne tue de poulets, ces temps-ci, alors ils ont moins d'entrailles à manger. »

Il attrapa une pierre et la jeta aux vautours. Ils s'envolèrent et se perchèrent sur les branches du manguier, quelques mètres plus loin seulement.

« Papa-Nnukwu croyait que les vautours ont perdu leur prestige, dit Amaka. Autrefois, les gens les aimaient parce que, lorsqu'ils venaient manger les entrailles des animaux offerts en sacrifice, ça signifiait que les dieux étaient contents.

— Dans la situation d'aujourd'hui, ils devraient avoir le bon sens d'attendre qu'on ait fini de tuer le poulet avant de se poser au sol », dit Obiora.

Père Amadi arriva après que Jaja eut découpé le poulet et qu'Amaka en eut mis la moitié dans un sac en plastique au congélateur. Tatie Ifeoma sourit quand père Amadi lui annonça qu'il m'emmenait me faire coiffer.

« Vous faites mon boulot à ma place, mon père, dit-elle, merci. Dites bonjour à Mama Joe de ma part. Dites-lui que je viendrai bientôt me faire tresser les cheveux pour Pâques. »

L'échoppe de Mama Joe au marché d'Ogige était juste assez grande pour contenir le haut tabouret sur lequel elle était perchée ainsi qu'un autre, plus petit, placé devant elle. Je m'assis sur le petit. Père Amadi resta dehors, à côté des brouettes, des cochons, des gens et des poulets qui passaient, parce que sa grande carrure ne tenait pas à l'intérieur de l'échoppe. Malgré la transpiration qui avait laissé des marques jaunes sous les manches de son chemisier, Mama Joe portait un bonnet de laine. Des femmes et des enfants travaillaient dans les échoppes voisines, torsadant les cheveux, les tressant, les tissant avec du fil. Des panneaux en bois portant des inscriptions tracées d'une écriture irrégulière étaient posés sur des chaises cassées. Les plus proches disaient « MAMA CHINEDU COIFFEUR SPECIALISTE » et « MAMA BOMBOY CHEVEUX INTERNATIONAL ». Les femmes et les enfants interpellaient toutes les passantes. « Laisse-nous te tresser les cheveux ! Laisse-nous te faire belle ! » « Je vais bien te les tresser ! » Le plus souvent, les femmes ignoraient les mains qui les agrippaient et poursuivaient leur chemin.

Mama Joe m'accueillit comme si elle m'avait tressé les cheveux toute ma vie. Puisque j'étais la nièce de Tatie Ifeoma, j'étais quelqu'un de spécial. Elle voulait savoir comment allait Tatie Ifeoma.

« Je n'ai pas vu cette gentille femme depuis presque un mois. Je serais toute nue, sans ta tatie qui me donne ses vieux vêtements. Je sais qu'elle n'est pas tellement nantie, elle non plus. Elle se donne tant de mal pour élever ses enfants comme il faut. *Kpau !* C'est une femme forte », dit Mama Joe.

Elle parlait un ibo bizarre, tronquant certains

mots ; c'était difficile à comprendre. Elle dit à père Amadi qu'elle en avait pour une heure. Il acheta une bouteille de Coca et la déposa au pied de mon tabouret avant de s'en aller.

« Est-ce ton frère ? demanda Mama Joe en le suivant du regard.

— Non, c'est un prêtre. »

J'avais envie d'ajouter que c'était lui dont la voix dictait mes rêves.

« M'as-tu dit que c'est un *abbi* ?

— Oui.

— Un vrai *abbi* catholique ?

— Oui. »

Je me demandai s'il y avait de faux prêtres catholiques.

« Toute cette virilité gaspillée », commenta-t-elle en peignant délicatement mes cheveux épais. Elle posa le peigne et démêla quelques pointes entre ses doigts. Ça me faisait bizarre parce que c'était toujours Mama qui me tressait les cheveux. « Tu as vu comment il te regarde ? Ça signifie quelque chose, c'est moi qui te le dis.

— Oh », fis-je, parce que je ne savais pas ce que Mama Joe attendait de moi comme réponse.

Mais déjà, elle criait quelque chose à Mama Bomboy, de l'autre côté de l'allée. Tout en tressant mes cheveux serrés sur mon crâne, elle bavardait sans discontinuer avec Mama Bomboy et Mama Caro, dont j'entendais la voix mais que je ne pouvais pas voir, car elle se trouvait quelques échoppes plus loin. Le panier couvert, devant chez Mama Joe, remua. Une coquille brune en spirale émergea d'en dessous en rampant. Je faillis sauter en l'air : je ne savais pas que le panier était plein d'escargots vivants que Mama Joe vendait. Elle se leva, récupéra l'animal et le remit à l'intérieur. « Que Dieu pompe le pouvoir du diable », bougonna-t-elle. Elle en était à la dernière tresse quand une femme s'approcha et demanda à voir les escargots. Mama Joe retira le couvercle qui les recouvrait.

« Ils sont gros, dit-elle. Les enfants de ma sœur les ont ramassés ce matin à l'aurore à côté du lac Adaka. »

La femme attrapa le panier et le secoua pour voir s'il y avait de minuscules escargots cachés parmi les gros. Elle finit par dire qu'ils n'étaient pas si gros que ça, de toute façon, et s'en alla. Mama Joe lui cria dans le dos : « Quand on a des aigreurs d'estomac, c'est pas une raison pour projeter sa mauvaise foi sur les autres ! Vous ne trouverez nulle part sur le marché des escargots de cette taille ! »

Elle en ramassa un, entreprenant, qui s'esquivait du panier découvert. Tout en le lançant à l'intérieur, elle bougonna : « Que Dieu pompe le pouvoir du diable ! » Je me demandai si c'était le même qui s'était échappé, s'était fait reprendre, et s'esquivait à nouveau. Déterminé. J'avais envie d'acheter tout le panier pour remettre cet escargot rebelle en liberté.

Mama Joe termina mes tresses avant le retour de père Amadi. Elle me tendit un miroir rouge, soigneusement cassé en deux, pour que je puisse voir ma nouvelle coiffure par petits bouts.

« Merci. C'est joli », fis-je.

Elle tendit la main pour redresser une natte qui n'en avait pas besoin.

« Un homme n'emmène pas une jeune fille se faire coiffer s'il n'aime pas cette jeune fille, décréta-t-elle, c'est moi qui te le dis. Ça n'existe pas. »

Et je hochai la tête car, de nouveau, je ne savais pas quoi dire.

« Ça n'existe pas », répéta Mama Joe, comme si je l'avais contredite. Un cafard surgit de derrière son tabouret, et elle l'écrasa sous son pied nu. « Que Dieu pompe le pouvoir du diable », assena-t-elle.

Elle cracha au creux de sa paume, se frotta les mains, rapprocha d'elle le panier et entreprit de redisposer les escargots. Je me demandai si elle avait craché dans ses mains avant de commencer à me coiffer. Une femme en *lappa* bleu, un sac à main coincé sous l'aisselle, acheta le panier tout entier juste avant que père Amadi vienne me chercher. Mama Joe appela la femme *nwanyi oma*, bien qu'elle ne fût pas jolie du tout, et j'imaginai les escargots frits et croustillants, les petits cadavres gondolés flottant dans la marmite de la femme.

« Merci », dis-je à père Amadi pendant que nous nous dirigions vers la voiture.

Il avait payé Mama Joe si généreusement qu'elle avait protesté mollement, en disant qu'elle ne devait pas prendre autant pour tresser les cheveux de la nièce de Tatie Ifeoma.

Père Amadi balaya ma gratitude avec la bonne humeur de quelqu'un qui n'a fait que son devoir.

« *O maka*, ça met ton visage en valeur, dit-il en me regardant. Tu sais, nous n'avons toujours personne pour jouer Notre-Dame dans notre pièce. Tu devrais essayer. Quand j'étais au juvénat, c'était toujours la plus jolie fille du collège des sœurs qui jouait Notre-Dame. »

J'inspirai à fond et priai pour ne pas bégayer.

« Je ne sais pas jouer. Je n'ai jamais joué.

— Tu peux essayer. » Il mit le contact et la voiture démarra dans une secousse grinçante. Avant de se fondre dans la circulation dense de la route du marché, il me regarda et ajouta : « Tu peux faire tout ce que tu veux, Kambili. »

Sur le trajet, nous chantâmes des refrains ibos. Je poussai ma voix jusqu'à ce qu'elle soit ferme et mélodieuse comme la sienne.

Le panneau vert, devant l'église, était éclairé par des ampoules blanches. Les mots « AUMÔNERIE CATHOLIQUE DE ST PETER, UNIVERSITÉ DU NIGERIA » parurent clignoter quand Amaka et moi pénétrâmes dans l'église aux effluves d'encens. Je m'assis avec elle au premier rang, ma cuisse contre la sienne. Nous étions venues seules ; Tatie Ifeoma était allée à l'office du matin avec les autres.

St Peter n'avait ni les immenses bougies ni le riche autel de marbre de St Agnes. Les femmes n'attachaient pas leurs foulards sur la tête comme il faut, en couvrant le maximum de cheveux. Je les observai quand elles s'avancèrent pour l'offertoire. Certaines avaient juste drapé un voile noir sur leurs cheveux ; d'autres étaient en pantalon, voire en jean. Papa aurait été scandalisé. Une femme doit se couvrir les cheveux dans la maison de Dieu, et une femme ne doit pas porter les vêtements d'un homme, en particulier dans la maison de Dieu, aurait-il dit.

Quand père Amadi leva l'hostie pour la consécration, je m'imaginai le crucifix de bois nu, au-dessus de l'autel, se balançant de gauche à droite. Père Amadi avait les yeux fermés et je savais qu'il n'était plus derrière l'autel drapé de coton blanc, qu'il se tenait dans un ailleurs que seuls Dieu et lui connaissaient. Il me donna la communion et quand son doigt effleura ma langue, j'eus envie de me laisser tomber à ses pieds. Mais les chants tonitruants de la chorale me maintinrent sur mes jambes et me donnèrent la force de regagner ma place.

Une fois le *Notre Père* fini, Père Amadi ne dit pas : « Donnez-vous la paix » ; il entama un chant ibo.

« Ekene nke udo – ezibo nwanne m nye m aka gi. » « Le salut de la paix – ma chère sœur, mon cher frère, donnez-moi la main. »

Les gens échangèrent des poignées de main et des accolades. Amaka m'embrassa puis se tourna pour de rapides accolades avec la famille assise derrière nous. Père Amadi me sourit depuis l'autel, en remuant les lèvres. Je ne compris pas ce qu'il disait, mais je savais que j'y repenserais maintes et maintes fois. J'y réfléchissais encore dans la voiture, me demandant ce qu'il avait bien pu dire, quand il nous raccompagna à la maison, Amaka et moi.

Il fit remarquer à Amaka qu'il n'avait pas encore reçu son nom de confirmation. Il avait besoin de réunir tous les noms et de les soumettre à l'aumônier d'ici au lendemain, samedi. Amaka répondit que ça ne l'intéressait pas de choisir un nom anglais, et père Amadi se proposa en riant de l'aider à choisir un nom, si elle voulait. Je regardai par la fenêtre pendant le trajet. Il n'y avait pas d'électricité, ce qui donnait l'impression qu'une grande couverture d'un noir bleuté s'était abattue sur le campus. Les rues que nous longions ressemblaient à des tunnels assombris par les haies qui les bordaient de part et d'autre. Les lumières jaune doré des lampes à pétrole vacillaient derrière les fenêtres et sur les vérandas des maisons, comme les yeux de centaines de chats sauvages.

Tatie Ifeoma était sur la véranda, assise sur un tabouret en face d'une de ses amies. Obiora était sur la natte, entre deux lampes à pétrole, dont les flammes basses jetaient des ombres. Amaka et moi dîmes bonjour à l'amie de Tatie Ifeoma, qui portait un boubou en tie-dye aux couleurs vives et avait laissé libres ses cheveux courts. Elle sourit et dit : *« Kedu ? »*

« Père Amadi te dit bonjour, maman, dit Amaka. Il ne pouvait pas rester, des gens doivent passer le voir à l'aumônerie. »

Elle se pencha pour prendre une des lampes à pétrole.

« Garde-la, fit Tatie Ifeoma. Jaja et Chima ont une bougie allumée à l'intérieur. Et ferme la porte derrière toi pour que les insectes ne te suivent pas. »

Je retirai mon foulard et m'assis par terre à côté de Tatie Ifeoma, regardant les insectes s'agglutiner autour de la lampe. De nombreux coléoptères minuscules allaient et venaient, un bout de membrane dépassant de leur dos comme s'ils avaient oublié de replier correctement leurs ailes. Ils n'étaient pas aussi actifs que les petites mouches jaunes qui s'éloignaient parfois de la lampe et venaient trop près de mes yeux. Tatie Ifeoma racontait la visite des agents de sécurité à l'appartement. La pénombre estompait les traits de son visage. Elle s'arrêtait souvent, pour donner une tension dramatique à son histoire, et son amie avait beau répéter « *Gini mezia ?* » – « Et après ? » –, Tatie Ifeoma disait « *Chelu nu* » – « Attends » – et prenait son temps.

Quand Tatie Ifeoma eut terminé son histoire, son amie demeura longtemps silencieuse. Les grillons parurent alors reprendre la conversation ; leur stridulations sonores semblaient si proches, pourtant ils pouvaient tout aussi bien se trouver à des kilomètres de distance.

« Tu as su ce qui était arrivé au fils du professeur Okafor ? » demanda finalement l'amie de Tatie Ifeoma.

Elle parlait davantage en ibo qu'en anglais, mais ses paroles en anglais avaient un accent britannique homogène, pas comme celui de Papa qui se manifestait seulement quand il était avec des Blancs et qui manquait parfois quelques mots, de sorte que la moitié de la phrase avait une sonorité nigériane et l'autre anglaise.

« Quel Okafor ? demanda Tatie Ifeoma.

— Celui qui habite Fulton Avenue. Son fils, Chidifu.

— Celui qui est ami avec Obiora ?

— Oui, celui-là. Il a volé les sujets des examens de son père et les a vendus à ses étudiants.

— *Ekwuzina !* Ce petit garçon ?

— Oui. Et maintenant que l'université a fermé, les étudiants sont venus à la maison d'Okafor harceler le garçon pour récupérer leur argent. Il l'avait dépensé, bien sûr. Hier, Okafor a défoncé les dents de devant de son fils. Pourtant, c'est le même Okafor qui refuse de réagir sur ce qui ne va pas dans cette université, qui est prêt à tout pour se faire bien voir des Hommes importants d'Abuja. C'est lui qui tient la liste des enseignants déloyaux. J'ai entendu dire qu'il y avait ajouté mon nom et le tien.

— J'ai entendu dire ça moi aussi. *Mana*, quel rapport avec Chidifu ?

— Essaies-tu de soigner les lésions cancéreuses ou le cancer lui-même ? Nous n'avons pas les moyens de donner de l'argent de poche à nos enfants. Nous n'avons pas les moyens d'acheter de la viande. Nous n'avons pas les moyens d'acheter du pain. Alors, quand ton enfant vole, tu vas le regarder d'un air tout étonné ? Tu dois essayer de guérir le cancer parce que les lésions vont continuer à se former.

— *Mba*, Chiaku. Tu ne peux pas justifier le vol.

— Je ne le justifie pas. Je dis juste qu'Okafor ne devrait pas s'étonner et qu'il ne devrait pas gaspiller son énergie à casser un bâton sur le corps de son pauvre fils. C'est ce qui arrive quand tu restes sans rien faire devant la tyrannie.

Ton enfant devient ce que tu ne peux pas reconnaître. »

Tatie Ifeoma poussa un gros soupir et regarda Obiora, en se demandant peut-être si lui aussi pouvait se changer en quelque chose qu'elle ne reconnaîtrait pas.

« J'ai parlé à Philippa l'autre jour, dit-elle.

— Ah ? Comment va-t-elle ? Comment le pays d'*oyinbo* la traite-t-il ?

— Elle va bien.

— Et la vie de citoyen de seconde zone en Amérique ?

— Chiaku, ton sarcasme est déplacé.

— Mais c'est vrai ! Toutes les années que j'étais à Cambridge, j'étais considérée comme un singe qui a développé la capacité de raisonner.

— Ça ne se passe plus aussi mal maintenant.

— C'est ce qu'ils te racontent. Tous les jours nos docteurs vont là-bas et se retrouvent à faire la vaisselle d'*oyinbo* parce que *oyinbo* ne pense pas que nous étudions la médecine comme il faut. Nos juristes y vont et deviennent chauffeurs de taxis parce que *oyinbo* n'a pas confiance dans la formation juridique que nous leur donnons. »

Tatie Ifeoma dit alors, vite, en interrompant son amie : « J'ai envoyé mon CV à Philippa. »

L'amie rassembla les pointes de son boubou et les rentra entre ses jambes, étendues devant elle. Elle tourna le regard vers l'obscurité de la nuit, les yeux plissés, soit qu'elle fût absorbée par ses pensées, soit qu'elle cherchât à évaluer à quelle distance exactement étaient les grillons.

« Alors toi aussi, Ifeoma, finit-elle par dire.

— Il ne s'agit pas de moi, Chiaku. » Tatie Ifeoma marqua une pause. « Qui fera cours à Amaka et à Obiora à l'université ?

— Les gens instruits s'en vont, les gens qui ont le potentiel pour redresser les torts. Ils abandonnent les faibles derrière eux. Les tyrans continuent de régner parce que les faibles n'ont pas la force de résister. Tu ne vois pas que c'est un cycle ? Qui va briser ce cycle ?

— Ça, c'est du délire chimérique de militants, Tatie Chiaku », intervint Obiora.

Je vis la tension s'abattre du ciel et nous envelopper tous. Les pleurs d'un enfant, à l'étage du dessus, interrompirent le silence.

« Va m'attendre dans ma chambre, Obiora », dit Tatie Ifeoma.

Obiora se leva et sortit. Il avait l'air grave, comme s'il se rendait compte maintenant seulement de ce qu'il avait fait. Tatie Ifeoma s'excusa auprès de son amie. Mais ce n'était plus pareil. L'insulte d'un enfant, d'un enfant de quatorze ans, pesait entre elles, rendait leurs langues lourdes et la conversation laborieuse. L'amie ne tarda pas à s'en aller et Tatie Ifeoma fonça à l'intérieur de l'appartement, manquant renverser une lampe au passage. J'entendis le bruit mat d'une claque puis sa voix, très forte : « Je ne conteste pas le fait que tu ne sois pas d'accord avec mon amie. Je conteste la façon dont tu l'as exprimé. Je n'élève pas d'enfant irrespectueux dans cette maison, tu m'entends ? Tu n'es pas le seul enfant à avoir sauté une classe. Je ne tolérerai pas ces sottises de ta part ! *I na-anu ?* » Ensuite elle baissa la voix. J'entendis le petit bruit sec de la porte de sa chambre qui se fermait.

« Je recevais toujours le bâton sur les paumes des mains, dit Amaka en me rejoignant sur la véranda. Et Obiora le recevait sur les fesses. Je crois que Maman avait l'impression que si elle me frappait sur les fesses, ça pourrait m'affecter et que je me retrouverais avec la poitrine qui refuse de pousser ou un truc pareil. Mais je préférais le bâton à ses claques parce qu'elle a une main d'acier, *ezi okwum.* » Amaka rit et ajouta : « Ensuite, nous en parlions pendant des heures. Je détestais ça. Donne-moi les coups de bâton et laisse-moi sortir. Mais non, elle vous expliquait pourquoi vous aviez été battu, et pourquoi elle attendait de vous que vous ne vous fassiez plus battre de nouveau. Là, c'est ce qu'elle fait avec Obiora. »

Je détournai le regard. Amaka prit ma main dans la sienne. Elle avait la main chaude, comme quelqu'un qui se remet à peine de la malaria. Elle ne parla pas, mais j'eus l'impression que nous pensions la même chose – combien c'était différent pour Jaja et moi.

Je m'éclaircis la gorge.

« Obiora doit vraiment avoir envie de quitter le Nigeria.

— Il est stupide », dit Amaka.

Elle serra ma main bien fort avant de la lâcher.

Tatie Ifeoma nettoyait le congélateur, qui avait commencé à sentir à cause des incessantes pannes de courant. Elle essuya la flaque d'eau putride couleur lie-de-vin qui avait coulé au sol, puis elle sortit les sacs de viande et les posa dans un saladier. Les minuscules morceaux de bœuf étaient devenus marron marbré. Les morceaux du poulet que Jaja avait tué avaient viré au jaune foncé.

« Toute cette viande gâchée », dis-je.

Tatie Ifeoma se mit à rire :

« Gâchée, *kwa* ? Je vais la faire bien bouillir avec des épices et rattraper les dégâts à la cuisson.

— Elle parle comme la fille d'un Homme important, M'man », dit Amaka, et je fus touchée de voir qu'au lieu de se moquer de moi, elle riait comme sa mère.

Nous nous trouvions sur la véranda, occupées à trier le riz. Nous étions assises sur des nattes, hors de l'ombre, pour profiter de la douceur du soleil matinal qui se montrait après la pluie. Le riz propre et le riz sale étaient soigneusement empilés en deux tas sur des plateaux émaillés devant nous, les cailloux mis au rebut sur la natte. Plus tard, Amaka rediviserait le riz en petites portions pour le débarrasser de sa balle en soufflant.

« L'ennui de ce genre de riz bon marché, c'est que tu as beau mettre très peu d'eau, il se transforme en bouillie à la cuisson. Tu finis par te demander si tu manges du riz ou du *garri* », marmonna Amaka, une fois Tatie Ifeoma partie.

Je souris. Je n'avais jamais ressenti la camaraderie que j'éprouvais assise à côté d'elle, en écoutant ses cassettes de Fela et d'Onyeka sur le minuscule radiocassette dans lequel elle avait mis des piles. Je n'avais jamais ressenti ce silence détendu que nous partagions en triant le riz, attentives car les grains étaient rabougris et ressemblaient parfois aux cailloux vitreux. Même l'air semblait tranquille, se réveillant lentement après la pluie. Les nuages commençaient à peine à se dissiper, comme des touffes de coton qui se séparent à contrecœur.

Le bruit d'une voiture qui approchait de l'appartement troubla notre paix. Je savais que père Amadi était de permanence à l'aumônerie ce matin-là, pourtant j'espérai quand même que ce fût lui. Je l'imaginai se dirigeant vers la véranda en souriant, relevant sa soutane d'une main pour grimper les quelques marches.

Amaka tourna la tête pour regarder qui venait.

« Tatie Beatrice ! »

Je fis volte-face. Mama sortait d'un taxi jaune bringuebalant. Que faisait-elle ici ? Que s'était-il passé ? Pourquoi portait-elle encore ses pantoufles en caoutchouc alors qu'elle venait d'Enugu ? Elle marchait lentement, en retenant son *lappa* qui paraissait tellement desserré qu'il pouvait glisser de sa taille d'un instant à l'autre. Son corsage n'avait pas l'air repassé.

« Mama, *o gini* ? Il s'est passé quelque chose ? » lui demandai-je en l'embrassant rapidement pour pouvoir reculer et examiner son visage. Elle avait la main froide.

Amaka l'embrassa et prit son sac à main.

« Tatie Beatrice, *nno.* »

Tatie Ifeoma sortit précipitamment sur la véranda en s'essuyant les mains sur son short. Elle embrassa Mama puis l'emmena au salon, la soutenant comme on soutiendrait un infirme.

« Où est Jaja ? demanda Mama.

— Il est sorti avec Obiora, dit Tatie Ifeoma. Assieds-toi, *nwunye m*. Amaka, prends de l'argent dans mon sac et va acheter un soda pour ta Tatie.

— Ne t'inquiète pas, je vais boire de l'eau, dit Mama.

— Nous n'avons pas de courant, l'eau ne sera pas fraîche.

— C'est pas grave. Je la boirai. »

Mama s'assit avec précaution au bord d'un fauteuil en rotin. Elle regarda tout autour d'elle d'un œil éteint. Je savais qu'elle ne voyait ni la photo au cadre fêlé, ni les lys africains dans le vase chinois.

« Je ne sais pas si ma tête fonctionne correctement », dit-elle, et elle appuya le dos de sa main contre son front, comme on fait pour vérifier sa température. « Je suis rentrée de l'hôpital aujourd'hui. Le docteur m'a dit de me reposer mais j'ai pris l'argent d'Eugene et j'ai demandé à Kevin de m'emmener au parc. J'ai pris un taxi et je suis venue ici.

— Tu étais à l'hôpital ? Que s'est-il passé ? » demanda calmement Tatie Ifeoma.

Mama parcourut la pièce du regard. Elle fixa longuement l'horloge murale, celle dont l'aiguille des secondes était cassée, avant de se tourner vers moi.

« Tu vois la petite table où nous rangeons la Bible familiale, *nne* ? Ton père me l'a cassée sur le ventre. » Elle parlait comme s'il s'agissait de quelqu'un d'autre qu'elle, comme si la table n'était pas en bois massif. « J'ai saigné par terre avant même qu'il m'emmène à St Agnes. Mon docteur a dit qu'il ne pouvait rien faire pour le sauver. »

Mama secoua lentement la tête. Un mince filet de larmes glissa lentement le long de ses joues, comme si elles avaient dû se battre pour sortir de ses yeux.

« Pour le sauver ? murmura Tatie Ifeoma. Qu'est-ce que tu veux dire ?

— J'étais enceinte de six semaines.

— *Ekwuzina !* Ne répète pas ça ! » Tatie Ifeoma écarquilla les yeux.

« C'est vrai. Eugene ne le savait pas, je ne lui avais pas encore dit, mais c'est vrai. »

Mama se laissa glisser par terre. Elle resta assise, les jambes étendues devant elle. C'était vraiment dégradant, mais je me baissai et m'assis près d'elle, mon épaule contre la sienne.

Elle pleura longtemps. Elle pleura jusqu'à ce que ma main, enfermée dans la sienne, fût engourdie. Elle pleura jusqu'à ce que Tatie Ifeoma ait fini de cuisiner son ragoût épicé avec la viande tournée. Elle pleura jusqu'à s'endormir, la tête contre le siège du fauteuil. Jaja l'allongea sur un matelas, par terre dans le salon.

Papa appela ce soir-là, alors que nous étions sur la véranda, assis autour de la lampe à pétrole.

Tatie Ifeoma répondit au téléphone et ressortit dire à Mama qui c'était.

« J'ai raccroché. Je lui ai dit que je ne te laisserais pas venir au téléphone. »

Mama bondit de son tabouret.

« Pourquoi ? Pourquoi ?

— *Nwunye m*, rassieds-toi tout de suite ! » lui lança sèchement Tatie Ifeoma.

Mais Mama ne se rassit pas. Elle alla dans la chambre de Tatie Ifeoma et appela Papa. Le téléphone sonna peu après et je compris qu'il avait rappelé. Elle sortit de la chambre au bout d'environ un quart d'heure.

« Nous partons demain. Les enfants et moi, dit-elle les yeux rivés droit devant elle, sans croiser le regard d'aucun de nous.

— Vous partez où ? demanda Tatie Ifeoma.

— À Enugu. Nous rentrons à la maison.

— Est-ce que tu as perdu la tête, *gbo* ? Vous n'allez nulle part.

— Eugene vient lui-même nous chercher.

— Écoute-moi. » Tatie Ifeoma radoucit le ton ; elle devait savoir que sa voix ferme ne franchirait pas le barrage du sourire figé de Mama. Les yeux de Mama étaient toujours éteints mais c'était une femme différente de celle qui était sortie du taxi le matin. Elle avait l'air possédée par un démon différent. « Reste au moins quelques jours, *nwunye m*, ne repars pas si vite. »

Mama secoua la tête. À part ses lèvres crispées, son visage était dénué de toute expression.

« Eugene ne va pas bien, ces temps-ci. Il a des

migraines et de la fièvre, dit-elle. Il en porte plus que ne devrait porter n'importe quel homme. Sais-tu ce que la mort d'Ade lui a fait ? C'est trop pour une seule personne.

— *Ginidi*, qu'est-ce que tu racontes ? » Tatie Ifeoma chassa avec impatience un insecte qui volait trop près de ses oreilles. « Quand Ifediora était en vie, il y avait des périodes, *nwunye m*, où l'université ne payait pas les salaires pendant des mois. Ifediora et moi n'avions rien, eh, pourtant il n'a jamais levé la main sur moi.

— Sais-tu qu'Eugene paie les frais de scolarité de près d'une centaine des nôtres ? Sais-tu combien de gens sont en vie grâce à ton frère ?

— Ce n'est pas la question et tu le sais.

— Où irais-je si je quittais la maison d'Eugene ? Dis-moi, où irais-je ? » Elle n'attendit pas la réponse de Tatie Ifeoma. « Sais-tu combien de mères lui ont poussé leurs filles dans les bras ? Sais-tu combien d'entre elles lui ont demandé de les féconder, même, sans se donner la peine de payer le prix de la fiancée ?

— Et alors ? Je te demande : et alors ? » Tatie Ifeoma criait à présent.

Mama se laissa glisser par terre. Obiora avait déroulé une natte et il y avait de la place dessus, mais elle s'assit sur le ciment nu, appuyant sa tête contre la balustrade.

« Te revoilà repartie dans tes discours d'universitaire, Ifeoma », dit-elle, doucement, avant de détourner le regard pour indiquer que la conversation était terminée.

Je n'avais jamais vu Mama comme ça, je n'avais jamais vu cette expression dans ses yeux, je ne l'avais jamais entendue dire tant de choses en si peu de temps.

Longtemps après que Tatie Ifeoma et elle furent allées se coucher, j'étais sur la véranda avec Amaka et Obiora, autour d'une partie de whot – Obiora m'avait appris à jouer à tous les jeux de cartes.

« Dernière carte ! annonça Amaka, qui abattit sa carte en se rengorgeant.

— J'espère que Tatie Beatrice dort bien, dit Obiora en piochant. Elle aurait dû prendre un matelas. La natte est dure.

— Ne t'inquiète pas pour elle, ça va aller », dit Amaka. Elle me regarda et répéta : « Ça va aller. »

Obiora tendit le bras et me tapota l'épaule. Comme je ne savais pas quoi faire, je demandai : « C'est mon tour ? » même si je savais bien que oui.

« Oncle Eugene n'est pas vraiment un méchant homme, dit Amaka. Les gens ont des problèmes, les gens font des erreurs.

— Mm, fit Obiora en remontant ses lunettes.

— Je veux dire, il y a des gens qui ne savent pas gérer le stress », ajouta Amaka, qui regarda Obiora comme si elle attendait qu'il dise quelque chose.

Il demeura silencieux, examinant la carte qu'il tenait devant ses yeux. Amaka piocha à son tour.

« Il a payé pour les funérailles de Papa-Nnukwu, après tout », continua-t-elle.

Elle regardait toujours Obiora. Mais il ne lui

adressa aucune réponse ; au lieu de quoi, il posa sa carte et s'écria : « Carte et mat ! »

Il avait gagné de nouveau.

Plus tard, allongée dans mon lit, je ne pensai pas au retour à Enugu ; je pensai au nombre de parties de cartes que j'avais perdues.

Lorsque Papa arriva avec la Mercedes, Mama fit elle-même nos bagages et les mit dans la voiture. Papa la prit dans ses bras en la serrant contre lui, et elle appuya la tête sur sa poitrine. Papa avait maigri ; d'habitude, les petites mains de Mama atteignaient à peine son dos, mais cette fois-ci, ses mains reposaient sur ses reins. Je n'avais pas remarqué les éruptions sur sa peau avant de m'approcher pour l'embrasser. C'étaient de minuscules boutons qui se terminaient tous par une pointe de pus blanchâtre et qui couvraient entièrement son visage, même ses paupières. J'avais eu l'intention de le serrer dans mes bras et de lui tendre mon front à embrasser, mais je demeurai plantée devant lui en scrutant son visage.

« J'ai une petite allergie, dit-il. Rien de grave. »

Lorsqu'il me prit dans ses bras, je fermai les yeux le temps qu'il m'embrasse sur le front.

« On va se revoir bientôt », murmura Amaka avant que nous nous embrassions pour nous dire au revoir.

Elle m'avait appelée *nwanne m nwanyi* : « ma sœur ». Elle resta devant l'appartement, agitant la main jusqu'à ce que je ne puisse plus la voir par le pare-brise arrière.

Quand Papa commença le chapelet en sortant de la concession, sa voix était différente, fatiguée. Je fixai sa nuque, qui n'était pas couverte de boutons et qui elle aussi paraissait différente : plus petite, avec des plis plus minces.

Je tournai la tête vers Jaja. Je tenais à croiser son regard pour pouvoir lui dire combien j'aurais voulu passer Pâques à Nsukka, combien j'aurais voulu assister à la confirmation d'Amaka et à la messe pascale de père Amadi, comment j'avais prévu de chanter en élevant fort la voix. Mais Jaja avait les yeux rivés sur la fenêtre et, à part pour marmonner les prières, il se tut jusqu'à notre arrivée à Enugu.

L'odeur des fruits emplit mes narines quand Adamu ouvrit le portail de notre concession. On aurait dit que les hauts murs enfermaient le parfum des pommes cajou, des mangues et des avocats mûrissants. Ça me donnait la nausée.

« Regarde, les hibiscus pourpres sont sur le point de fleurir », dit Jaja quand nous sortîmes de la voiture.

Il me les montrait du doigt, pourtant je n'en avais pas besoin. Je voyais bien les bourgeons ovales et somnolents, dans le jardin, qui dodelinaient dans la brise du soir.

Le lendemain était le dimanche des Rameaux, le jour où Jaja n'alla pas communier, le jour où Papa lança son gros missel en travers de la pièce et brisa les figurines.

LES FRAGMENTS DE DIEUX

Après le dimanche des Rameaux

Tout s'effondra le dimanche des Rameaux. Des vents furieux, porteurs d'une pluie virulente, déracinèrent les frangipaniers du jardin. Ils gisaient sur la pelouse, leurs fleurs rose et blanc rasant l'herbe, leurs racines brandissant des mottes de terre. L'antenne parabolique, qui tomba avec fracas du toit du garage, traînait sur l'allée comme un vaisseau spatial d'extraterrestres en visite. La porte de ma penderie sortit complètement de ses gonds. Sisi cassa un service en porcelaine de Mama tout entier.

Même le silence qui s'abattit sur la maison était soudain, comme si l'ancien silence s'était brisé et nous avait laissé ses débris coupants. Lorsque Mama demanda à Sisi de balayer le sol du salon pour s'assurer qu'il ne restât aucun dangereux fragment de figurine nulle part, elle ne baissa pas la voix en un murmure. Elle ne cacha pas le minuscule sourire qui dessinait des lignes aux coins de sa bouche. Elle n'emporta pas la nourriture de Jaja en douce dans sa chambre, enveloppée dans un tissu, pour faire semblant de lui apporter son linge. Elle lui porta sa nourriture sur un plateau blanc, avec une assiette assortie.

Quelque chose planait au-dessus de nous tous. Parfois je souhaitais que tout cela fût un rêve – le missel jeté contre les étagères de verre, les figurines fracassées, l'air prêt à se rompre. C'était trop nouveau, trop étranger, et je ne savais pas quoi faire ni comment me comporter. J'allai à la salle de bains, à la cuisine et à la salle à manger sur la pointe des pieds. À table, je gardais les yeux rivés sur la photo de Grand-Père, celle où il avait l'air d'un super-héros trapu, avec sa cape et son capuchon des Chevaliers de St Mulumba, jusqu'au moment de la prière où je fermais les yeux. Jaja ne sortait pas de sa chambre. La première fois que Papa le lui demanda, le lendemain du dimanche des Rameaux, il n'arriva pas à ouvrir la porte parce que Jaja avait poussé son bureau en travers.

« Jaja, Jaja, dit Papa en poussant sur la porte. Il faut que tu manges avec nous ce soir, tu m'entends ? »

Mais Jaja ne sortit pas de sa chambre et Papa ne fit aucun commentaire là-dessus pendant le repas ; il toucha à peine à sa nourriture mais but beaucoup d'eau, disant à Mama de demander à « cette fille » d'en apporter d'autres bouteilles. Ses boutons semblaient être devenus plus gros et plus plats, moins définis, ce qui donnait un aspect encore plus bouffi à son visage.

Yewande Coker vint avec sa petite fille pendant que nous étions à table. Tout en la saluant et lui serrant la main, j'examinai son visage, son corps, en quête de signes montrant en quoi sa vie était différente maintenant qu'Ade Coker était mort. Mais elle paraissait la même, à part sa tenue : un *lappa* noir, un corsage noir et un foulard noir couvrant ses cheveux et presque tout son front. Sa fille était assise avec raideur sur le canapé, tirant sur le ruban rouge qui relevait ses tresses en queue-de-cheval. Quand Mama lui demanda si elle voulait un Fanta, elle secoua la tête, sans cesser de tirer sur le ruban.

« Elle a enfin parlé, monsieur, dit Yewande, en regardant sa fille. Ce matin, elle a dit "Maman". Je suis venue vous dire qu'elle avait enfin parlé.

— Dieu soit loué ! dit Papa, si fort que je sursautai.

— Rendons grâce à Dieu », dit Mama.

Yewanda se leva et alla s'agenouiller devant Papa.

« Merci, monsieur. Merci pour tout. Si nous n'étions pas allées à l'hôpital à l'étranger, que serait devenue ma fille ?

— Levez-vous, Yewande, dit Papa. C'est Dieu. Tout vient de Dieu. »

Ce soir-là, pendant que Papa priait dans son bureau – je l'entendais lire un psaume à voix haute –, je me rendis dans la chambre de Jaja, poussai la porte et, quand elle s'ouvrit, j'entendis le raclement du bureau qu'il avait calé devant. Je décrivis à Jaja la visite de Yewande et il hocha la tête en disant que Mama lui avait raconté l'histoire. La fille d'Ade Cooker n'avait plus parlé depuis la mort de son père. Papa avait payé pour l'envoyer consulter les meilleurs médecins et thérapeutes au Nigeria et à l'étranger.

« Je ne savais pas qu'elle n'avait pas parlé depuis sa mort, dis-je. Ça fait presque quatre mois maintenant. Rendons grâce à Dieu. »

Jaja me regarda silencieusement pendant un moment. Son expression me rappelait les regards que m'adressait autrefois Amaka, qui me donnaient envie de m'excuser sans trop savoir de quoi.

« Elle ne guérira jamais, dit Jaja. Elle a peut-être recommencé à parler maintenant, mais elle ne guérira jamais. »

En sortant de la chambre de Jaja, je poussai le bureau un peu de côté. Et je me demandai pourquoi Papa n'était pas arrivé à ouvrir la porte de Jaja quand il avait essayé, plus tôt ; le bureau n'était pas si lourd que ça.

Je redoutais le dimanche de Pâques. Je redoutais ce qui se passerait si, de nouveau, Jaja n'allait pas communier. Et je savais qu'il n'irait pas ; je le voyais à ses longs silences, au pli de sa bouche, à ses yeux qui semblaient se fixer longuement sur des objets invisibles.

Le Vendredi saint, Tatie Ifeoma appela. Elle aurait pu nous rater si nous étions allés à la messe du matin, comme l'avait prévu Papa. Mais, durant le petit déjeuner, les mains de Papa ne cessèrent de trembler, à tel point qu'il renversa son thé ;

je regardai le liquide envahir la table de verre. Après cela, il dit qu'il avait besoin de se reposer et que nous irions à la messe du soir, celle que père Benedict célébrait en général après le baiser à la croix. Nous étions allés à la messe du soir le Vendredi saint de l'année précédente parce que Papa avait eu quelque chose à faire le matin au *Standard.* Jaja et moi, côte à côte, avions gagné l'autel pour embrasser la croix et Jaja avait été le premier à appuyer les lèvres sur le crucifix de bois, avant que le servant essuie la croix et me la tende. Son contact était froid. J'avais été parcourue d'un frisson et j'avais senti la chair de poule hérisser mes bras. Après, j'avais pleuré, une fois que nous nous fûmes rassis, pleuré en silence, laissant les larmes couler le long de mes joues. Beaucoup de gens pleuraient autour de moi, eux aussi, comme ils le font pendant le chemin de croix, quand ils gémissent : « Oh, ce que le Seigneur a fait pour moi ! » ou bien « Il est mort pour moi, créature ordinaire ! ». Mes larmes avaient fait plaisir à Papa ; je me souvenais encore distinctement qu'il s'était penché vers moi pour me caresser la joue. J'avais beau ne guère savoir pourquoi je pleurais ni si je pleurais pour les mêmes raisons que tous ces gens à genoux devant les bancs, j'étais fière que Papa eût fait cela.

J'étais en train de repenser à tout cela quand Tatie Ifeoma appela. Le téléphone sonna trop longtemps ; je croyais que Mama allait prendre l'appel, puisque Papa dormait. Mais comme elle ne le faisait pas, j'allai dans le bureau et répondis.

La voix de Tatie Ifeoma était plusieurs crans plus bas que d'habitude.

« Ils m'ont donné mon congé, dit-elle sans même attendre que j'aie répondu à son "Comment vas-tu ?". Pour ce qu'ils appellent des "activités illégales". J'ai un mois. J'ai déposé une demande de visa à l'ambassade américaine. Et père Amadi a été avisé ; il part comme missionnaire en Allemagne à la fin du mois. »

C'était un double coup dur. Je chancelai. J'avais l'impression d'avoir des sacs de haricots secs attachés aux mollets. Tatie Ifeoma demanda à parler à Jaja et je manquai trébucher, manquai tomber par terre, en allant le chercher dans sa chambre. Après avoir parlé avec Tatie Ifeoma, Jaja raccrocha et me dit : « Nous partons à Nsukka aujourd'hui. Nous allons passer Pâques à Nsukka. »

Je ne lui demandai pas ce qu'il voulait dire, ni comment il allait convaincre Papa de nous laisser partir. Je le regardai frapper à la porte de Papa et entrer.

« Nous allons à Nsukka, Kambili et moi », l'entendis-je dire.

Je n'entendis pas la réponse de Papa, puis j'entendis Jaja qui disait : « Nous allons à Nsukka aujourd'hui, pas demain. Et si Kevin ne peut pas nous conduire, nous irons quand même. Nous irons à pied s'il le faut. »

J'étais debout devant l'escalier, immobile, et mes mains tremblaient violemment. Pourtant je ne songeai pas à clore les oreilles ; je ne songeai pas à compter jusqu'à vingt. À la place, j'allai dans ma chambre, m'assis près de la fenêtre et regardai l'anacardier. Jaja entra pour me dire que Papa avait accepté de laisser Kevin nous emmener. Il tenait un sac préparé tellement à la hâte qu'il n'avait même pas fermé la fermeture Éclair, et il me regarda rassembler quelques affaires sans dire un mot. Il se balançait d'un pied sur l'autre avec impatience.

« Papa est-il toujours couché ? » demandai-je, mais Jaja, sans me répondre, tourna les talons pour descendre.

Je frappai à la porte de Papa et ouvris. Il était assis sur son lit, débraillé dans son pyjama de soie rouge. Mama lui servait un verre d'eau.

« Au revoir, Papa », dis-je.

Il se leva pour m'embrasser. Il avait bien meilleure mine qu'au matin et ses éruptions cutanées semblaient se calmer.

« Nous te verrons bientôt », dit-il en m'embrassant sur le front.

J'embrassai Mama avant de quitter la pièce. L'escalier paraissait fragile, tout à coup, comme si les marches allaient s'effondrer, un grand trou se creuser et m'empêcher de partir. Jaja m'attendait au pied de l'escalier, et il tendit le bras pour prendre mon sac.

Kevin se tenait à côté de la voiture quand nous sortîmes.

« Qui va emmener votre père à l'église, maintenant ? demanda-t-il en nous regardant d'un œil soupçonneux. Votre père n'est pas en état de conduire lui-même. »

Jaja resta silencieux si longtemps que je compris qu'il n'allait pas répondre à Kevin, alors je dis : « Il a dit que vous deviez nous conduire à Nsukka. »

Kevin haussa les épaules et grommela : « Ce genre de voyage, ça ne pouvait pas attendre demain ? » avant de démarrer la voiture. Il se tut pendant tout le trajet mais je voyais qu'il nous lançait de fréquents coups d'œil dans le rétroviseur, surtout à Jaja.

Une pellicule de sueur recouvrait tout mon corps comme une seconde peau transparente. Elle céda la place à une humidité dégoulinante sur mon cou et mon front, sous mes seins. Nous avions laissé la porte arrière de la cuisine de Tatie Ifeoma grande ouverte malgré les mouches qui entraient en bourdonnant et tournaient autour d'une marmite de vieille sauce. Nous avions le choix entre les mouches et encore plus de chaleur, comme avait dit Amaka en les chassant d'un revers de main.

Obiora ne portait rien d'autre qu'un short kaki. Il était penché au-dessus du poêle à kérosène, essayant de faire prendre la flamme sur toute la longueur de la mèche. Il avait les yeux tout rouges à cause des émanations.

« Cette mèche est tellement usée qu'il n'y a plus rien pour tenir les flammes, dit-il quand il arriva enfin à faire partir le feu. De toute façon, on devrait se servir de la cuisinière tout le temps, maintenant. Ça ne sert à rien d'économiser le gaz, puisque nous n'allons plus en avoir besoin très longtemps. »

Il s'étira, la transpiration soulignant le contour de ses côtes. Il attrapa un vieux journal et s'éventa un petit moment, puis se mit à chasser les mouches.

« *Nekwa !* Ne les fais pas tomber dans ma casserole, dit Amaka, qui versait de l'huile de palme rouge orangé dans une casserole.

— Nous ne devrions plus clarifier d'huile de palme. Nous devrions utiliser notre huile végétale sans compter, pendant les quelques semaines qui nous restent, répondit Obiora, tout en chassant toujours les mouches.

— Tu parles comme si Mama avait déjà le visa », rétorqua Amaka.

Elle posa la casserole sur le poêle à pétrole. Le feu lécha le côté de la casserole ; les flammes étaient orange vif et crachaient des émanations, elles ne s'étaient pas encore stabilisées en un bleu propre.

« Elle aura le visa. Il faut être positif.

— Tu n'as pas entendu raconter comment ces gens de l'ambassade américaine traitent les Nigérians ? Ils t'insultent, ils te qualifient de menteur et, par-dessus le marché, eh, ils refusent de t'accorder le visa, dit Amaka.

— Mama obtiendra le visa. Elle est parrainée par une université, répéta Obiora.

— Et alors ? Il y a plein de gens parrainés par des universités qui n'obtiennent pas leurs visas pour autant. »

Je me mis à tousser. Une épaisse fumée blanche dégagée par l'huile de palme chaude emplissait la cuisine, et le mélange étouffant des émanations, de la chaleur et des mouches me donnait des vertiges.

« Kambili, dit Amaka, va sur la véranda en attendant que la fumée se dissipe.

— Non, ce n'est rien.

— Va, *biko.* »

Je sortis sur la véranda, toussant toujours. Il était évident que je n'avais pas l'habitude de clarifier de l'huile de palme, que j'avais l'habitude de l'huile végétale, qui n'a pas besoin d'être clarifiée. Mais il n'y avait pas eu de rancœur dans les yeux d'Amaka, pas de raillerie, pas de moue dédaigneuse. Je lui fus reconnaissante, quand elle me rappela plus tard pour me demander de l'aider à couper les *ugu* pour la sauce. Je ne me contentai pas de couper les *ugu*, je préparai également le *garri.* Maintenant qu'elle ne rivait plus un regard inflexible sur moi, je ne versai pas trop d'eau chaude, et j'obtins un *garri* ferme et onctueux. J'en mis quelques louches sur une assiette plate, la poussai sur un côté puis versai ma sauce sur l'autre. Je regardai la sauce s'étaler, s'infiltrer sous le *garri.* Je n'avais jamais fait ça avant ; à la maison, Jaja et moi prenions toujours deux assiettes séparées pour le *garri* et la sauce.

Nous mangeâmes sur la véranda, bien qu'il y fît presque aussi chaud que dans la cuisine. La balustrade brûlait comme le manche d'une casserole qui chauffe.

« Papa-Nnukwu disait qu'un soleil acharné

comme aujourd'hui en pleine saison des pluies, ça annonce une pluie rapide. Le soleil nous prévient de la pluie », dit Amaka, quand nous nous installâmes sur la natte avec nos assiettes.

Nous mangeâmes vite, parce que même la sauce avait un goût de transpiration. Après, nous montâmes tous à l'appartement des voisins, au dernier étage, et nous sortîmes sur leur véranda, en quête d'un souffle d'air. Amaka et moi, nous nous mîmes à la balustrade, dominant la rue. Obiora et Jaja s'accroupirent pour regarder les enfants jouer par terre en lançant des dés, regroupés autour d'un jeu de petits chevaux. Quelqu'un versa un seau d'eau sur la véranda et les garçons s'allongèrent, le dos sur le sol mouillé.

Je regardai Marguerite Cartwright Avenue, en dessous de nous, suivant du regard une Volkswagen rouge. Elle accéléra bruyamment en franchissant le ralentisseur et même depuis la véranda, je distinguai les endroits où la couleur s'était décolorée en prenant une teinte rouille orangé. J'éprouvai de la nostalgie, sans trop savoir pourquoi, quand je vis la Volkswagen disparaître au bout de la rue. Peut-être était-ce parce que son moteur s'emballait comme le faisait parfois celui de la voiture de Tatie Ifeoma, et que cela me rappelait que très bientôt je ne les verrais plus, ni elle ni sa voiture. Elle était partie au poste de police chercher une déclaration qu'elle apporterait à son entretien à l'ambassade américaine, pour prouver qu'elle n'avait jamais été inculpée d'aucun crime. Jaja l'avait accompagnée.

« Je suppose que nous n'aurons pas besoin de protéger nos portes avec des barres de métal, en Amérique », dit Amaka, comme si elle savait à quoi je pensais.

Elle s'éventait vigoureusement avec un journal plié.

« Quoi ?

— Les étudiants de Maman sont entrés par effraction dans son bureau, un jour, et ils ont volé les sujets d'examen. Elle a dit au service des travaux qu'elle voulait des barres métalliques aux portes et aux fenêtres de son bureau et ils lui ont dit qu'il n'y avait pas d'argent. Tu sais ce qu'elle a fait ? »

Amaka tourna la tête pour me regarder, un petit sourire au coin des lèvres. Je secouai la tête.

« Elle est allée sur un chantier et ils lui ont donné des tiges de métal gratuitement. Ensuite elle nous a demandé, à Obiora et moi, de l'aider à les installer. Nous avons percé des trous et scellé les tiges en travers de ses fenêtres et de ses portes avec du ciment.

— Oh », fis-je. J'avais envie de tendre la main et de toucher Amaka.

« Ensuite elle a mis sur sa porte un panneau marqué "LES SUJETS D'EXAMEN SONT À LA BANQUE". » Amaka sourit puis elle se mit à plier et replier son journal. « Je ne serai pas heureuse en Amérique. Ce ne sera pas pareil.

— Tu boiras du lait frais d'une bouteille. Fini les boîtes de lait concentré riquiqui, fini le lait de soja maison », dis-je.

Amaka rit, d'un rire franc qui découvrait l'écart entre ses dents : « Tu es drôle. »

Personne ne m'avait encore jamais dit ça. Je le gardai pour plus tard, pour me passer et repasser dans la tête que je l'avais fait rire, que je pouvais faire rire.

Les pluies arrivèrent alors, en lourds rideaux qui empêchaient de voir les garages de l'autre côté de la rue. Ciel, pluie et sol se fondirent en une même pellicule de couleur argentée qui semblait ne devoir jamais finir. Nous nous ruâmes dans l'appartement, plaçâmes des seaux sur la véranda pour recueillir l'eau de pluie et les regardâmes se remplir rapidement. Les enfants sortirent tous en courant dans la cour, en short, en pirouettant et dansant parce que c'était de la pluie propre, de l'espèce qui n'était pas chargée de poussière, qui ne laissait pas des taches brunes sur les vêtements. Elle cessa aussi vite qu'elle avait commencé et le soleil ressortit, doucement, comme s'il bâillait après une sieste. Les seaux étaient pleins ; nous retirâmes les feuilles et brindilles qui flottaient à la surface et les rentrâmes.

En ressortant sur la véranda, j'aperçus la voiture de père Amadi qui débouchait dans la concession. Obiora la vit, lui aussi, et il demanda en riant : « C'est moi ou père Amadi nous rend visite plus souvent quand Kambili est là ? »

Amaka et lui riaient encore quand père Amadi monta les quelques marches.

« Je sais qu'Amaka vient de dire quelque chose sur moi », remarqua-t-il en hissant Chima dans ses bras.

Il se tenait dos au soleil couchant. Le soleil était

vermillon, comme s'il rougissait, et cela rendait la peau de père Amadi éclatante.

Je regardai Chima s'agripper à lui, les yeux d'Amaka et d'Obiora briller quand ils le regardaient. Amaka lui posait des questions sur son travail de missionnaire en Allemagne, mais je n'entendais pas grand-chose de ce qu'elle disait. Je n'écoutais pas. Je sentais tellement de choses remuer en moi, des émotions qui me nouaient l'estomac et le faisaient gronder.

« Est-ce que tu vois Kambili m'embêter comme ça, elle ? » demanda père Amadi à Amaka. Il me regardait et je savais qu'il avait dit ça pour m'inclure, pour capter mon attention.

« Les missionnaires blancs nous ont apporté leur dieu, disait Amaka. Qui était de la même couleur qu'eux, vénéré dans leur langue et emballé dans des boîtes de leur fabrication. Maintenant que nous leur ramenons leur dieu, ne devrions-nous pas au moins changer l'emballage ? »

Père Amadi répondit, avec un sourire en coin :

« Nous allons surtout en Europe et en Amérique, où ils manquent de plus en plus de prêtres. Ce qui fait que malheureusement, il n'y a pas vraiment de culture indigène à pacifier.

— Mon père, soyez sérieux ! » Amaka riait.

« Seulement si tu essaies d'être davantage comme Kambili et de ne pas m'embêter autant. »

Le téléphone se mit à sonner et Amaka fit une grimace à père Amadi avant de rentrer dans l'appartement.

Celui-ci s'assit à côté de moi.

« Tu as l'air soucieuse », dit-il.

Sans me laisser le temps de réfléchir à ma réponse, il tendit le bras et me donna une tape sur le mollet. Il ouvrit la paume de sa main pour me montrer le moustique écrasé, sanguinolent. Il avait arrondi la main pour que ça ne fasse pas trop mal mais tue quand même le moustique.

« Il avait l'air si heureux de se nourrir de toi, dit-il en me regardant.

— Merci. »

Il tendit la main et essuya la trace sur ma jambe avec son doigt. Le contact de son doigt était chaud et vivant. Je ne m'étais pas rendu compte que mes cousins étaient partis ; la véranda était tellement silencieuse, à présent, que j'entendais le son des gouttes de pluie glissant à bas des feuilles.

« Alors dis-moi à quoi tu pensais, fit-il.

— Ça n'a pas d'importance.

— Ce que tu penses aura toujours de l'importance pour moi, Kambili. »

Je me levai et allai dans le jardin. Je cueillis des fleurs d'allamanda jaunes, encore mouillées, et les enfilai sur mes doigts, comme j'avais vu Chima le faire. Ça me donnait l'impression de porter un gant parfumé.

« Je pensais à mon père. Je ne sais pas ce qui se passera quand nous rentrerons à la maison.

— A-t-il appelé ?

— Oui. Jaja a refusé d'aller au téléphone et je n'y suis pas allée, moi non plus.

— En avais-tu envie ? » me demanda-t-il gentiment.

Ce n'était pas la question à laquelle je m'étais attendue de sa part.

« Oui », répondis-je, en murmurant pour que Jaja ne m'entendît pas, bien qu'il ne fût même pas dans les environs. J'avais vraiment envie de parler à Papa, d'entendre sa voix, de lui dire ce que j'avais mangé et ce pour quoi j'avais prié, pour qu'il approuve, pour qu'il sourie si fort que ses yeux plisseraient aux coins. Et en même temps, je ne voulais pas lui parler ; je voulais partir avec père Amadi, ou avec Tatie Ifeoma, et ne plus jamais revenir. « L'école commence dans quinze jours et Tatie Ifeoma sera peut-être déjà partie d'ici là, dis-je. Je ne sais pas ce que nous ferons. Jaja ne parle pas de demain ni de la semaine prochaine. »

Père Amadi me rejoignit, se plaçant si près de moi que si j'avais sorti le ventre, j'aurais touché son corps. Il prit ma main dans la sienne, glissa délicatement une fleur de mon doigt et l'enfila au sien.

« Ta tante pense que Jaja et toi devriez aller en pension. Je vais à Enugu la semaine prochaine pour en parler à père Benedict ; je sais que ton père l'écoute. Je lui demanderai de convaincre ton père pour la pension, pour que Jaja et toi puissiez commencer le trimestre prochain. Ça va s'arranger, *inugo* ? »

Je hochai la tête et regardai ailleurs. Je le croyais, quand il disait que ça s'arrangerait, puisqu'il le disait. Je repensai alors au cours de catéchisme, quand nous psalmodions la réponse à une question, une réponse qui était « parce qu'il l'a dit et que sa parole est vraie ». Je ne me souvenais plus de la question.

« Regarde-moi, Kambili. »

J'avais peur de regarder dans le brun chaud de ses yeux, j'avais peur de défaillir, de me jeter à son cou et de croiser les doigts derrière sa nuque en refusant de lâcher prise. Je tournai le dos.

« C'est celle-ci, la fleur qu'on peut sucer ? Celle qui a la sève sucrée ? » demanda-t-il.

Il avait glissé la fleur d'allamanda de son doigt et en examinait les pétales jaunes.

Je souris.

« Non. C'est l'ixora qu'on suce. »

Il jeta la fleur et prit un air dépité.

« Ah. »

Je ris. Je ris parce que les fleurs d'allamanda étaient tellement jaunes. Je ris en imaginant comme leurs sucs blancs auraient été amers si père Amadi les avait vraiment sucées. Je ris parce que les yeux de père Amadi étaient si bruns que je pouvais y voir mon reflet.

Ce soir-là, quand je pris mon bain avec un demi-seau d'eau de pluie, je ne me nettoyai pas la main gauche, la main que Père Amadi avait tenue doucement pour retirer la fleur de mon doigt. Je ne chauffai pas l'eau, non plus, car j'avais peur que la résistance fasse perdre à l'eau de pluie la senteur du ciel. Je chantais en me baignant. Il y avait encore des vers de terre dans la baignoire mais je les laissai tranquilles, regardant l'eau les emporter et les faire disparaître dans la bouche d'évacuation.

La brise qui suivit la pluie était si fraîche que je mis un pull et Tatie Ifeoma une chemise à manches longues, alors qu'elle circulait d'habitude dans la maison en *lappa* seulement. Nous étions tous assis sur la véranda, en train de bavarder, quand la voiture de père Amadi vint se ranger devant l'appartement en louvoyant.

« Vous aviez dit que vous seriez très occupé aujourd'hui, mon père, fit remarquer Obiora.

— Je dis ces choses-là pour justifier le fait que l'Église me nourrit », répondit père Amadi.

Il avait l'air fatigué. Il tendit un bout de papier à Amaka en lui disant qu'il y avait écrit quelques noms suffisamment ennuyeux, qu'elle n'avait qu'à en choisir un et qu'il s'en irait. Une fois que l'évêque s'en serait servi pour la confirmer, elle n'aurait plus jamais besoin ne serait-ce que d'évoquer ce nom. Père Amadi roula des yeux, parlant avec une lenteur délibérée, mais Amaka eut beau rire, elle ne prit pas le papier.

« Je vous ai dit que je ne prendrais pas de nom anglais, mon père.

— Et t'ai-je demandé pourquoi ?

— Pourquoi dois-je le faire ?

— Parce que c'est comme ça que ça se fait. Oublions si c'est bien ou mal pour le moment », dit père Amadi, et je notai les ombres sous ses yeux.

« Au début, quand les missionnaires sont venus, ils trouvaient que les noms ibos n'étaient pas assez bien. Ils exigeaient que les gens prennent des noms anglais pour se faire baptiser. Ne devrions-nous pas passer à autre chose ?

— C'est différent, maintenant. Ne fais pas de cette histoire ce qu'elle n'est pas, répliqua calmement père Amadi. Personne n'a besoin de se servir du nom. Regarde-moi. J'ai toujours utilisé mon nom ibo, mais j'ai été baptisé Michael et confirmé Victor. »

Tatie Ifeoma leva la tête des formulaires qu'elle parcourait.

« Amaka, *ngwa*, choisis un nom et laisse père Amadi retourner faire son travail.

— Mais à quoi ça sert, alors ? demanda Amaka à père Amadi comme si elle n'avait pas entendu sa mère. Ce que l'Église dit, c'est que seul un nom anglais peut rendre la confirmation valide. "Chiamaka" signifie "Dieu est beau". "Chima" signifie "Dieu est le meilleur juge", "Chiebuka" signifie "Dieu est le plus grand". Ne glorifient-ils pas tous Dieu autant que "Paul", "Peter" et "Simon" ? »

Tatie Ifeoma commençait à être agacée ; je l'entendis à sa voix qu'elle haussait, à son ton cassant.

« *O gini !* Tu n'as pas besoin de te lancer dans une démonstration absurde ! Fais-toi confirmer et c'est tout, personne ne te dit que tu dois te servir du nom ! »

Mais Amaka refusa. « *Ekwerom*, je ne suis pas d'accord. » Puis elle partit dans sa chambre et mit sa musique très fort, jusqu'au moment où Tatie Ifeoma frappa à sa porte et lui cria qu'elle allait prendre une claque si elle ne baissait pas le volume immédiatement. Amaka s'exécuta. Père Amadi s'en alla, un sourire perplexe sur le visage.

Le soir, les esprits s'étaient calmés et nous dînâmes ensemble, mais il n'y eut pas beaucoup de rires. Et le lendemain, dimanche de Pâques, Amaka ne se joignit pas au reste des jeunes, tous vêtus de blanc, qui portaient des cierges allumés, avec des journaux pliés pour recueillir la cire qui fondait. Ils avaient tous un bout de papier épinglé sur leurs vêtements, avec un nom inscrit dessus. Paul. Mary. James. Veronica. Certaines filles ressemblaient à des mariées, et je me souvins de ma propre confirmation, quand Papa avait dit que j'étais une mariée, l'épouse du Christ, et ça m'avait surprise parce que je croyais que l'épouse du Christ, c'était l'Église.

Tatie Ifeoma voulait se rendre en pèlerinage à Aokpe. Elle ne savait pas trop pourquoi elle désirait soudain y aller, nous avoua-t-elle, sans doute la pensée qu'elle risquait d'être partie pour longtemps. Amaka et moi dîmes que nous irions avec elle. Mais Jaja décréta qu'il n'irait pas, puis il s'enferma dans un silence glacial, comme s'il mettait quiconque au défi de lui demander pourquoi. Obiora décida de rester, lui aussi, avec Chima. Ça ne sembla pas embêter Tatie Ifeoma. Elle sourit et décida que comme nous n'avions pas d'homme, elle proposerait à père Amadi de nous accompagner.

« Je me change en chauve-souris si père Amadi accepte », dit Amaka.

Mais il accepta. Lorsque Tatie Ifeoma raccrocha le téléphone après lui avoir parlé et annonça qu'il viendrait avec nous, Amaka dit : « C'est à cause de Kambili. Il ne serait jamais venu s'il n'y avait pas Kambili. »

Tatie Ifeoma nous conduisit au village poussiéreux, qui se trouvait à environ deux heures de distance. J'étais assise à l'arrière avec père Amadi, séparée de lui par l'espace du milieu. Amaka et lui chantèrent pendant le trajet ; la route sinueuse faisait tanguer la voiture, et je m'imaginais qu'elle dansait. Parfois je me joignais à leur chant, et à d'autres moments je restais silencieuse et j'écoutais, me demandant quel effet ça me ferait si je me rapprochais, si je couvrais l'espace entre nous et posais la tête sur son épaule.

Lorsque nous nous engageâmes enfin dans le chemin de terre en suivant le panneau « BIENVENUE AU SITE D'APPARITION D'AOKPE » peint à la main, je ne vis, dans un premier temps, que du chaos. Des centaines de véhicules, beaucoup portant des pancartes où il était griffonné « CATHOLIQUES EN PÈLERINAGE », se bousculaient pour tenir dans un village minuscule, qui, nous dit Tatie Ifeoma, n'avait pas vu dix voitures jusqu'au jour où une fille du pays s'était mise à avoir la vision de la Belle Femme. Les gens étaient tellement serrés que l'odeur de leurs voisins devenait aussi familière que la leur. Des femmes se jetaient à genoux. Des hommes hurlaient des prières. Les chapelets bruissaient. Des gens pointaient du doigt en criant : « Regardez, là, sur l'arbre, c'est Notre-Dame ! » D'autres pointaient vers le soleil ardent : « La voilà ! »

Nous étions debout sous un immense tulipier du Gabon, en pleine floraison, dont les fleurs se déployaient sur les larges branches, et le sol était jonché de pétales rouge feu. Lorsqu'on amena la jeune fille, le tulipier oscilla et une pluie de fleurs tomba. La fille était mince et solennelle, vêtue de blanc, et des hommes costauds l'encadraient pour qu'elle ne se fît pas piétiner. À peine était-elle passée devant nous que d'autres arbres se mirent à trembler avec une force effrayante, comme si quelqu'un les secouait. Les rubans qui entouraient le site des apparitions tremblèrent eux aussi. Pourtant il n'y avait pas de vent. Le soleil devint blanc, de la couleur et de la forme de l'hostie. C'est alors que je la vis, la Sainte Vierge : une image dans le soleil pâle, une lueur rouge sur le dos de ma main, un sourire sur le visage de l'homme paré de chapelets dont le bras frottait contre le mien. Elle était partout.

J'aurais voulu rester plus longtemps mais Tatie Ifeoma dit que nous devions partir parce qu'il serait impossible de sortir du village si nous attendions le moment où la plupart des gens s'en iraient. Sur le chemin de la voiture, elle acheta des chapelets, des scapulaires et de petites fioles d'eau bénite aux marchands.

« Ça n'a pas d'importance que Notre-Dame soit apparue ou non, dit Amaka quand nous arrivâmes à la voiture. Aokpe sera toujours spécial parce que c'est la raison pour laquelle Kambili et Jaja sont venus pour la première fois à Nsukka.

— Cela signifie-t-il que tu ne crois pas dans l'apparition ? demanda père Amadi, avec une inflexion taquine dans la voix.

— Non. Je n'ai pas dit ça. Et vous ? Y croyez-vous ? »

Père Amadi ne répondit pas ; il semblait concentrer toute son attention sur la vitre qu'il baissait pour faire sortir une mouche bourdonnante.

« J'ai senti la présence de la Sainte Vierge. Je l'ai sentie », laissai-je échapper d'une traite.

Comment quiconque pouvait-il ne pas y croire, après ce que nous avions vu ? Ne l'avaient-ils pas vue et ressentie, eux aussi ?

Père Amadi tourna la tête pour m'examiner ; je le vis du coin de l'œil. Un sourire doux flottait sur son visage. Tatie Ifeoma me lança un coup d'œil puis se retourna pour regarder la route.

« Kambili a raison, dit-elle. Il se passait là-bas quelque chose qui venait de Dieu. »

J'accompagnai père Amadi faire ses adieux aux familles du campus. Les enfants des professeurs étaient nombreux à s'accrocher à lui de toutes leurs forces, comme si plus ils le serraient, moins il avait de chances de pouvoir se dégager et quitter Nsukka. Nous échangeâmes peu de paroles. Nous chantâmes des chœurs ibos de son lecteur de cassettes. Ce fut un de ces chants – *Abum onye n'uwa, onye ka m bu n'uwa* – qui détendit ma gorge sèche quand nous montâmes dans sa voiture, et je dis : « Je vous aime. »

Il se tourna vers moi avec une expression que je ne lui avais jamais vue, les yeux presque tristes. Il se pencha en travers du levier de vitesse et appuya son visage contre le mien. Je voulais que nos lèvres se touchent et restent en contact, mais il écarta le visage.

« Tu as presque seize ans, Kambili. Tu es belle. Tu trouveras plus d'amour qu'il ne t'en faudra pour toute une vie. »

Je ne savais pas si je devais rire ou pleurer. Il se trompait. Il se trompait complètement.

Tandis qu'il me ramenait, je regardais par la fenêtre ouverte les concessions que nous longions. Les trous béants des haies s'étaient comblés, et des branches vertes s'étiraient de part et d'autre pour se rejoindre. J'aurais aimé pouvoir voir à l'intérieur des arrière-cours afin de m'occuper l'esprit en imaginant les vies derrière le linge suspendu, les arbres fruitiers et les balançoires. J'aurais aimé pouvoir penser à quelque chose, n'importe quoi, pour ne plus ressentir. J'aurais aimé pouvoir chasser d'un battement de paupières l'eau dans mes yeux.

À mon retour, Tatie Ifeoma me demanda si j'allais bien, s'il y avait quelque chose qui n'allait pas.

« Je vais bien, Tatie. »

Elle me regardait comme si elle savait que je n'allais pas bien.

« Es-tu sûre, *nne* ?

— Oui, Tatie.

— Déride-toi, alors, *inugo* ? Et s'il te plaît, prie pour moi, pour mon entretien de visa. Je pars à Lagos demain.

— Ah », fis-je, et je me sentis sonnée par un nouvel assaut de tristesse. « D'accord, Tatie. »

Pourtant je savais que je ne le ferais pas, que je ne pourrais pas prier pour qu'elle obtienne le visa. Je savais que c'était ce qu'elle voulait, qu'elle n'avait guère le choix. Ou pas le choix du tout. Il n'empêche, je ne prierais pas pour qu'elle obtienne le visa. Je ne pouvais pas prier pour ce que je ne voulais pas.

Amaka était dans la chambre, au lit, et écoutait de la musique, le lecteur de cassettes près de son oreille. Je m'assis sur le lit en espérant qu'elle ne me demanderait pas comment s'était passée ma journée avec père Amadi. Elle ne dit rien et continua juste de hocher la tête en cadence.

« Tu chantes avec la musique, dit-elle au bout d'un moment.

— Quoi ?

— À l'instant, tu chantais avec Fela.

— Vraiment ? »

Je regardai Amaka en me demandant si elle se faisait des idées.

« Comment vais-je trouver des cassettes de Fela en Amérique, eh ? Tu peux me dire comment je vais les trouver ? »

J'avais envie de dire à Amaka que j'étais sûre qu'elle trouverait des cassettes de Fela en Amérique, et toutes les autres cassettes qu'elle voudrait, mais je m'abstins. Cela aurait signifié que je considérais comme un fait acquis que Tatie Ifeoma obtiendrait le visa – par ailleurs, je n'étais pas certaine que ce fût ce qu'Amaka souhaitait entendre.

J'eus l'estomac noué jusqu'au retour de Lagos de Tatie Ifeoma. Nous l'attendions sur la véranda alors qu'il y avait de l'électricité et que nous aurions pu rester à l'intérieur, à regarder la télévision. Les insectes ne bourdonnaient pas autour de nous, peut-être parce que la lampe à pétrole n'était pas allumée ou peut-être parce qu'ils percevaient la tension. À la place, ils voletaient autour de l'ampoule électrique au-dessus de la porte, produisant des *bing !* étonnés quand ils la percutaient. Amaka avait sorti le ventilateur et son vrombissement, conjugué au bourdonnement du réfrigérateur dans la cuisine, créait une musique.

Lorsqu'une voiture s'arrêta devant l'appartement, Obiora sauta en l'air et sortit en courant.

« Comment ça s'est passé, Maman ? Tu l'as eu ?

— Je l'ai eu, répondit Tatie Ifeoma, en montant sur la véranda.

— Tu as eu le visa ! » hurla Obiora, et Chima s'empressa de répéter après lui tout en courant embrasser sa mère.

Nous ne nous levâmes pas, Amaka, Jaja et moi ; nous souhaitâmes la bienvenue à Tatie Ifeoma et la regardâmes rentrer dans la maison pour se changer. Elle ressortit peu après, un *lappa* négligemment noué autour de la poitrine. Le *lappa*, qui lui arrivait au-dessus des mollets, serait arrivé au-dessus des chevilles d'une femme de taille moyenne. Elle s'assit et demanda à Obiora d'aller lui chercher un verre d'eau.

« Tu n'as pas l'air heureuse, Tatie, dit Jaja.

— Oh, *nna m*, je le suis. Sais-tu combien de gens ils refusent ? Il y avait une femme à côté de moi qui a pleuré si longtemps que j'ai cru que du sang allait lui couler sur les joues. Elle leur demandait : “Comment pouvez-vous me refuser le visa ? Je vous ai montré que j'ai de l'argent à la banque. Comment pouvez-vous dire que je ne reviendrai pas ? J'ai des biens, ici, j'ai des biens.” Elle n'arrêtait pas de répéter : “J'ai des biens.” Je crois qu'elle voulait aller au mariage de sa sœur en Amérique.

— Pourquoi le lui ont-ils refusé ? interrogea Obiora.

— Je ne sais pas. S'ils sont de bonne humeur, ils te donnent le visa, sinon, ils te le refusent. C'est ce qui se passe quand tu n'as aucune valeur aux yeux des gens. Nous sommes comme des ballons de football qu'ils peuvent envoyer dans la direction qui leur plaît.

— Quand partons-nous ? » demanda Amaka avec lassitude, et je vis qu'à cet instant, elle n'en avait rien à faire de la femme qui avait presque pleuré du sang, des Nigérians chahutés comme des ballons de foot, ni de n'importe quoi d'autre.

Tatie Ifeoma but le verre d'eau tout entier avant de parler.

« Nous devons libérer cet appartement dans deux semaines. Je sais qu'ils attendent que je ne le fasse pas pour pouvoir envoyer des agents de sécurité jeter mes affaires à la rue.

— Tu veux dire que nous quittons le Nigeria dans deux semaines ? s'exclama Amaka d'une voix perçante.

— Je suis une vraie magicienne, eh ? » rétorqua Tatie Ifeoma. Mais sa voix était dépourvue d'humour. Son ton ne dénotait rien de particulier, en fait, si ce n'est de la fatigue. « Il faut d'abord que je trouve de l'argent pour nos billets. Ils ne sont pas bon marché. Je vais devoir demander de l'aide à votre oncle Eugene, donc je pense que nous irons à Enugu avec Kambili et Jaja, peut-être la semaine prochaine. Nous resterons à Enugu jusqu'à ce que nous soyons prêts à partir, ça me donnera aussi la possibilité de parler à votre oncle Eugene d'envoyer Kambili et Jaja en pension. » Tatie Ifeoma s'adressa à Jaja et à moi. « Je convaincrai votre père par tous les moyens possibles. Père Amadi a proposé de demander à père Benedict de parler à votre père, lui aussi. Je crois que c'est le mieux pour vous deux maintenant, d'aller à l'école loin de la maison. »

Je hochai la tête. Jaja se leva et rentra dans l'appartement. Il flottait de l'irrévocabilité dans l'air, lourde et creuse.

Le dernier jour de père Amadi me tomba dessus en traître. Il arriva dans la matinée, avec cette odeur d'eau de toilette masculine que j'en étais venue à sentir même quand il n'était pas là, arborant le même sourire enfantin, portant la même soutane.

Obiora le regarda et déclama : « Du fin fond de l'Afrique viennent aujourd'hui les missionnaires qui reconvertiront l'Occident. »

Père Amadi se mit à rire : « Obiora, je ne sais pas qui te donne ces livres hérétiques, mais il devrait arrêter. »

Son rire aussi était le même. Rien ne semblait avoir changé chez lui, pourtant ma nouvelle vie, si fragile, était sur le point de voler en éclats. La colère s'empara soudain de moi, contractant mes voies respiratoires, obstruant mes narines. Du regard, je dessinai le contour de ses lèvres et le frémissement des ailes de son nez tandis qu'il parlait avec Tatie Ifeoma et mes cousins, et je laissai ma colère croître. Pour finir, il me demanda de l'accompagner à sa voiture.

« Je dois déjeuner avec les membres du conseil de l'aumônerie ; ils cuisinent pour moi. Mais viens passer une heure ou deux avec moi pendant que je ferai les derniers rangements au bureau de l'aumônerie.

— Non. »

Il s'arrêta pour me regarder.

« Pourquoi ?

— Non. Je n'ai pas envie. »

Je me tenais dos à sa voiture. Il s'approcha et vint se placer en face de moi.

« Kambili », dit-il.

Je voulais qu'il prononce mon nom différemment parce qu'il n'avait plus le droit de le dire de l'ancienne façon. Rien ne devait être pareil, rien n'était plus pareil. Il partait. Je respirais par la bouche, à présent.

« Le premier jour où vous m'avez emmenée au stade, c'est Tatie Ifeoma qui vous l'avait demandé ?

— Elle s'inquiétait à ton sujet, que tu n'arrives pas à tenir une conversation même avec les enfants du dessus. Mais elle ne m'a pas demandé de t'emmener. » Il tendit la main pour ajuster la manche de ma chemise. « C'est moi qui ai voulu t'emmener. Et après ce premier jour, j'ai eu envie de t'emmener avec moi tous les jours. »

Je me penchai pour cueillir un brin d'herbe, fin comme une aiguille verte.

« Kambili, dit-il, regarde-moi. »

Mais je ne le regardai pas. J'avais les yeux rivés sur le brin d'herbe dans ma main, comme s'il contenait un code que je pouvais déchiffrer en le fixant du regard, comme s'il pouvait m'expliquer pourquoi j'avais souhaité qu'il me dise qu'il n'avait pas eu envie de m'emmener cette première fois, comme ça j'aurais eu une raison d'être encore plus en colère, je n'aurais pas eu ce besoin impérieux de pleurer, pleurer, pleurer.

Il monta dans sa voiture et démarra.

« Je repasserai te voir ce soir. »

Je suivis sa voiture des yeux jusqu'au moment où elle disparut en bas de la pente qui menait à Ikejani Avenue. Je regardais toujours fixement devant moi quand Amaka me rejoignit. Elle posa doucement le bras sur mon épaule.

« Obiora dit que vous devez coucher ensemble ou quelque chose d'approchant, père Amadi et toi. Nous n'avons jamais vu père Amadi les yeux aussi brillants. »

Amaka riait. Je ne savais pas si elle était sérieuse ou non. Je n'avais pas envie de m'attarder sur l'effet bizarre que ça me faisait, de discuter de si j'avais couché avec père Amadi ou non.

« Peut-être que, quand nous serons à l'université, tu feras campagne avec moi pour le célibat facultatif des prêtres ? demanda Amaka. Ou peut-être que la fornication devrait être autorisée à tous les prêtres une fois de temps en temps. Une fois par mois, disons ?

— Amaka, s'il te plaît, arrête. »

Je tournai le dos et me dirigeai vers la véranda.

« Est-ce que tu veux qu'il quitte la prêtrise ? » Amaka parlait plus sérieusement à présent.

« Il ne le fera jamais. »

Amaka pencha la tête, l'air pensive, puis elle sourit.

« On ne sait jamais », dit-elle, avant d'entrer au salon.

Je recopiai plusieurs fois l'adresse de père Amadi en Allemagne dans mon carnet. J'étais en train de la recopier à nouveau, m'essayant à différentes écritures, quand il revint. Il me retira le carnet des mains et le ferma. J'avais envie de dire « Vous allez me manquer », mais je dis à la place :

« Je vous écrirai.

— Je t'écrirai en premier. »

J'ignorais que des larmes coulaient le long de mes joues jusqu'à ce que père Amadi tende la main et les essuie, en passant sa paume ouverte sur mon visage. Puis il me prit dans ses bras et me serra contre lui.

Tatie Ifeoma prépara à dîner pour père Amadi, et nous mangeâmes le riz et les haricots tous ensemble à table. Je savais que les rires fusaient, qu'il était beaucoup question du stade et de ne pas oublier, mais je ne me sentais pas impliquée dans la conversation. J'étais occupée à verrouiller de petites parties de moi-même, parce que je n'en aurais plus besoin maintenant que père Amadi ne serait plus là.

Je ne dormis pas bien cette nuit-là ; je réveillai Amaka, à force de me retourner. Je voulais lui raconter mon rêve où un homme me pourchassait le long d'un sentier rocailleux jonché de feuilles d'allamanda piétinées. Au début, l'homme était père Amadi, avec sa soutane qui volait derrière lui, puis c'était Papa dans la robe grise longue jusqu'au sol qu'il portait pour distribuer les cendres, le mercredi des Cendres. Mais je ne le lui racontai pas. Je la laissai me tenir dans ses bras comme un petit enfant pour m'apaiser, jusqu'à ce que je finisse par me rendormir. Je fus contente de me réveiller, contente de voir le matin entrer à flots par la fenêtre en bandes scintillantes de la couleur d'une orange mûre.

Les bagages étaient faits ; le hall paraissait étrangement grand maintenant qu'il n'y avait plus les étagères. Dans la chambre de Tatie Ifeoma, il restait peu de choses par terre, les choses dont nous nous servirions d'ici à notre départ à tous pour Enugu : un sac de riz, une boîte de lait, une boîte de Bournvita. Les autres cartons, boîtes et livres avaient été rangés ou distribués. Lorsque Tatie Ifeoma avait donné certains vêtements aux voisins, la femme de l'appartement du dessus lui avait dit : « *Mh*, pourquoi tu ne me donnes pas la robe bleue que tu mets pour aller à l'église ? Après tout, tu en auras d'autres en Amérique ! »

Tatie Ifeoma avait plissé les yeux, agacée. Je ne savais pas trop si c'était parce que la femme réclamait la robe ou parce qu'elle avait fait allusion à l'Amérique. Toujours est-il qu'elle ne lui donna pas la robe bleue.

Il y avait de l'impatience dans l'air, à présent, comme si nous avions tout emballé trop vite et trop bien et qu'il nous fallût trouver autre chose à faire.

« Nous avons de l'essence, allons faire un tour en voiture, suggéra Tatie Ifeoma.

— Pour dire au revoir à Nsukka », dit Amaka avec un sourire amer.

Nous nous entassâmes dans la voiture. Celle-ci fit un écart quand Tatie Ifeoma tourna dans la portion de rue qui longeait l'école d'ingénieurs et je me demandai si elle allait s'écraser dans le caniveau, auquel cas Tatie Ifeoma n'en obtiendrait pas le prix convenable que, disait-elle, un homme lui avait offert en ville. Elle avait aussi dit que l'argent qu'elle recevrait pour la voiture ne couvrirait que le billet de Chima, qui était à demi-tarif.

Depuis mon rêve, la nuit précédente, j'avais le sentiment qu'il allait se produire quelque chose d'important. Père Amadi allait revenir ; ça ne pouvait être que ça. Peut-être y avait-il eu une erreur dans sa date de départ ; peut-être avait-il repoussé son voyage. Pendant que Tatie Ifeoma roulait, je regardais donc les véhicules sur la route en cherchant des yeux père Amadi, à l'affût de cette petite Toyota couleur pastel.

Tatie Ifeoma s'arrêta au pied de la colline d'Odim et dit : « Grimpons au sommet. »

J'en fus surprise. Je n'étais pas sûre que Tatie Ifeoma eût prévu de nous mener en haut ; ça ressemblait plutôt à l'impulsion du moment. Obiora proposa de pique-niquer au sommet et Tatie Ifeoma approuva. Nous allâmes en ville en voiture et achetâmes du *moi-moi* et des bouteilles de Ribena au Eastern Shop, puis revînmes à la colline. La montée était facile car il y avait de nombreux sentiers en lacets. L'air sentait le frais et, de temps à autre, un crépitement fusait dans les grandes herbes qui bordaient les chemins.

« Ce sont les sauterelles qui font ce bruit avec leurs ailes », dit Obiora. Il s'arrêta devant une fourmilière gigantesque, dont les stries parcouraient la boue rouge comme des dessins tracés délibérément. « Amaka, tu devrais peindre une chose pareille », ajouta-t-il.

Mais Amaka ne répondit pas ; elle partit en courant vers le haut de la colline. Chima s'élança derrière elle. Jaja se joignit à eux. Tatie Ifeoma me regarda.

« Qu'est-ce que tu attends ? » demanda-t-elle, et elle remonta son *lappa*, presque au-dessus des genoux, et courut derrière Jaja.

Je partis comme une flèche à mon tour, sentant le vent raser mes oreilles. Courir me faisait penser à père Amadi, me rappelait la façon dont ses yeux s'étaient attardés sur mes jambes. Je dépassai Tatie Ifeoma en courant, dépassai Jaja et Chima, et atteignis le sommet de la colline presque en même temps qu'Amaka.

« Hé ! dit Amaka en me regardant. Tu devrais être sprinteuse. »

Elle s'affala sur l'herbe, tout essoufflée. Je m'assis à côté d'elle et balayai de la main une minuscule araignée sur ma jambe. Tatie Ifeoma s'était arrêtée de courir avant d'avoir atteint le sommet.

« *Nne*, me dit-elle. Je vais te trouver un entraîneur, eh, il y a beaucoup d'argent à gagner dans l'athlétisme. »

Je ris. Il semblait si facile de rire, à présent.

Tant de choses semblaient si faciles. Jaja riait, lui aussi, tout comme Amaka, et nous étions tous assis dans l'herbe, attendant qu'Obiora arrive au sommet. Il montait lentement, tenant quelque chose qui s'avéra une sauterelle.

« Elle est tellement forte, dit-il. Je sens la pression de ses ailes. »

Il ouvrit la main et regarda la sauterelle s'envoler.

Nous emportâmes notre pique-nique dans le bâtiment à moitié en ruine niché sur l'autre flanc de la colline. Peut-être était-ce un entrepôt à une époque, mais le toit et les portes avaient été détruits depuis des années pendant la guerre civile, et il était resté dans cet état. C'était un lieu sinistre et je n'avais pas envie de manger là, même si, selon Obiora, les gens déroulaient tout le temps des nattes sur les sols carbonisés pour pique-niquer. Il regardait les inscriptions sur les murs du bâtiment et en lut certaines à voix haute. « Obinna aime Nnenna pour toujours. » « Emeka et Inoma l'ont fait ici. » « Un seul amour, Chimsimdi et Obi. »

Je fus soulagée quand Tatie Ifeoma décida que nous pique-niquerions dehors sur l'herbe, puisque nous n'avions pas de natte. Tandis que nous mangions le *moi-moi* et buvions la Ribena, j'observai une petite voiture qui crapahutait au pied de la colline. J'essayai de concentrer mon regard, de voir qui était à l'intérieur, bien que ce fût trop loin. La forme de la tête ressemblait beaucoup à celle de père Amadi. Je mangeai rapidement et m'essuyai la bouche du revers de la main, lissai mes cheveux. Je ne voulais pas avoir l'air négligé quand il surgirait.

Chima souhaitait faire la course en descendant par l'autre versant, celui qui n'avait pas beaucoup de sentiers, mais Tatie Ifeoma objecta que c'était trop raide. Alors il s'assit et se laissa glisser sur les fesses. Tatie Ifeoma cria : « Tu laveras ton short toi-même, avec tes propres mains, tu m'entends ? »

Je savais qu'avant, elle l'aurait grondé davantage et lui aurait sans doute ordonné d'arrêter. Assis dans l'herbe, nous le regardâmes tous glisser vers le bas de la colline, le vent vif nous amenant des larmes aux yeux.

Le soleil était rouge et s'apprêtait à se coucher quand Tatie Ifeoma dit qu'il fallait partir. Tandis que nous redescendions avec effort, je cessai d'espérer que père Amadi se montrât.

Nous étions tous au salon, en train de jouer aux cartes, quand le téléphone sonna ce soir-là.

« Amaka, réponds, s'il te plaît, dit Tatie Ifeoma, bien qu'elle fût la plus près de la porte.

— Je parie que c'est pour toi, M'man, répondit Amaka, concentrée sur ses cartes. C'est encore une de ces personnes qui veulent que tu leur refiles nos assiettes et nos casseroles, et même les sous-vêtements que nous avons sur le dos. »

Tatie Ifeoma se leva en riant et courut au téléphone. Comme la télévision était éteinte et que nous nous taisions tous, absorbés par nos cartes, j'entendis bien distinctement le cri de Tatie

Ifeoma. Un cri bref, étranglé. Un court instant, je priai pour que l'ambassade américaine eût annulé le visa, avant de me morigéner et de demander à Dieu de ne pas tenir compte de mes prières. Nous nous précipitâmes tous dans la chambre.

« Hei, Chi m o ! Nwunye m ! Hei ! »

Tatie Ifeoma était debout près de la table, tenant sa main libre appuyée contre la tête comme le font les gens en état de choc. Qu'était-il arrivé à Mama ? Elle tendait le combiné ; je savais qu'elle voulait le donner à Jaja mais, étant plus proche, je l'attrapai. Ma main tremblait si fort que l'écouteur glissa de mon oreille à ma tempe.

La voix basse de Mama parcourut en flottant la ligne téléphonique et fit rapidement cesser mes tremblements.

« Kambili, c'est ton père. Ils m'ont appelée de l'usine, ils l'ont trouvé mort allongé sur son bureau. »

J'appuyai le combiné plus fort contre mon oreille.

« Eh ?

— C'est ton père. Ils m'ont appelée de l'usine, ils l'ont trouvé mort allongé sur son bureau. »

Mama parlait comme un automate. Je l'imaginai disant la même chose à Jaja, exactement sur le même ton. Mes oreilles se remplirent de liquide. J'avais beau l'avoir entendue correctement, l'avoir entendue dire qu'on l'avait trouvé mort sur son bureau, je demandai : « Est-ce qu'il a reçu une lettre piégée ? Était-ce une lettre piégée ? »

Jaja attrapa le téléphone. Tatie Ifeoma m'emmena vers le lit. Je m'assis et regardai fixement le sac de riz appuyé contre le mur de la chambre, et je sus que je me souviendrais toujours de ce sac de riz, du tissage brun du jute, des mots « ADADA LONG GRAIN » inscrits dessus, de la façon dont il était affaissé près de la table. Je n'avais jamais envisagé l'éventualité que Papa meure, que Papa puisse mourir. Il était différent d'Ade Coker, différent de toutes les autres personnes qu'ils avaient tuées. Je l'avais cru immortel.

J'étais assise avec Jaja dans notre salon, regardant l'espace qu'avaient occupé les étagères en verre, et les petites ballerines en porcelaine. Mama était en haut, elle emballait les affaires de Papa. J'étais montée pour l'aider et je l'avais vue à genoux sur la moquette à poils longs, le visage enfoui dans son pyjama rouge. Elle n'avait pas levé la tête quand j'étais entrée ; elle avait dit : « Va-t'en, *nne*, va, reste avec Jaja », à travers la soie qui étouffait sa voix.

Dehors, la pluie tombait en pans obliques, frappant les fenêtres fermées à une cadence furieuse. Elle arracherait des pommes cajou et des mangues des arbres, et celles-ci se mettraient à pourrir sur la terre humide en dégageant une odeur aigre-douce.

Le portail de la concession était fermé à clé. Mama avait dit à Amadu de ne pas ouvrir à tous les gens qui voulaient affluer pour le *mgbalu*, afin de compatir avec nous. Même des membres de notre *umunna* qui étaient venus d'Abba se virent refuser l'entrée. Amadu dit que ça ne se faisait pas de renvoyer des gens venus présenter leurs condoléances. Mais Mama lui objecta que nous souhaitions pleurer notre perte dans l'intimité et qu'ils pouvaient offrir des messes pour le repos de l'âme de Papa. Je n'avais jamais entendu Mama parler ainsi à Amadu ; je ne l'avais d'ailleurs jamais entendue parler à Amadu tout court.

« Madame dit que vous devriez boire un peu de Bournvita », dit Sisi en entrant dans le salon.

Elle portait un plateau chargé de ces mêmes tasses que Papa utilisait toujours pour le thé. Je sentis l'odeur de thym et de curry qui lui collait à la peau. Même après avoir pris un bain, elle avait toujours cette odeur. Sisi avait été la seule de la maisonnée à pleurer, avec des sanglots bruyants qui s'étaient vite tus devant notre silence dérouté.

Après son départ, je me tournai vers Jaja et tentai de lui parler avec mes yeux. Mais les yeux de Jaja étaient vides, comme une fenêtre au volet tiré.

« Tu ne veux pas boire un peu de Bournvita ? » finis-je par lui demander.

Il secoua la tête.

« Pas dans ces tasses. » Il remua sur sa chaise et ajouta : « J'aurais dû veiller sur Mama. Regarde comment Obiora tient la famille de Tatie Ifeoma en équilibre sur sa tête, et je suis plus âgé que lui. J'aurais dû veiller sur Mama.

— Dieu est le meilleur juge, dis-je. Dieu œuvre de façon mystérieuse. »

Et je songeai combien Papa aurait été fier que

je dise ça, combien il aurait approuvé que je le dise.

Jaja rit. Son rire ressemblait à une cascade de grognements.

« Dieu, bien sûr. Regarde ce qu'Il a fait à Son fidèle serviteur, Job, et même à Son propre fils. Mais t'es-tu jamais demandé pourquoi ? Pourquoi a-t-il fallu qu'Il assassine Son propre fils pour que nous soyons sauvés ? Pourquoi ne nous a-t-Il pas sauvés directement ? »

Je retirai mes pantoufles. Le sol de marbre froid aspira la chaleur de mes pieds. Je voulais dire à Jaja que les yeux me piquaient de larmes non versées, que je guettais encore, voulais encore entendre, les pas de Papa sur les marches. Que j'avais à l'intérieur de moi des petits bouts douloureusement éparpillés que je ne pourrais jamais remettre à leur place parce que leur place avait disparu. Mais je dis seulement : « St Agnes sera pleine pour la messe d'enterrement de Papa. »

Jaja ne répondit pas.

Le téléphone se mit à sonner. Il sonna longtemps ; la personne qui appelait dut composer le numéro à plusieurs reprises avant que Mama décrochât enfin. Elle entra au salon peu après. Le *lappa* négligemment noué autour de sa poitrine était bas, découvrant la tache de naissance, un petit bulbe noir, qu'elle avait au-dessus du sein gauche.

« Ils ont fait une autopsie, dit-elle. Ils ont trouvé le poison dans le corps de votre père. »

Elle parlait comme si le poison dans le corps

de Papa était une chose dont nous étions tous au courant, une chose que nous y avions mise pour qu'on la retrouve, de la même façon que, dans certains livres que j'avais lus, des Blancs cachaient des œufs de Pâques pour que leurs enfants les trouvent.

« Le poison ? » demandai-je.

Mama resserra son *lappa*, puis s'approcha des fenêtres ; elle tira les rideaux, s'assurant que les lames des fenêtres étaient fermées pour empêcher la pluie d'entrer dans la maison. Ses mouvements étaient calmes et lents.

« J'ai commencé à mettre le poison dans son thé avant de venir à Nsukka. C'est Sisi qui me l'a procuré, son oncle est un puissant sorcier. »

Pendant un long moment de silence, je ne pus penser à rien. J'avais l'esprit vide, j'étais vide. Puis je pensai aux gorgées que je buvais dans le thé de Papa, aux gorgées d'amour, au liquide brûlant qui gravait son amour sur ma langue.

« Pourquoi le mettais-tu dans son thé ? » demandai-je à Mama en me levant. Ma voix était forte. Je criais presque. « Pourquoi dans son thé ? »

Mais Mama ne répondit pas. Même lorsque je me levai et la secouai jusqu'à ce que Jaja m'écarte de force. Même lorsque Jaja me prit dans ses bras et se tourna vers elle pour l'inclure mais qu'elle s'éloigna.

Les policiers vinrent quelques heures après. Ils dirent qu'ils voulaient nous poser quelques questions. On les avait contactés de l'hôpital St Agnes et ils avaient un exemplaire du rapport d'autopsie avec eux. Jaja n'attendit pas leurs questions ; il leur dit qu'il avait utilisé de la mort-aux-rats, qu'il l'avait mise dans le thé de Papa. Ils l'autorisèrent à changer de chemise avant de l'emmener.

UN SILENCE DIFFÉRENT

Le présent

Les routes de la prison sont familières. Je connais les maisons et les magasins, je connais les visages des femmes qui vendent des oranges et des bananes juste avant qu'on tourne dans la route pleine de nids-de-poule qui mène à la cour de la prison.

« Tu veux acheter des oranges, Kambili ? » demande Celestine en amenant la voiture au pas, tandis que les vendeurs commencent à nous faire signe et à nous interpeller.

Il a la voix douce ; Mama dit que c'est la raison pour laquelle elle l'a engagé après avoir demandé à Kevin de partir. Ça, et le fait qu'il n'a pas de cicatrice en forme de poignard dans le cou.

« Ce que nous avons dans le coffre devrait suffire », dis-je. Je me tourne vers Mama. « Veux-tu que nous achetions quelque chose d'ici ? »

Mama secoue la tête et son foulard commence à glisser. Elle lève la main pour le nouer de nouveau, aussi peu serré qu'avant. Son *lappa* est tout aussi lâche à sa taille et elle l'attache et le rattache souvent, ce qui la fait ressembler aux femmes négligées du marché d'Ogbete qui laissent leurs *lappa* se défaire, de sorte que tout le monde voit les combinaisons trouées qu'elles portent en dessous.

Elle ne semble pas se soucier de cette apparence ; elle n'a même pas l'air d'en être consciente. Elle est différente depuis que Jaja est incarcéré, depuis qu'elle a entrepris de dire aux gens qu'elle avait tué Papa, qu'elle avait mis le poison dans son thé. Elle a même écrit à des journaux. Mais personne ne l'a écoutée ; ils ne l'écoutent toujours pas. Ils pensent que la peine et le déni – que son mari soit mort et son fils en prison – l'ont transformée en ce personnage au corps douloureusement décharné, à la peau constellée de points noirs gros comme des pépins de pastèque. Peut-être est-ce pour cela qu'ils lui pardonnent de ne pas s'être habillée tout en noir ou tout en blanc pendant un an. Peut-être est-ce pour cela que personne ne l'a critiquée de ne pas avoir assisté aux messes anniversaires de la première et de la deuxième année, de ne pas se couper les cheveux.

« Essaie de serrer davantage ton foulard, Mama », dis-je en tendant la main pour toucher son épaule.

Mama hausse les épaules, en regardant toujours par la fenêtre.

« Il est assez serré. »

Celestine nous regarde dans le rétroviseur. Ses yeux sont doux. Il m'a suggéré une fois d'emmener Mama voir un *dibia* dans sa ville natale, un homme expert en « ces choses-là ». Je ne sais pas trop ce que Celestine entendait par « ces choses-là », s'il suggérait que Mama était folle, mais je l'avais remercié en lui disant qu'elle refuserait d'y aller. Il nous veut du bien, Celestine. J'ai vu la façon dont il regarde Mama, parfois, la façon dont il l'aide à descendre de voiture, et je sais qu'il aimerait pouvoir la guérir.

Mama et moi n'allons presque jamais ensemble à la prison. D'habitude, Celestine m'y emmène un jour ou deux avant elle, toutes les semaines. Elle préfère ça, je crois. Mais aujourd'hui est différent, spécial : on nous a enfin dit, assuré, que Jaja sortirait.

Après la mort du chef de l'État il y a quelques mois – on raconte qu'il est mort à cheval sur une prostituée, la bouche écumante, agité de convulsions –, nous avons cru que la mise en liberté de Jaja serait immédiate, que nos avocats trouveraient rapidement quelque chose. Surtout avec les groupes pro-démocratie qui manifestaient, qui réclamaient une enquête gouvernementale sur la mort de Papa, en affirmant que l'ancien régime l'avait tué. Mais il fallut plusieurs semaines avant que le gouvernement civil de transition annonce qu'il libérerait tous les prisonniers de conscience, et quelques semaines encore pour que nos avocats fassent inscrire Jaja sur la liste. Son nom est le quatrième sur une liste de plus de deux cents. Il sortira la semaine prochaine.

Ils nous l'ont appris hier, deux de nos avocats les plus récents ; tous deux ont le prestigieux

SAN, « *Senior Advocate of Nigeria*, grand avocat du barreau nigérian », accolé à leur nom. Ils sont venus à la maison avec la nouvelle et une bouteille de champagne ornée d'un ruban rose. Après leur départ, Mama et moi n'en avons pas parlé. Nous avons continué chacune notre chemin en portant, mais sans les partager, la même paix retrouvée en nous, le même espoir, concret pour la première fois.

Il y a tant d'autres choses dont Mama et moi ne parlons pas. Nous ne parlons pas des énormes chèques que nous faisons pour graisser la patte aux juges, aux policiers et aux gardiens de prison. Nous ne parlons pas de tout l'argent que nous avons, même après que la moitié de la fortune de Papa est allée à St Agnes et au soutien des missions de l'Église. Et nous n'avons jamais parlé du fait que nous avions découvert que Papa était l'auteur de dons anonymes aux hôpitaux pour enfants, aux foyers pour bébés orphelins de mère et aux anciens combattants handicapés de la guerre civile. Il reste encore tant de choses que nous ne disons pas avec nos voix, que nous ne changeons pas en mots.

« S'il te plaît, Celestine, mets la cassette de Fela », dis-je en m'adossant à la banquette.

La voix impétueuse emplit la voiture. Je tourne la tête pour voir si ça gêne Mama, mais elle a les yeux rivés sur le siège avant ; je doute même qu'elle entende quoi que ce soit. Le plus souvent, ses réponses ne sont que des hochements et des signes de tête, et je ne sais guère si elle a vraiment entendu. Avant, je demandais à Sisi de lui parler parce qu'elle passait des heures au salon en sa compagnie, mais Sisi disait que Mama ne lui répondait pas, que Mama restait juste assise à regarder dans le vide. Lorsque Sisi s'est mariée l'année dernière, Mama lui a donné des caisses et des caisses de porcelaine, et Sisi s'est assise par terre dans la cuisine et s'est mise à pleurer bruyamment, devant Mama qui la regardait. Sisi vient de temps en temps, maintenant, pour former notre nouvel intendant, Okon, et pour demander à Mama si elle a besoin de quoi que ce soit. En général, Mama ne dit rien, elle secoue juste la tête en se balançant.

Le mois dernier, lorsque je lui ai annoncé que j'allais à Nsukka, elle n'a rien dit non plus, ne m'a pas demandé pourquoi, même si je ne connais plus personne à Nsukka. Elle a juste hoché la tête. Celestine m'a conduite en voiture et nous sommes arrivés vers midi, à peu près au moment où le soleil devenait ce soleil incandescent que j'imagine depuis longtemps capable d'absorber l'humidité de la moelle des os. Les pelouses du parc de l'université sont pour la plupart envahies d'herbes folles, à présent ; les longs brins pointent comme des flèches vertes. La statue du lion qui fait le beau ne luit plus.

J'ai demandé à la nouvelle famille qui occupe l'appartement de Tatie Ifeoma si je pouvais entrer et, tout en me regardant bizarrement, ils m'y ont invitée et m'ont offert un verre d'eau. Elle serait tiède, dirent-ils, parce qu'il n'y avait pas de courant. Les pales du ventilateur du plafond étaient recouvertes de poussière cotonneuse, signe qu'il n'y avait pas de courant depuis un moment, sinon la poussière se serait envolée dans le mouvement. J'ai bu toute l'eau, assise sur un canapé percé de trous irréguliers sur les côtés. Je leur ai donné les fruits que j'avais achetés à Ninth Mile, en m'excusant parce que la chaleur du coffre avait fait noircir les bananes.

Sur le trajet du retour à Enugu, j'ai ri d'un rire sonore, qui couvrait le chant puissant de Fela. J'ai ri parce que les routes non goudronnées de Nsukka couvrent les voitures de poussière pendant l'harmattan et de boue collante à la saison des pluies. Parce que les routes goudronnées offrent des nids-de-poule comme autant de cadeaux surprises, que l'air sent les collines et l'histoire et que le soleil éparpille le sable et le transforme en poussière d'or. Parce que Nsukka pouvait libérer quelque chose au fond de votre ventre qui vous monterait à la gorge et sortirait en un chant de liberté. En un rire.

« Nous sommes arrivés », dit Celestine.

Nous sommes à la concession de la prison. Les murs tristes sont couverts de vilaines taches de moisi bleu-vert. Jaja est de retour dans son ancienne cellule, si bondée que certains doivent se lever pour que d'autres puissent s'allonger. Leur seule toilette est un sac en plastique noir, et ils se disputent pour savoir qui va le sortir toutes les après-midi parce que cette personne-là peut voir brièvement la lumière du soleil. Jaja m'a dit une fois que les hommes ne se donnent pas toujours la peine d'utiliser le sac, surtout les hommes en colère. Ça ne le dérange pas de dormir avec des souris et des cafards, mais dormir avec les excréments d'un autre homme sous le nez, ça, oui, ça le dérange. Il était dans une meilleure cellule le mois dernier, avec des livres et un matelas pour lui tout seul, parce que nos avocats avaient su à qui graisser la patte. Mais les directeurs l'ont transféré ici après l'avoir déshabillé et fouetté avec un *koboko*, pour avoir craché à la figure d'un gardien sans aucune raison. Bien que je ne croie pas Jaja capable d'une chose pareille sans avoir été provoqué, je n'ai pas d'autre version de l'histoire parce qu'il refuse de m'en parler. Il ne m'a même pas montré les marques sur son dos, celles qui, d'après les médecins que nous avons fait entrer grâce à des pots-de-vin, étaient enflées et boursouflées comme de longues saucisses. Mais je vois d'autres parties du corps de Jaja, celles que je peux voir sans qu'il me les montre, comme ses épaules.

Ces épaules qui s'étaient épanouies à Nsukka, qui étaient devenues larges et puissantes, se sont affaissées au cours des trente et un mois de son séjour. Presque trois ans. Si quelqu'un avait accouché à l'arrivée de Jaja ici, l'enfant parlerait maintenant, il serait à la maternelle. Parfois, je le regarde et je pleure, et il hausse les épaules en me disant qu'Oladipupo, le chef de sa cellule – ils ont un système de hiérarchie dans les cellules –, attend son procès depuis huit ans. Le statut officiel de

Jaja, depuis tout ce temps, est : en instance de jugement.

Avant, Amaka écrivait au bureau du chef de l'État, et même à l'ambassadeur du Nigeria en Amérique, pour se plaindre de l'état pitoyable du système judiciaire au Nigeria. Elle disait que personne n'accusait réception des lettres mais que c'était quand même important pour elle de faire *quelque chose*. Dans ses lettres à Jaja, elle ne lui raconte rien de tout ça. Je les lis : elles sont terre à terre et pleines d'anecdotes. Elles ne font jamais allusion à Papa et quasiment pas à la prison. Dans sa dernière lettre, elle lui relatait qu'un magazine laïque avait couvert Aokpe ; l'auteur se montrait pessimiste sur les chances d'apparition de la Sainte Vierge Marie, en particulier au Nigeria : une telle corruption et une telle chaleur... Amaka racontait qu'elle avait écrit au magazine pour leur faire part de sa façon de penser. Je n'en attendais pas moins d'elle, bien sûr.

Elle dit qu'elle comprend pourquoi Jaja n'écrit pas. Que pourrait-il écrire ? Tatie Ifeoma n'écrit pas à Jaja, elle lui envoie des cassettes enregistrées de leurs voix. Parfois, il me laisse les passer sur mon lecteur de cassettes quand je viens au parloir, et d'autres fois il me demande de ne pas le faire. Tatie Ifeoma nous écrit à Mama et à moi, en revanche. Elle parle de ses deux emplois, l'un dans une faculté de premier cycle, l'autre dans une pharmacie, un *drugstore* comme ils disent là-bas. Elle parle des énormes tomates et du pain bon marché. Mais surtout, elle parle des choses qui lui manquent et de celles dont elle a terriblement envie, comme si elle ignorait le présent pour s'attacher au passé et à l'avenir. Parfois, ses lettres se prolongent tant et tant que l'encre se brouille et que je ne sais plus très bien de quoi elle parle. Il y a des gens, écrivit-elle une fois, qui pensent que nous ne pouvons pas nous gouverner nous-mêmes parce que les rares fois où nous avons essayé, nous avons échoué, comme si tous ceux qui se gouvernent par eux-mêmes aujourd'hui y étaient arrivés du premier coup. C'est comme si l'on disait à un bébé à quatre pattes qui essaie de se lever pour marcher, puis retombe sur son derrière, de rester où il est. Comme si les adultes qui lui passent devant n'avaient pas tous commencé à quatre pattes !

Même si ce qu'elle avait écrit m'intéressait, à tel point que je l'avais appris par cœur presque en entier, je ne sais toujours pas pourquoi elle me l'avait écrit à moi.

Les lettres d'Amaka sont souvent tout aussi longues, et elle ne manque jamais d'écrire, dans chacune, qu'ils sont tous en train de devenir gros et que Chima « déborde » de ses vêtements tous les mois. Bien sûr, il n'y a jamais de coupure de courant et l'eau chaude coule au robinet, mais nous ne rions plus, écrit-elle, parce que nous n'avons pas le temps de rire, parce que nous ne nous voyons même pas. Les lettres d'Obiora sont les plus joyeuses et les plus irrégulières. Il a une bourse pour fréquenter une école privée où, dit-il, on le complimente au lieu de le punir quand il remet en question ses professeurs.

« Laissez-moi faire », dit Celestine.

Il a ouvert le coffre et je m'apprête à sortir le sac en plastique contenant les fruits et le sac en tissu avec la nourriture et les assiettes.

« Merci », dis-je en m'écartant.

Celestine porte les sacs et entre le premier dans le bâtiment de la prison. Mama traîne derrière. Le policier de l'accueil a un cure-dent planté dans la bouche. Il a des yeux d'hépatique, tellement jaunes qu'ils semblent teints. Le bureau est vide, en dehors d'un téléphone noir, d'un gros registre en lambeaux et d'un tas de montres, de mouchoirs et de colliers jetés en vrac dans un des angles.

« Comment vas-tu, ma sœur ? » dit-il en me voyant, rayonnant, bien que ses yeux fixent le sac dans la main de Celestine. « Ah, tu es venue avec madame aujourd'hui ? Bonne après-midi, madame. »

Je souris et Mama hoche la tête dans le vague. Celestine place le sac de fruits sur le comptoir devant le gardien. À l'intérieur, il y a un magazine qui renferme une enveloppe bourrée de billets tout neufs, frais sortis de la banque.

L'homme pose son cure-dent et s'empare du sac. Ce dernier disparaît derrière le bureau. Ensuite il nous conduit, Mama et moi, dans une pièce sans air, avec des bancs de part et d'autre d'une table basse.

« Une heure », grommelle-t-il avant de partir.

Nous nous asseyons du même côté de la table, pas assez près pour nous toucher. Je sais que Jaja va bientôt arriver et j'essaie de me préparer. Ce n'est pas devenu plus facile pour moi de le voir ici, même après tout ce temps. Ce sera encore plus dur avec Mama assise à côté de moi. Ce sera plus dur que jamais parce que nous avons enfin de bonnes nouvelles, parce que les émotions que nous avions l'habitude de réprimer s'évanouissent et que d'autres se forment. J'inspire à fond et je retiens mon souffle.

« Jaja va bientôt rentrer à la maison », a écrit père Amadi dans sa dernière lettre, nichée dans mon sac. « Il faut que tu y croies. » Et j'y ai cru, je l'ai cru, lui, même si nous n'avions pas de nouvelles des avocats et n'étions pas sûrs. Je crois ce que dit père Amadi ; je crois à l'oblique ferme de son écriture. *Parce qu'il l'a dit et que sa parole est vraie.*

J'emporte toujours avec moi sa dernière lettre jusqu'à l'arrivée d'une nouvelle. Quand j'ai dit à Amaka que je faisais ça, elle m'a taquinée sur ma romance avec père Amadi, puis elle a dessiné une tête à Toto souriante. Mais je n'emporte pas ses lettres avec moi à cause d'une quelconque romance ; il y a très peu de romance, de toute façon. Il termine ses lettres par rien de plus que « Toujours bien à toi ». Il ne répond jamais par oui ou par non quand je lui demande s'il est heureux. Sa réponse est qu'il ira où le Seigneur l'envoie. Il écrit à peine sur sa nouvelle vie, d'ailleurs, si ce n'est de brèves anecdotes, comme la vieille dame allemande qui refuse de lui serrer la main parce qu'elle ne pense pas qu'un Noir doive être son prêtre ou la riche veuve qui exige qu'il dîne avec elle tous les soirs.

Ses lettres parlent surtout de moi. Je les

emporte avec moi parce qu'elles sont longues et détaillées, parce qu'elles me rappellent ma valeur, parce qu'elles me touchent dans mes sentiments. Il y a quelques mois, il a écrit qu'il ne voulait pas que je cherche les pourquoi, parce que certaines choses se produisent pour lesquelles nous ne pouvons pas formuler de pourquoi, pour lesquelles les pourquoi n'existent tout simplement pas et, peut-être, ne sont pas nécessaires. Il n'a pas mentionné Papa – il n'évoque presque jamais Papa dans ses lettres –, mais je savais ce qu'il voulait dire, j'ai compris qu'il remuait des choses que j'avais peur de remuer moi-même.

Je les emporte avec moi, aussi, parce qu'elles me donnent de la grâce. Selon Amaka, les gens aiment les prêtres parce qu'ils veulent se mesurer à Dieu, avoir Dieu pour rival. Mais nous ne sommes pas rivaux, Dieu et moi, nous partageons, tout simplement. Je ne me demande plus si j'ai le droit d'aimer père Amadi ; je l'aime et c'est tout. Je ne me demande plus si les chèques que je fais aux Pères Missionnaires du Chemin Béni sont des pots-de-vin que j'adresse à Dieu ; je fais les chèques et c'est tout. Je ne me demande plus si j'ai pris l'église de St Andrew pour nouvelle église à Enugu parce que le prêtre de là-bas est un père missionnaire du Chemin Béni, comme père Amadi ; j'y vais, c'est tout.

« Avons-nous apporté les couteaux ? » demande Mama.

Sa voix est forte. Elle dispose le thermos cylindrique plein de riz *jollof* et de poulet. Elle place une jolie assiette en porcelaine, comme si elle dressait une table élégante, du genre de celles que dressait Sisi.

« Mama, Jaja n'a pas besoin de couteau », dis-je.

Elle sait que Jaja mange toujours à même le récipient, pourtant elle apporte une grande assiette avec elle chaque fois, en changeant de couleur et de motif toutes les semaines.

« Nous aurions dû les apporter, pour qu'il puisse découper la viande.

— Il ne découpe pas la viande, il la mange, c'est tout. »

Je souris à Mama et tends la main pour toucher son bras, pour la calmer. Elle dispose une cuillère et une fourchette en argent scintillantes sur la table crasseuse et se penche en arrière pour contempler l'ensemble. La porte s'ouvre et Jaja entre. J'ai apporté son tee-shirt, neuf, il y a seulement deux semaines, mais il a déjà des marques marron comme des taches de jus de cajou, qui ne partent pas. Enfants, nous nous penchions en avant quand nous mangions des pommes cajou pour éviter d'éclabousser nos vêtements avec les jets de jus sucré. Son short s'arrête très au-dessus de ses genoux et je détourne les yeux des croûtes sur ses cuisses. Nous ne nous levons pas pour l'embrasser parce qu'il n'aime pas ça.

« Mama, bonjour. Kambili, *ke kwanu* ? » dit-il.

Il ouvre le bol thermos et se met à manger. Je sens Mama qui tremble à côté de moi et, parce que je ne veux pas qu'elle craque, je parle vite. Le son de ma voix arrêtera peut-être ses larmes.

« Les avocats vont te faire sortir la semaine prochaine. »

Jaja hausse les épaules. Même la peau de son cou est couverte de croûtes, qui paraissent sèches jusqu'au moment où il les gratte et où le pus jaunâtre s'écoule. Mama lui a fait passer toutes sortes de pommades, mais aucune n'a l'air efficace.

« Il y a beaucoup de personnages intéressants dans cette cellule », dit Jaja.

Il enfourne les cuillerées de riz dans sa bouche le plus vite possible. Ses joues gonflent comme s'il y fourrait des goyaves vertes tout entières.

« Je veux dire sortir de prison, Jaja. Pas changer de cellule », dis-je.

Il arrête de mastiquer et me fixe en silence de ces yeux qui se sont durcis un peu plus chaque mois qu'il a passé ici ; maintenant, ils sont comme l'écorce d'un palmier, rigides. Je me demande même si nous avons jamais eu un *asusu anya*, un langage des yeux, lui et moi, ou si j'ai tout imaginé.

« Tu seras sorti d'ici la semaine prochaine. Tu rentres à la maison la semaine prochaine. »

J'ai envie de lui prendre la main, mais je sais qu'il se dégagerait. Ses yeux sont trop emplis de culpabilité pour vraiment me voir, pour voir son reflet dans les miens, le reflet de mon héros, du frère qui a toujours essayé de me protéger de son mieux. Il ne pensera jamais qu'il en a fait assez, et il ne comprendra jamais que je ne pense pas qu'il aurait dû en faire davantage.

« Tu ne manges pas », dit Mama.

Jaja prend la cuillère et se remet à dévorer le

riz. Le silence pèse sur nous mais c'est un silence d'une autre sorte, qui me laisse respirer. Je fais des cauchemars sur le silence du temps où Papa était vivant. Dans mes cauchemars, il se mêle à la honte, au chagrin et à tant d'autres choses que je ne peux pas nommer, formant des langues de feu bleues qui flottent au-dessus de ma tête, comme à la Pentecôte, jusqu'au moment où je me réveille en nage, en hurlant. Je n'ai pas dit à Jaja que j'offre des messes pour Papa tous les dimanches, que je veux le voir dans mes rêves, que je le veux si fort que je fabrique parfois moi-même mes rêves, quand je suis entre la veille et le sommeil : je vois Papa, il tend les bras pour m'embrasser, je tends les bras aussi mais nos corps n'arrivent jamais à se toucher avant que quelque chose me fasse sursauter, et je me rends compte que je ne peux même pas contrôler les rêves que je me fabrique. Tant de choses sont encore tues entre Jaja et moi. Peut-être parlerons-nous davantage avec le temps, ou peut-être ne serons-nous jamais capables de tout dire, d'habiller les choses de mots, ces choses qui sont nues depuis longtemps.

« Tu n'as pas bien attaché ton foulard », dit Jaja à Mama.

J'écarquille les yeux, stupéfaite. Jaja ne remarque jamais ce que les gens portent. Mama s'empresse de défaire son foulard et de le rattacher – et cette fois-ci elle fait un double nœud bien serré derrière sa tête.

« C'est l'heure ! » Le gardien entre dans la pièce.

Jaja dit un « *Ka o di* » rapide, distant, sans croiser le regard d'aucune de nous, avant de laisser le gardien le remmener.

« Nous devrions aller à Nsukka lorsque Jaja sortira », dis-je à Mama tandis que nous quittons la pièce.

Je peux parler de l'avenir, à présent.

Mama hausse les épaules et ne dit rien. Elle marche lentement ; sa claudication s'est accentuée, à chaque pas son corps part sur le côté. Nous approchons de la voiture quand elle se tourne vers moi et dit : « Merci, *nne.* » C'est une des rares fois, au cours de ces trois dernières années, où elle parle sans qu'on lui ait d'abord adressé la parole. Je ne veux pas réfléchir à la raison pour laquelle elle me remercie ni à ce que ça signifie. Tout ce que je sais, c'est que tout à coup je ne sens plus l'odeur d'urine et d'humidité de la cour de prison.

« Nous emmènerons Jaja à Nsukka d'abord, et puis nous irons en Amérique voir Tatie Ifeoma, dis-je. À notre retour, nous planterons de nouveaux orangers à Abba et Jaja plantera des hibiscus pourpres, aussi, et moi je planterai des ixoras pour qu'on puisse sucer la sève des fleurs. »

Je ris. Je passe le bras autour des épaules de Mama, qui se laisse aller contre moi et sourit.

Au-dessus de nous flottent des nuages bas, semblables à du coton teint, si bas que j'ai l'impression que je pourrais tendre la main et en extraire l'humidité. Les nouvelles pluies vont bientôt tomber.

LEXIQUE

L'Hibiscus pourpre *a pour cadre le pays ibo ; on y parle l'ibo mais aussi l'anglais, langue officielle du Nigeria, et le pidgin, avec des emprunts de vocabulaire à d'autres dialectes, notamment le yorouba. Ce lexique ne précise pas l'appartenance linguistique des mots présentés, qui sont toutefois majoritairement ibos.*

ABADA : wax hollandais (tissu imprimé).
AGBOGHO : jeune fille.
AGIDI : croquettes de haricots.
AGWONATUMBE : esprit du village.
AKAMU : potage épais à base de farine de maïs fermentée.
AKARA : beignet de haricots. (C'est de ce mot yorouba que provient « acra ».)
AKU : insectes voisins des termites volants, qui prennent leur envol avant de perdre leurs ailes et de tomber au sol.
AKULU : chèvre.
AKWAM OZU : cérémonie funéraire.
ANARA : variété de légume.
ATILOGU : danse où l'on exécute des sauts périlleux.
AZU : espèce de poisson.

CHI : divinité personnelle.
CHIN-CHIN : sorte de beignet qu'on mange en en-cas.
COCOYAM : variété d'igname également appelée *taro*.

DIBIA : personnage à la croisée du sorcier, du guérisseur et du devin, chaman dont l'action peut être bénéfique ou néfaste. Les dibias peuvent guérir, consulter des oracles pour expliquer les malheurs, mais aussi fabriquer des poisons.

EGUSI : graines de melon que l'on accommode avec une sauce piquante ; voir « sauce ».

FOUFOU (ou FUFU) : purée d'igname ; voir « sauce ».
FOULANIS (ou Fulanis) : Peuls du Nigeria, voir « population ».

GARRI (ou GARI) : granulés de manioc déshydraté qu'on prépare en bouillie ; voir « sauce ».

HAOUSSAS : principal groupe ethnique du nord du pays ; voir « population ».

IBOS (ou IGBOS) : principal groupe ethnique du sud-est du pays ; voir « population ».
ICHAKA : calebasse à laquelle sont attachées des breloques qui tintent contre la coque lorsque l'on frappe l'instrument de la paume de sa main.
ICHEKU : fruit du tamarinier noir.
IGBA KRISMAS : fêter Noël, offrir des cadeaux.
IGWE : titre signifiant « Grand Chef ».

KOBOKO : fouet.

LAPPA : vêtement dénommé *wrapper* dans les pays anglophones dont fait partie le Nigeria, et par dérivation *lappa* dans les pays francophones voisins. C'est un pan de tissu que les hommes et les femmes drapent autour de leur corps en le nouant à la taille ou, parfois, autour de la poitrine, et qu'ils portent en général avec un corsage ou un tee-shirt.

LKUKU : brise, petit vent.

MGBALU : visite de condoléances.

MMUO : esprit.

MOI-MOI : croquettes de haricots, avec parfois des œufs et du poisson.

NGWO-NGWO : viande cuite dans un bouillon piquant.

NWANYI OMA : jolie femme.

NZU : craie.

OCHIRI : petits oiseaux bruns.

OFE NSALA : soupe épicée que l'on donne en général aux malades.

OGENES : instruments de musique métalliques qu'on frappe avec des baguettes.

OGWU : magie noire.

OKPOROKO : morue séchée.

ONUGBU : légume à feuilles amères ; voir « sauce ».

OYINBO : homme blanc.

POPULATION DU NIGERIA : le Nigeria compte plus de deux cent cinquante ethnies ; cependant on peut distinguer trois principaux groupes : les Haoussas et les Foulanis au Nord, les Yoroubas au Sud-Ouest et les Ibos au Sud-Est. Les dialectes haoussa, ibo, yorouba et foulani sont les principaux dialectes du pays, qui en compte environ quatre mille. L'islam, en progression ces dernières années, est la première religion, suivi par le christianisme ; l'animisme traditionnel coexiste avec ces deux religions. Les Ibos sont majoritairement chrétiens.

RIZ JOLLOF : riz épicé à la tomate et au bouillon de bœuf.

SAUCE : soupe. Il s'agit en général d'un ragoût de légumes, viande ou poisson, que l'on mange avec un féculent (riz, *garri* ou *foufou*) ; on roule le *garri* ou le *foufou* en boulettes qu'on trempe dans la sauce.

SUYA : brochette.

UBE : variété de fruit.

UDALA : variété de fruit, également appelé « pomme étoilée ».

UKWA : variété d'arbre.

UMUADA : groupe de femmes.

UMMUNA : la famille élargie.

UTAZI : variété de légume vert à feuilles.

REMERCIEMENTS

Kenechukwu Adichie, « petit » frère et meilleur ami, lecteur des versions successives et expéditeur de manuscrits : pour avoir partagé chaque « non » du début, pour m'avoir fait rire.

Tokunbo Oremule, Chisom et Amaka Sony-Afoekelu, Chinedum Adichie, Kamsiyonna Adichie, Arinze Maduka, Ijeoma et Obinna Maduka, Uche et Sony Afoekelu, Chukwunwike et Tinuke Adichie, Okechukwu Adichie, Nneka Adichie Okeke, Bee et Uju Egonu et Urenna Egonu, des sœurs plus que des amies : parce qu'elles prouvent que les liens du cœur peuvent être tout aussi forts que les liens du sang ; parce qu'elles pigent, toujours.

Charles Methot : pour sa présence si solide.

Ada Echetebu, Binyavanga Wainaina, Arinze Ufoeze, Austin Nwosu, Ikechukwu Okorie, Carolyn DeChristophcr, Nnakc Nwckc, Amacchi Awurum, Ebclc Nwala : parce qu'ils ont battu la grosse caisse pour moi.

Antonia Fusco : pour son travail de révision si sage et si chaleureux, pour ce coup de fil qui m'a presque fait faire la roue.

Djana Pearson Morris, mon agent : pour y avoir cru.

Les gens et l'esprit de la Conférence pour écrivains de Stonecoast, à l'été 2001 : pour cette belle ovation, avec cris et sifflements.

Tous les amis : pour avoir fait semblant de comprendre quand je ne les rappelais pas.

Merci. *Dalu nu.*

DU MÊME AUTEUR

Aux Éditions Gallimard

L'AUTRE MOITIÉ DU SOLEIL, Folio n° 5093

AUTOUR DE TON COU, Folio n° 5863

AMERICANAH, Folio n° 6112

Aux Éditions Anne Carrière

L'HIBISCUS POURPRE, Folio n° 6113

COLLECTION FOLIO

Dernières parutions

6428.	Pierre Bergounioux	*La Toussaint*
6429.	Alain Blottière	*Comment Baptiste est mort*
6430.	Guy Boley	*Fils du feu*
6431.	Italo Calvino	*Pourquoi lire les classiques*
6432.	Françoise Frenkel	*Rien où poser sa tête*
6433.	François Garde	*L'effroi*
6434.	Franz-Olivier Giesbert	*L'arracheuse de dents*
6435.	Scholastique Mukasonga	*Cœur tambour*
6436.	Herta Müller	*Dépressions*
6437.	Alexandre Postel	*Les deux pigeons*
6438.	Patti Smith	*M Train*
6439.	Marcel Proust	*Un amour de Swann*
6440.	Stefan Zweig	*Lettre d'une inconnue*
6441.	Montaigne	*De la vanité*
6442.	Marie de Gournay	*Égalité des hommes et des femmes* et autres textes
6443.	Lal Ded	*Dans le mortier de l'amour j'ai enseveli mon cœur...*
6444.	Balzac	*N'ayez pas d'amitié pour moi, j'en veux trop*
6445.	Jean-Marc Ceci	*Monsieur Origami*
6446.	Christelle Dabos	*La Passe-miroir, Livre II. Les disparus du Clairdelune*
6447.	Didier Daeninckx	*Missak*
6448.	Annie Ernaux	*Mémoire de fille*
6449.	Annie Ernaux	*Le vrai lieu*
6450.	Carole Fives	*Une femme au téléphone*
6451.	Henri Godard	*Céline*
6452.	Lenka Horňáková-Civade	*Giboulées de soleil*

6453. Marianne Jaeglé	*Vincent qu'on assassine*
6454. Sylvain Prudhomme	*Légende*
6455. Pascale Robert-Diard	*La Déposition*
6456. Bernhard Schlink	*La femme sur l'escalier*
6457. Philippe Sollers	*Mouvement*
6458. Karine Tuil	*L'insouciance*
6459. Simone de Beauvoir	*L'âge de discrétion*
6460. Charles Dickens	*À lire au crépuscule et autres histoires de fantômes*
6461. Antoine Bello	*Ada*
6462. Caterina Bonvicini	*Le pays que j'aime*
6463. Stefan Brijs	*Courrier des tranchées*
6464. Tracy Chevalier	*À l'orée du verger*
6465. Jean-Baptiste Del Amo	*Règne animal*
6466. Benoît Duteurtre	*Livre pour adultes*
6467. Claire Gallois	*Et si tu n'existais pas*
6468. Martha Gellhorn	*Mes saisons en enfer*
6469. Cédric Gras	*Anthracite*
6470. Rebecca Lighieri	*Les garçons de l'été*
6471. Marie NDiaye	*La Cheffe, roman d'une cuisinière*
6472. Jaroslav Hašek	*Les aventures du brave soldat Švejk*
6473. Morten A. Strøksnes	*L'art de pêcher un requin géant à bord d'un canot pneumatique*
6474. Aristote	*Est-ce tout naturellement qu'on devient heureux ?*
6475. Jonathan Swift	*Résolutions pour quand je vieillirai et autres pensées sur divers sujets*
6476. Yājñavalkya	*Âme et corps*
6477. Anonyme	*Livre de la Sagesse*
6478. Maurice Blanchot	*Mai 68, révolution par l'idée*
6479. Collectif	*Commémorer Mai 68 ?*
6480. Bruno Le Maire	*À nos enfants*

6481. Nathacha Appanah — *Tropique de la violence*
6482. Erri De Luca — *Le plus et le moins*
6483. Laurent Demoulin — *Robinson*
6484. Jean-Paul Didierlaurent — *Macadam*
6485. Witold Gombrowicz — *Kronos*
6486. Jonathan Coe — *Numéro 11*
6487. Ernest Hemingway — *Le vieil homme et la mer*
6488. Joseph Kessel — *Première Guerre mondiale*
6489. Gilles Leroy — *Dans les westerns*
6490. Arto Paasilinna — *Le dentier du maréchal, madame Volotinen et autres curiosités*
6491. Marie Sizun — *La gouvernante suédoise*
6492. Leïla Slimani — *Chanson douce*
6493. Jean-Jacques Rousseau — *Lettres sur la botanique*
6494. Giovanni Verga — *La Louve et autres récits de Sicile*
6495. Raymond Chandler — *Déniche la fille*
6496. Jack London — *Une femme de cran* et autres nouvelles
6497. Vassilis Alexakis — *La clarinette*
6498. Christian Bobin — *Noireclaire*
6499. Jessie Burton — *Les filles au lion*
6500. John Green — *La face cachée de Margo*
6501. Douglas Coupland — *Toutes les familles sont psychotiques*
6502. Elitza Gueorguieva — *Les cosmonautes ne font que passer*
6503. Susan Minot — *Trente filles*
6504. Pierre-Etienne Musson — *Un si joli mois d'août*
6505. Amos Oz — *Judas*
6506. Jean-François Roseau — *La chute d'Icare*
6507. Jean-Marie Rouart — *Une jeunesse perdue*
6508. Nina Yargekov — *Double nationalité*
6509. Fawzia Zouari — *Le corps de ma mère*
6510. Virginia Woolf — *Orlando*
6511. François Bégaudeau — *Molécules*

6512. Élisa Shua Dusapin *Hiver à Sokcho*
6513. Hubert Haddad *Corps désirable*
6514. Nathan Hill *Les fantômes du vieux pays*
6515. Marcus Malte *Le garçon*
6516. Yasmina Reza *Babylone*
6517. Jón Kalman Stefánsson *À la mesure de l'univers*
6518. Fabienne Thomas *L'enfant roman*
6519. Aurélien Bellanger *Le Grand Paris*
6520. Raphaël Haroche *Retourner à la mer*
6521. Angela Huth *La vie rêvée de Virginia Fly*
6522. Marco Magini *Comme si j'étais seul*
6523. Akira Mizubayashi *Un amour de Mille-Ans*
6524. Valérie Mréjen *Troisième Personne*
6525. Pascal Quignard *Les Larmes*
6526. Jean-Christophe Rufin *Le tour du monde du roi Zibeline*
6527. Zeruya Shalev *Douleur*
6528. Michel Déon *Un citron de Limone* suivi d'*Oublie...*
6529. Pierre Raufast *La baleine thébaïde*
6530. François Garde *Petit éloge de l'outre-mer*
6531. Didier Pourquery *Petit éloge du jazz*
6532. Patti Smith *« Rien que des gamins ». Extraits de Just Kids*
6533. Anthony Trollope *Le Directeur*
6534. Laura Alcoba *La danse de l'araignée*
6535. Pierric Bailly *L'homme des bois*
6536. Michel Canesi et Jamil Rahmani *Alger sans Mozart*
6537. Philippe Djian *Marlène*
6538. Nicolas Fargues et Iegor Gran *Écrire à l'élastique*
6539. Stéphanie Kalfon *Les parapluies d'Erik Satie*
6540. Vénus Khoury-Ghata *L'adieu à la femme rouge*
6541. Philippe Labro *Ma mère, cette inconnue*
6542. Hisham Matar *La terre qui les sépare*
6543. Ludovic Roubaudi *Camille et Merveille*

6544. Elena Ferrante	*L'amie prodigieuse (série tv)*
6545. Philippe Sollers	*Beauté*
6546. Barack Obama	*Discours choisis*
6547. René Descartes	*Correspondance avec Élisabeth de Bohême et Christine de Suède*
6548. Dante	*Je cherchais ma consolation sur la terre...*
6549. Olympe de Gouges	*Lettre au peuple et autres textes*
6550. Saint François de Sales	*De la modestie et autres entretiens spirituels*
6551. Tchouang-tseu	*Joie suprême et autres textes*
6552. Sawako Ariyoshi	*Les dames de Kimoto*
6553. Salim Bachi	*Dieu, Allah, moi et les autres*
6554. Italo Calvino	*La route de San Giovanni*
6555. Italo Calvino	*Leçons américaines*
6556. Denis Diderot	*Histoire de Mme de La Pommeraye* précédé de l'essai *Sur les femmes.*
6557. Amandine Dhée	*La femme brouillon*
6558. Pierre Jourde	*Winter is coming*
6559. Philippe Le Guillou	*Novembre*
6560. François Mitterrand	*Lettres à Anne. 1962-1995. Choix*
6561. Pénélope Bagieu	*Culottées Livre I – Partie 1. Des femmes qui ne font que ce qu'elles veulent*
6562. Pénélope Bagieu	*Culottées Livre I – Partie 2. Des femmes qui ne font que ce qu'elles veulent*
6563. Jean Giono	*Refus d'obéissance*
6564. Ivan Tourguéniev	*Les Eaux tranquilles*
6565. Victor Hugo	*William Shakespeare*
6566. Collectif	*Déclaration universelle des droits de l'homme*
6567. Collectif	*Bonne année ! 10 réveillons littéraires*